아Q정전

아Q정전
阿Q正傳

루쉰 중단편집 김태성 옮김

Ā Q ZHÈNGZHUÀN
by LU XUN (1922)

이 책은 실로 꿰매어 제본하는 정통적인 사철 방식으로 만들어졌습니다.
사철 방식으로 제본된 책은 오랫동안 보관해도 손상되지 않습니다.

『외침』 자서(自序, 1923)	7
광인 일기(1918)	17
쿵이지 (1919)	37
약(1919)	47
내일(1919)	63
작은 일 한 가지(1919)	73
머리털 이야기(1920)	77
고향(1921)	85
아Q정전(1921~1922)	101
토끼와 고양이(1922)	169
오리의 희극(1922)	177
축복(1924)	183
술집에서(1924)	211
장명등(1925)	229
죽음을 슬퍼하며(1925)	247
형제(1926)	277
역자 해설 그래도 아직은 루쉰이다	295
루쉰 연보	303

『외침』자서(自序)[1]

나도 젊은 시절엔 많은 꿈을 가졌다. 그것이 어떤 꿈이었는지 나중에는 대부분 잊어버리고 말았지만 결코 애석하게 여긴 적은 없다. 흔히 추억이 사람을 즐겁게 해준다고 하지만 때로는 사람을 적막하게 만들기도 하는 것은 어쩔 수 없다. 〈정신상의 실오라기〉로 이미 지나간 적막한 세월에 붙들어 맨들 무슨 의미가 있겠는가! 오히려 나는 완전히 잊어버리지 못해 괴롭다. 이 잊을 수 없는 추억의 한 부분이 바로 지금 『외침』이라는 책으로 묶이게 되었다.

나는 일찍이 4년이 조금 넘는 시간 동안 자주, 아니 거의 매일 전당포와 약국을 드나들었다. 그때 내 나이 몇 살쯤이었는지는 기억이 나지 않지만 어쨌든 약국의 계산대는 내 키만큼이나 높았고 전당포 창구는 내 키보다 두 배 정도 높았다. 내 키보다 두 배나 높은 전당포 창구 밖에서 나는 옷가지와 장신구 등속을 창구 안으로 들이밀고는 천대와 멸시 속에서 돈을 받았다. 그런 다음 다시 내 키만 한 높이의 약국 계산대로 가

---

[1] 이 글은 1923년 8월 21일에 베이징의 『신보(晨報)』「문학순간」에 처음 발표되었다.

서 오랫동안 몸져누워 계신 아버지의 약을 지었다. 집으로 돌아오면 또다시 정신없이 바쁘게 돌아쳐야 했다. 처방을 내려준 의사가 가장 유명한 분이라 그런지 준비해야 하는 약재도 희한하기 짝이 없었기 때문이다. 겨울 갈대 뿌리와 3년 동안 서리를 맞은 사탕수수, 교미 중인 귀뚜라미, 열매가 달린 평지목(平地木)[2]…… 등 대부분 쉽게 구할 수 없는 것들이었다. 하지만 아버지는 병세가 날로 악화되어 결국 세상을 뜨시고 말았다.

그저 그럭저럭 먹고사는 가정생활에서 갑자기 하층 수준의 생활로 전락해 본 적이 있으신가? 그렇다면 아마도 그런 과정에서 세상 사람들의 진면목을 발견할 수 있었을 것이다. 내가 N 시에 있는 K 학원[3]에 진학하기로 마음먹은 것도 아마 무언가 다른 출구를 찾아 타향으로 도망가 다른 종류의 인간들을 만나 보고자 했기 때문이었던 것 같다. 우리 어머니는 달리 방법이 없자 뱃삯으로 8위안(元)을 마련해 주시면서 내 뜻대로 해보라고 말씀하셨다. 하지만 어머니는 끝내 울음을 터뜨리고 마셨다. 어쩌면 이것은 당연한 인지상정이었을지도 모른다. 왜냐하면 당시에는 공부를 하여 과거 시험에 응시하는 것만이 정상적인 길로 간주되었고 이른바 양무(洋務)를 배우는 것은 사회적으로 출구가 완전히 막힌 사람들이 하는 수 없이 서양 귀신들에게 자신의 영혼을 팔아넘기는 것으로 인식되어 곱절의 배척과 비난의 대상이 되었기 때문이다. 게다

---

2 자금우(紫金牛)라고도 하며 뿌리와 껍질이 약재로 쓰인다.

3 N 시는 난징(南京)을, K 학당은 강남수사 학당(江南水師學堂)을 말한다. 루쉰은 1898년에 난징에 있는 강남수사 학당에 다니다가 이듬해에 강남육사 학당(江南陸師學堂) 부설 광무철로 학당(礦務鐵路學堂)에 들어갔고 1902년 청 정부의 국비 장학생으로 일본 유학을 떠났다.

가 어머니는 당신의 아들을 만나 볼 수조차 없게 되기 때문이기도 했다.

하지만 나는 이런 일에 신경 쓸 겨를이 없었다. 결국 나는 N시로 가서 K학당에 들어갔다. 나는 이 학당에 들어와서야 비로소 세상에는 이른바 격치[4]와 산학(算學), 지리, 역사, 회화(繪畵), 체조 같은 학문도 있다는 것을 알게 되었다. 생리학은 가르치지 않았지만 우리는 목판으로 찍은 『전체신론(全體新論)』이나 『화학위생론』 같은 책을 볼 수 있었다. 아직도 기억하는 옛날 의원들의 이론이나 처방을 오늘날 내가 아는 지식과 비교해 보면서 나는 점차 한의라는 것이 의식적이건 무의식적이건 일종의 속임수에 지나지 않는다는 사실을 깨닫게 되었다. 동시에 여기에 속아 넘어간 환자나 그 가족들에게 깊은 동정심을 갖게 되었다. 아울러 번역된 역사책을 통해, 일본의 유신[5]이 대부분 서양 의학에서 시작되었다는 사실도 알게 되었다.

이런 유치한 몇 가지 지식 때문에 나중에 나는 일본의 어느 조그만 시골 마을에 있는 의학 전문 대학에 학적을 두게 되었다. 나의 꿈은 정말로 아름다웠다. 졸업하고 귀국하면 우리 아버님처럼 잘못된 치료를 받고 있는 환자들을 치료하여 고통을 덜어 주는 것이 바로 내 꿈이었다. 전쟁이 일어나면 군의관으로 지원할 생각이었다. 그러면서 한편으로 국민에게 유신에 대한 믿음을 불러일으킬 계획이었다. 미생물학

---

4 〈격물치지(格物致知)〉의 줄임말인데, 청(淸) 대 말기에는 물리, 화학 같은 학문을 격치라 통칭했다.
5 19세기 중반부터 진행된 메이지 유신을 말한다. 이에 앞서 일본의 일부 19세기 중반부터 학자들은 서양 의학을 도입하고 서양 과학 기술을 대대적으로 선전하자고 주장함으로써 메이지 유신의 기반을 조성했다.

을 가르치는 방법이 오늘날에는 어느 정도로 발전했는지 알지 못한다. 어쨌든 그 당시에는 환등기로 미생물의 형태를 보여 주는 방법을 사용했다. 그래서 때로 강의가 끝난 뒤에 시간이 남으면, 선생님은 학생들에게 풍경 사진이나 시사적인 내용의 슬라이드 필름을 보여 주는 것으로 시간을 때우곤 했다. 마침 러일 전쟁이 한창이던 때라 자연히 군사적인 내용의 필름이 비교적 많을 수밖에 없었다. 나는 이 강의실에서 항상 급우들의 박수갈채에 동조하여 함께 즐거워하곤 했다. 그러다가 한번은 뜻밖에도 슬라이드 필름 속에서 오랜만에 수많은 중국인들을 만나게 되었다. 몸이 묶인 중국인이 중간에 있고 그 주위로 수많은 군중이 서 있었다. 하나같이 건장했으나 넋이 나간 것 같았다. 해설에 따르면 묶인 사람은 러시아군의 첩자 노릇을 하다가 붙잡혀 일본군에게 본보기로 목이 잘리는 것이라고 했다. 그리고 그 주위에 있는 사람들은 군중에게 보이기 위한 이 거창한 행사를 구경하러 나온 거라고 했다.

그 학년이 채 끝나기 전에 나는 도쿄로 나왔다. 그 사건을 겪은 뒤로 의학이 결코 중요한 일이 아니라는 생각이 들었기 때문이다. 우매한 국민은 체격이 아무리 건장하고 튼튼해도 그저 아무런 가치도 없는, 군중에 대한 본보기 희생물이 아니면 구경꾼이 될 수밖에 없다. 병으로 죽는 사람이 아무리 많다 해도 이제는 그것을 불행으로 여길 필요가 없다. 따라서 우리에게 가장 중요한 일은 그들의 정신을 개혁하는 것이었다. 그리고 당시에 나는 정신을 개혁하려면 문학예술이 가장 좋은 수단이라고 생각했다. 그리하여 문학예술 운동을 제창하려 한 것이다. 당시 도쿄 유학생들 가운데는 법학이나 정치학을 공부하는 사람도 많았고 이공학이나 화학, 또는 경찰 업무나 공업을 공부하는 사람이 적지 않았지만 문학이나 미술을 공부하는 사람은 거의 없었다. 그러나 그렇게 썰렁한 분위기 속에서도 다행히 동지 몇 명을 찾을 수 있었다.[6] 그 밖에도 꼭 필요한 몇몇을 규합하여 함께 의논한 결과, 가장 먼저 잡지를 출간해야 한다는 결론을 얻었다. 잡지 이름에는 〈새로운 생명〉이라는 뜻을 담기로 했다. 당시에는 대체적으로 복고가 유행했기 때문에 잡지 이름을 〈신생(新生)〉으로 정했다.

『신생』을 출판하기로 한 날이 다가왔다. 그런데 먼저 편집을 담당한 몇몇 사람이 어디론가 모습을 감춰 버리더니, 뒤이어 자금을 가진 사람이 사라져 버리는 바람에 결국 땡전 한 푼 없는 세 사람만 남았다. 잡지 창간을 시작할 때부터 배신을 당했으니 실패할 때는 말없이 사라지는 것도 당연한 일이었다. 그 뒤로 나머지 세 사람마저 제각기 운명에 쫓기다 보니 한자리에 모여 마음껏 미래의 달콤한 꿈을 얘기할 수 있는 기회를 갖지 못했다. 이것이 바로 탄생조차 해보지 못한 잡지 『신생』의 결말이었다.

내가 전에는 한 번도 경험해 보지 못한 무료함을 느낀 것도 바로 그때부터였다. 처음에는 이유를 알 수 없었다. 그러다가 나중에 한 사람의 주장이 누군가의 찬성과 지지를 얻으면 더욱 속도를 내어 전진할 수 있고 반대가 약간 있더라도 더욱 분투노력할 수 있는 계기가 된다는 생각이 들었다. 하지만 낯선 사람들 가운데서 혼자 아무리 외쳐도 그들이 찬성도 반대도 없이 아무런 반응을 보여 주지 않을 때는 어쩔 수 없는 법이었다. 나는 마치 막막한 황야에 홀로 서 있는 것처럼 무얼

---

6 쉬셔우창(許壽裳)과 위안원서우(袁文藪), 저우쭈어런(周作人) 등을 말한다.

어떻게 해야 좋을지 알 수 없었다. 이 얼마나 큰 슬픔인가! 결국 나는 내가 느낀 이런 감정이 적막이라고 생각했다.

이 적막은 하루하루 커져만 갔다. 마치 커다란 독사가 내 영혼을 칭칭 휘감은 것 같았다.

나는 이런 까닭 없는 비애감에 젖어 들기는 했지만, 그 때문에 분노하지는 않았다. 그런 경험이 스스로를 반성하게 했고, 자신의 모습을 더욱 선명하게 볼 수 있도록 해주었기 때문이다. 요컨대 나는 팔 한 번 휘두르면 무수한 군중이 구름처럼 몰려드는 그런 영웅이 아니었다.

단지 나 자신의 적막만큼은 제거하지 않을 수 없었다. 이것이 내게는 너무나 큰 고통이었기 때문이다. 나는 여러 가지 방법을 사용하여 내 영혼을 마취시키려 했다. 백성들 사이에 자신을 몰입시켜 보기도 하고 고대(古代)로 돌아가 보기도 했다. 나중에는 자신이 직접 또는 방관자가 되어 그보다 더 적막하고 슬픈 일들도 몇 번 경험해 보았다. 모두가 돌이켜보고 싶지 않은 일들이었다. 그 일들은 물론, 그 일들을 기억하는 나의 뇌세포마저 진흙 속에 묻혀 함께 소멸되어 버리기를 바라는 마음이 간절했다. 그러나 나의 마취법이 효과를 발휘했는지 이제 더는 청년 시절처럼 쉽게 흥분하거나 비분강개하지는 않게 되었다.

S 회관[7]에는 방이 세 칸 있었다. 전하는 얘기에 따르면 옛

---

7 베이징 쉬안우문 난반자이 후퉁에 있는 사오싱 회관을 말한다. 루쉰은 1912년 5월부터 1919년 11월까지 이곳에 거주했다. 회관은 동업자, 동호인의 단결, 공익, 친목을 위해 세운 건물로, 사무실·회의실, 숙박 시설과 수호신을 모시는 제단, 무대 홀, 시장까지 갖추기도 했다.

날에 어떤 여인이 정원에 있는 홰나무에 목을 매어 죽었다고 하는데 이제 이 홰나무는 도저히 올라갈 수 없을 정도로 높게 자라 있었다. 게다가 이 건물에는 아무도 살지 않았다. 아주 여러 해 동안 나는 이 건물에 거주하면서 고대의 비석문판[8]을 옮겨 적었다. 찾아오는 사람은 거의 없었고 고대의 비석문에서도 어떤 문제점이나 아이디어를 만날 수 없었다. 그러나 뜻밖에도 내 생명이 소리 없이 사라져 가고 있었다. 이것이 바로 내 유일한 바람이기도 했다. 여름날 밤이라 모기가 무척 많았다. 부채질을 하면서 홰나무 아래 앉아 무성한 나뭇잎 사이로 점점이 비치는 푸른 하늘을 바라보노라면 늦게 나온 홰나무 열매가 목덜미에 떨어져 섬뜩한 느낌이 들곤 했다.

당시 가끔씩 찾아와 이야기를 나누던 오랜 친구 진씬이(金心異)[9]가 있었다. 그는 손에 든 커다란 가죽 가방을 망가진 책상 위에 내려놓고는 긴 두루마기를 벗고 내 맞은편에 앉았다. 개가 무서워서 그런지 아직도 가슴이 두근대는 모양이었다.

「자네, 뭐 하러 이런 걸 베끼는 건가?」

어느 날 밤, 그가 찾아와 내가 베끼고 있는 비석문의 사본을 들추며 따지듯 물었다.

「아무 생각 없이 그냥 베끼는 걸세.」

「그런데 왜 베끼느냔 말일세.」

「아무 이유 없이 그냥 베끼는 거라니깐.」

「내 생각에는 자네가 글을 좀 쓰는 게 좋을 듯한데……」

---

[8] 당시 교육부에서 근무했던 루쉰은 업무를 마치고 남는 시간에 중국 고대의 묘비나 석상, 금석 탁본 등을 수집하고 연구했다.

[9] 첸쉬엔퉁(錢玄同)을 말한다. 그는 1908년에 도쿄에서 루쉰과 함께 장타이옌(章太炎)의 문자학 강의를 들은 바 있다. 5·4 운동 시기에는 신문화 운동에 참여하면서 『신청년』의 편집자로 활동했다.

나는 그가 무슨 말을 하려는지 모르지는 않았다. 그들은 『신청년(新靑年)』이라는 잡지를 내고 있었다. 하지만 그 당시에만 해도 크게 지지하는 사람도 없고 반대하는 사람도 없는 모양이었다. 어쩌면 그들도 적막을 느끼는지 모른다는 생각이 들었다. 내가 말했다.

「가령 말이야, 창문은 하나도 없고 절대로 부숴지지도 않는 쇠로 된 방이 있다고 치세. 그리고 그 안에는 수많은 사람들이 깊이 잠들어 있다고 하세. 다들 곧 질식해 죽겠지. 하지만 혼수상태에서 곧바로 죽음의 상태로 이어질 테니까 절대로 죽기 전의 슬픔 따위는 느끼지 못할 걸세. 그런데 지금 자네가 큰 소리를 질러서 비교적 정신이 맑은 사람 몇몇을 깨운다면 말이야, 이 소수의 불행한 사람들은 만회할 수 없는 임종의 고통을 겪어야 하지 않겠나? 그러고서도 자네는 그 사람들에게 미안한 생각을 갖지 않을 수 있겠나?」

「하지만 몇 사람만이라도 깨어난다면, 쇠로 된 방을 부수고 나올 수 있다는 희망이 절대로 없는 것은 아니지 않은가?」

그랬다. 물론 나는 절망을 확신했지만 희망이라는 말이 나오자 이를 말살할 수도 없었다. 희망이란 미래에 속한 것이라, 과거에 내게 존재하지 않았다는 사실을 증거로 앞으로도 존재하지 않을 것이라고 단정할 수는 없었기 때문이다. 그리하여 마침내 나는 글을 쓰기로 약속했고 이렇게 최초의 글 「광인 일기」가 탄생했다. 한 번 쏜 화살을 다시 거둘 수는 없는 일이라 그 뒤로는 친구들의 청탁이 있을 때마다 소설 같지도 않은 글을 대충 끼적이다 보니 어느새 십여 편이 쌓였다.

나 자신의 상태로 따지자면 이미 뭔가 말하지 않으면 안 되는 절박한 심정을 느끼는 그런 사람은 아니었다. 하지만 아마도 과거에 내가 느낀 적막의 슬픔을 아직 잊지 못하는 것 같았다. 그래서 때로는 답답한 외침을 통해 적막감 속에서도 앞을 향해 내달리는 용사들이 계속 앞으로 달려 나갈 수 있게 해주고 싶었다. 나의 외침이 씩씩한지 슬픈지, 가증스러운지 우스운지는 따질 문제가 아니었다. 하지만 기왕에 외치는 바에야 당연히 장수의 명령을 들어야 했다. 그래서 나는 주제를 벗어난 왜곡된 글이 될 것을 두려워하지 않고 「약」에서는 위얼의 무덤 위에 이유 없이 꽃다발을 올려놓았고 「내일」에서는 샨쓰 댁이 아들을 보는 꿈을 꾸지 않았다고 서술하지 않은 것이다. 당시의 주장(主將)은 소극적인 것을 주장하지 않았기 때문이다. 그리고 나 자신 역시 그토록 고통스럽게 여기는 적막을 내가 젊었을 때처럼 달콤한 꿈을 꾸고 있을 청년들에게 전염시키고 싶지 않았기 때문이다.

  이렇게 보면 내 소설이 예술과는 한참 거리가 있음을 충분히 짐작할 수 있을 것 같다. 그런데도 이제 소설의 이름을 빌려 심지어 한 권의 책으로 묶어 낼 기회까지 있었으니 어쨌든 큰 행운이 아닐 수 없다. 이 점에서는 불안한 마음도 없지 않지만 잠깐이나마 읽어 주는 독자들이 있으리라는 짐작에 기쁨을 감출 수 없다.

  그래서 마침내 여기에 내 단편소설들을 모아 인쇄에 넘기게 되었다. 그리고 앞에서 언급한 이유들 때문에 이 책의 제목을 〈외침〉이라고 정했다.

1922년 12월 3일
베이징에서 루쉰

광인 일기[1]

　아무개 군의 형제들은 지금 그 이름을 드러낼 수는 없지만 전부 내 중학교 시절의 친한 친구들로서, 여러 해 동안 서로 떨어져 있다 보니 점차 소식마저 끊기고 말았다. 얼마 전에 우연히 그중 한 명이 큰 병에 걸렸다는 소식을 듣고는 마침 고향으로 돌아가는 참에 길을 에돌아 찾아가 보았다. 형제 가운데 한 사람을 만나 물어보니 병에 걸린 사람은 자기 아우라고 했다. 그러면서 일부러 먼 데서까지 병문안을 와준 것은 고맙지만 아우는 이미 완쾌되어 어느 지역에 후보(候補)[2] 관원으로 가 있다고 말했다. 그러고는 큰 소리로 웃더니 일기장 두 권을 보여 주면서 당시의 병상을 알 수 있을 터이니 옛 친구에게 주어도 괜찮겠다고 했다. 일기책을 받아 가지고 돌아와서 읽어 보니 그가 일종의 〈피해망상증〉을 앓았다는

---

1 이 작품은 1918년 5월 『신청년』 4권 5호에 처음 발표되었다. 루쉰은 이 작품을 발표하면서 처음으로 〈루쉰〉이라는 필명을 사용했다. 중국 현대 문학 사상 최초로 봉건 예교의 〈식인적〉 폐단을 비판한 작품으로 평가되며 루쉰 자신도 그런 창작 의도를 공개적으로 밝힌 바 있다.
2 청(淸) 대의 관제(官制)에 따르면, 직함만 있고 실질적인 직무는 주어지지 않은 상태에서 발령을 기다리는 중하급 관원들을 후보라 한다.

사실을 알 수 있었다. 일기에 적힌 내용은 갈피를 잡을 수 없을 정도로 마구 뒤엉켜 있었고, 말에 조리가 없었으며, 황당한 말도 적지 않았다. 날짜도 적혀 있지 않았다. 단지 묵색(墨色)과 글자체가 일률적이지 않은 것으로 보아 한 번에 쓴 것이 아님을 알 수 있었다. 사이사이에 약간이나마 맥락을 갖춘 부분이 있어 여기에 한 편을 뽑아 기록함으로써 의학자들을 위한 연구 자료로 제공하고자 한다. 기록 중에 틀린 말도 있지만 한 자도 바꾸지 않았다. 단지 사람들의 이름은 비록 시골 사람들이라 세간에 잘 알려지지 않았고 전체적인 내용과도 무관하지만 전부 바꾸기로 했다. 책 제목은 병이 치유된 다음에 본인이 붙인 것이기 때문에 다시 고치지 않았다.

7년 4월 2일에 씀.

1

오늘 밤은 달빛이 아주 좋다.

내가 저걸 보지 못한 지 어느덧 30여 년이 되었는데 오늘 다시 보니 정신이 유난히 상쾌해지는 것 같다. 이제야 지난 30여 년 동안 완전히 정신을 잃은 채 살아왔음을 알 것 같다. 하지만 아주 조심하지 않으면 안 될 듯하다. 그렇지 않고서야 자오 씨네 개가 내 두 눈을 쳐다볼 이유가 없지 않은가?

내가 두려워하는 데는 충분한 이유가 있다.

2

오늘은 달빛이 전혀 없다. 상황이 좋지 않다는 것을 알 듯하다. 아침에 조심스럽게 문을 나설 때도 자오꾸이 영감의 눈빛이 이상했다. 나를 두려워하는 것 같기도 하고 나를 해치려는 것 같기도 했다. 자오꾸이 영감 말고도 일고여덟 명쯤 되는 사람들이 서로 머리와 귀를 맞대고 나에 관해 쑥덕거리면서 내가 눈치채지나 않을까 두려워하는 모습이었다. 길을 걷는 내내 만나는 사람들 모두가 그런 표정이었다. 그 가운데 가장 사납게 생긴 사람이 입을 벌리고서 나를 향해 히죽히죽 웃었다. 순간 머리끝에서 발끝까지 소름이 쫙 끼쳤다. 그들은 이미 주도면밀한 계획과 준비를 끝낸 것이 분명했다.

하지만 나는 아무런 두려움 없이 내 갈 길을 갔다. 저 앞에 있는 어린 아이놈들도 나에 관해 쑥덕거리고 있었다. 눈빛이 자오꾸이 영감과 같은 데다 얼굴색도 하나같이 푸른 쇳빛이었다. 내가 아이들과 무슨 원수를 졌기에 아이들마저도 저러는 걸까 하는 생각이 들었다. 순간 나는 참지 못하고 버럭 소리를 질렀다.「왜들 그러는 건지 어서 말해 봐!」하지만 아이들은 모두 달아나 버렸다.

나는 내가 자오꾸이 영감과 무슨 원수를 졌는지, 길에서 만난 사람들과는 또 무슨 원수를 졌는지 생각해 보았다. 사람들에게 원한을 살 만한 일이 있다면 20년 전에 구지우 선생의 오래된 출납 장부[3]를 발로 밟았다가 구지우 선생이 몹시 불쾌해한 적이 있을 뿐이었다. 자오꾸이 영감이 그와 서로 아

---

3 오래된 장부는 아주 오랜 중국 봉건주의 통치의 역사를 비유하는 상징적 장치라고 할 수 있다.

는 사이는 아니지만 이런 사실을 풍문으로 듣고는 대신 불만을 품고서 나와 원수가 되도록 길 가는 사람들과 약속한 것이 분명했다. 그렇다면 아이들은 또 어떻게 된 것일까? 그때는 저 아이들이 아직 태어나지도 않았을 텐데 어째서 오늘 나를 그런 눈빛으로 바라보면서 나를 두려워하는 것 같기도 하고 나를 해치려는 것 같기도 한 모습을 보이는 것일까? 이는 나를 정말로 두렵게 하고 놀라게 하며, 또한 마음을 아프게 하는 일이 아닐 수 없다.

이제 알 것 같다. 이게 다 저 아이들의 어미 아비가 가르친 것이다!

3

밤에는 항상 잠을 이루지 못한다. 상당한 연구를 거쳐야만 모든 일을 제대로 알 수 있을 것 같다.

그들 가운데는 지현(知縣)[4]에게 칼을 쓰는 형벌을 받은 사람도 있고 지역 신사(紳士)[5]에게 뺨을 얻어맞은 사람도 있으며, 아문(衙門)[6]의 말단 관리에게 아내를 빼앗긴 사람도 있고 아비 어미가 빚쟁이들의 핍박에 시달려 죽은 사람도 있을 것이다. 하지만 당시 그들의 얼굴에는 어제처럼 그렇게 두려워하는 표정도 없었고 그렇게 사나워 보이지도 않았다.

가장 이상한 것은 어제 길거리에서 마주친 여인이었다. 여

---

4 중국 송(宋)나라·청나라 때에 둔 현(縣)의 으뜸 벼슬아치.
5 지방의 유력한 사대부 계층을 말한다.
6 관원들이 정무를 보는 곳을 통틀어 이른다.

인은 자기 아이를 때리면서 입으로는 〈이놈아! 너를 몇 입 물어뜯어야만 직성이 풀릴 것 같다!〉고 말했다.

그러면서 눈으로는 오히려 나를 바라보았다. 나는 깜짝 놀라 그 기색을 감출 수 없었다. 푸르죽죽한 얼굴에 이가 입술 밖으로 튀어나온 거친 사내들 한 무리가 일제히 웃음을 터뜨렸다. 그러자 천라오우가 재빨리 앞으로 달려 나와 나를 억지로 잡아끌고는 집으로 돌아왔다.

내가 집으로 끌려오자 집안사람들 모두가 나를 모르는 척했다. 식구들의 눈빛도 전부 남과 다르지 않았다. 내가 서재로 들어서자 식구들은 밖에서 문을 잠가 버렸다. 닭이나 오리 한 마리를 가둔 것과 다를 바 없었다. 이 일에 대해 나는 갈수록 더 그 내막을 짐작하기 어려웠다.

며칠 전에는 랑즈춘의 소작인 하나가 찾아와서는, 흉년이 들었다면서 큰형님에게 자기네 마을에 아주 흉악한 놈이 하나 있었는데 사람들에게 맞아 죽었다고 전했다. 그러면서 마을 사람 몇몇이 그자의 심장과 간을 끄집어내 기름에 지지고 볶아서 먹었다고 했다. 그런 걸 먹으면 담이 튼튼해진다는 것이다. 내가 끼어들어 한마디 하자 소작인과 큰 형님은 동시에 나를 몇 번 쳐다보았다. 오늘에야 그때 그들의 눈빛이 밖에 있는 그놈들과 똑같았다는 사실을 알 것 같다.

그 일을 생각하면 온몸에 소름이 끼치면서 머리끝에서 발끝까지 서늘해진다.

그들이 사람을 잡아먹을 수 있는 만큼, 나라고 잡아먹지 않으리라는 보장이 없는 것이다.

보아하니 거리에서 만난 여인이 〈너를 몇 입 물어뜯어야겠다〉고 한 말이나 험상궂게 생긴 놈들의 웃음, 그리고 며칠 전

소작인이 와서 한 말이 전부 암호임에 틀림이 없는 듯하다. 나는 그들의 말 속에는 독이 가득하고 웃음 속에는 칼이 가득하다는 것을 알게 되었다. 그들의 이빨이 하얗게 반짝거리면서 가지런하게 줄지어 박힌 것을 보면 사람을 잡아먹는 놈들임에 틀림없는 것 같다.

내 개인적인 생각으로는 악인이 아니라 해도 구 씨 댁 출납장부를 발로 밟은 후부터는 악인이 아니라고 단정하기가 어려웠을 것 같다. 그들에게 달리 무슨 속셈이 있는 것 같은데 나로서는 전혀 짐작할 방법이 없다. 게다가 그들은 일단 얼굴을 돌렸다 하면 곧바로 상대를 악인으로 매도하곤 한다. 나는 아직도 큰형님이 내게 글쓰기를 가르쳐 주시던 것을 기억한다. 아무리 훌륭한 사람이라 할지라도 그를 몇 마디 비판하면 큰 형님은 곧 동그라미 몇 개를 쳐주셨고 아무리 나쁜 사람이라 해도 몇 마디 변호를 하면 큰 형님은 곧 〈하늘을 뒤집을 만한 절묘한 재능이야. 보통 사람들과는 달라〉 하셨다. 그러니 내가 어떻게 그들의 심사를 헤아릴 수 있었겠는가. 도대체 어떻게 해야 할지 모르겠다. 그것도 나를 잡아먹으려고 할 때는 더더욱 그렇다.

모든 일은 반드시 연구를 해봐야 명확히 알 수 있는 법이다. 예로부터 늘 사람을 잡아먹는 일이 있었다는 것을 나는 아직도 기억한다. 하지만 아주 명확한 것은 아니다. 역사책을 펼쳐 조사해 보니 이런 역사에는 연대가 없고 비뚤비뚤 페이지마다 온통 〈인의도덕〉이라는 몇 글자가 쓰여 있었다. 나는 아무리 해도 잠이 오지 않아 밤새 자세히 들여다보고서야 비로소 글자들 사이에 숨은 글자를 찾아냈다. 책 전체에 온통 〈흘인(吃人)〉[7]이라는 두 글자가 가득 숨어 있었다!

책에 쓰인 수많은 글자들, 소작인들이 한 많은 이야기들이 모두 이죽이죽 웃으며 이상한 눈빛으로 나를 노려보았다.

나도 사람이라, 그들은 나를 잡아먹고 싶어 한다!

4

아침에 나는 한동안 조용히 앉아 있었다. 천라오우가 밥을 날라 왔다. 채소 반찬 한 접시와 생선찜 한 접시였다. 생선의 눈이 희고 딱딱했다. 입을 벌린 모습이 사람을 잡아먹고 싶어 하는 그 패거리와 흡사했다. 몇 젓가락 먹어 보니 미끈미끈한 것이 생선인지 사람인지 알 수 없어 먹은 것을 전부 토해 내고 내장까지 토해 버렸다.

〈라오우, 큰형님께 내가 몹시 답답해서 마당을 좀 거닐고 싶어 한다고 말해 줘〉라고 했지만 라오우는 대답도 하지 않고 가버렸다. 그러더니 잠시 후에 다시 돌아와 문을 열어 주었다.

나는 꼼짝도 하지 않고 그들이 나를 어떻게 처리할 것인지 연구했다. 그들이 절대로 나를 그냥 놓아주지 않으리라는 것은 잘 알았다. 과연 그랬다! 큰형님이 늙은이 하나를 데리고 천천히 나를 향해 걸어왔다. 늙은이의 눈은 온통 흉악한 빛으로 가득했다. 내가 알아챌까 봐 그저 머리만 땅바닥을 향해 숙인 채 안경 너머로 몰래 나를 쳐다보았다. 큰형님이 〈오늘 아주 좋아 보이는구나!〉 하기에 나는 〈그래요〉라고 대답

---

7 사람을 잡아먹는다는 뜻.

했다. 큰 형님이 〈오늘 너를 진맥하려고 허 선생님을 모시고 왔다〉고 말했다. 나는 〈좋습니다〉라고 대답했다. 하지만 정말은 그 늙은이가 망나니 역할을 하는 자라는 사실을 내가 왜 모르겠는가! 진맥을 명목으로 내가 살이 쪘는지 야위었는지 헤아려 주고 이런 공로의 대가로 살코기 한 점을 얻어먹으려는 것이 분명했다. 하지만 나는 두렵지 않았다. 비록 사람을 먹지는 않지만 내 담력은 그들보다 훨씬 강했다. 나는 두 주먹을 앞으로 내밀고 그가 어떻게 손을 쓰는지 지켜보았다. 늙은이는 앉아서 눈을 감은 채로 한참이나 내 손을 만지작거리더니 또 한동안 멍하니 앉아 있었다. 그러다가 그 귀신 같은 눈을 뜨고는 〈쓸데없는 생각 하지 말고 조용히 며칠 요양하면 곧 좋아질 겁니다!〉라고 말했다.

쓸데없는 생각 하지 말고 조용히 요양하라! 요양해서 살이 찌면 그들은 당연히 더 많이 먹을 수 있겠지만 내게는 대체 무슨 이익이 있으며, 어떻게 〈좋아질 수 있다〉는 말인가? 저들은 사람을 잡아먹으려 하면서도 또 자기들끼리 몰래 그런 사실을 감추려 한다. 감히 직접 손을 쓰지도 못하는 모습이 정말 웃겨 죽겠다. 나는 참지 못하고 큰 소리로 웃음을 터뜨렸다. 기분이 무척 좋아졌다. 나 자신은 그 웃음소리 안에 용기와 정의가 가득하다는 것을 잘 알았다. 늙은이와 큰형님은 둘 다 얼굴빛이 하얗게 질려 버렸다. 내 용기와 정의에 압도된 것이었다.

그러나 내가 용기를 가질수록 그들은 더욱더 나를 잡아먹고 싶어 했다. 이 용기를 조금이라도 더 키우고 싶다. 늙은이가 문을 넘어 나갔다. 그러고는 얼마 가지 않아서 낮은 목소리로 큰형님에게 〈얼른 먹어치웁시다〉라고 말했다. 큰형님이 고개를 끄덕였다. 알고 보니 당신도 한패였군! 이 거대한 발견은 의외인 듯 보이지만 사실은 마음속으로 이미 짐작하던 바다. 이 패거리와 함께 나를 잡아먹으려 한 사람이 바로 우리 형님이었던 것이다!

사람을 잡아먹는 사람이 우리 형님이었다!

나는 사람을 잡아먹는 사람의 동생이었다!

나 스스로가 사람들에게 잡아먹히면서도 여전히 나는 사람을 잡아먹는 사람의 동생이다!

5

요 며칠 동안은 한발 뒤로 물러서 생각해 보았다. 저 늙은이가 변장하고 온 망나니가 아니라 진짜 의사라 해도 여전히 그는 사람을 잡아먹는 사람이다. 그들의 조사(祖師)인 이시진이 썼다는 『본초 어쩌구』[8] 하는 책에도 사람의 고기를 지져 먹을 수 있다고 분명하게 써 있다. 그런데도 그가 자신은 사람을 잡아먹지 않는다고 말할 수 있을까?

우리 집 큰형님으로서도 전혀 억울할 것이 없다. 그는 내게 글을 가르치면서 제 입으로 〈자식을 바꾸어 먹었다〉[9]고 말

---

[8] 명(明) 대 이시진(李時珍)이 쓴 약물학 저술 『본초강목(本草綱目)』을 말한다. 이 책에서는 당(唐) 대 진장기(陳藏器)가 쓴 『본초습유(本草拾遺)』에 나오는 인육으로 병을 다스렸다는 기록을 인용하면서 이의를 제기한다. 여기서는 미친 사람의 잘못된 기억을 암시하는 장치로 사용되고 있다.

[9] 『좌전(左傳)』선공(宣公) 15년의 기록에 따르면 초(楚) 장왕은 송나라가 자신의 사신을 죽인 데 대한 보복으로 장왕 16년 9월에 송나라를 포위해 이듬해 5월까지 풀어 주지 않았다. 송나라는 곤경에 처했고 식량은 바닥이 나

한 적이 있고, 또 한번은 우연히 한 나쁜 사람에 대해 이야기하면서 그를 당장 죽여야 마땅할 뿐만 아니라 〈그 고기를 먹고 가죽을 잠자리로 삼아야 한다〉고 말했다. 그때 아직 나이가 어리던 나는 한나절이나 가슴이 두근거렸다. 그저께 랑즈춘의 소작인들이 와서 사람의 심장과 간을 꺼내 먹은 사건에 관해 얘기할 때도 그는 전혀 이상하게 여기지 않고 연방 고개를 끄덕였다. 이로 미루어 형님의 마음이 종전과 똑같이 사납다는 것을 알 수 있다. 〈자식을 먹을 것과 바꿀〉 정도라면 무엇이든지 바꿀 수 있을 것이고 어떤 사람이라도 잡아먹을 수 있을 것이다. 이전에 나는 그가 어떤 이치를 설명하면 듣기만 하고 어물어물 넘어갔다. 이제야 그가 이치를 설명할 때 입술에 사람의 기름이 묻어 있을 뿐만 아니라 마음속에 사람 잡아먹을 생각이 가득하다는 것을 알 수 있을 듯하다.

6

칠흑처럼 어둡다. 낮인지 밤인지 알 수 없다. 자오 씨네 개가 또 짖어 대기 시작했다.

사자처럼 흉악한 마음, 토끼의 겁 많고 나약함, 여우의 교활함…….

고 말았다. 재상 화원(華元)이 밤중에 초나라 장군 자반(子反)을 찾아가 송나라 사정을 솔직하게 얘기했다. 자반은 장왕에게 이를 알리면서 장왕이 송나라 사정을 묻자 〈뼈를 부수어 밥을 짓고 자식을 바꾸어 먹는다(折骨而炊 易子而食)〉고 말했다. 초 장왕은 화원의 말에 진정성이 있다면서 우리 식량도 이틀 치뿐이라며 군대를 물러나게 했다.

7

 나는 그들의 수법을 잘 안다. 곧바로 죽이지 못하는 것은 그러고 싶지 않은 것도 아니고 겁이 나서 감히 그러지 못하는 것도 아니다. 단지 큰 화가 미칠까 두려워서다. 때문에 그들은 여럿이 연락을 취해 촘촘하게 그물을 쳐놓고는 내가 스스로 자살하도록 몰아가는 것이다. 며칠 전 거리에서 본 남녀의 모습이나 요 며칠 동안 우리 큰형님의 거동으로 보나 십중팔구는 충분히 알아차릴 수 있다. 가장 좋은 것은 허리띠를 풀어 대들보에 건 다음 스스로 목을 매어 죽는 것이다. 그러면 그들은 살인의 죄명도 쓰지 않을 테고 바라던 바도 이룰 것이며 당연히 모두가 뛸 듯이 기뻐하며 숨이 넘어갈 듯한 웃음소리를 낼 터다. 그렇지 않고 놀라거나 걱정을 하다가 죽으면 몸이 조금 마르는 게 아쉽기는 하지만 그런대로 잘되었다고 고개를 끄덕일 것이다.

 그들은 죽은 동물의 고기만 먹을 수 있다! 어떤 책에선가 〈하이에나〉라고 부르는 동물에 관해 설명한 것을 본 적이 있다. 눈빛과 모양이 매우 흉측한 이 동물은 항상 죽은 동물의 고기만 먹는데, 아주 큰 뼈까지도 잘게 씹어 배 속에 삼킨다고 한다. 생각만 해도 두려움에 떨게 만드는 동물이다. 〈하이에나〉는 늑대의 친척쯤 되는 동물이고 늑대는 개의 본가가 된다. 그저께 자오 씨네 개가 나를 몇 번 힐끗힐끗 쳐다보았다. 그놈도 벌써부터 함께 모의하기로 약속이 된 게 분명하다. 늙은이가 눈으로는 땅을 쳐다보지만 어찌 나를 속여 넘길 수 있겠는가.

 가장 불쌍한 것은 우리 큰형님이다. 그도 사람인데 어떻게 아무런 두려움 없이 패거리와 합세하여 나를 잡아먹을 수 있 겠는가? 차라리 예로부터 관습이 되어 버린 것들을 잘못이라 고 여기지는 않을까? 혹시 양심을 버리고 죄를 짓는다는 것 을 분명히 알면서도 일부러 그렇게 하는 것일까?

나는 사람을 잡아먹는 사람들을 저주한다. 형님부터 그렇 다. 사람을 잡아먹는 사람들에게 그러지 못하도록 권면해야 한다면 우리 형님부터 손을 써야 한다.

8

사실 이런 이치는 지금쯤 그들도 벌써 알았을 것이다…….

갑자기 사람이 하나 찾아왔다. 나이는 겨우 스물 안팎인 것 같은데 생김새는 분명하지 않다. 그가 얼굴 가득 웃음을 띠면서 나를 향해 가볍게 고개를 끄덕였다. 그의 웃음 역시 진짜 웃음 같지는 않았다. 내가 그에게 물었다. 「사람을 잡 아먹는 일이 옳은 건가요?」 그 사람은 여전히 웃으면서 대답 했다. 「흉년이 아닌데 어떻게 사람을 잡아먹을 수 있겠습니 까?」 그 순간 나는 그 역시 한패로, 사람 잡아먹는 것을 좋아 한다는 사실을 알아차렸다. 그리고 용기백배하여 끈질기게 그에게 물었다.

「그게 옳은 일이냐고요.」

「그런 걸 물어서 뭐 합니까. 정말 농담을…… 잘 하시네요 ……. 오늘 날씨가 참 좋습니다.」

날씨는 정말 좋았다. 달빛도 아주 밝았다. 하지만 난 당신 에게 묻고 싶다. 「그게 옳은 일이냐는 말이오.」

그는 그렇다고 여기지는 않는지 어물어물 웃으면서 대답했다. 「아니요…….」

「옳지 않다고요? 그런데 그들은 왜 사람을 잡아먹는 겁니까?」

「그런 일은 없을 겁니다…….」

「그런 일이 없다고요? 랑즈춘에서 지금 사람을 잡아먹고 있고 책에도 그렇게 써 있단 말입니다. 온통 시뻘겋게 새로 쓴 글자라고요!」

그는 갑자기 얼굴빛이 변하더니 쇠처럼 파랗게 질려 버렸다. 그러고는 눈을 크게 뜨고 말했다. 「있을 수는 있는 일이지요. 옛날부터 그래 왔으니까요…….」

「옛날부터 그래 왔기 때문에 옳다는 건가요?」

「당신과 그런 이치를 따지고 싶진 않군요. 어쨌든 그런 말을 해선 안 돼요. 그런 말을 한다면 당신이 잘못된 거예요.」

나는 벌떡 일어나 눈을 크게 뜨고 쳐다봤지만 그는 어느새 사라지고 없었다. 온몸에 흠뻑 땀이 났다. 그는 나이가 우리 큰형님보다 훨씬 어린데도 한 패거리였다. 이는 틀림없이 그의 어미 아비가 먼저 가르쳐 주었기 때문일 것이다. 어쩌면 이미 그의 자식들에게도 가르쳐 주었을지 모른다. 그래서 어린아이들까지도 모두 사나운 눈초리로 나를 쳐다보는 것이다.

9

자신이 사람을 잡아먹고 싶으면서 또 남에게 잡아먹힐까 봐 두려워 모두 의심 가득한 눈빛으로 서로의 얼굴을 살핀다…….

 그런 생각을 버릴 수만 있다면 마음 놓고 일을 하고, 길을 걸어 다니고, 밥을 먹고, 잠을 잘 수 있을 테니 얼마나 편하겠는가. 이는 단지 문지방이요, 관문일 뿐이다. 그들은 부자(父子)와 형제, 부부, 친구, 스승과 제자, 원수 관계로서 서로 알지도 못하는 사람들과도 한패가 되어 서로 이끌어 주고 서로 견제하면서, 죽어도 이 한 걸음을 넘어서려고 하지 않는다.

10

 아침 일찍이 큰형님을 찾아갔다. 그는 안채 문밖에서 하늘을 쳐다보고 있었다. 나는 그의 등 뒤로 다가가 문을 막아서고는 특별히 조용하고 부드러운 어투로 말을 걸었다.
「큰형님, 드릴 말씀이 있습니다.」
「말해 봐라.」 그는 재빨리 얼굴을 돌리면서 고개를 끄덕였다.
「몇 마디면 되는데 말이 잘 나오지 않네요. 큰형님, 아마도 맨 처음 야만인들은 모두 사람을 잡아먹었을 겁니다. 그러다가 나중에 생각이 달라져 어떤 자는 사람을 잡아먹지 않고 줄곧 착하게 살면서 사람으로 변했겠지요. 진짜 사람이 된 겁니다. 어떤 자는 계속 사람을 잡아먹어 여전히 벌레와 같은 상태로 남아 있을 것이고 어떤 자는 물고기나 새로 변했다가 원숭이를 거쳐 사람으로 변한 겁니다. 어떤 자는 착하게 살고 싶지 않아 지금도 벌레로 남아 있을 겁니다. 이들 사람을 잡아먹는 사람들은 사람을 잡아먹지 않는 사람들에 비해 얼마나 부끄럽겠습니까. 아마 벌레가 원숭이를 부끄러워하는 것보다 훨씬 더 부끄러울 겁니다.

역아가 그의 자식을 삶아서 걸 왕과 주 왕에게 먹였다는 것[10]은 예전부터 전해 내려오는 이야기지요. 하지만 반고(盤古)가 천지를 개벽한 후에 역아의 아들을 잡아먹었고 역아의 아들 이후로 계속 사람을 잡아먹어 쉬시린[11]을 잡아먹기에 이르렀으며, 쉬시린 이후로는 또 랑즈춘에서 사람을 잡아먹는 상황까지 이르게 될 줄을 누가 알았겠습니까. 작년에는 성내에서 범인을 하나 잡아 죽였는데 폐병을 앓는 사람이 만터우[12]에 그 피를 발라 먹었다고 합니다.

저들이 저를 잡아먹으려고 해요. 원래 형님 혼자서는 생각조차 할 수 없는 일이었지요. 그렇다고 왜 패거리에 들어가셨나요. 사람을 잡아먹는 사람들이 무슨 짓인들 못 하겠어요. 저들이 저를 잡아먹을 수 있다면 형님도 잡아먹을 수 있을 것이고, 같은 패거리 안에서도 서로 잡아먹을 수 있는 겁니다. 하지만 한발민 몸을 돌려 당장 생각을 바꾸면 모두가 태평해질 수 있을 겁니다. 옛날부터 그렇게 해왔다고 하더라도 오늘부터 우리는 아주 사이좋게 지낼 수 있어요. 그렇게 해서는 안 된다고 말씀하세요. 큰형님, 저는 형님이 그렇게 말씀하실

---

10 역아(易牙)는 춘추 시대 제(齊)나라 사람으로 맛을 내는 데 능했다. 걸(桀)과 주(紂)는 각각 하(夏) 왕조와 상(商) 왕조의 마지막 왕으로, 역아와는 동시대 사람들이 아니다. 이 부분은 루쉰이 광인을 형상화하려고 역사 기록을 부분적으로 차용한 것이다.

11 저장 성 사오싱 출신으로 청 말의 혁명 단체인 광복회의 중요 멤버였던 쉬시린(徐錫麟)을 암시하여 지칭한 것이다.

12 만터우(饅頭)는 밀가루 반죽을 사람 주먹만 하게 빚어 찐 음식으로 전통적으로 북방 사람들의 주식이었다. 우리나라에서 흔히 말하는 만두는 중국의 자오즈(餃子)에 해당한다.

수 있다고 믿어요. 그저께 소작인이 세금을 감해 달라고 했을 때 형님은 안 된다고 말씀하셨잖아요.」

형님은 처음에는 냉소만 짓더니 곧이어 눈빛이 흉악해졌고, 자신들이 숨겨 둔 비밀을 폭로하자 얼굴이 온통 새파랗게 변해 버렸다. 대문 밖에 사람들 한 패거리가 서 있는데 자오꾸이 영감과 그의 개도 그 안에 끼어 있었다. 그들은 모두가 머리를 낮게 숙이고서 문 안으로 밀고 들어오려 했다. 헝겊을 뒤집어썼는지 얼굴을 알아볼 수 없는 자들도 있었고 여전히 흉악한 얼굴로 입을 삐죽 내밀며 웃는 자들도 있었다. 나는 그들이 모두 한 패거리임을 알아보았다. 하나같이 사람을 잡아먹는 사람들이었다. 그러나 그들의 생각이 전부 똑같지 않다는 것도 알았다. 일부는 이전부터 그래 왔기 때문에 사람을 잡아먹는 것이 당연하다고 여겼고, 일부는 사람을 잡아먹어서는 안 된다는 것을 잘 알면서도 여전히 잡아먹으려 했다. 단지 다른 사람이 자신의 정체를 폭로할까 두려워 내 말을 듣고는 더욱 화를 내는 것이다. 하지만 그들은 여전히 입을 내밀고 차가운 웃음을 지었다.

이때 큰형님도 갑자기 험악한 얼굴을 드러내면서 큰 소리로 외쳤다.

「모두 나가요. 미친 사람이 무슨 구경거리라고 이래요!」

이때 나는 또 한 가지 저들의 교묘함을 알았다. 저들은 마음을 고치려고 하지 않을 뿐만 아니라 벌써부터 일을 다 꾸며 놓았다. 나를 미친놈으로 몰아세우려는 것이다. 앞으로는 사람을 잡아먹어도 태평 무사할 뿐만 아니라 어쩌면 사람들의 동정까지 받게 될지도 모를 일이었다. 여러 사람이 악인한 사람을 잡아먹었다던 소작인의 얘기도 바로 이런 방법이다. 이것이 저들의 상투적인 수법이다!

천라오우도 잔뜩 화가 나서 곧장 걸어 들어왔다. 그가 내 입을 어떻게 막으려 하든지 나는 기어코 저들을 향해 말했다.

「당신들은 변할 수 있어. 자신의 진심부터 고쳐야 한다고! 앞으로는 사람을 잡아먹는 놈들이 용납되어 이 세상에서 사는 일이 더는 없을 거라는 사실을 알아야 해. 마음을 고치지 않으면 당신들 자신도 잡아먹히고 말 거야. 당신들이 아무리 아이를 많이 낳는다 해도 진짜 사람들에게 멸종당하고 말 거야. 사냥꾼이 늑대를 모두 잡아 죽이는 것처럼, 벌레를 잡아 죽이는 것처럼 멸종시키고 말 거라고!」

그 패거리는 모두 천라오우에게 쫓겨났다. 큰형님도 어디로 갔는지 알 수 없었다. 천라오우가 나를 방 안으로 돌려보냈다. 방 안은 온통 어둠침침했다. 서까래와 대들보가 모두 머리 위에서 흔들렸다. 한동안 흔들리더니 이내 커지면서 내 몸 위로 쌓였다.

너무나 무거워 몸을 움직일 수 없었다. 천라오우는 나를 죽일 생각이었다. 나는 그 무게가 거짓이라는 것을 알고는 몸부림을 쳤다. 온몸에 땀이 났다. 그러나 나는 끝까지 소리쳤다.

「당신들은 당장 마음을 고쳐야 해! 자신들의 진심부터 변화시켜야 한다고! 앞으로는 사람을 잡아먹는 사람들이 용인되지 않는다는 사실을 알아야 해……」

11

해도 뜨지 않고 문도 열리지 않았다. 매일매일 두 끼 밥을 줄 뿐이었다.

나는 젓가락을 들고 큰형님을 생각했다. 누이동생이 죽은 원인이 전적으로 그에게 있다는 것을 알았다. 그때 누이동생은 겨우 다섯 살이었다. 귀엽고 사랑스러운 모습이 지금도 눈앞에 있는 것처럼 생생하다. 어머니가 울음을 멈추지 않자 형님은 울지 말라고 어머니를 달랬다. 아마도 자신이 누이동생을 잡아먹었기 때문에 어머니가 우는 모습을 보자 조금은 미안한 마음이 들었을 것이다. 지금도 미안한 마음을 갖는다면······.

누이동생이 큰형님에게 잡아먹혔다는 사실을 어머니는 모르셨을까. 나는 정말 알 수가 없었다.

어머니도 알고 싶으셨을 것이다. 하지만 우는 동안에는 전혀 말씀을 하지 않으셨다. 어쩌면 당연한 일이라고 여기셨는지도 모른다. 내가 네다섯 살 때인 것 같다. 하루는 안채 앞에 앉아서 더위를 식히는데, 큰형님이 부모님께서 병이 나면 아들 된 사람이 반드시 살을 한 점 베어 내다 삶아서 부모님께 드시게 해야 비로소 훌륭한 사람이라고 말했다. 어머니도 그러면 안 된다고 말씀하시지 않았다. 물론 살을 한 점 먹을 수 있다면 온몸을 통째로 먹을 수도 있을 것이다. 그러나 그날 어머니가 우시던 모습은 지금 생각해도 정말 마음을 슬프게 했다. 이건 참으로 이상한 일이 아닐 수 없다.

12

생각을 할 수 없다.

4천 년 동안 수시로 사람을 잡아먹던 곳에서 자신이 여러 해 동안 함께 뒤섞여 살아왔다는 것을 나는 오늘에야 비로소 명백히 알게 되었다. 큰형님이 집안일을 관리할 때에 마침 누이동생이 죽은 것을 생각하면 틀림없이 큰형님이 누이동생을 밥이나 반찬에 넣어 우리에게 몰래 먹였을 것이다.

나도 자신도 모르게 누이동생의 살을 몇 점 먹었을지 모른다. 그리고 이제는 내 차례가 된 것이다…….

4천 년 동안 사람을 잡아먹는 이력을 가진 나를 처음에는 몰랐지만 지금은 분명하게 안다. 진짜 사람을 만나기가 어려운 것이었다!

13

혹시 사람을 먹어 보지 않은 아이들이 아직 있을까?
아이들을 구해야겠다…….

1918년 4월

쿵이지[1]

　루진의 술집 구조는 다른 고장과는 달랐다. 하나같이 굽은 자 모양의 계산대가 거리를 향해 나 있고 계산대 안쪽에는 언제든지 술을 데울 수 있도록 더운물이 준비되어 있었다. 점심이나 저녁 무렵이면 일을 마친 노동자들이 늘 동전 4원(文)[2]을 내고 술 한 잔을 사서 마시곤 했다. 이는 이미 20여 년 전 일이라 지금은 한 잔에 10원으로 올랐을 것이다. 그들은 계산대 바깥에 기대어 서서 따끈히 데운 술을 마시면서 휴식을 취하곤 했다 1원을 더 쓰면 짭짤하게 졸인 죽순이나 후이샹떠우(茴香豆) 한 접시를 사서 술안주로 삼을 수 있었다. 10원을 내면 고기 요리 같은 것도 살 수 있지만 이곳을 찾는 손님들은 대부분 노동자라 그런 호사를 누리기 어려웠다. 단지 긴 두루마기를 걸친 손님들만이 가게 안쪽 방으로 거들먹거리면서 들어가 술과 요리를 시켜 편히 앉아 천천히 먹고 마시곤 했다.

　나는 열두 살 때부터 마을 어귀에 있는 셴헝 주점에서 점원

---

1 이 작품은 1919년 4월 『신청년』 6권 4호에 처음 발표되었다.
2 우리나라에서 통용된 화폐 단위로 1푼에 해당된다.

으로 일했다. 주인은 내 몰골이 너무 바보스럽다며 긴 두루마기 입은 손님들 시중은 들지 못할 것 같으니 밖에서 잔심부름이나 하라고 일렀다. 밖에 있는 노동자 손님들과는 얘기를 주고받기가 편했지만 이러쿵저러쿵 말이 많아 귀찮게 구는 사람도 적지 않았다. 그들은 종종 술독에서 황주(黃酒)를 퍼내는 것을 자기 눈으로 직접 확인하려 하기도 했고 술병 밑바닥에 물이 있나 없나 살피기도 했다. 또한 술병을 더운물에 담그는 것까지 제 눈으로 직접 확인하고 나서야 겨우 마음을 놓곤 했다. 이렇게 엄중하게 감시하는데 술에 물을 타기란 여간 어려운 일이 아니었다. 그렇게 며칠이 지나자 주인은 이런 일 하나 똑바로 못 한다고 나를 책망했다. 다행히도 나를 추천해 준 사람과 친분이 두터워 쫓겨나지는 않았지만 대신 전문적으로 술만 데우는 무료한 일을 하게 되었다.

그날부터 나는 하루 종일 계산대 앞에 서서 전문적으로 내 일만 했다. 별다른 실수는 없었지만 너무 단조롭고 지루했다. 주인은 험상궂은 얼굴이었고 주요 고객들도 성격이 좋지 않아서 기를 펼 수가 없었다. 오직 쿵이지가 가게에 올 때만 몇 번 웃을 수 있었다. 그래서 지금까지도 그를 잘 기억하는 것이다.

쿵이지는 서서 술을 마시는 손님들 가운데 긴 두루마기를 입은 유일한 사람이었다. 그는 키가 훤칠하게 크고 얼굴은 다소 창백한 데다 주름 사이에는 상처 자국이 가실 날이 없었다. 희끗희끗한 수염은 마구 엉켜 있었다. 입은 옷이 긴 두루마기이긴 하지만 더럽고 너덜너덜하여 십수 년 동안 꿰매기는커녕 빨래조차 한 일이 없는 것 같았다. 그가 사람들에게 하는 말에는 항상 〈지호자야(之乎者也)〉[3] 같은 옛날 말투가 붙어 있어 알쏭달쏭했다. 성이 쿵(孔)이다 보니 사람들은 묘홍지(描紅紙)[4]에 나오는 〈상대인쿵이지(上大人孔乙己)〉라는 알쏭달쏭한 문구에서 별명을 따 가지고 그를 쿵이지라고 불렀다. 쿵이지가 가게에 나타나기만 하면 술을 마시던 손님들은 모두 그를 놀려 댔다. 손님 하나가 말했다.

「쿵이지, 자네 얼굴에 또 상처가 하나 늘었군.」

쿵이지는 아무 대꾸도 하지 않고 계산대 안쪽에 대고 말했다.

「따끈한 술 두 잔에 후이샹떠우 한 접시!」

그러면서 1원짜리 아홉 개를 늘어놓았다. 그러면 사람들은 일부러 더 큰 소리로 말했다.

「자네 또 남의 물건을 훔친 게로군.」

그러자 쿵이지가 눈을 부릅뜨면서 말을 받았다.

「왜 또 터무니없이 남의 결백을 더럽히는 거야……?」

「결백이라고? 내가 엊그제 이 눈으로 똑똑히 보았네. 자네가 허 씨 댁에서 책을 훔치다가 들켜 거꾸로 매달려 매 맞는 걸 말이야!」

쿵이지는 금세 얼굴이 새빨갛게 달아오르더니 이마에 퍼런 힘줄을 드러내면서 열심히 변명을 했다.

「책을 훔치는 건 도둑질이라고 할 수 없어……. 그냥 책을 훔치는 거지……! 독서인(讀書人)들이 하는 일을 어떻게 도둑질이라고 할 수 있겠나?」

곧이어 그는 〈군자는 원래 가난하다〉[5] 또는 무슨 〈……인

---

3 글자 하나하나가 상용 문언 허사로, 지식인인 체하는 말을 일컫는다.
4 아이들의 글씨 연습을 위해 붉은색 해서(楷書)체 글자를 인쇄해 둔 종이.
5 『논어』「위령공(衛靈公)」편에 나오는 말이다.

가〉 하는 등 알아듣기 어려운 말을 해대 가게 안에 있던 모든 사람을 크게 웃게 만들었다. 그러면 가게 안팎이 유쾌한 분위기로 가득 넘치곤 했다.

사람들이 뒤에서 수군대는 말을 들어 보면, 쿵이지는 원래 공부하는 사람이었으나 끝내 진학(進學)[6]을 하지 못했고, 게다가 생계를 이어 갈 방법도 몰랐다고 한다. 이리하여 갈수록 가난해진 그는 구걸을 해야 할 지경으로까지 몰락했다. 다행히 글씨는 잘 썼기 때문에 남에게 책을 베껴 주는 것으로 겨우 입에 풀칠을 할 수 있었다. 하지만 유감스럽게도 그는 술 마시기를 좋아하고 일하기는 싫어하는 안 좋은 버릇이 있었다. 그러다 보니 앉아서 일을 시작한 지 며칠 지나지 않아 사람과 책, 종이, 붓, 벼루까지 전부 사라져 버리곤 했다. 이런 일이 몇 번 거듭되자 그에게 책을 베껴 달라고 부탁하는 사람이 없었다. 달리 생계를 해결할 방법이 없자 쿵이지는 결국 도둑질을 할 수밖에 없었던 것이다. 하지만 우리 가게에서 그의 품행은 다른 어떤 사람보다도 훌륭했고 이제껏 단 한 번도 외상을 미룬 적이 없었다. 가끔씩 현금이 없어 얼마 동안 칠판에 이름이 적히는 일이 있긴 했지만 무슨 일이 있어도 한 달을 넘기지 않고 깨끗이 갚았다. 그러면 칠판 위에 적힌 쿵이지란 이름도 지워졌다.

쿵이지가 술을 반 사발쯤 마시고 나니 새빨개졌던 얼굴빛이 점차 원래의 모습으로 돌아왔다. 그러자 옆에 있던 사람이 또 물었다.

---

[6] 명·청 대의 과거 제도에 따르면 동생(童生)은 현에서 보는 초시(初試)와 부에서 보는 복시(復試)를 거쳐 학정(學政)이 주재하는 원고(院考)에 합격하여 생원, 즉 수재(秀才)가 되는 것을 말한다.

「쿵이지, 자네 정말 글을 읽을 줄 아나?」

쿵이지는 이렇게 묻는 사람의 얼굴을 빤히 쳐다보면서 변명하기조차 귀찮다는 듯한 표정을 지었지만 그들은 계속해서 물어 댔다.

「그럼 자네는 어째서 수재 근처에는 가보지도 못한 건가?」

쿵이지는 몹시 당혹스럽고 불안한 표정을 지으며 얼굴에 우울한 빛을 드러낸 채 입속말로 뭔가를 중얼거렸다. 이번에는 온통 〈지호자야〉가 붙은 옛 말투라 전혀 알아들을 수 없었다. 이럴 때면 술집 안에 있는 손님들 모두가 껄껄대고 웃었고 가게 안팎에 즐거운 분위기가 가득 찼다.

이런 때에는 나도 따라 웃을 수 있었고 주인도 절대로 나무라지 않았다. 그뿐 아니라 주인도 쿵이지를 보면 이런 말을 걸어 사람들을 웃게 했다. 쿵이지 자신도 그들과는 얘기 상대가 되지 않는다는 것을 잘 알기에 하는 수 없이 아이들에게 말을 걸었다. 한번은 그가 내게 물었다.

「너 글 배운 적 있니?」

내가 가볍게 고개를 끄덕이자 그가 다시 물었다.

「글을 배웠다고! ······그럼 내가 시험해 보아야겠다. 후이샹떠우 할 때 〈후이〉 자는 어떻게 쓰지?」

나는 거지나 다름없는 사람이 무슨 자격으로 날 시험하나 하는 생각에 고개를 돌리고 상대하지 않았다. 쿵이지가 한참이나 내 대답을 기다리다가 간절하게 말했다.

「쓸 줄 모르나 보군? ······내가 가르쳐 줄 테니까 잘 외워. 이런 글자는 외워 둬야 한다고. 앞으로 가게 주인이 되면 장부를 쓸 때 꼭 필요할 테니까 말이야.」

나는 속으로 나와 주인의 계급 차이가 아직 까마득한 데다 우리 주인은 여태껏 후이샹떠우를 장부에 올려 본 적이 없다고 생각하면서 그의 말이 우습기도 하고 귀찮기도 해서 대충 건성으로 대답했다.

「누가 아저씨더러 그런 걸 가르쳐 달랬어요? 초두 밑에 돌아올 회 자 아니에요?」

쿵이지는 몹시 반가운 듯, 두 손가락의 긴 손톱으로 계산대를 두드리며 고개를 끄덕이면서 말을 받았다.

「그래, 맞았다! ……그 회(回) 자 쓰는 법이 네 가지 있는데 너 아니?」

나는 더욱 참을 수 없어 입을 삐쭉 내밀고 멀찍감치 떨어져 버렸다. 쿵이지는 막 손톱에 술을 적셔 계산대 위에 글자를 쓰려다가 내가 조금도 성의를 보이지 않자 휴우 한숨을 내쉬며 몹시 유감스럽다는 표정을 지었다. 이웃 아이들이 웃음소리를 듣고는 왁자지껄 달려와서 쿵이지를 둘러싼 적도 몇 번 있었다. 그는 아이들에게 후이샹떠우를 먹으라며 한 아이에게 한 개씩 나눠 주었다. 하지만 아이들은 콩을 먹고 나서도 여전히 가지 않고 모두 접시만 바라보았다. 당황한 쿵이지는 다섯 손가락을 펴서 접시를 가리고는 허리를 굽히면서 말했다.

「얼마 남지 않았어! 별로 남은 게 없다고!」

그러고는 몸을 똑바로 일으켜 다시 남은 콩을 흘긋 보고는 고개를 절레절레 흔들며 혼잣말로 중얼거렸다.

「많지 않아. 많지 않아. 많은가? 많지 않아.」[7]

그러자 아이들 한 무리는 모두 웃으며 흩어져 돌아갔다.

쿵이지는 이처럼 사람들을 유쾌하게 했다. 하지만 그가 없

---

7 『논어』 「자한(子罕)」 편에 나오는 대재(大宰)와 자한의 대화를 인용한 것이다.

어도 다른 사람들은 별일 없이 그저 그렇게 세월을 보냈다.

아마 중추절을 2, 3일 앞둔 어느 날이었던 것 같다. 주인이 천천히 장부를 정리하다가 갑자기 칠판을 내리면서 말했다.

「쿵이지가 오랫동안 오지 않은 것 같군! 아직 19원이나 외상이 남아 있는데 말이야!」

그제야 나도 그가 꽤 오랫동안 가게에 나타나지 않았다는 것을 깨달았다. 술을 마시던 손님 하나가 주인의 말을 받았다.

「그자가 어떻게 오겠소? 다리가 부러졌는데……」

주인이 깜짝 놀라 되물었다.

「그래요?」

「그자는 여전히 도둑질을 하고 다녔다오. 이번에는 정신이 나갔는지 딩 거인[8] 나리 댁으로 물건을 훔치러 들어갔다지 뭐요! 그 집 물건을 훔쳐 낼 수 있을 것 같소?」

「그래서 어떻게 되었답니까?」

「어떻게 되었냐고요? 우선 자백서를 쓰고 나서 호되게 얻어맞았지요. 밤새 죽도록 얻어맞아 다리가 부러졌다더군요.」

「그래요?」

「그래서 다리가 부러졌다니까요!」

「다리가 부러져서 어떻게 됐는데요?」

「어떻게 됐냐고요? ……그걸 누가 알겠소? 아마 죽었을 거요.」

주인도 더는 묻지 않고 다시 천천히 장부를 정리해 나갔다.

중추절이 지나자 가을바람이 하루가 다르게 차가워졌다. 초겨울이 다가왔다. 나는 하루 종일 화롯가에 있으면서도 반

---

[8] 거인(擧人)은 중국의 과거 시험 중 지방에서 치르는 향시에 합격한 사람을 말한다.

드시 솜저고리를 입어야 했다. 어느 날 오후, 손님이 한 사람도 없어서 두 눈을 감고 앉아 쉬는데 갑자기〈술 한 사발 데워 줘〉하는 소리가 들렸다. 몹시 낮지만 귀에 익은 음성이었다. 눈을 떠보니 사람이라고는 아무도 없었다. 얼른 일어나 밖을 내다보니 쿵이지가 계산대 아래에 문턱을 마주하고 앉아 있었다. 얼굴은 거무튀튀하고 몸은 몹시 야위어 꼴이 말이 아니었다. 다 떨어진 겹옷을 입고 책상다리를 한 채 그 아래 거적을 깔고 있었다. 그리고 그것을 새끼줄로 어깨에 메었다. 나를 보자 그가 또 말했다.

「술 한 사발 데워 달라고.」

주인이 머리를 내밀고 말했다.

「쿵이진가? 자네 외상값이 아직 19원이나 남았네!」

쿵이지가 의기소침한 표정으로 고개를 들며 말했다.

「그건…… 다음에 갚는 걸로 합시다! 오늘은 현금이오. 좋은 술로 주시오.」

주인은 여전히 평상시처럼 웃으면서 말했다.

「쿵이지, 자네 또 도둑질을 했군!」

하지만 그도 이번에는 변명하지 않고 그저 한마디만 했다.

「놀리지 말아요!」

「놀리다니? 도둑질을 하지 않았다면 왜 다리가 부러졌나?」

쿵이지가 목소리를 낮춰 말했다.

「넘어져서 부러진 거요. 넘어져, 넘어져서…….」

그의 눈빛이 주인에게 더는 캐묻지 말라고 애원하는 것 같았다. 이때는 이미 여러 사람이 모여들어 주인과 함께 웃고 있었다. 나는 술을 데워 들고 나가 문지방 위에 내려놓았다. 그는 헤진 옷 주머니에서 동전 네 개를 꺼내 내 손에 얹어 주었다. 그의 손은 온통 흙투성이였다. 알고 보니 손으로 땅을 짚고 기어 온 것이다. 잠시 후 술을 다 마신 그는 사람들이 웃고 떠드는 사이에 앉은 채로 손으로 땅을 짚으며 엉금엉금 기어갔다.

이때 이후로 오랫동안 다시는 쿵이지를 보지 못했다. 연말이 되자 주인이 칠판을 내리면서 말했다.

「쿵이지는 아직 외상값이 19원 남아 있어!」

그다음 해 단오절이 되자 주인이 또 말했다.

「쿵이지는 아직 외상값이 19원 남아 있군.」

그러나 중추절에는 아무 말도 없었다. 연말이 되어도 그의 모습을 볼 수 없었다.

나는 지금까지도 끝내 그를 보지 못했다. 아마도 쿵이지는 틀림없이 죽었을 것 같다.

1919년 3월

약[1]

1

가을날 새벽, 달은 졌지만 아직 해는 뜨지 않은 채 검푸른 하늘만 남아 있었다. 밤에 어슬렁거리며 돌아다니는 것들 말고는 모두가 잠들어 있었다. 화라오솬은 갑자기 일어나 앉아 성냥을 그어 온통 기름투성이인 등잔에 불을 붙였다. 다관(茶館)[2]의 두 칸짜리 방에 푸른빛이 가득 찼다.

「샤오솬 아버지, 지금 가시려고요?」

나이 든 여인의 목소리였다. 안에 있는 작은방에서는 한바탕 기침 소리가 들렸다.

「응.」

라오솬은 이런 얘기를 들으면서 대답과 함께 옷에 단추를 채웠다. 그러고는 손을 내밀며 말했다.

---

1 이 작품은 1919년 5월 『신청년』 6권 5호에 처음 발표되었다. 작품에 등장하는 샤위는 청 말의 여성 혁명가 추근(秋瑾)을 암시하는 것으로 알려져 있다.
2 중국의 서민들이 차를 마시거나 점심을 먹으며 정보를 교환하는 사교장.

「그거 이리 줘.」

화 씨 부인은 베개 밑을 한참 더듬더니 돈을 한 꾸러미 꺼내 라오솬에게 건네주었다. 라오솬은 돈을 받아 들고는 부들부들 떨면서 주머니에 집어넣었다. 그러고는 옷 밖으로 두어 번 지그시 눌러 보았다. 이어서 그는 초롱을 켜 들고 입으로 등잔불을 불어 끈 다음 작은방으로 들어갔다. 작은방에서는 바스락바스락하는 소리가 나더니 이어서 한바탕 기침 소리가 들려왔다. 라오솬은 기침 소리가 가라앉기를 기다렸다가 나지막하게 말했다.

「샤오솬…… 일어나지 마라. ……가게 일은 ……네 엄마가 다 준비해 놓았어.」

아들에게서 아무런 대꾸도 없자 라오솬은 아들이 편히 잠들었겠거니 생각하고는 문을 나와 거리로 나섰다. 거리는 온통 어둠에 싸인 채 아무것도 보이지 않았다. 단지 잿빛 길 한 가닥만 선명하게 보일 뿐이었다. 초롱불이 앞뒤로 왔다 갔다 하는 그의 두 다리를 비추었다. 때때로 개 몇 마리를 마주치긴 했지만 한 마리도 짖지 않았다. 공기는 집 안보다 훨씬 추웠다. 하지만 라오솬에게는 오히려 상쾌하게 느껴졌다. 마치 하루아침에 소년으로 변해 신통력을 얻어서 사람들에게 생명을 부여하는 능력을 갖추기라도 한 것처럼 내딛는 발걸음이 특별히 높고 보폭도 넓었다. 게다가 길은 갈수록 더 뚜렷해졌고 하늘도 갈수록 더 밝아졌다.

라오솬은 정신없이 길을 걷다가 갑자기 흠칫 놀랐다. 저 멀리 삼거리가 분명하게 가로놓인 것이 눈에 들어왔다. 그는 재빨리 몇 걸음 뒷걸음질해, 문이 닫힌 가게 처마 밑으로 숨었다. 한참을 문에 기대고 있자니 몸이 서늘해 오는 것이 느꺼졌다.

「훙, 영감탱이로군.」

「기쁘시겠어…….」

라오솬이 또 깜짝 놀라 눈을 크게 뜨고 자세히 살펴보니 몇몇 사람이 그의 눈앞을 지나쳐 갔다. 그중 한 사람이 고개를 돌려 그를 쳐다보았다. 모습이 분명하진 않았지만 아주 오랫동안 굶주린 사람이 먹을 것을 발견했을 때처럼, 눈에 뭔가를 낚아채려는 듯한 예리한 빛이 번득였다. 라오솬이 초롱을 확인해 보니 불은 이미 꺼져 있었다. 다시 주머니를 눌러 보았는데 딱딱한 것이 별 탈 없이 그대로 있었다. 고개를 쳐들어 양쪽을 둘러보자 이상한 모습을 한 수많은 사람들이 두세 명씩 짝을 지어 귀신처럼 주위를 서성대고 있었다. 눈을 똑바로 뜨고 다시 자세히 살펴보았지만 별로 이상한 것은 눈에 띄지 않았다.

얼마 지나지 않아 다시 병사들 몇 명이 저쪽에서 움직이는 모습이 보였다. 제복 가슴과 등에 달린 희고 커다란 둥근 표찰이 밀리시도 또렷하게 보였다. 비로 눈앞을 지나갈 때는 제복의 검붉은 옷깃 테까지 분간할 수 있었다. 한바탕 발소리가 요란하게 울리면서 순식간에 사람들 한 무리가 서로 밀치며 지나갔다. 두세 명씩 서성대던 사람들도 갑자기 한데 모이더니 밀물처럼 앞으로 몰려갔다. 그러다가 삼거리에 이르자 갑자기 멈춰 서면서 반원 모양의 대형을 만들었다.

라오솬도 그쪽으로 눈을 돌렸다. 하지만 한 덩어리로 몰린 사람들의 등만 보일 뿐이었다. 모두 길게 목을 뺀 모습이 마치 수많은 오리들이 보이지 않는 손에 목을 잡혀 매달린 것 같았다. 잠시 조용하다 싶더니 갑자기 무슨 소리가 나면서 다시 술렁이기 시작하다가 〈쾅〉 하는 소리가 울리자 모두들 뒤로 물러났다. 사람들은 곧바로 라오솬이 서 있는 곳까지 밀려와 하마터면 그를 밀쳐 넘어뜨릴 뻔했다.

「이봐요! 한 손으로 돈을 내고 다른 한 손으로 물건을 받아요!」

온몸이 시커먼 사람이 라오솬 앞에 불쑥 나타났다. 눈빛이 마치 두 자루 칼날 같았다. 라오솬은 몸이 절반으로 오그라들었다. 그 사내가 커다란 손을 그를 향해 벌리고 다른 손에 시뻘건 만터우를 움켜쥐고 있었다. 시뻘건 것이 아직도 아래로 뚝뚝 떨어졌다.

라오솬은 황망히 은전을 꺼내 부들부들 떨면서 그에게 내밀고 나서도 두려움에 감히 물건을 받지 못했다. 사내는 조급했는지 버럭 소리를 질렀다.

「뭐가 무서워서 그래요? 어째서 물건을 받지 않는 거요?」

라오솬은 그래도 계속 머뭇거렸다. 시커먼 사내는 초롱을 낚아채더니 종이로 된 초롱의 갓을 북 찢어 만터우를 싸서는 라오솬에게 안겨 주고 나서 한쪽 손으로 은전을 확 빼앗아 헤아려 보고는 몸을 돌려 가버렸다. 입으로는 뭐라고 투덜거리고 있었다. 「이 늙은 것이······.」

「그것으로 누구의 병을 고치려는 거요?」

라오솬은 누군가 자신에게 묻는 소리를 들은 것 같았다. 하지만 그는 대답하지 않았다. 그의 정신은 온통 손에 든 꾸러미에 집중되어 있었다. 마치 10대 독자인 갓난아이를 안기라도 한 것처럼 다른 일에는 일체 관심이 없었다. 그는 지금 이 꾸러미 속에 든 새 생명을 자기 집에 이식하여 많은 행복을 거둬들이려 하고 있었다. 해가 떠올랐다. 그의 눈앞에 집까지 곧장 이어진 큰길이 나타났다. 뒤쪽에는 여느 때와 마찬가지로 삼거리 길가에 걸린 낡은 편액에 빛이 바래 거무죽죽해진 〈고×정구(古×亭口)〉[3]라는 금색 글자 네 개가 아침 햇살을 반사하고 있었다.

2

라오솬이 집에 도착해 보니 가게는 이미 말끔하게 정돈되었고, 한 줄 한 줄 늘어선 다탁은 반질반질 빛이 났다. 그러나 손님은 아직 하나도 보이지 않았다. 단지 샤오솬 혼자서 안쪽 탁자 앞에 앉아 밥을 먹고 있었다. 이마에서 굵은 땀방울이 흘러내리고 등에 찰싹 달라붙은 겹저고리 밑으로는 양쪽 어깨뼈가 툭 튀어 나와 여덟 팔(八) 자를 그렸다. 라오솬은 그 꼴을 보자 눈살을 찌푸리지 않을 수 없었다. 그의 아내가 부엌에서 급히 뛰어나왔다. 눈을 크게 뜬 채 입술을 약간 떨고 있었다.

「구했어요?」

「구했소.」

두 사람은 함께 아궁이 앞으로 가서 잠시 뭔가를 상의했다. 화 씨 부인이 밖으로 나갔다가 얼마 후에 커다란 연잎을 한 장 가지고 돌아와 탁자 위에 펼쳤다. 라오솬도 초롱의 갓을 펼치고는 그 시뻘건 만터우를 연잎에 옮겨 다시 쌌다. 샤오솬이 식사를 마치자 그의 엄마가 황급히 말했다.

---

[3] 원문에 한 글자가 없다.

「샤오솬, 넌 거기 앉아 있어. 이리 오면 안 돼.」

그러면서 아궁이 불을 고르게 지피자 라오솬은 짙은 녹색 뭉치와 찢어지고 붉고 흰 얼룩이 진 초롱을 함께 아궁이 속에 쑤셔 넣었다. 잠시 검붉은 불꽃이 타오르고 가게 안에는 말로 형용할 수 없는 야릇한 냄새가 가득 찼다.

「아주 맛있는 냄새가 나네! 새참으로 무얼 드셨나?」

꼽추인 우 도령이 들어왔다. 그는 거의 매일 다관에서 시간을 보냈다. 가장 먼저 왔다가 가장 늦게 나가는 사람이 바로 그였다. 이날도 마침 길가로 향한 벽 쪽 탁자 옆으로 어정어정 걸어와 앉으며 이렇게 물은 것이다. 하지만 아무도 대답하는 사람이 없었다.

「쌀죽을 쑤었나?」

여전히 아무도 대답이 없었다.

라오솬이 총총히 나와서 그에게 차를 따라 주었다.

「샤오솬, 이리 들어오너라!」

화 씨 부인이 샤오솬을 안쪽에 있는 방으로 불러들였다. 방 한가운데 둥근 의자가 하나 놓여 있었다. 샤오솬이 의자에 앉자 그의 엄마가 새까맣고 둥근 것이 담긴 접시를 두 손으로 받쳐 들고 와서는 낮은 목소리로 말했다.

「어서 먹어라. 병이 나을 게다.」

샤오솬은 검은 물건을 집어 들고 잠시 들여다보았다. 마치 자기 목숨을 들고 있는 것 같았다. 마음속으로 뭐라 말할 수 없이 이상한 느낌이 들었다. 아주 조심스럽게 갈라 보는데 거뭇거뭇하게 탄 껍질 속에서 하얀 김이 피어올랐다. 하얀 김이 사라지고 나서 보니 둘로 갈라진 밀가루 만터우였다. 얼마 지나지 않아 만터우는 전부 배 속으로 들어갔지만 어떤 맛이었는지는 전혀 생각나지 않았다. 눈앞에는 빈 접시만 하나 남아 있을 뿐이었다. 한쪽에는 아버지, 다른 한쪽에는 엄마가 서 있었다. 두 사람의 눈빛이 마치 그의 몸속에 뭔가를 부어 넣었다가 또 뭔가를 꺼내려는 것 같아 가슴이 뛰는 것을 막을 수 없었다. 가슴을 누르자 다시 한바탕 기침이 나왔다.

「좀 자거라. 곧 나아질 테니까.」

샤오솬은 엄마가 시키는 대로, 기침을 하면서도 잠을 청했다.

화 씨 부인은 아이의 기침이 가라앉고 나서야 온통 누덕누덕 기운 겹이불을 살며시 덮어 주었다.

3

가게에 손님들이 많이 들어오자 라오솬도 바빠졌다. 커다란 구리 주전자를 들고 연방 돌아가며 차례차례 손님들에게 차를 따라 주었다. 양쪽 눈언저리에는 거무스레한 테가 둘려 있었다.

「라오솬, 몸이 어디 불편한가? 병이라도 난 거야?」

수염이 온통 하얀 손님이 물었다.

「아닙니다.」

「아니라고? 내 생각에도 그렇게 싱글벙글한 걸 보니 아픈 것 같지는 않네…….」

수염이 하얀 손님은 이내 자신이 한 말을 거둬들였다.

「라오솬이야 그저 바쁠 뿐이지. 만일 그의 아들이…….」

꼽추 우 도령의 말이 다 끝나기도 전에 갑자기 험상궂은 사람 하나가 뛰어 들어왔다. 검정색 무명 웃옷을 걸쳤지만 단추는 제대로 채우지 않았고 허리춤에 폭이 넓은 검정 띠를 아무렇게나 매고 있었다. 사내는 입구로 들어서자마자 라오솬을 향해 소리쳤다.

「먹었어? 나았나? 라오솬, 자넨 운이 좋았어! 정말 운이 좋았단 말일세. 내가 귀띔해 주지 않았더라면……」

라오솬은 한 손에 찻주전자를 들고 한 손은 공손히 내린 채 싱글벙글 웃는 얼굴로 사내의 얘기를 들었다. 그 자리에 있던 사람들도 모두 공손히 듣기만 했다. 화 씨 부인도 눈언저리가 거무튀튀한 모습으로 싱글벙글 웃으며 찻잔과 찻잎을 가져왔다. 거기에다 감람(橄欖) 열매까지 내오자 라오솬이 곧바로 끓는 물을 찻잔에 따랐다.

「이번에는 정말 좋을 거야! 이건 다른 것들과는 다르거든. 생각해 보라고, 뜨거울 때 가져와서 아직 뜨끈뜨끈할 때 먹었을 테니까 말일세.」

험상궂게 생긴 사내는 연방 신이 나서 떠들어 댔다.

「정말이에요. 캉 씨 아저씨께서 보살펴 주시지 않았더라면 어떻게 이렇게……」

화 씨 부인도 몹시 감격하며 그에게 감사 인사를 건넸다.

「그럼요! 틀림없이 나을 거예요. 그렇게 뜨거울 때 먹었으니 말이에요. 사람 피를 묻힌 만터우는 어떤 폐병에도 즉효라니까!」

화 씨 부인은 〈폐병〉이라는 두 글자를 듣자 얼굴빛이 조금 변하면서 약간 언짢은 기색이었지만 이내 다시 웃음을 지으며 민망스러운 듯 자리를 떴다. 캉 씨 아저씨는 이를 전혀 눈치채지 못하고 여전히 큰 소리로 떠들었다. 떠드는 소리에 안

방에서 자던 샤오솬이 깨어나 콜록거리기 시작했다.

「알고 보니 자네 아들 샤오솬이 그렇게 좋은 운을 만났구먼. 그 병은 틀림없이 나을 걸세. 어쩐지 라오솬이 종일 싱글거리더라니.」

하얀 수염 손님이 이렇게 말하면서 캉 씨 아저씨 앞으로 다가가 나지막한 소리로 물었다.

「캉 씨 아저씨…… 듣자 하니 오늘 처형된 범인이 샤 씨 집안의 아이라던데, 대체 누구의 아입니까? 도대체 어떻게 된 일인지 아십니까?」

「누구긴! 바로 샤 씨 댁 넷째 부인 아들이 아닌가. 그 못된 놈 같으니라고!」

캉 씨 아저씨는 사람들이 모두 자기 말에 귀를 기울이는 것을 보고는 더욱 신이 나서 양 볼을 씰룩이며 더 큰 소리로 떠들어 댔다.

「그놈은 애당초 살기 싫어하는 놈이니 살기 싫으면 그만이지. 하지만 이번에 나는 아무런 이득도 얻지 못했단 말이야. 놈이 벗어 놓은 옷마저 모두 간수인 빨간 눈 아이(阿義)가 가져가 버렸다고. 가장 운이 좋은 사람은 우리 라오솬 아저씨고 그 다음은 스물다섯 냥이나 되는 눈처럼 흰 은화를 보상으로 받은 샤 씨 댁 셋째 어른이지. 혼자 허리가 휘도록 고스란히 자기 주머니에 챙겨 넣고는 한 푼도 쓰지 않았거든.」

샤오솬이 두 손으로 가슴을 움켜쥔 채 연방 콜록거리며 작은방에서 어슬렁어슬렁 걸어 나왔다. 그러고는 부뚜막으로 내려가 찬밥을 한 그릇 퍼 담더니 끓는 물을 부어 앉아서 먹기 시작했다. 화 씨 부인이 그의 뒤를 따라와 낮은 목소리로 물었다.

「샤오솬, 좀 나은 것 같니? 여전히 허기가 지는가 보구나?」

「틀림없어요! 꼭 나을 거야.」

캉 씨 아저씨는 샤오솬을 한 번 흘끗 쳐다보고는 다시 고개를 돌려 여러 사람을 향해 말을 이었다.

「샤 씨네 셋째 어른은 정말 약았어. 그 양반이 미리 관아에 가서 고발하지 않았더라면 온 가족이 몰살당했을 거야. 지금은 어떤가? 은화라! 죽은 그놈도 정말 덜된 놈이더군! 감옥에 갇혀 있으면서도 간수들에게 반란을 일으키라고 꼬드겼다니 말이야.」

「우아! 정말 대단했네요.」

뒤쪽 탁자에 앉아 있던 스무 살 남짓 되어 보이는 젊은이가 몹시 화가 난 듯한 표정으로 말했다.

「다들 알아요? 빨간 눈 아이가 자세한 사정을 알아보러 갔더니 그놈이 이런저런 말을 하면서 〈이 청나라의 천하는 우리 모두의 것이다〉 하더라는 겁니다. 생각해 보세요. 그게 사람이 할 소립니까? 빨간 눈 아이도 그놈 집에 늙은 어미밖에 없다는 걸 알기는 했지만, 설마 그렇게까지 가난한 줄은 몰랐다는 거예요. 아무리 쥐어짜도 기름 한 방울 안 나오는 판이라 잔뜩 화가 올라 있는데, 그놈이 호랑이 수염을 뽑은 꼴이 되었지 뭡니까. 그놈에게 따귀를 두어 대 올려붙였다고 하더군요!」

「아이의 주먹은 한 방으로도 충분한데 두 대나 맞았다면 어지간했겠군.」

구석에 앉아 있던 꼽추도 신이 났다.

「그 미천한 녀석은 머리를 맞는 것도 두려워하지 않고 오히려 〈가엾다, 가엾다〉 하고 중얼거렸다더군.」

하얀 수염 손님이 말을 받았다.
「그런 놈을 때렸는데 뭐가 가엾다고 그래?」
캉 씨 아저씨가 그에게 경멸스럽다는 표정을 지어 보이고는 비웃듯이 말했다.
「당신은 내 말을 잘못 알아들었어. 그의 표정을 보면 아이가 불쌍하다고 한 거라고.」
듣던 사람들의 눈빛이 별안간 이해할 수 없다는 듯 멍청해지더니 이야기도 뚝 끊겼다.
샤오솬은 이미 밥을 다 먹은 뒤였다. 밥을 먹는 동안 온몸이 땀투성이가 되었고 머리에서는 김이 모락모락 피어올랐다.
「아이가 가엾다니, 미쳤지. 정말 미친 거야.」
하얀 수염 손님이 갑자기 뭔가 크게 깨달은 듯 다시 말했다.
「그래, 미친 거야!」
스무 살 남짓한 젊은이 역시 크게 깨달은 듯이 말했다. 가게 안은 다시 손님들이 담소하는 소리로 활기를 띠기 시작했다. 샤오솬은 사람들이 왁자지껄 떠드는 틈을 타서 죽어라고 기침을 해댔다.
캉 씨 아저씨가 앞으로 다가와서는 그의 어깨를 다독이며 말했다.
「틀림없이 나을 거야! 샤오솬! ……그렇게 기침하면 안 돼. 꼭 나을 거야!」
「미쳤군!」
꼽추 우 도령이 고개를 끄덕이며 말했다.

4

 서쪽 성문 밖 성벽 아래의 땅은 원래 관아 소유지로, 한가운데 비스듬하게 가는 오솔길이 나 있었다. 지름길을 가려는 사람들이 신발 바닥으로 만들어 놓은 길이었지만 자연스럽게 경계선 역할을 했다. 그 길 왼쪽에는 주로 사형이나 옥살이로 목숨을 잃은 사람들이 묻혔고 오른쪽은 가난한 사람들의 공동묘지로 사용되었다. 양쪽 모두 이미 무덤들이 겹겹이 들어차서 마치 부잣집 생일 잔칫상에 만터우를 쌓아 놓은 것 같았다.

 그해 청명절은 유난히 추워 버드나무에는 겨우 쌀 반 알갱이만 한 새눈이 텄다. 날이 밝은 지 얼마 되지도 않았는데 화 씨 부인은 벌써 오른쪽에 있는 새 무덤 앞에 밥 한 그릇과 음식 네 접시를 늘어놓고 한바탕 곡을 한 다음 지전(紙錢)을 태우고는 무언가 기다리기라도 하듯이 멍하니 땅바닥에 웅크리고 앉아 있었다. 하지만 무엇을 기다리는지는 그녀 자신도 몰랐다. 가벼운 바람이 불어와 그녀의 짧은 머리가 흩날렸다. 작년에 비해 흰머리가 눈에 띄게 늘어났다.

 오솔길로 한 여인이 걸어왔다. 역시 반백의 머리에 남루한 옷차림을 하고 낡아서 부서진 붉고 둥근 광주리를 들고 있었다. 그녀는 광주리 밖으로 지전을 한 꾸러미 늘어뜨린 채 세 걸음에 한 번씩 멈추면서 느릿느릿 걸어오다가 갑자기 화 씨 부인이 땅바닥에 주저앉아 자신을 바라보는 것을 알아채고는 잠시 망설이다가 핏기 없는 얼굴로 부끄러워하는 듯한 표정을 지었다. 그러더니 결국 체면 따질 것 없다는 듯이 왼쪽에 있는 무덤 앞으로 가서는 광주리를 내려놓았다.

그 무덤은 샤오솬의 무덤과 한 일 자로 나란히 자리 잡았다. 그 사이를 가로질러 오솔길이 나 있었다. 화 씨 부인은 그녀가 음식 네 접시와 밥 한 그릇을 차려놓고서 선 채로 한참 곡을 하고 지전을 태우는 모습을 지켜보면서 속으로 생각했다.

〈저 무덤에도 아들이 묻힌 모양이군.〉

나이 든 여인은 주위를 둘러보더니 갑자기 수족을 떨면서 비틀거리다가 몇 발짝 뒷걸음질을 쳤다. 눈을 크게 뜬 것을 보니 아무래도 넋이 나간 것 같았다.

화 씨 부인은 이런 모습을 보고는 그녀가 너무 상심한 나머지 미쳐 버린 것이 아닌가 하고 걱정이 되었다. 더 참을 수 없었던 그녀는 벌떡 일어나 오솔길을 건너가 나지막한 소리로 그녀에게 말을 걸었다.

「여보세요, 아주머니, 너무 마음 아파하지 마세요. 우리 이만 같이 돌아가는 게 좋겠어요.」

여인은 고개를 끄덕이긴 했지만 여전히 위쪽을 향해 눈을 크게 뜨고 있었다. 그러더니 낮은 목소리로 더듬더듬 말했다.

「저기 좀 보세요. 저게 뭔가요?」

화 씨 부인은 그녀가 손가락으로 가리키는 쪽을 바라보았다. 앞에 있는 무덤에 눈길이 머물렀다. 그 무덤은 아직 풀이 제대로 뿌리를 내리지 못해 황토가 덩어리져 있고 몹시 보기 흉했다. 그 위를 좀 더 자세히 살펴보던 화 씨 부인은 자신도 모르게 깜짝 놀라고 말았다. 붉고 흰 꽃들이 뾰족한 무덤 꼭대기를 에워싼 것이 분명했다.

이들 두 여인은 이미 늙어 눈이 흐려진 지 오래였지만 그래도 그 붉고 흰 꽃은 선명하게 볼 수 있었다. 꽃은 많지 않았지만 둥글게 원을 이루었고 썩 싱싱하진 않았지만 그런대로 보기 좋게 피어 있었다. 화 씨 부인은 얼른 자기 아들의 무덤과 다른 사람들의 무덤을 둘러보았다. 추위에도 아랑곳하지 않는 작고 파란 꽃 몇 송이만 드문드문 피었을 뿐이었다. 갑자기 그녀의 마음속에 뭐라 말할 수 없는 아쉬움과 공허감이 번졌다. 하지만 그 까닭을 캐고 싶지는 않았다. 나이 든 여인은 다시 몇 발짝 다가서서 자세히 둘러보고는 혼잣말로 중얼거렸다.

「이건 뿌리가 없어. 저절로 피어난 것 같진 않은데! 누가 이런 곳을 다녀간 것일까? 아이들도 놀러 오지 않는 곳을! 일가친척들이 발길을 끊은 지도 오랜데, 대체 이게 어떻게 된 일일까?」

여인은 한참 동안 생각에 잠겨 있더니 갑자기 눈물을 흘리며 큰 소리로 부르짖었다.

「위얼아! 그놈들이 널 억울하게 죽인 거야. 너도 그 일을 잊지 못하겠지? 그 일이 너무나 원통해서, 그래서 오늘 이렇게 영험을 나타내 내게 알리려는 거지?」

주위를 둘러보니 까마귀 한 마리가 잎이 다 떨어져 나간 나무 위에 앉아 있었다. 그녀가 다시 말을 이었다.

「알았어. 위얼아, 가엾게도 그놈들이 너를 모함했어. 그놈들은 이제 곧 천벌을 받을 게다. 하늘이 모든 걸 다 알고 계실 게다. 너는 이제 눈을 감아도 돼. 정말 네가 여기서 내 목소리를 듣는다면 저 까마귀를 네 무덤 위로 날아오게 해보렴.」

어느새 가벼운 바람도 멎어 있었다. 마른 풀들이 철사처럼 꼿꼿이 서 있었다. 풀들이 떠는 소리가 허공 속에서 점점 가늘어지더니 이내 사라져 버렸다. 주위는 온통 죽은 듯이 고요했다. 두 사람은 마른 풀밭에 선 채 까마귀를 바라보았다. 까마귀는 곧게 뻗은 나뭇가지 사이에서 머리를 움츠린 채 동상처럼 꿈쩍도 하지 않고 서 있었다.

꽤 긴 시간이 지나 무덤을 찾는 사람들이 점점 많아졌다. 노인과 어린아이들 몇몇이 무덤 사이를 들락거렸다.

화 씨 부인은 어떻게 된 일인지 아주 무거운 짐을 하나 내려놓은 듯한 기분이 들어 그만 돌아갈 생각으로 여인에게 권했다.

「우린 이만 돌아가는 게 좋겠네요.」

늙은 여인은 긴 한숨을 내쉬고는 되는 대로 밥과 음식을 챙기더니 또 한참을 망설이다가 마침내 천천히 걸음을 옮기기 시작했다. 입속으로는 계속 혼잣말을 중얼거렸다.

「이게 어찌된 일이지……?」

두 사람이 미처 스무 발짝도 가지 못했을 때 갑자기 등 뒤에서 〈까악—〉 하고 크게 우짖는 소리가 들렸다. 두 사람 모두 흠칫 고개를 돌려 보니 까마귀가 두 날개를 펴고 몸을 한 번 꺾더니 곧바로 먼 하늘을 향해 쏜살같이 날아가고 있었다.

1919년 4월

내일[1]

「소리가 없네. 어린것이 어떻게 된 거지?」

빨간 코 라오궁은 황주 한 사발을 들고 이렇게 중얼거리면서 이웃집을 향해 입을 삐죽거렸다. 얼굴이 푸르죽죽한 아우(阿五)가 술 사발을 내려놓고는 손바닥으로 그의 등을 한차례 힘껏 후려친 다음 이러쿵저러쿵 떠들어 댔다.

「자네…… 자네, 또 속으로 생각하고 있군그래…….」

원래 루진은 외진 곳이라 아직도 옛 풍습이 많이 남아 있어서 조저녁 /시노 안 돼서 모두 문을 닫고 잠자리에 들었다. 한밤중이 되어도 잠들지 않는 곳은 단 두 집뿐이었다. 한 집은 셴헝 주점으로 술꾼 몇 명이 계산대를 둘러싸고 기분 좋게 먹고 마시곤 했다. 또 한 집은 바로 이웃의 샨쓰 댁네 집이었다. 그녀는 재작년에 과부가 된 뒤로 두 손에 의지하여 물레질로만 자신과 세 살 난 아들을 먹여 살리느라 늦게야 잠자리에 들 수 있었다.

그런데 요 며칠 확실히 물레질하는 소리가 들리지 않았다.

---

[1] 이 작품은 1919년 10월, 베이징의 월간 『신조(新潮)』 2권 1호에 처음 발표되었다.

하지만 밤이 깊어서까지 자지 않는 집은 두 집뿐이기 때문에 샨쓰 댁의 집에서 소리가 나면 자연히 라오궁이 듣게 되고 소리가 나지 않아도 그런 사실을 라오궁만 알 수 있었다.

라오궁은 등을 한 대 얻어맞더니 기분이 아주 좋아졌는지 술을 한 잔 가득 따라 들이켜고는 신이 나서 노래를 부르기 시작했다.

이때 샨쓰 댁은 아들 빠오(寶)를 안고 침대 가에 앉아 있었고 물레는 조용히 바닥에 놓여 있었다. 어둠침침한 등불이 빠오의 얼굴을 비췄다. 붉은빛 속에 약간 푸른 기운이 감돌았다. 샨쓰 댁은 속으로 생각했다. 신점도 쳐보고 불공도 드려 보고 약도 먹여 보았는데 아직까지 효험이 없으니 어떻게 하면 좋단 말인가? 그렇다면 이제 허샤오셴에게 진찰을 받으러 가는 길밖에 없으나 빠오의 병세가 낮에는 가볍다가 밤에는 심해졌다. 하지만 하룻밤 자고 나 해가 떠오르면 열도 가라앉고 숨소리도 고르게 될지 알 수 없었다. 사실 이는 환자들에게 흔히 있는 일이었다.

샨쓰 댁은 우매한 여인이라 〈하지만〉이라는 말이 얼마나 무서운지 확실히 알지 못했다. 물론 수많은 나쁜 일들은 요행으로 좋아지기도 하지만 또 그 요행 때문에 오히려 수많은 좋은 일들이 안 좋아지기도 하는 것이다. 여름밤은 무척 짧아서 라오궁 일행이 소리 지르며 노래를 다 부르고 난 뒤 얼마 지나지 않아 동녘이 훤히 밝아 왔다. 잠시 후에 창틈으로 은백색 새벽빛이 스며들었다.

샨쓰 댁에게는 날이 밝기를 기다리는 것이 다른 사람들처럼 그렇게 쉽지 않았다. 해가 너무나 늦게 뜨는 것 같았다. 빠오의 숨결 하나하나가 거의 한 해가 지나가는 듯 길었다. 이제 완전히 날이 밝았다. 날이 밝자 등불은 빛을 잃었다. 빠오의 콧방울이 열렸다 닫혔다 하면서 벌름거렸다.

샨쓰 댁은 아이의 상태가 심상치 않다는 것을 직감하고는 자신도 모르게 〈아이고!〉 하고 외마디 소리를 질렀다. 그러면서 마음속으로 생각해 보았다. 〈어떻게 하면 좋지? 아무래도 허샤오셴을 찾아가 진찰을 받는 수밖에 없을 것 같아.〉

그녀는 비록 우매한 여인이긴 하지만 일단 결심이 서자 곧 몸을 일으켜 나무 옷장 안에서 매일 절약해 온 은화 열세 개와 동전 180개를 전부 꺼내 주머니에 넣고 문을 잠근 다음, 빠오를 안고 바로 허 씨의 집을 향해 달려갔다.

아직 이른 아침인데도 허 씨의 집에는 벌써 환자가 넷이나 와 앉아 있었다. 그녀는 은화 40전을 내고 진찰권을 샀다. 다섯 번째 빠오의 차례가 되었다. 허샤오셴이 손가락 두 개로 맥을 짚었다. 손톱 길이가 네 치도 넘는 것 같았다. 샨쓰 댁은 속으로 몹시 놀랐지만, 어쨌든 마음속으로는 빠오가 틀림없이 살아날 수 있을 것이라고 믿었다. 하지만 마음이 조급했던 그녀는 물어보지 않고는 견딜 수가 없어 아주 다급하게 조마조마해하며 물었다.

「선생님, 우리 빠오가 무슨 병인가요?」

「이 아이는 중초(中焦)[2]가 막혔어요.」

「괜찮겠지요? 이 애는······.」

「우선 약을 두 첩 먹여 봅시다.」

「이 애는 숨을 제대로 못 쉬고 항상 콧방울이 벌렁거려요.」

---

2 가로막 아래에서 배꼽 위쪽의 부위로 비(脾)와 위(胃)의 장부(臟腑)를 포함한다.

「그건 화(火)가 금(金)을 이기고 있기 때문이라오⋯⋯.」

허샤오셴은 말을 하다 말고 갑자기 눈을 감았다. 샨쓰 댁은 더 묻기가 민망했다. 이때 허샤오셴과 마주 앉아 있던 서른 살쯤 되어 보이는 사내가 이미 약 처방을 다 쓰고는 종이 모서리에 쓴 몇 글자를 가리키며 말했다.

「이 첫 번째 약 보영활명환은 쟈 씨네 지스노점(濟世老店)[3]에 가야만 구할 수 있을 겁니다.」

샨쓰 댁은 처방전을 받아 들고 걸어가면서 생각했다. 아무리 우매한 여인이라 해도 그녀는 허 씨네 집과 지스노점, 그리고 자기 집이 삼각형을 이루는 만큼, 당연히 약을 사 가지고 집으로 돌아가는 게 편리하다는 것쯤은 알았다. 그녀는 곧장 지스노점을 향해 달려갔다. 약국의 점원도 긴 손톱을 세우고 천천히 약방문을 훑어보더니 꾸물대며 약을 지었다. 샨쓰 댁은 빠오를 안고 얌전히 앉아 기다렸다. 그때 갑자기 빠오가 작은 손을 들어 그녀의 헝클어진 머리털을 한 움큼 힘껏 잡아당겼다. 이건 지금까지 한 번도 보지 못한 행동이었다. 샨쓰 댁은 두려움에 넋이 나가 버렸다.

해는 이미 높이 떠올랐다. 샨쓰 댁은 어린애를 안은 데다 약 꾸러미까지 들어서 그런지 길을 걸을수록 몸이 더 무거워지는 것 같았다. 아이가 끊임없이 보채는 바람에 길은 더 멀게만 느껴졌다. 하는 수 없이 길가에 있는 어느 집 문지방에 앉아 쉬려니까, 옷이 살갗에 닿는 것이 얼음에 닿는 듯 시원했다. 그제야 그녀는 자기 몸이 온통 땀에 젖은 것을 깨달았다. 빠오는 잠이 든 것 같았다. 다시 몸을 일으켜 천천히 걸어

---

[3] 약방 이름에 아주 오래되었다는 뜻으로 〈노〉자가 들어가 있다.

봤지만 여전히 몸을 지탱하기가 어려웠다. 그때 갑자기 귓가에 누군가 말하는 소리가 들렸다.

「샨쓰 댁, 내가 대신 안아 줄게요!」

얼굴빛이 푸른 아우의 목소리 같았다.

고개를 들어 보니 과연 푸른 얼굴 아우가 잠이 덜 깬 듯 몽롱한 눈빛으로 그녀를 따라오고 있었다.

샨쓰 댁은 하늘에서 천사라도 내려와 작은 힘이나마 자신을 도와주었으면 하고 바라던 참이었지만 아우의 도움만은 썩 달갑지 않았다. 하지만 아우가 의협심에 꼭 도와주겠다고 나서는 바람에 잠시 사양하다가 결국 허락하고 말았다. 그가 팔을 뻗어 샨쓰 댁의 젖가슴과 아이 사이에 손을 집어넣어 아이를 안았다. 샨쓰 댁은 가슴이 벌렁거리면서 순간적으로 뺨과 귀뿌리가 뜨거워지는 것을 느꼈다.

두 사람은 두 자 반쯤 떨어져 함께 걸었다. 아우가 몇 마디 말을 걸었지만 샨쓰 댁은 거의 대답을 하지 않았다. 얼마 안 가서 아우가 어제 친구와 약속한 식사 시간이 다 되었다면서 아이를 그녀에게 돌려주었다. 샨쓰 댁이 아이를 받아 안았다. 다행히 집이 별로 멀지 않았다. 앞집 왕지우 할멈이 길가에 나와 앉은 것이 보였다. 그녀가 멀리서 말했다.

「샨쓰 댁, 아이는 어때? 의사 선생님한테 보였나?」

「보이긴 보였는데, 왕지우 할머니, 할머니는 연세가 많으시니까 보고 들은 것도 많겠죠. 할머니의 경험으로 봐주시는 것이 낫겠어요. 어때요······.」

「허, 글쎄······.」

「어때요.」

「어디 보자······.」

왕지우 할멈이 한 차례 자세히 살펴보고 나서는 고개를 두 번 끄덕이더니 다시 두 번 가로저었다.

빠오가 약을 먹은 것은 정오가 지나서였다. 샨쓰 댁이 아들의 안색을 유심히 살폈는데 많이 편안해진 것 같았다. 오후가 되자 아이가 갑자기 눈을 뜨고 〈엄마!〉 하고 한마디 부르고는 다시 눈을 감았다. 잠이 든 것 같았다. 잠이 들고 나서 한참 있다 보았는데 이마와 코끝에 방울방울 땀이 맺혀 있었다. 땀방울을 살그머니 만져 보니 풀처럼 끈적거렸다. 당황한 샨쓰 댁은 아이의 가슴을 문질러 주다가 그만 참지 못하고 오열하기 시작했다.

빠오의 호흡은 평안한 상태에서 어느새 숨을 쉬지 않는 상태로 변했고 샨쓰 댁의 목소리도 오열에서 통곡으로 변했다. 많은 사람이 모여들었다. 문 안쪽에는 왕지우 할멈과 푸른 얼굴 아우가 서 있고 문밖에는 셴헝 주점의 주인과 빨간 코 라오궁 등이 서 있었다. 왕지우 할멈이 곧 지전 한 묶음 태우라고 일렀다. 그러고는 샨쓰 댁을 위해 의자 두 개와 옷 다섯 벌을 전당포에 잡히고 은화 2위안을 구해다가 일을 도와주는 사람들에게 밥을 준비하게 했다.

첫째 문제는 관을 준비하는 것이었다. 샨쓰 댁에게는 아직은 귀고리 한 쌍과 도금한 은비녀 한 개가 남아 있었다. 그녀는 이를 전부 셴헝 주점 주인에게 건네면서 그가 보증을 서서 반은 현금을 주고 반은 외상으로 하여 관을 사게 해달라고 부탁했다. 푸른 얼굴 아우가 손을 내밀면서 자진하여 관 사는 일을 돕겠다고 나섰지만 왕지우 할멈이 이를 허락하지 않았다. 단지 다음 날 관을 메고 가는 것만 허락했다. 아우는 할멈에게 〈늙은 여우〉라고 한마디 욕을 내뱉고는 못마땅한 듯 입을 내밀고 서 있었다. 셴헝 주점 주인이 직접 나갔다가 저녁때가 다 되어 돌아와서는 관은 지금 만들고 있고 새벽이나 되어야 완성될 것이라고 했다.

셴헝 주점 주인이 돌아왔을 때는 일을 돕던 사람들이 전부 저녁 식사를 마친 뒤였다. 루진은 옛 생활 풍습이 그대로 남아 있는 곳이라 저녁 7시도 안 되어 모두 집에 돌아가 잠자리에 들었다. 아우가 셴헝 주점 계산대에 몸을 기댄 채 술을 마시고 라오궁이 그 옆에서 소리 높여 노래를 부를 뿐이었다.

그 무렵 샨쓰 댁은 침대 가에 앉아 울고 있었다. 빠오는 침대에 누웠고 물레는 조용히 땅바닥에 놓여 있었다. 샨쓰 댁은 한참 후에야 눈물을 거두었다. 눈을 크게 뜨고 주위를 둘러보니 이상한 기분이 들었다. 모든 일이 있을 수 없는 일처럼 느껴졌다. 그녀는 마음으로 생각했다. 꿈일 뿐이야. 모든 것이 꿈이야. 내일 아침이면 나는 침대에서 한잠 잘 자고 있을 것이고, 빠오도 내 옆에서 편히 자고 있을 거야. 그리고 아이는 잠에서 깨어나 〈엄마!〉 하고 부르면서 용이나 호랑이처럼 씩씩하고 활발하게 뛰어나가 놀 거야.

라오궁의 노랫소리는 벌써 잠잠해졌고 셴헝 주점의 불도 꺼졌다. 샨쓰 댁은 눈을 크게 뜨고 주위를 둘러보았다. 아무래도 모든 일이 믿기지 않았다. 닭이 울었다. 동녘이 점점 훤해지더니 창문 틈으로 은백색 새벽빛이 새어 들어왔다.

은백색 새벽빛은 서서히 붉은빛으로 변했고 어느새 햇빛이 지붕 위를 비췄다. 샨쓰 댁은 눈을 뜬 채 멍하니 앉아 있었다. 그러다가 문 두드리는 소리를 듣고서야 깜짝 놀라 뛰어나가 문을 열었다. 문밖에는 모르는 사람이 뭔가를 등에 짊어진 채 서 있었고, 그 뒤에는 왕지우 할멈이 서 있었다.

아, 그들은 관을 짊어지고 온 것이다.

오후가 되어서야 겨우 관 뚜껑이 닫혔다. 샨쓰 댁이 울다가 들여다보고, 또 울다가 들여다보면서 한사코 관 뚜껑을 덮지 못하게 했기 때문이었다. 왕지우 할멈이 기다리다가 참을 수 없어 화를 내며 앞으로 나가 그녀를 끌어낸 다음에야 겨우 여러 사람이 서둘러 뚜껑을 닫을 수 있었다.

샨쓰 댁은 마지막 가는 빠오에게 온갖 정성을 다 쏟아 조금도 부족함이 없게 하고 싶었다. 어제는 지전을 한 묶음 태웠고 오전에는 대비주(大悲呪)[4] 마흔아홉 권을 태웠다. 염을 할 때도 빠오에게 가장 좋은 새 옷을 입혔고, 흙 인형 한 개와 작은 나무 그릇 두 개, 유리병 두 개 등 평소에 아이가 좋아하던 장난감을 머리맡에 놓아 주었다. 나중에 왕지우 할멈이 손가락을 꼽아 가며 천천히 따져 보았는데 어느 것 하나 빠진 것이 없었다.

이날 하루, 푸른 얼굴 아우는 온종일 나타나지 않았다. 셴형 주점 주인이 샨쓰 댁을 위해 인부 둘을 고용하여 한 사람당 210따치엔(大錢)씩 주고 묘지까지 관을 메고 가 안장하게 했다. 왕지우 할멈은 그녀를 도와 밥을 지어, 일을 거들거나 조언을 해준 사람들 모두에게 식사를 대접했다. 해가 점점 서산으로 기울자 밥을 다 먹은 사람들도 하나둘 집으로 돌아가려는 기색을 보였다. 이리하여 마침내 모두 집으로 돌아갔다.

샨쓰 댁은 머리가 몹시 어지러웠지만 좀 쉬고 나자 다시 평정을 되찾았다. 하지만 곧이어 그녀는 이상한 기분에 사로잡

---

4 천수관음의 공덕을 기리며 외는 법문. 이를 외면 죄업이 없어진다고 한다.

했다. 평생 당해 보지 못한 일을 당했고, 있을 수 없을 것만 같던 일이 확실히 일어나고 만 것이다. 그녀는 생각할수록 이상한 느낌이 들었다. 방 안이 갑자기 너무 조용하게 느껴졌다.

그녀는 일어나 불을 켰다. 방은 더욱 조용해졌다. 그녀는 비틀비틀 걸어가 문을 닫고 돌아와 침대 가에 앉았다. 물레는 조용히 방바닥에 놓여 있었다. 그녀는 정신을 가다듬고 사면을 둘러보더니 더더욱 안절부절못했다. 방 안이 너무 조용할 뿐만 아니라 너무 크고 공허했다. 커다란 방이 사면에서 그녀를 에워싸고 있었다. 아주 높은 하늘에 있는 것들이 사방에서 그녀를 압박하여 숨도 못 쉬게 했다.

그제야 그녀는 아들 빠오가 확실히 죽었다는 것을 실감했다. 방 안을 둘러보는 것이 싫어진 그녀는 불을 끄고 누웠다. 그러고는 울면서 생각에 잠겼다. 언젠가 한번은 그녀가 무명실을 잣는데 빠오가 옆에 앉아 후이샹떠우를 먹으면서 작고 새까만 두 눈을 크게 뜨고서 뭔가 잠깐 생각하는 것 같더니 〈엄마! 아빠가 훈툰[5] 장사를 했지? 나도 커서 훈툰 장사 할래. 돈 많이 벌어서 전부 엄마 갖다 줄게〉라고 한 적이 있었다. 그때는 정말 자신이 자아내는 무명실 한 치 한 치가 전부 의미가 있었고, 마디마디가 모두 살아 있는 것만 같았다. 하지만 지금은 어떤가? 지금 벌어지는 일들에 대해 사실 샨쓰 댁은 아무런 생각도 없었다. 전에도 말했지만 그녀는 우매한 여인이었다. 그런 그녀가 뭘 생각해 낼 수 있겠는가? 그저 이 방이 너무 고요하고 너무 크고 너무 공허하다는 생각뿐이었다.

샨쓰 댁이 아무리 우매해도, 죽은 혼이 살아 돌아오는 일

---

[5] 얇은 밀가루 반죽에 새우나 다진 고기, 채소 등의 소를 넣고 빚은 음식으로 자오즈와 비슷하다. 주로 탕으로 끓여서 먹는다.

은 있을 수 없고 아들 빠오를 다시 만날 수도 없다는 것만은 분명하게 알았다. 그녀는 긴 한숨을 내쉬고는 혼잣말로 중얼거렸다.

「빠오, 너는 아직 여기 있는 것이 틀림없을 테니 이 엄마 꿈속에라도 좀 나타나 주렴.」

그러고는 눈을 감았다. 빨리 잠이 들어 아들 빠오를 만나고 싶었다. 괴로운 숨소리가 고요하고 공허한 공간을 스치는 것이 그녀 자신의 귀에도 선명하게 들렸다.

샨쓰 댁은 마침내 몽롱한 꿈속으로 빠져 들어갔고 방 안은 아주 고요해졌다. 이때 노래를 마치고 비틀비틀 셴헝 주점을 나온 빨간 코 라오궁은 더욱 목청을 높여 노래를 불러 대기 시작했다.

「나의 원수 그대여! 불쌍한 그대, 홀로 외로운……」

푸른 얼굴 아우가 손을 뻗어 라오궁의 어깨를 감싸 주었다. 두 사람은 이리 비틀 저리 비틀 웃고 떠들면서 걸어갔다.

샨쓰 댁은 벌써 잠이 들었다. 라오궁과 아우도 가버렸고 셴헝 주점도 문을 닫았다. 루진은 완전히 정적 속으로 젖어 들었다. 저 어두운 밤만이 내일의 변화를 기대하며 여전히 정적 속을 바삐 달려가고 있었다. 개 몇 마리가 어둠 속에 숨어서 컹컹 짖어 댔다.

1920년 6월[6]

---

[6] 루쉰의 일기에 따르면, 이 작품을 완성한 시기는 1920년이 아니라 1919년 6월 혹은 7월로 간주된다.

작은 일 한 가지[1]

　내가 시골에서 경성으로 올라온 뒤로 눈 깜짝할 사이에 벌써 6년이란 세월이 흘렀다. 그동안 보고 들은 이른바 국가 대사라는 것도 헤아려 보니 무척이나 많았지만, 내 가슴에 흔적을 남긴 것은 아무것도 없었다. 그 사건들이 내게 미친 영향에 대해 말해 보라고 한다면, 내 나쁜 버릇만 더 늘었을 뿐이라고 대답하고 싶다. 솔직히 말해서 그 일들은 나로 하여금 하루하루 사람들을 더 무시하게 만들었다.

　하지만 작은 일 한 가지가 내게 무척 뜻있게 느껴졌고, 그 일만은 나를 나쁜 버릇에서 벗어나게 해주었기 때문에 지금까지도 잊지 않고 있다.

　민국(民國)[2] 6년 겨울이었다. 강한 북풍이 매섭게 휘몰아치는 날이었지만 나는 생계를 위해 하는 수 없이 아침 일찍 길을 나서야 했다. 길에는 오가는 사람이 거의 없었다. 가까스로 인력거를 한 대 잡아타고 인력거꾼에게 S 문(門)으로 가자

---

[1] 이 작품은 1919년 2월 1일 베이징 『신보(晨報)』 1주년 기념 증간호에 처음 발표되었다.
[2] 중화민국의 연호로 민국 6년은 1917년에 해당한다.

고 했다. 얼마 후 북풍도 잠잠해지고 길 위를 떠다니던 먼지도 바람에 깨끗이 쓸려가 말끔한 큰길이 드러났다. 인력거꾼도 더 빨리 달렸다. 막 S 문 가까이 다다랐을 때, 갑자기 어떤 사람이 인력거 손잡이에 걸려 천천히 쓰러졌다.

쓰러진 사람은 여인이었다. 희끗희끗한 머리에 옷은 몹시 남루했다. 그녀가 큰길 옆에서 갑자기 인력거 앞을 가로질러 가려고 하자 인력거꾼은 재빨리 길을 비켜 주었다. 그런데 그녀의 너덜너덜한 솜 조끼 단추가 제대로 채워지지 않아 바람에 풀어지면서 그만 인력거 손잡이에 걸리고 만 것이다. 다행히 인력거꾼이 재빨리 멈추었기에 망정이지, 그렇지 않았더라면 크게 넘어져 곤두박질을 쳐서 머리가 깨지고 피가 났을지도 모를 일이었다.

그녀가 땅에 넘어지자 인력거꾼은 곧장 멈춰 섰다. 나는 이 나이 든 여인이 심하게 다쳤으리라고 생각하지 않았다. 더구나 본 사람도 없는데, 일을 번거롭게 만드는 인력거꾼이 이상하게 여겨졌다. 그가 먼저 시비를 가리려 든다면 그만큼 내 갈 길도 늦어질 수밖에 없었다.

내가 인력거꾼에게 말했다.

「별일 아니구먼! 어서 갑시다!」

인력거꾼은 내 말은 들은 척도 하지 않고 — 어쩌면 내 말을 듣지 못한 것인지도 몰랐다 — 먼저 인력거를 세운 다음 나이 든 여인의 어깨를 부축하여 천천히 일으켜 세웠다. 그러고는 여인에게 물었다.

「어떠세요?」

「넘어져서 좀 다쳤어요.」

나는 속으로 생각했다. 〈천천히 쓰러지는 것을 보았는데 어떻게 다칠 수 있단 말인가? 여자가 엄살을 부리는 것이 정말 가증스럽군. 인력거꾼도 그렇지, 스스로 고생을 사서 하다니! 자기 앞가림이나 잘 할 일이지!〉

인력거꾼은 나이 든 여인의 말을 듣고 조금도 망설이지 않고 팔을 잡고 부축하여 한 발짝씩 앞으로 나아갔다. 조금 이상한 느낌이 들어 얼른 앞을 바라보니 파출소가 눈에 들어왔다.

큰 바람이 지나간 뒤라 그런지 거리에는 사람 하나 보이지 않았다. 인력거꾼은 나이 든 여인을 부축하여 바로 그 파출소 문을 향해 걸어가는 것이었다.

이때 나는 갑자기 이상한 느낌을 받았다. 온몸에 먼지를 뒤집어쓴 인력거꾼의 뒷모습이 갑자기 커지기 시작했다. 한 걸음씩 발을 뗄 때마다 점점 더 커지더니 마지막엔 고개를 들어 우러러보아야 할 정도로 커졌다. 또한 그는 내게 점점 어떤 압력으로 변해 갔고 심지어 내 가죽 털옷 속에 숨겨진 〈작은 것〉을 눌러 짜내려고 했다.

이때 아마도 나의 기력이 응결되어 있었던 모양이다. 나는 꼼짝 못 하고 앉아 있었고 아무 생각도 나지 않았다. 파출소에서 순경이 걸어 나오는 것을 보고서야 비로소 인력거에서 내렸다. 순경이 내게 다가와 말했다.

「다른 인력거를 잡으시지요. 저 사람은 이제 이 인력거를 끌지 못하게 되었습니다.」

난 아무 생각 없이 외투 주머니에서 동전을 한 줌 꺼내 순경에게 건네며 말했다.

「인력거꾼에게 좀 전해 주시오……」

바람은 완전히 멎었지만 길은 여전히 조용했다. 나는 길을 걸으면서 생각했다. 감히 나 자신을 생각할 수 없었다. 이전 일들은 그렇다 치고 그 동전 한 줌이 무슨 의미가 있었을까? 그를 표창하려는 것이었을까? 내게 인력거꾼을 평가할 자격이 있을까? 나 자신의 이런 물음에 대답할 수도 없었다.

이 일은 지금까지도 종종 뇌리에 떠오르곤 한다. 이 일 때문에 나는 항상 고통을 참으면서 나 자신에 대해 생각하려고 노력한다. 최근 몇 년 사이에 유행하는 문치(文治)니, 무력(武力)이니 하는 것들은 내가 일찍이 어린 시절에 읽은 〈공자 가라사대, 『시경』에 말씀하시기를〉 하는 구절과 마찬가지로 반 구절도 외워 내기 어렵다. 하지만 이 작은 일은 항상 내 눈앞에 아른거리면서 때로는 더욱 분명해져 나를 부끄럽게 하기도 하고 나를 새롭게 분발하게도 하며, 때로는 용기와 희망을 북돋워 주기도 한다.

1920년 7월[3]

---

3 신문에 발표한 날짜와 루쉰의 일기에 따르면 이 작품이 완성된 시기는 1919년 11월로 추정된다.

머리털 이야기[1]

일요일 이른 아침이었다. 나는 전날의 일력을 뜯어내고 새로운 일력을 보고 또 보면서 말했다.

「아! 10월 10일이다! 알고 보니 오늘이 바로 쌍십절[2]이군. 그런데 여기엔 아무런 표시도 없다니.」

선배 N 선생이 마침 우리 집에 와서 한담을 나누다가 이 말을 듣고는 몹시 불쾌한 듯한 표정으로 말했다.

「그들이 맞아! 그들이 기억하지 않는다고 해서 자네가 그들을 어찌겠나? 또 자네가 기억한다고 해서 무얼 어찌겠나?」

N 선생은 원래 성질이 괴팍해서 늘 별것 아닌 일로 화를 내고, 세상 물정 모르는 꽉 막힌 소리를 하곤 했다. 그럴 때면 나는 대체로 그 혼자 제멋대로 지껄이게 내버려 두고 일체 말 참견을 하지 않았다. 그 혼자 하고 싶은 말을 다 하고 나면 제풀에 지치게 마련이었다. N 선생이 말했다.

---

1 이 작품은 1920년 10월 1일에 상하이 『사시신보(時事新報)』 「학등(學燈)」난에 처음 발표되었다.
2 우창에서 최초로 신해혁명의 봉기가 일어난 10월 10일을 일컫는다. 1912년 정부 수립을 기념하는 타이완의 국경일이기도 하다.

「내가 가장 부러워하는 것이 베이징의 쌍십절 광경이야. 이른 아침에 순경들이 집집마다 돌아다니며 〈기를 다시오〉라고 지시를 내리면 사람들은 〈네, 달겠습니다〉 하고 대답하고는 집집마다 한 사람씩 어슬렁어슬렁 기어 나와서는 알록달록한 광목천을 내걸곤 했지. 그러다 밤이 되면 기를 거두고 문을 닫는데, 어떤 집은 깜빡 잊고 그다음 날 오전까지 계속 걸어 두기도 했어.」

「그들은 기념을 잊어버렸고, 기념도 그들을 잊어버린 것이지!」

「나도 기념을 잊어버린 사람 중 하나일세. 억지로 기념해 보라고 한다면, 첫 번째 쌍십절 전후의 일을 들 수 있지. 그 일은 내 가슴속에 남아서 항상 나를 불안하게 한다네.

수많은 옛사람들의 얼굴이 내 눈앞에 아른거리네. 어떤 젊은이들은 십수 년을 고생하면서 뛰어다니다가 아무도 모르게 총알 한 발에 생명을 빼앗기기도 했고, 또 어떤 젊은이들은 총알은 맞지 않았지만 감옥에 갇혀 한 달 이상이나 고문에 시달렸지. 또 어떤 젊은이들은 큰 뜻을 품었지만 갑자기 종적이 묘연해져 유해조차 찾을 길이 없다네.

그들은 모두가 사회의 냉소와 비난과 박해와 모함 속에서 일생을 보냈지. 지금은 그들의 묘지조차도 망각 속에서 점점 편편하게 깔아뭉개지고 있네.

나는 감히 그런 일들을 기념할 수가 없어!

우리 차라리 좀 재미있는 일들에 관해 얘기하는 게 좋겠네!」

N 선생은 갑자기 웃음을 보이면서 손을 뻗어 자신의 머리를 한 번 쓰다듬고는 큰 소리로 말을 이었다.

「내게 가장 유쾌했던 일은, 첫 번째 쌍십절을 지낸 뒤로 길거리에서 다시는 남들에게 조롱당하지 않게 된 거야.

자네도 머리털이라는 것이 우리 중국인들에게 보물이 되기도 했다가 원수가 되기도 하면서 옛날부터 지금까지 얼마나 많은 사람들이 그것 때문에 아무런 가치도 없는 고통을 감수해야 했는지 알겠지!

우리의 아득한 옛날 조상님들은 머리털을 가볍게 여긴 것 같네. 형법을 놓고 따지자면, 물론 가장 중요한 것이 머리니까 참수가 가장 큰 형벌이었겠지. 그다음으로 소중한 것이 생식기다 보니 궁형이나, 유폐도 사람들을 놀라게 하기에 충분한 형벌이었을 거야. 머리털을 자르는 곤형은 아주 가벼운 형벌이었지. 하지만 자세히 따져 보면 얼마나 많은 사람들이 머리를 박박 깎았다는 이유로 사회에서 평생 멸시를 당했는지 알 수 없다네.

우리가 혁명을 이야기하면서 무슨 〈양저우의 10일〉이니 〈자딩 학살〉³이니 하고 떠들어 대지만, 사실은 이런 것들은 하나의 수단에 불과해. 사실대로 말하자면 그때 중국인들의 **반항은 나라가 망했기 때문이 아니라 변발을 늘어뜨리고** 싶어서였어.

고집 부리는 백성들은 전부 죽여 버리고 살아남은 늙은이들은 어차피 죽을 목숨이라 변발을 늘어뜨리고 다니도록 허락했지. 그랬더니 홍양(洪楊)⁴이 또 난리를 일으켰네. 우리 할머니가 들려주신 이야기에 따르면 그때는 백성들만 재난을 당했다더군. 머리를 기른 사람들은 관병에게 살해되고 변발

---

3 청 정부군이 양저우와 자딩에서의 농민 반란을 진압한 것을 말한다.
4 태평천국 운동의 지도자인 홍수전(洪秀全)과 양수청(楊秀淸)을 말한다. 이에 가담한 자들이 모두 머리를 길게 길러 〈장모(長毛)〉라는 별명이 붙었다.

을 한 사람들은 반란군인 장모들에게 피살당했다는 거야.

얼마나 많은 중국인이 별것 아닌 머리털 때문에 고통과 수난을 당하고 목숨까지 잃었는지 알 수가 없네!」

N 선생은 두 눈으로 천장을 바라보며 잠시 생각에 잠겼다가 다시 말을 이었다.

「머리털로 인한 고통이 내게까지 돌아올 줄 누가 알았겠나?

나는 유학을 가자마자 곧장 변발을 잘라 버렸네. 그건 결코 무슨 특별한 이유가 있어서가 아니라 단지 너무 불편했기 때문이었어. 그런데 뜻하지 않게도 변발을 머리 꼭대기에 둘둘 감고 다니던 유학생들이 나를 몹시 싫어하기 시작했고 감독관도 버럭 화를 내면서 내 장학금을 취소하고 나를 중국으로 돌려보내겠다고 으름장을 놓았네.

그러나 며칠 안 돼서 감독관 자신이 변발을 잘리고 도망쳐 버렸지. 그의 머리를 자른 사람들 가운데 하나가 바로 『혁명군』을 쓴 저우룽[5]이었네. 이 일 때문에 이 사람도 더는 유학을 계속하지 못하고 상하이로 돌아갔다가 나중에 감옥에서 죽고 말았지. 자네도 벌써 잊었겠지?

몇 년이 지나자 우리 집 형편이 예전 같지 않아 무슨 일이든 하지 않으면 당장 배를 곯을 판이라 중국으로 돌아오지 않을 수 없었네. 나는 상하이에 도착하자마자 당시 시가로 2위안이나 하는 가짜 변발을 사서 뒤집어쓰고 집에 들어갔지. 어머님은 아무 말씀도 안 하셨는데 오히려 주위 사람들이 내 얼굴을 보자마자 가장 먼저 변발을 가지고 논의를 시작하더군. 그러다가 그것이 가짜라는 걸 알고는 한마디 비웃고 나를 참

---

5 鄒容(1885~1905). 중국 근대의 민주 혁명가.

수형에 해당하는 죄라도 지은 사람처럼 대했어. 친척 한 분은 관가에 고발하려고까지 했다가 혹시 나중에 혁명당의 모반이 성공할까 봐 두려워 그만두었다더군.

나는 가짜가 진짜보다 못하다고 단호하게 결단을 내리고 아예 가짜 변발을 벗어던지고 양복을 입고 거리를 나다녔지.

길을 걷다 보면 내내 조소와 욕설이 이어졌어. 어떤 사람은 뒤를 따라오면서 〈저 건방진 놈〉, 〈가짜 양놈〉 하며 욕을 하더군.

그래서 양복을 입지 않기로 하고 긴 두루마기로 갈아입었지만 그들의 욕설은 더욱 심해지기만 했지.

이렇게 궁지에 몰리자 나는 손에 지팡이 하나를 들고 다니면서 필사적으로 몇 차례 휘둘러 댔네. 그러자 그들도 점점 욕을 하지 않더군. 그래도 몽둥이를 휘두른 적이 없는 낯선 장소에 가면 여전히 욕설을 퍼부어 대더라고.

이 사건은 지금도 가끔씩 기억날 정도로 날 매우 슬프게 했네. 유학 시절에 어느 일간 신문에서 남양(南洋)과 중국을 유람한 혼다 박사에 관한 기사를 읽은 적이 있네. 그는 중국어나 말레이어를 할 줄 모르지. 그래서 어떤 사람이 그에게 〈당신은 언어가 통하지 않으면서 어떻게 돌아다녔습니까?〉 하고 묻자 그는 지팡이를 들어올리며 〈이게 바로 그들의 말이지. 잘 알아듣던데!〉라고 대답했다는 거야.

그 기사 때문에 며칠 동안 몹시 화가 났는데 결국에는 나도 그걸 사용하게 될 줄을 누가 알았겠나? 더구나 사람들이 정말 잘 알아듣더군…….

선통(宣統) 초년에 나는 한 시골 중학교에서 감학(監學)[6]으로 일하게 되었는데, 동료들은 내가 가까이 올까 피했고 관료들은 빈틈을 보일까 두려워 나를 경계했어. 나는 마치 하루 종일 얼음 창고 안에 들어앉아 있는 것 같기도 하고 형장 옆에 서 있는 것 같기도 한 그런 기분이었네. 별다른 이유가 있었던 게 아니었어. 단지 내게 변발이 없었기 때문이었지.

그러던 어느 날 갑자기 학생들 몇 명이 내 방으로 뛰어 들어오더니 〈선생님, 저희도 변발을 자르려고 합니다〉라고 말하는 거야. 〈안 돼〉 하고 말렸더니 학생들은 〈변발이 있는 것이 좋습니까? 없는 것이 좋습니까?〉 하고 되묻더군. 〈그야 없는 게 좋지……〉 대답했더니 〈그럼 왜 안 된다고 하시는 겁니까?〉 하고 따지더라고. 그래서 〈그럴 것까지 없어. 자르지 않는 게 그래도 너희들에게 좋을 거다. 좀 더 기다려 봐라〉 하고 타일렀지. 아이들은 아무 말도 하지 않고 입만 삐죽거리며 방에서 나갔어. 하지만 끝내 변발을 잘라 버렸더군.

아! 대단했어. 사람들이 얼마나 시끄럽게 떠들어 대던지! 하지만 나는 모르는 척하고 그들 빡빡머리들이 수많은 변발들과 함께 교실에 들어오는 것을 그대로 내버려 두었네.

그러나 변발을 자르는 병은 곧 전염이 되기 시작했지. 사흘째 되던 날에는 사범 학교 학생 여섯이 느닷없이 변발을 잘랐다가 그날 밤으로 여섯 명 모두 퇴학당했네. 이 여섯 학생은 학교에 머물 수도 없고 집에 돌아갈 수도 없는 처지가 되고 말았지. 그들은 첫 번째 쌍십절이 지나고 또 한 달이 지난 뒤에야 죄를 지었다는 낙인을 지울 수 있었다네.

나는 어땠냐고? 나도 마찬가지지. 민국 원년 겨울에 베이징에 왔을 때도 여러 차례 욕을 얻어먹었다네. 나중에는 나를

---

6 청 말 학교에서 학생들을 감독하는 일을 맡았던 관원.

욕하던 자들도 경찰들에게 변발을 잘리는 바람에 다시는 욕 먹을 일이 없어졌지. 하지만 나는 시골로 내려가진 않았네.」

N 선생은 매우 유쾌한 듯한 모습을 보이더니 갑자기 다시 얼굴이 침울해졌다.

「지금 자네들 같은 이상주의자들은 어디선가 또 〈여자도 머리를 잘라야 한다〉느니 하고 떠들어 대면서 아무런 소득도 없이 고통만 당하는 사람들을 만들어 내고 있어!

지금 이미 머리를 잘라 버린 여자들은 그 때문에 학교에 진학하지 못하거나 또는 학교에서 제적당하지 않았나!

개혁을 한다고? 무기가 어디 있나? 일하면서 배운다고? 공장이 어디에 있나?

조용히 지내다 시집가서 며느리 노릇이나 잘하면 되는 거야. 모든 것을 잊는 것이 바로 행복일세. 그녀들이 평등이니 자유니 하는 말들을 기억하면 평생 고통스러울 뿐이야!

나는 아르치바셰프[7]의 말을 빌려 자네들에게 묻고 싶네. 자네들은 황금시대의 출현을 자손들에게 약속하지만 정작 자신에게는 무엇을 줄 수 있나?

아, 조물주의 채찍이 중국의 등판을 내리치지 않는 한, 중국은 영원히 이런 중국일 수밖에 없네. 스스로는 머리카락 한 올조차 바꾸지 못할 걸세.

자네들은 입안에 독을 뿜는 이빨이 없는데도 어째서 이마에 〈독사〉라는 두 글자를 크게 써 붙이고 거지들을 끌어들여 때려죽이려 하는가?」

N 선생의 이야기는 갈수록 더 이상해졌다. 하지만 내가 별

---

[7] Mikhail Petrovich Artsybashev(1878~1927). 러시아 소설가. 극단적인 염세주의, 폭력적인 에로티시즘으로 유명한 『사닌』을 썼다.

로 듣고 싶어 하지 않는 표정인 것을 보고는 이내 입을 다물고 일어나 모자를 집어 들었다.

「가시려고요?」

내가 물었다.

「그래! 하늘을 보니 비가 내릴 것 같군!」

그가 대답했다.

나는 말없이 그를 대문 입구까지 바래다 주었다.

그가 모자를 쓰면서 말했다.

「잘 있게! 폐를 끼쳐서 미안하네. 다행히 내일은 쌍십절이 아니니 우린 모든 걸 잊어도 될 걸세.」

1920년 10월

고향[1]

 나는 엄동설한을 무릅쓰고 2천여 리나 떨어진, 20년이 넘게 떠나 있던 고향으로 돌아왔다.
 한겨울이라 고향에 가까이 왔을 때는 날씨가 흐린 데다 차가운 바람이 선창 안까지 불어 들어오면서 윙윙 거센 소리를 냈다. 문틈으로 밖을 내다보니 어슴푸레한 하늘 아래 스산하고 황폐한 마을 몇몇이 여기저기 활기 없이 가로누워 있었다. 나는 마음속으로 처량하고 슬픈 기분을 금할 수 없었다.
 〈아! 이것이 20년 동안 늘 그리워하던 고향이란 말인가?〉
 내가 기억하는 고향은 전혀 이렇지 않았다. 내 고향은 이보다 훨씬 더 좋았다. 그러나 그 아름다움을 가슴에 그리며 좋은 점을 말로 표현해 보려고 하면 그 모습은 순식간에 지워지고 하려던 말도 없어져 버렸다. 마치 전부터 그랬던 것 같다. 그래서 난 스스로 이렇게 설명했다. 고향은 원래부터 이런 거야. 비록 발전한 것은 없지만 그렇다고 내가 느끼는 것처럼 쓸쓸하고 처량하지도 않아. 아마도 이것은 단지 내 심경의 변

---

[1] 이 작품은 1921년 5월, 『신청년』 9권 1호에 처음 발표되었다.

화 때문일 거야. 이번엔 전혀 즐거운 마음으로 고향을 찾는 게 아니니까.

이번 귀향은 오로지 고향과 작별하기 위해서였다.

우리 가족이 오랫동안 함께 모여 살던 옛집은 이미 통째로 남에게 팔려 양도 기한이 금년 연말로 되어 있었다. 그래서 아무래도 정월 초하루 이전에 정든 옛집과 영원히 작별하고, 정든 고향을 멀리 떠나 내가 생계를 이어 가고 있는 타향으로 이사를 해야만 했다.

다음 날 아침 일찍, 나는 우리 집 대문 앞에 도착했다.

기와지붕 위에서는 시든 풀의 꺾인 줄기들이 바람을 맞아 떨면서 이 낡은 집이 주인을 바꾸지 않으면 안 되는 이유를 설명해 주고 있었다. 함께 살던 친척들 몇 집은 이미 이사를 했는지 몹시 조용했다. 우리 집 대문 밖에 이르자 어머니는 벌써 마중을 나와 계셨고, 뒤따라 여덟 살 난 조카 홍얼도 뛰어나왔다.

어머니는 무척 반가워하셨지만 애써 여러 가지로 착잡한 심경을 감추는 기색이 역력했다. 내게 앉으라고 하시더니 쉬면서 차나 마시라며 이사에 관한 말씀을 선뜻 꺼내지 않으셨다. 홍얼은 나와 처음 만나는 터라 멀찍감치 마주 서서 바라만 보았다.

하지만 우리는 끝내 이사에 관한 이야기를 꺼냈다. 나는 저쪽에 이미 집을 계약했고 가구도 약간 사놓았다고 했다. 아울러 이 집에 있는 나무 그릇들은 전부 팔아서 몇 가지를 더 장만하면 될 것 같다고 말씀드렸다. 어머니도 좋다고 하시면서 짐 정리도 대강 끝났고 운반하기 불편한 나무 그릇들은 절반쯤 팔아 버렸는데 아직 돈을 받지 못했을 뿐이라고 말씀하셨다.

「하루 이틀 쉬면서 친척 어른들을 한번 찾아뵙고 나서 떠나면 될 게다.」

어머니가 말씀하였다.

「네.」

「그리고 룬투 말이다. 우리 집에 올 때마다 꼭 네 안부를 묻고 너를 꼭 한 번 만나고 싶어 하더라. 네가 집에 도착하는 날짜를 알려줬으니 아마 곧 찾아올 게다.」

이때 내 머릿속에 갑자기 신기한 그림 한 폭이 떠올랐다. 진한 쪽빛 하늘에 황금빛 보름달이 걸렸고, 그 아래는 바닷가 모래사장을 향해 파란 수박 밭이 끝없이 펼쳐졌다. 그 가운데 은 목걸이를 한, 열한두 살쯤 되어 보이는 소년이 손에 쇠스랑을 들고 오소리[2]를 힘껏 찌르고 있었다. 하지만 오소리는 날쌔게 몸을 비틀어 소년의 가랑이 밑으로 도망쳐 버렸다.

이 소년이 바로 룬투였다. 내가 그를 알게 된 것은 겨우 열 살 남짓 했을 때로, 지금부터 30여 년 전 일이었다. 그때는 아버지도 살아 계셨고 집안 형편도 좋았다. 덕분에 나두 어엿한 도련님 행세를 했다. 그해에 우리 집에서는 큰 제사를 지내야 했다. 30여 년 만에 한 번씩 돌아오는 제사라 아주 엄숙하게 지내야 했다. 정월에 조상님들께 세사(世祀)를 올리는 것이라 차려 놓는 제수도 많았고 제기(祭器)에도 갖은 정성을 다해야 했다. 제사를 보러 오는 사람도 무척 많아서 제기를 도둑맞지 않도록 각별히 주의해야 했다. 그때 우리 집에 망월

---

[2] 수박, 오이, 참외 등을 즐겨먹는 오소리과 들짐승. 루쉰은 1929년 5월 4일 쉬신청(舒新城)에게 보낸 편지에서, 자신이 쓴 〈猹〉 자는 시골 사람들이 하는 말을 듣고 만들어 낸 글자이며 〈獾〉이 맞다고 밝혔다.

(忙月)이 하나 있었다. 우리 고향에서는 머슴을 세 부류로 구분했다. 1년 내내 일정한 집에 고용되어 일하는 사람을 장년이라 했고 날짜를 정해서 남의 집에 고용되어 일하는 사람은 단공이라 했다. 그리고 자기 농사를 지으면서 정월이나 명절 때, 또는 소작료를 받을 때만 정해진 집에 가서 일하는 사람을 망월이라 했다. 일손이 너무 바쁘다 보니 망월은 아버지에게 자기 아들 룬투를 데려다 제기를 지키도록 하는 것이 좋겠다고 말했다.

아버지도 이를 허락하셨다. 나도 대단히 기뻤다. 여러 해 전에 이미 룬투라는 이름을 들은 적이 있고 또 그 애가 나와 같은 또래이기 때문이었다. 그 애는 윤달에 오행(五行) 중에 〈토(土)〉가 빠진 날 태어났다고 해서 그 애 아버지가 이름을 룬투(閏土)라고 지었다고 했다. 또 그 애는 덫을 놓아 새를 잡을 줄도 안다고 했다.

그래서 나는 매일 새해가 오기만을 기다렸다. 새해가 되면 룬투도 올 것이기 때문이었다. 어렵사리 연말이 되었다. 어느날 어머니가 내게 룬투가 왔다고 일러 주셨다. 나는 날듯이 뛰어나갔다.

그 애는 마침 부엌에 있었다. 불그레한 둥근 얼굴에 머리에는 작은 털모자를 쓰고 목에는 반짝반짝 빛나는 은 목걸이를 걸고 있었다. 보아하니 그 애 아버지가 아들을 매우 사랑하여 혹시나 아이가 죽을까 두려워 부처님께 불공을 드린 다음, 그 애의 목에 목걸이를 걸어 준 것 같았다. 그 애는 다른 사람들 앞에서는 몹시 부끄럼을 탔지만 나한테만은 그렇지 않아 옆에 아무도 없을 때면 내게 자연스럽게 말을 걸어왔다. 이렇게 한나절이 지나기도 전에 우리는 곧 친해졌다.

그때 우리가 무슨 이야기를 했는지는 모르겠다. 하지만 룬투가 몹시 신이 나서 도시에 들어와 지금까지 못 보던 것들을 많이 구경했다고 한 것만은 아직도 생생하게 기억한다.

이튿날 나는 그 애에게 새를 잡아 달라고 졸랐다. 그러자 그 애가 말했다.

「그건 불가능해. 큰 눈이 와야 하거든. 우리 동네 모래사장에 눈이 내리면 눈을 쓸어 빈 터를 만들고, 대나무 소쿠리에 짤막한 막대기를 받치고는 그 안에 나락을 뿌려 놓지. 그러면 새가 와서 쪼아 먹거든. 그때 멀리서 막대기에 달린 줄을 잡아당기기만 하면 새가 소쿠리 안에 갇혀서 도망칠 수 없어. 이런 방법으로 야생 닭과 꿩, 산비둘기, 파랑새 등 무슨 새든지 다 잡을 수 있어……」

그리하여 나는 눈이 내리기만을 기다렸다.

룬투가 또 내게 말했다.

「지금은 너무 추워. 여름에 우리 마을로 놀러 와. 우리 낮에는 해변에 조개껍질을 주우러 가자. 붉은 것, 푸른 것 할 것 없이 무슨 색이든 다 있어. 귀신 쫓기 조개도 있고 관음손 조개도 있지. 밤에는 아버지와 함께 수박을 지키러 가. 너도 가도 돼.」

「도둑을 지키러 가는 거야?」

「아냐! 지나가던 사람이 목이 말라서 수박 한 개쯤 따 먹는 일 정도는 우리 마을에선 도둑질로 치지도 않아. 지켜봐야 하는 건 너구리나 고슴도치, 오소리 같은 짐승들이지. 달밤에 사각사각 소리가 나면 오소리가 수박을 갉아먹는다는 걸 알 수 있지. 그러면 쇠스랑을 들고 살그머니 다가가서……」

그때는 오소리라는 짐승이 어떤 것인지 전혀 몰랐다. 지금도 그렇지만, 그저 조그만 개 같은 모양에 영악스러운 동물 아닐까 싶었다.

「그놈 물지 않아?」

「쇠스랑 있잖아. 다가가서 오소리가 있으면 바로 찌르는 거야. 이 짐승은 아주 영리해서, 되레 사람한테로 달려들어 가랑이 밑으로 빠져 달아나거든. 그놈 털은 기름칠한 듯 매끄러워서……」

그때까지 나는 세상에 이렇게도 신기한 일이 많을 줄은 몰랐다. 바닷가에는 다양한 오색 조개껍데기가 있고, 또 수박에 그렇게 위험한 내력이 있는지도 몰랐다. 그때까지는 수박은 과일 가게에서 파는 것만 알았다.

「우리 동네 모래사장에는 말이야, 밀물이 밀려오면 날치들이 펄떡펄떡 뛰어오르지. 청개구리처럼 다리가 두 개 달린 놈이 말이야……」

아, 룬투의 마음속에는 신기한 것들이 무궁무진했다. 전부 내가 일상에서 만나는 친구들이 모르는 것이었다. 룬투가 바닷가에 있을 때, 그 애들은 모두 아무것도 모른 채 나처럼 마당을 둘러싼 높은 담장 위의 네모난 하늘만 바라보았던 것이다.

안타깝게도 정월이 지나자 룬투는 집으로 돌아가야 했다. 나는 어쩔 줄 몰라 큰 소리로 엉엉 울어 댔다. 그 애도 부엌에 숨어서 울기만 할 뿐, 얼른 문밖으로 나서지 않았다. 그러나 결국 그 애 아버지 손에 끌려 가버리고 말았다. 나중에 그 애는 자기 아버지에게 부탁하여 조개껍데기 한 꾸러미와 예쁜 새 깃털 몇 개를 내게 보내 주었다. 나도 두어 번 선물을 보낸 적이 있었지만 그 뒤로는 다시 만나지 못했다.

이제 어머니가 그의 얘기를 꺼내자 갑자기 어렸을 때 기억이 번갯불처럼 되살아나면서 아름다운 고향을 되찾은 것 같은 느낌이 들었다. 내가 어머니에게 대답했다.

「정말 잘됐군요! 룬투는, 지금 어떻게 지내나요?」

「그 애 말이냐……? 형편이 몹시 어려운가 보더라…….」

어머니는 그렇게 말씀하면서 밖을 내다보셨다. 그러고는 다시 입을 여셨다.

「저 사람들이 또 왔구나. 말은 나무 그릇을 사러 왔다면서 손 가는 대로 물건을 가져가니 잠깐 나가 봐야겠다.」

어머니는 일어서서 나가셨다. 문밖에서는 여인네 몇몇의 말소리가 들려왔다. 나는 훙얼을 앞에 불러 놓고는 글씨를 쓸 줄 아는지, 다른 고장에 가보고 싶은지 물어보았다.

「우리 기차를 타고 가는 거예요?」

「그럼, 기차를 타고 가지.」

「배는요?」

「먼저 배를 타야 해…….」

「아이고, 이 모습 좀 보게! 수염도 이렇게 자랐네!」

갑자기 크고 날카로운 목소리가 들려왔다.

깜짝 놀라 황급히 고개를 들어 보니 광대뼈가 툭 튀어나오고 입술이 얇은, 쉰 안팎의 여인네가 내 앞에 서 있었다. 두 손을 허리에 짚고 바지 위에 치마도 걸치지 않은 채 두 다리를 쩍 벌린 모습이 바로 제도기 가운데 가는 다리만 쭉 뻗어 나온 컴퍼스 같았다.

나는 너무 놀라 어리둥절한 표정을 지었다.

「날 모르겠어? 내가 안아 준 일도 있는데!」

나는 더욱 어리둥절하기만 했다. 다행스럽게도 어머니가

들어오셔서 옆에서 말씀하였다.

「저 아이는 오랫동안 외지에 나가 있어서 까맣게 잊어버렸을 거야. 그런 줄 알아요.」

그러고는 또 나를 향해 말씀하셨다.

「이분은 우리 집이랑 대각선으로 맞은편 집의 양 씨 댁 둘째 아주머니시다……. 왜 그 두부 가게 하던 집 말이야.」

아, 생각이 날 것 같았다. 어렸을 때, 우리 집에서 대각선 맞은편 두부 가게에 거의 하루 종일 앉아 있던 양 씨 댁 둘째 아주머니가 있었다. 사람들은 모두 그녀를 〈두부 집 서시(西施)〉라고 불렀다. 하지만 그때는 얼굴에 하얗게 분칠을 했고 광대뼈도 이렇게 튀어나오지 않았으며 입술도 지금처럼 얇지 않았다. 게다가 하루 종일 앉아 있었기 때문에 이런 컴퍼스 같은 자세는 본 적이 없었다.

당시 사람들은 이 여자 때문에 두부 가게가 크게 번창한다고 말했다. 하지만 아마도 나이 때문이었는지 나는 그런 말에 깊은 인상을 받지 못했고, 그래서 완전히 잊고 있었던 것이다. 그러나 이 컴퍼스는 기분이 썩 좋지 않았는지 나를 향해 경멸하는 듯한 표정을 지었다. 마치 나폴레옹을 모르는 프랑스인이나 워싱턴을 모르는 미국인을 비웃는 것 같았다. 그러고는 냉소하며 말했다.

「잊었다고? 정말 귀한 사람은 눈도 높다더니…….」

「그런 게 아니라…… 저는…….」

나는 어쩔 줄 몰라 얼른 자리에서 일어서며 말했다.

「그럼 내 말 좀 들어 보게. 쉰, 자네는 부자가 됐고 또 이 무거운 걸 운반하려면 거추장스러울 텐데 이렇게 부서지고 망가진 목기들을 가져다 무엇에 쓰겠나. 이런 건 내가 가져갈

게. 우리 같은 가난뱅이들에겐 꽤 쓸모가 있거든.」

「전 부자가 아닌데요. 저도 이것들을 팔아야 다시······.」

「아이고! 도대(道臺)³가 되고도 부자가 아니라고? 자네는 지금 첩이 셋이나 되고 밖에 나가려면 여덟 사람이 떠메는 큰 가마를 타면서도 부자가 아니라고? 에이, 아무리 해도 날 속이진 못할걸.」

나는 무슨 말을 해도 소용없다는 것을 알고는 입을 다물고 말없이 서 있었다.

「아이고! 재물이 있을수록 한 푼도 베풀려 하지 않고, 한 푼도 베풀려고 하지 않으니 더욱 부자가 될 수밖에.」

컴퍼스는 화를 내며 돌아서더니 툴툴거리며 천천히 밖으로 걸어 나가면서 어머니의 장갑을 슬쩍 바지춤에 쑤셔 넣고 가버렸다.

이어서 또 근처에 사는 집안사람들과 친척들이 나를 찾아왔다. 나는 그들을 일일이 응대하면서 틈틈이 짐을 챙겼다. 그렇게 사나흘이 지났다.

몹시 춥던 어느 날 오후, 점심을 먹고 나서 차를 마시는데 밖에서 누군가 들어오는 기척이 나서 돌아다보았다. 그리고는 몹시 놀라 황급히 몸을 일으켜 그를 맞았다. 찾아온 사람은 다름 아닌 룬투였다. 보자마자 단번에 그가 룬투라고 알아보긴 했지만 이미 내 기억 속에 있던 룬투가 아니었다.

키는 배나 커졌고 옛날의 불그스레하고 둥근 얼굴은 누르스름한 잿빛으로 변했다. 주름도 깊게 잡혔다. 그의 아버지와 마찬가지로 눈 언저리가 온통 벌겋게 부어올라 있었다. 바

---

3 청 대 관제에서 한 지역의 행정 업무를 총괄하는 관직.

닷가에서 농사를 짓는 사람들은 하루 종일 불어오는 바닷바람 때문에 대부분 이렇다는 것을 나도 잘 알았다. 그는 머리에는 너덜너덜한 털모자를 쓰고, 몸에는 몹시 얇은 솜옷만을 입어 추위에 온몸을 부들부들 떨었다. 손에는 종이 봉지 하나와 기다란 담뱃대를 들었다. 그 손 역시 내가 기억하는 통통하고 혈색 좋은 손이 아니라 거칠고 울퉁불퉁한 데다 마구 금이 가고 터져 마치 소나무 껍질 같은 손이었다.

너무 흥분하여 무슨 말을 해야 좋을지 몰랐던 나는 그냥 이렇게 말했다.

「어, 룬투 형……, 왔어요……?」

이어서 하고 싶은 수많은 말들이 꿰어 놓은 구슬처럼 연이어 용솟음치듯 떠올랐다. 꿩과 날치 얘기며, 조개껍질과 오소리 얘기에……. 하지만 왠지 뭔가에 가로막힌 듯한 느낌이 들면서 머릿속에서 빙빙 돌기만 할 뿐, 입 밖으로 나오진 않았다.

그는 멈춰 섰다. 얼굴에는 반가움과 처량함이 역력히 드러났다. 입술을 움직이긴 했지만 역시 아무 소리도 내지 못했다. 그러다가 결국에는 자세가 공손해지더니 분명하게 이렇게 말했다.

「나리……!」

나는 온몸에 소름이 돋는 듯한 기분이었다. 서글프게도 우리 둘 사이에 아주 두꺼운 장벽이 가로놓였다는 것을 깨달았다. 말도 나오지 않았다.

그는 뒤를 돌아다보면서 말했다.

「쉐이셩! 어서 나리께 절을 올려야지.」

그러고는 등 뒤에 숨어 있던 아이를 앞으로 끌어냈다. 그 아이는 영락없이 20년 전의 룬투였다. 단지 얼굴이 누렇게 뜨고 야윈 데다 목에 은 목걸이가 없을 뿐이었다.

「이 녀석이 제 다섯째 아이입니다. 아직 세상 구경을 못 해서 그런지 부끄럼만 타고……」

어머니와 훙얼이 2층에서 내려왔다. 아마 우리가 얘기하는 소리를 들은 모양이었다.

「노마님, 보내 주신 편지는 벌써 받았습니다. 나리께서 돌아오신다는 소식을 듣고 얼마나 기뻤는지……」

룬투가 말했다.

「아니, 왜들 이렇게 서먹서먹한 게야? 자네들 옛날에는 서로 너, 나 하지 않았나? 옛날처럼 쉰이라고 부르게나.」

어머니가 그를 몹시 반가워하며 말씀하셨다.

「아이고, 노마님도 정말…… 그런 법이 어디 있습니까? 그때는 어린아이라 아무것도 모르고……」

그러면서 룬투는 쉐이성에게 앞으로 나와 인사를 드리라고 했다. 하지만 아이는 부끄러워서 아버지 등 뒤에 바싹 붙어 몸을 숨겼다.

「그 애가 쉐이성인가? 다섯째지? 모두 낯선 사람이니 부끄러워하는 것도 당연하지. 그래 훙얼아, 저 애랑 같이 나가 놀아라.」

어머니께서 말씀하셨다.

훙얼이 쉐이성에게 손짓을 하자, 쉐이성은 가벼운 걸음으로 훙얼과 함께 밖으로 나갔다.

어머니는 룬투에게 자리를 권하셨다. 그는 잠시 머뭇거리다가 겨우 자리에 앉았다. 긴 담뱃대를 탁자 옆에 기대어 세워 놓고 종이 봉지를 내밀면서 말했다.

「겨울이라 변변한 게 없습니다. 이건 푸른 콩을 말린 겁니다. 얼마 안 되지만 저희 집에서 직접 말린 거예요. 나리께서 맛 좀 보시라고…….」

내가 그의 생활 형편을 묻자 그는 고개만 가로저을 뿐이었다.

「몹시 어렵습니다. 여섯째 아이까지도 거들고 있지만, 그래도 먹고살기가 힘들어요. 세상도 뒤숭숭하고요……, 일정한 규정도 없이 마구 돈만 뜯어 가고…… 게다가 작황은 갈수록 나빠지고 있지요. 농사를 지어 작물을 팔러 가면 세금만 몇 번이고 바쳐야 하다 보니 본전을 까먹고 들어가지요. 그렇다고 팔지 않으면 작물이 썩어 버리거든요…….」

그는 고개를 절레절레 흔들었다. 얼굴에는 주름살이 잔뜩 새겨져 있었지만 조금도 움직이지 않았다. 마치 석상 같았다. 그는 무척 괴로운데 이를 말로 표현하고 싶어도 제대로 표현할 수 없는지, 잠시 입을 다물고 있더니 담뱃대를 집어 들고는 말없이 담배만 피웠다.

어머니가 물어서야 그가 집안일이 바빠 내일 돌아가야 한다는 것을 알았다. 점심도 먹지 않았다고 하기에 부엌에 가서 직접 밥을 볶아 먹도록 일렀다.

그가 나가고 난 뒤에 어머니와 나는 한숨을 내쉬며 그가 사는 형편에 대해 얘기했다. 부양해야 할 아이들은 많은데 흉작에 가혹한 세금, 군인, 도적, 관리, 향신(鄕紳)[4] 등에게 시달리다 보니 그가 나무 인형처럼 굳어 버릴 수밖에 없었던 것이다. 어머니는 내게 가져가지 않아도 될 물건은 전부 그에게

---

4 중국 명·청 때에, 향촌에 살던 과거 합격자나 퇴직한 벼슬아치. 향촌의 실질적인 지배자였다.

주자면서 그가 갖고 싶은 것들을 직접 고르게 하자고 하셨다.

오후에 그는 몇 가지 물건을 골랐다. 기다란 탁자 두 개와 의자 네 개, 향로와 촛대 한 벌, 저울 한 개 등이었다. 그는 또 재도 전부 달라고 했다. 우리 고향에서는 밥을 지을 때 짚을 때는데, 그 재가 모래사장에는 좋은 비료가 됐다. 그러면서 그는 우리가 떠날 때쯤 배에 실어 가져가겠다고 했다.

밤에 우리는 또 한담을 나누게 되었다. 별로 중요하지 않은 이야기들이었다. 다음 날 아침 일찍 그는 쉐이성을 데리고 돌아갔다.

그로부터 아흐레가 지나 우리가 떠날 날이 되었다. 아침 일찍 찾아온 룬투는 쉐이성 대신 다섯 살짜리 딸아이를 데리고 와서는 배를 지키게 했다.

우리는 하루 종일 몹시 바빠서 이야기를 나눌 틈도 없었다. 찾아온 손님들도 적지 않았다. 배웅하러 온 사람도 있고 물건을 가지러 온 사람도 있었으며 배웅도 하고 물건도 가져가려고 온 사람도 있었다. 저녁 무렵이 되어 우리가 배에 오를 때쯤에는 이 옛집에 있던 크고 작은 잡동사니들이 전부 비로 쓸어 버린 듯이 깨끗이 사라지고 없었다.

우리가 탄 배가 앞을 향해 나아갔다. 양쪽 강기슭의 푸른 산들이 황혼에 검푸른 빛으로 물들며 하나씩 뒤쪽으로 사라져 갔다.

나와 함께 선창에 몸을 기댄 채 바깥의 흐릿한 풍경을 바라보던 홍얼이 갑자기 물었다.

「큰아버지! 우리 언제 돌아와요?」

「돌아온다고? 왜 가기도 전에 돌아올 생각부터 하니?」

「하지만, 쉐이성이랑 개네 집에 놀러 가기로 약속한걸요……」

홍얼은 크고 검은 눈을 동그랗게 뜨고서 멍하니 생각에 잠겼다.

나와 어머니도 약간 멍하니 앉아 있었다. 그러다 다시 룬투에 대한 얘기가 나왔다. 어머니 말씀에 따르면 〈두부 집 서시〉라 불리는 양 씨 댁 둘째 아주머니는 우리 집이 이삿짐을 꾸리기 시작하면서부터 매일같이 찾아왔다고 한다. 엊그제는 그녀가 잿더미 속에서 접시와 그릇을 열 몇 개나 찾아내서는 이리저리 따져 보더니 틀림없이 룬투가 재를 가져갈 때 함께 가져가려고 숨겨 둔 것이라고 했다 한다.

양 씨 댁 아주머니는 그걸 발견해 내고는 무슨 큰 공훈이라도 세운 것처럼 으스대더니 구기살(狗氣殺) ─ 이것은 우리 고장에서 닭을 칠 때 쓰는 도구로, 나무판 위에 창살을 치고 그 안에 모이를 담가 두었다. 닭은 목을 길게 뻗어 모이를 쪼아 먹을 수 있지만 개는 그럴 수가 없어서 그저 바라보며 속만 태울 뿐이다 ─ 을 집어 들고는 나는 듯이 내뺐다고 한다. 그런데 그녀는 밑창이 높은 전족을 하고서도 아주 빨리 뛰더라는 것이다.

옛집이 내게서 점점 멀어져 갈수록 고향의 산천도 내게서 점점 멀어져 갔다. 하지만 나는 아무런 미련도 느끼지 않았다. 그저 사면이 보이지 않는 높은 담에 나 홀로 둘러싸여 숨조차 전혀 쉴 수 없는 듯한 압박감을 느낄 뿐이었다. 저 수박밭 위로 은 목걸이를 한 작은 영웅의 영상이 이전에는 무척이나 또렷했는데 이제는 그것마저도 갑자기 희미해져 나를 몹시 슬프게 했다.

어머니와 홍얼은 잠이 들었다.

나도 잠자리에 누웠다. 배 밑바닥에 철썩철썩 부딪히는 물

소리를 들으며 나는 내가 나의 길을 가고 있다는 것을 깨달았다. 나는 생각했다. 나와 룬투는 결국 이렇게 멀어지고 말았지만 우리 후세는 아직도 함께 어울렸다. 홍얼이 지금 쉐이성을 그리워하지 않는가? 나는 그 애들이 다시는 우리처럼 서로 멀어지지 않기를 바란다. ……하지만 나는 또 그들이 함께 어울리려고 나처럼 이리저리 떠도는 고달픈 생활을 하지 않기를 바란다. 또 그들이 룬투처럼 괴로움으로 정신이 마비되는 생활을 하지 않기를 바란다. 또 다른 사람들처럼 괴로움으로 방종한 생활을 하지 않기를 바란다. 그들은 새로운 생활을 가져야 한다. 우리가 아직 경험해 보지 못한 생활을 가져야 한다!

희망이라는 것에 생각이 미치자 갑자기 무서워졌다. 룬투가 향로와 촛대를 달라고 했을 때, 나는 마음속으로 몰래 그를 비웃었다. 그가 줄곧 우상을 숭배하면서 한시도 잊지 못하는구나 하고 생각했다. 하지만 지금 내가 생각하는 희망 역시 나 스스로 만들어 낸 우상이 아닌가? 단지 그의 소망이 현실에 아주 가까운 것이라면, 나의 소망은 마연하고 이득하다는 것이 다를 뿐이다.

몽롱한 상태에서 눈앞에 바닷가의 파란 모래사장이 떠올랐다. 위로는 짙은 쪽빛 하늘에 황금빛 보름달이 걸려 있었다. 나는 생각했다. 희망이란 본래 있다고도 할 수 없고 없다고도 할 수 없는 것이라고. 그것은 마치 땅 위의 길과 같다. 사실 땅에는 원래 길이 없었다. 걷는 사람이 많아지면서 곧 길이 된 것이다.

1921년 1월

아Q정전[1]

1장
서(序)

내가 아Q를 위해 정전(正傳)을 쓰려고 한 것은 이미 한두 해 된 일이 아니다. 그러나 막상 글을 쓰려고 하면 또다시 예전처럼 된다. 이는 내가 〈후세를 위해 뭔가를 기록할〉 만한 사람이 못 된다는 것을 증명하는 일이다. 옛날부터 불후한 글은 불후한 인물들의 전기를 기록했기 때문이다. 그래서 사람은 글을 통해 전해지고 글은 사람에 의해 전해진다는 것이다. 그렇다면 대체 누가 누구의 글에 의해 전해지는 것인지 점점 더 알 수 없게 된다. 결국 아Q의 이야기를 전해야겠다는 결정으로 되돌아오고 만다. 마치 내 생각 속에 귀신이 있는 것 같다.

하지만 금방 잊히게 될 글을 한 편 쓰기로 마음먹고 붓을

---

1 이 작품은 1921년 12월 4일부터 1922년 2월 12일까지 매주 또는 격주로 베이징의 『신보부간(晨報副刊)』에 연재되었다. 당시 루쉰은 바런(巴人)이라는 필명을 사용했다.

들자 한꺼번에 온갖 어려움을 느끼게 되었다.

첫째는 글의 제목이다. 공자께서 말씀하시기를 〈이름이 바르지 않으면 말이 순조롭지 못하다〉고 하셨다. 이는 처음부터 마음에 두지 않으면 안 되는 일이다. 전(傳)에는 여러 가지 다양한 제목이 있었다. 열전이 있는가 하면 자전이 있고 내전과 외전, 별전, 가전, 소전…… 등이 있었다. 하지만 애석하게도 이들 모두가 적합하지 않았다. 〈열전〉이라고 하자니 이 글이 수많은 위인들과 함께 나란히 정사(正史) 속에 자리를 잡을 수 없을 것 같았고, 〈자전〉이라고 하자니 나는 결코 아Q가 아니었다. 〈외전〉이라고 한다면 또 〈내전〉은 어디에 있단 말인가? 아니면 〈내전〉이라고 하려 해도 아Q는 결코 신선(神仙)이 아니었다. 〈별전〉으로 하자니 아직은 대총통에게서 국사관(國史館)에 아Q의 〈본전〉을 기록하라는 유지가 내려지지 않은 상태였다……. 영국의 정사에 〈로드니 스톤 열전〉이 없는데도 대문호 디킨스는 『로드니 스톤 별전』이란 책을 저술한 적이 있다.[2] 하지만 그건 문호이기 때문에 할 수 있는 일이지 나 같은 사람이 할 수 있는 일은 아니었다. 그다음은 〈가전〉이다. 나는 내가 아Q와 같은 문파인지 아닌지조차 알지 못하고, 또한 그의 자손에게 가전의 집필을 의뢰받은 적도 없다. 〈소전〉이라 해도 아Q에게 따로 〈대전〉이 있는 것도 아니었다. 요컨대 이 글은 〈본전〉이 되겠지만 내 글의 성격을 가지고 따지자면 문체가 워낙 저속하고 〈수레를 끌면서 콩

---

2 영국 소설가 아서 코넌 도일(1859~1930)이 쓴 책으로, 중국에서는 천따징(陳大登)이 삼무인서관에서 『박도(博徒)별전』이라고 번역한 바 있다. 루쉰은 웨이쑤위에(韋素園)에게 보낸 편지에서 〈디킨스〉 작품이라 한 것은 자신의 착오였다고 밝혔다.

국이나 파는 사람들〉이 쓰는 말이기 때문에 감히 본전이라고 주제넘게 칭할 수도 없었다. 그래서 삼교구류(三敎九流)의 학문에도 못 끼는 소설가[3]들의 이른바 〈체제는 한담이라 해도 말은 정전으로 돌아가야 한다〉는 틀에 박힌 문구에서 〈정전〉이라는 두 글자를 따내 글의 제목으로 삼은 것이다. 설사 옛사람들이 편찬한 『서법정전(書法正傳)』에서의 〈정전〉과 글자 뜻이 혼동될 우려가 있긴 하지만 그것까지 신경 쓸 필요는 없을 것 같았다.

둘째로, 전기 집필의 통례에 따르면 첫머리에는 대개 〈아무개는 자(字)가 무엇이고 어디어디 사람이다〉라고 쓰는데, 나는 아Q의 성이 무엇인지 모른다. 한번은 그의 성이 자오인 것 같았으나 바로 그다음 날 모호해졌다. 자오 나리의 아들이 수재에 급제했을 때였다. 쟁쟁 하는 징소리와 함께 그 소식이 마을에 전해졌을 때 아Q는 마침 황주를 두어 잔 마시고는 몹시 기분이 좋아 춤을 추면서 이것이 자신에게도 대단한 영광이라고 말했다. 자신은 원래 자오 나리와 같은 집안사람이고 세밀히 항렬을 따져 보면 자신이 자오 나리의 아들보다 3대나 위라는 것이다. 그때 옆에서 이 이야기를 듣던 몇 사람은 약간 숙연한 태도로 그를 공손하게 대했다. 그런데 다음 날, 지보(地保)[4]가 오더니 아Q를 자오 나리 댁으로 끌고 갔다. 나리는 아Q를 보자 온통 얼굴을 붉히며 호통을 쳤다.

「아Q, 이 발칙한 놈, 내가 너의 친척이라고?」

3 『한서(漢書)』 「예문지(藝文志)」에서는 고대 제자백가의 학문을 유가, 도가, 음양가, 명가, 묵가, 종횡가, 농가, 잡가, 소설가 등 열 가지로 구분한다. 소설가는 앞에 열거한 아홉 가지 학문에 못 끼는 하찮은 학설들을 통칭한다. 삼교는 유·불·도교.
4 청 대 말기에서 민국 초년 사이에 지방 관아에서 심부름을 하던 사람.

아Q는 입을 열지 않았다.

자오 나리는 볼수록 더욱 화가 치미는지 몇 발짝 앞으로 나서며 말을 이었다.

「네놈이 감히 터무니없는 소릴 지껄이다니! 내게 어떻게 네놈 같은 친척이 있을 수 있단 말이냐! 네 성이 자오란 말이냐?」

아Q가 입을 열지 않은 채 뒤로 물러나려 하자, 자오 나리가 달려들어 따귀를 한 대 올려붙였다.

「네놈 성이 어떻게 자오가 될 수 있단 말이냐? 네놈이 어디서 자오 씨 행세를 하는 게야!」

아Q는 결코 자신의 성이 확실히 자오 씨라고 항변하지 않았다. 그저 손으로 왼뺨을 문지르며 지보와 함께 물러날 뿐이었다. 밖으로 나오자 이번에는 지보가 그를 한바탕 몰아세웠다. 결국 아Q는 잘못했다고 사죄하고는 지보에게 술값으로 2백 원(文)을 바쳤다.

그 소문을 들은 사람들은 아Q가 너무 황당한 소리를 하고 다니며 스스로 얻어맞을 짓을 했다고 말했다. 그가 자오 씨는 아닌 것이 틀림없는 것 같았다. 설사 진짜 자오 씨라고 해도 자오 나리가 이곳에 있는 한 그런 허튼소리는 하지 말았어야 했다. 그 뒤부터는 아무도 그의 성씨에 대하여 운운하지 않았고, 나도 아Q의 성이 무엇인지 결국 알 수 없었다.

셋째, 나는 또 아Q의 이름을 어떻게 쓰는지 몰랐다. 그가 살아 있을 때 사람들은 모두 그를 아Quei라고 불렀다. 죽은 뒤로는 누구 하나 아Quei를 입에 올리는 사람도 없었다. 그러니 어디 〈역사에 기록되는〉 일이 있을 수 있겠는가? 〈역사에 기록되는〉 것에 관해 논하자면 이 글을 첫 번째로 꼽아야 하는 만큼, 먼저 이런 첫 번째 난관에 부딪히게 된다. 나는 곰곰이 생각해 보았다. 아Quei가 〈아꾸이(阿桂)〉일까 아니면 〈아꾸이(阿貴)〉일까? 그에게 〈웨팅(月亭)〉이라는 호가 있다든가 8월 중에 생일잔치를 한 적이 있다면 〈아꾸이(阿桂)〉가 맞을 것이다. 하지만 그에게는 호도 없고 — 호가 있었는지 모르지만 아무도 그걸 아는 사람이 없었다 — 또 생일잔치에 와 달라는 초대장을 돌린 적도 없기 때문에 〈아꾸이(阿桂)〉라고 쓰는 것은 근거 없는 무단 행동이 되고 만다. 또 그에게 〈아푸(阿富)〉라는 형이나 아우가 있었다면 틀림없이 〈아꾸이(阿貴)〉일 것이다. 하지만 그에겐 형제가 없기 때문에 〈아꾸이(阿貴)〉라고 부를 근거가 없다. 그 밖의 Quei라는 소리가 나는 어려운 글자로는 더욱 적절한 것이 없다. 이전에 자오 나리의 아들인 수재 선생에게 물어본 적이 있었는데 그렇게 박학하고 귀하신 분께서도 모르겠다며 망연해하셨다. 그의 결론에 따르면 천두슈[5]가 『신청년』을 발간하면서 서양 글을 제창한 탓에 나라의 순수성이 사라지고 고증이 어렵게 되었다는 것이다. 이제 내게는 마지막 한 가지 방법밖에 남지 않았다. 같은 고향 친구에게 아Q의 범죄 기록을 조사해 달라고 부탁하는 것이다. 그런데 여덟 달 뒤에야 겨우 회신이 있었지만 조서 안에는 아Quei와 비슷한 발음을 가진 사람조차도 없다고 했다. 정말로 없었는지 아니면 아예 조사를 해보지도 않은 것인지는 모르겠지만 더는 별다른 방법이 없었다. 주음자모(注音子母)[6]는 아직 일반적으로 통용되지 않는 것 같으니

---

5 陳獨秀(1879~1942). 중국의 정치가. 1920년 중국 공산당을 창당한 주요 인사 가운데 하나이며, 중국에서 혁명의 문화적인 토대를 발전시킨 주요 지도자다.

하는 수 없이 서양 문자를 써서 영국에서 유행하는 병음법(甁音法)으로 아Quei라고 쓰고, 이를 줄여서 아Q라고 하는 수밖에 없었다. 이러자니 『신청년』의 방법을 맹종하는 것 같아 나 자신도 약간 미안하긴 하지만 수재 선생조차 모르는 것을 나라고 무슨 좋은 방법이 있겠는가?

넷째는 아Q의 본적이다. 그의 성이 자오라면, 군(郡) 중의 명망을 들먹이기 좋아하는 오래된 관례에 따라 『군명백가성(郡名百家姓)』의 주석을 참조하여 〈농서(隴西) 천수(天水) 사람〉이라고 할 수 있을 것이다. 하지만 애석하게도 이 성 또한 그리 믿을 만한 것이 못 되기 때문에 본적 또한 결정할 수가 없다. 그가 웨이좡에 오래 살긴 했지만 항상 다른 곳에서 잠을 잤기 때문에 웨이좡 사람이라고 할 수도 없었다. 설사 〈웨이좡 사람〉이라고 한다 해도 여전히 사법(史法)에 위배된다.

내가 스스로 위안을 얻는 것은 그나마 이 〈아(阿)〉라는 글자만큼은 매우 정확하여 절대로 억지로 갖다 붙이거나 빌려다 썼다는 결점이 없기 때문에 누구 앞에서도 떳떳할 수 있다는 점이다. 그 밖의 사항들은 모두 내 미천한 학문으로는 억지로나마 끌어다 붙일 수도 없다. 단지 역사 벽과 고증 벽이 있는 후스즈[7] 선생의 문인들이 장차 새로운 단서를 많이 찾아낼 수 있기를 바랄 뿐이다. 하지만 아마 그때가 되면 이 「아Q정전」은 벌써 사라지고 없을 것이다.

이상의 서술로 서문을 대신하고자 한다.

---

6 주음부호(注音符號). 1918년 중국 정부가 제정한 표음 기호. 자음 스물한 개, 모음 열여섯 개로 구성되었다.
7 후스(胡適, 1891~1962). 중국 사상자이자 교육가. 자(字)는 〈스즈(適之)〉.

2장
승리의 기록

아Q는 이름과 본적이 분명치 않을 뿐 아니라 이전의 행적조차 분명치 않다. 왜냐하면 웨이좡 사람들은 아Q에게 일을 부탁하거나 그를 두고 농담할 때에나 그에게 관심을 보였지 지금까지 그의 〈행적〉에 대해서는 마음을 쓰지 않았기 때문이다. 게다가 아Q 자신도 말을 하지 않았다. 단지 남들과 말다툼을 할 때만 이따금 눈을 부릅뜨며 이렇게 말하곤 했다.

「우리 집도 예전에는…… 너희보다 훨씬 더 잘살았어! 너희가 얼마나 대단해서!」

아Q는 집이 없이 웨이좡의 토곡사(土穀祠)[8]에서 살았고 일정한 직업도 없어 그저 남의 집에 날품을 팔면서 보리를 베라면 보리를 베고, 쌀을 찧으라면 쌀을 찧고, 배를 저으라면 배를 저어 먹고 살았다. 일이 좀 오래 걸릴 때는 임시로 주인집에 묵기도 했지만 일이 끝나면 곧 돌아갔다. 때문에 사람들은 일이 바빠지면 아Q를 생각하곤 했다. 하지만 그것두 일을 시키려고 생각하는 것이지 결코 그의 〈행적〉을 생각한 것이 아니었다. 한가해지면 아Q라는 존재마저 잊어버리고 마는 형편이니 〈행적〉은 더더욱 바랄 여지가 없었다. 딱 한 번 어느 노인이 〈아Q는 정말 훌륭한 일꾼이야!〉 하고 칭찬을 한 적이 있었다. 그때 아Q는 웃통을 벗은 채 멋쩍은 듯 비쩍 말라 볼품없는 몰골로 그 노인 앞에 서 있었다. 다른 사람들은 이 말이 진심으로 한 말인지 아니면 빈정거리는 것인지 분별하지

---

[8] 토지신과 오곡신에게 제사를 올리는 사당.

못했지만 어쨌든 아Q는 대단히 기뻐했다.

아Q는 또 자존심이 매우 강했다. 웨이쫭 주민 모두가 그의 눈에 차지 않았고 심지어 두 〈문동(文童)〉[9]에 대해서도 일소(一笑)의 가치도 없다는 듯한 표정을 지었다. 〈문동〉이란 장차 수재가 될 수도 있는 사람들로서, 자오 나리와 첸 나리가 주민들에게 크게 존경을 받는 이유도 돈이 많다는 것 외에 두 사람 모두 〈문동〉의 아버지라는 사실 때문이었다. 그러나 유독 아Q만은 이들에 대해 특별히 마음속으로 존경의 뜻을 표하지 않았다. 그는 자기 아들이었다면 더 대단했을 것이라고 생각했다. 게다가 몇 번 성내를 들락거리고 난 뒤로는 스스로 더욱더 자부심을 갖게 되었다. 하지만 그는 성내 사람들까지도 무척 경멸했다. 예컨대 길이 석 자, 폭 세 치의 널빤지로 만든 의자를 웨이쫭에서는 〈장의자〉라고 부르고 자신도 그렇게 부르는 데 비해 성내 사람들은 〈긴 의자〉라고 불렀다. 아Q는 이것이 잘못이며 대단히 웃기는 일이라고 생각했다. 도미를 튀길 때도 웨이쫭에서는 파를 반 치 길이로 썰어 얹는 데 비해 성내에서는 파를 아주 잘게 썰어 얹었다. 아Q에게는 이것도 잘못이고 웃기는 일이었다. 그러나 웨이쫭 사람들이야말로 세상물정 모르는 가소로운 촌뜨기였다. 그들은 성내의 생선 튀김을 구경한 적도 없는 것이다!

아Q가 〈옛날에는 잘살았고〉 식견도 높았으며 게다가 〈정말 일을 잘했다〉고 하는 말을 그대로 믿자면 거의 〈완벽한 인간〉이라고 할 수 있었다. 하지만 애석하게도 그에게는 몇 가지 신체상 결함이 있었다.

[9] 아직 수재에 합격하지 못했지만 서당에서 과거 시험을 준비하는 어린 학생들.

가장 마음을 괴롭히는 것은 언제 생겼는지도 모르는, 머리의 부스럼 자국 몇 군데였다. 아Q는 이것이 자신의 몸에 생겨난 것이긴 하지만 아무리 생각해 봐도 귀티로 여겨지지는 않는 모양이었다. 그래서 그런지 그는 〈부스럼(癩)〉이란 단어는 물론, 발음이 이와 비슷한 단어까지 입에 올리기를 꺼렸다. 나중에는 이런 증상이 점점 더 확대되어 〈빛(光)〉이라는 단어도 피하고 〈밝다(亮)〉라는 단어도 피했다. 더 나아가 〈등불(燈)〉이나 〈촛불(燭)〉 같은 단어도 기피하게 되었다. 이런 금기를 범하는 사람을 볼 때마다 아Q는 상대가 고의든 아니든 머리에 난 부스럼 자국까지 붉혀 가면서 화를 내곤 했다. 아Q는 상대를 대충 가늠하여 말이 어눌하기라도 하면 마구 욕을 퍼부었고, 힘이 약하다 싶으면 두들겨 팼다. 그러나 어찌된 일인지 아Q가 당하는 때가 더 많았다. 이에 그는 점차 방법을 바꿔 대부분의 경우 상대를 화난 눈으로 노려보기만 했다.

하지만 아Q가 노려보기 주의 노선을 택한 뒤로 웨이좡의 건달들이 더욱더 그를 놀려 댈 줄은 아무도 예상치 못했다. 그들은 아Q를 만났다 하면 짐짓 깜짝 놀라는 시늉을 하면서 말했다.

「우아, 빛이 나네!」

아Q는 여느 때와 마찬가지로 화를 내며 상대를 노려보았다.

「알고 보니 여기 보안등이 있었군그래.」

그들은 결코 아Q를 두려워하지 않았다.

아Q는 하는 수 없이 달리 보복할 말을 생각해 내야 했다.

「너희 같은 놈들은 내 상대가 못 돼…….」

이때 아Q는 또 자신의 머리에 난 부스럼 자국이 평범한 부스럼 자국이 아니라 아주 고상하고 영광스러운 부스럼 자국인 듯 행세했다. 하지만 앞에서도 말한 것처럼 아Q는 견식이 높은 사람이라 〈금기를 범하는 것〉에 조금이라도 저촉된다는 것을 알고는 더는 말을 잇지 않았다.

건달들은 그것으로 그치지 않고 그를 계속 놀려 대더니 마침내 치고받으며 싸우게 되었다. 형식상으로는 늘 아Q가 패했다. 놈들에게 노란 변발을 잡혀 벽에 머리를 네댓 번이나 찧었다. 건달들은 그렇게 하고 나서야 만족했는지 의기양양하게 자리를 떴다. 아Q는 잠시 그 자리에 서서 마음속으로 생각했다. 〈내가 아들놈에게 얻어맞은 걸로 치자. 요즘 세상은 정말 말이 아니야······.〉 그러고 나서는 그 역시 만족스러운 승리를 얻은 듯이 걸음을 옮겼다.

아Q는 마음속으로 생각한 것들을 나중에 하나하나 입 밖에 내곤 했다. 때문에 아Q를 놀려 먹은 적이 있는 사람들은 하나같이 그에게 이러한 정신 승리법이 있다는 것을 알았다. 그 후로 아Q의 노란 변발을 낚아챌 때마다 사람들은 그에게 이렇게 말했다.

「아Q! 이건 아들이 아비를 때리는 게 아니라 사람이 짐승을 때리는 거야. 어서 네 입으로 말해 봐! 사람이 짐승을 때리는 거라고 말이야.」

아Q는 양손으로 자신의 변발 꼭지를 움켜잡고서 고개를 삐딱하게 기울인 채 말했다.

「벌레를 때리는 거라고 할게! 됐어? 나는 벌레야. 이래도 안 놔줄 거야?」

하지만 자신이 벌레라고 했는데도 건달들은 그를 놓아 주지 않고 늘 그러던 것처럼 아무 데나 가까운 곳에 머리를 대여섯 번 소리가 날 정도로 찧고 나서야 만족하여 의기양양하게 자리를 떴다. 그러면서 이번에는 아Q가 정말로 혼이 났을 거라고 생각했다. 그러나 10초도 지나지 않아 아Q 역시 만족스러운 마음으로 의기양양하게 걸음을 옮겼다. 그는 자신이 스스로를 경멸하고 낮추는 데는 으뜸이라고 생각했다. 〈스스로를 경멸하고 스스로를 낮춘다〉는 말을 빼면 〈으뜸〉만 남았다. 장원[10]이란 것도 바로 이런 〈으뜸〉을 말하는 것이었다. 〈네까짓 것들이 뭔데 그러는 거야?〉

아Q는 이런 갖가지 교묘한 방법으로 적들에 대한 원망을 극복하고 난 뒤에는 신나게 술집으로 달려가 술을 몇 잔 마셨다. 그곳에서 또 다른 사람들에게 한바탕 놀림을 당하거나 입씨름을 벌여 또 한 번 이기고 나면 더욱 즐거운 기분으로 토곡사로 돌아가 머리를 눕히고서 잠을 청하곤 했다. 어쩌다 돈이 생기면 압패보[11]를 하러 갔다. 사람들 한 무리가 땅바닥에 쪼그리고 앉았고 아Q도 얼굴 가득 땀을 뻘뻘 흘리면서 그 가운데 끼어 앉아 있었다. 목소리는 그가 가장 컸다.

「청룡에 4백!」

「자 —, 엽니다　!」

물주는 얼굴 가득 땀을 흘리며 작은 상자 뚜껑을 열면서 노래하듯이 소리쳤다.

「천문이네요. 각은 도로 가져가시고 인과 천당은 그 자리를 비워 두시면 됩니다! 그리고 아Q는 동전을 이리 가져오고……」

---

10 중국의 과거 시험에서 황제가 베푸는 전시(殿試)에서 1등을 차지한 사람을 장원(壯元)이라 한다.
11 도박의 일종으로 뒤에 나오는 〈청룡〉, 〈천문〉, 〈천당〉 등도 전부 압패보할 때 쓰는 말이다.

「천당에 백―150!」

아Q의 돈은 이런 노랫가락을 타고서 점차 얼굴 가득 땀을 뻘뻘 흘리는 사람의 허리춤으로 넘어갔다. 마침내 그는 사람들 틈에서 밀려나 밖으로 나와서는 뒷전에 서서 구경하면서 다른 사람들의 승부에 마음을 졸이곤 했다. 노름판이 흩어질 때까지 그렇게 지켜보다가 아쉬운 듯 토곡사로 돌아갔다. 그리고 그다음 날에는 눈이 퉁퉁 부은 채로 일을 하러 갔다.

하지만 정말로 〈인간 만사가 새옹지마라 길흉화복을 알 수 없는〉 것이다. 불행하게도 아Q는 딱 한 번 돈을 딴 적이 있었지만 이것 역시 실패나 다름없었다.

웨이좡 마을에서 새신(賽神) 축제가 있던 날 밤이었다. 이날 밤에는 관례대로 연극 공연이 있었고 무대 주변에는 으레 그랬듯이 여기저기 도박판이 벌어졌다. 연극 무대에서 들려오는 징과 북 소리도 아Q의 귀에는 10리나 떨어진 아주 먼 데서 들리는 것만 같았다. 그의 귀에는 물주의 노랫가락 소리만 들렸다. 그는 따고 또 땄다. 동전이 쟈오양이 되고 쟈오양이 따양[12]이 되었다. 어느새 따양이 한 무더기나 쌓였다. 아Q는 여느 때와 달리 몹시 신이 났다.

「천문에 두 냥!」

그는 누가 누구와 무엇 때문에 싸우게 되었는지는 알지 못했다. 욕하는 소리와 때리는 소리, 발소리가 한데 뒤섞여 정신을 차릴 수 없을 정도로 일대 혼란이 벌어졌다. 그가 간신히 몸을 일으켰을 때는 노름판도 보이지 않았고 사람들도 보이지 않았다. 몸 여러 군데가 아픈 것으로 보아 아무래도 얻

---

12 쟈오양(角洋)과 따양(大洋) 모두 당시에 통용되던 은화의 화폐 단위다.

어맞기도 하고 발길질을 당하기도 한 것 같았다. 몇몇 사람이 놀랍다는 듯한 표정으로 그를 쳐다보았다. 그는 넋을 잃은 사람처럼 토곡사로 돌아와 마음을 차분히 가라앉히고서야 자신의 돈이 하나도 보이지 않는다는 것을 깨달았다. 새신 축제 때 벌어지는 노름판은 대부분 이 마을 사람들이 벌이는 것이 아니었다. 그러니 어디 가서 잃어버린 돈을 찾는단 말인가?

새하얗고 번쩍번쩍 빛나는 은화 더미였다! 게다가 남의 것이 아닌 자기 것이었는데 이제 전부 사라지고 없었다. 말로는 아들놈이 가져간 셈 치자고 했지만 역시 마음이 편치 않았다. 자신이 벌레라고 말해 봐도 역시 마음이 편치 않았다. 그 역시 이번에는 어느 정도 실패의 고통을 느낀 것이다.

그러나 그는 곧 패배를 승리로 전환시켰다. 그는 오른손을 들어 자기 뺨을 힘껏 두 차례 연달아 때렸다. 얼얼하게 아파왔다. 자기 뺨을 때리고 나서야 그는 마음이 편안해졌다. 때린 것은 자신이고 얻어맞은 것은 또 다른 자신인 것 같았다. 얼마 후에는 자신이 남을 때린 것 같은 기분이었다. 얼굴이 아직 얼얼하긴 했지만 마음은 무척 만족스러웠다. 이런 승리감에 젖어 그는 자리에 누웠다.

그러고는 푹 잠들었다.

3장
속(續) 승리의 기록

아Q는 항상 승리했지만 그래도 자오 나리에게 따귀를 얻어맞고 난 뒤에야 비로소 이름을 알릴 수 있었다.

그는 지보에게 2백 원의 술값을 건네고 나서 홧김에 드러누워 있다가 나중에는 이런 생각을 했다. 〈요즘 세상은 너무 말이 아니야. 자식 놈이 아비를 때리다니……〉 그러자 갑자기 자오 나리의 위풍당당한 모습이 떠올랐다. 이제는 그가 자기 아들이라는 생각에 점점 의기양양해지면서 몸을 일으켜 〈젊은 과부가 무덤을 찾다〉[13]라는 창(唱)을 하면서 술집으로 걸음을 옮겼다. 이때 그는 또 자오 나리가 다른 사람들보다 한층 더 고상한 사람이라는 생각이 들었다.

이상하게도 이때 이후로 사람들이 특별히 그를 존경하는 것 같았다. 아Q로서는 자신이 자오 나리의 아버지가 되었기 때문이라고 생각할지 모르지만 사실은 그렇지 않았다. 웨이쫭에서는 아치(阿七)가 아빠(阿八)를 때렸다든가 혹은 리쓰(李四)가 장싼(張三)[14]을 때렸다든가 하는 일은 아예 사건으로 치지도 않는다. 자오 나리 같은 유명한 사람과 관련된 일이라야 비로소 사람들의 입에 오를 수 있었다. 일단 사람들의 입에 오르기 시작하면 때린 사람이 유명한 사람이라 맞은 사람도 그 덕에 유명해지게 마련이었다. 잘못이 아Q에게 있다는 것은 두말할 필요가 없었다. 자오 나리에게는 잘못이 있을 리가 없기 때문이다. 잘못이 아Q에게 있다면 사람들은 무엇 때문에 그를 특별히 존경하게 된 것일까? 정말 풀기 어려운 문제였다. 억지로라도 짜맞춰 말하자면 어쩌면 아Q가 자신이 자오 나리의 친척이라고 말했기 때문에 비록 얻어맞긴 했지만 사람들은 혹시 정말일지도 모른다는 생각에 어쨌든 약간은 존경해 두는 것이 마땅하다고 여긴 것인지도 몰랐다. 그

13 당시 사오싱 지역에 유행하던 지방극의 한 대목이다.
14 〈장삼이사〉처럼 익명의 사람들을 지칭하는 이름들이다.

렇지 않다면 공자묘(孔子廟)에 바친 황소가 돼지나 양처럼 짐승에 불과한데도 성인(聖人)이 젓가락을 댔다는 이유로 선대 유학자들도 감히 함부로 건드리지 못한 것과 같은 이치일 것이었다.

이때부터 아Q는 여러 해 동안 득의양양한 모습으로 지냈다.

어느 해 봄, 그는 술에 얼큰히 취해 길을 걷다가 햇볕이 잘 드는 담장 밑에서 왕후가 알몸으로 이를 잡는 모습을 보고는 갑자기 자신의 몸이 근질거리는 것을 느꼈다. 왕후는 부스럼도 많고 털도 많아서 사람들은 그를 왕라이후라고 불렀다. 아Q는 라이(癩) 자를 빼고 왕후라고 부르면서도 그를 몹시 경멸하고 멸시했다. 아Q의 생각에는 부스럼 자국은 전혀 이상할 것이 없지만 얼굴을 뒤덮은 수염만큼은 너무나 신기해서 보는 사람들을 기분 나쁘게 하기에 충분했다. 그리하여 아Q는 그와 나란히 앉았다. 다른 건달이었다면 아Q는 감히 가까이 다가가 앉을 생각도 하지 못했을 터다. 하지만 왕후 옆이라면 무서울 것이 없었다. 솔직히 말해서 아Q가 앉는 것만으로도 그에게는 체면을 세워 주는 것이었다.

아Q도 누더기가 된 저고리를 벗어서 한 번 뒤적이며 살펴보았다. 새로 빨아서 그런지 아니면 대충 살펴서 그런지 한참 만에 서너 마리를 잡았을 뿐이었다. 왕후를 보니 그는 한 마리, 또 한 마리, 두 마리, 세 마리, 계속 입안에 털어 넣고 소리 내어 깨물어 먹었다.

아Q는 처음에는 몹시 실망했지만 나중에는 약이 올랐다. 별 볼 일 없는 왕후에게는 이가 저렇게도 많은데 자신에게는 이렇게 조금밖에 없다니, 이 얼마나 체면이 안 서는 일인가! 그는 한두 마리라도 큰 놈을 찾아보려 했으나 끝내 찾지 못했다. 간신히 어중간한 놈 한 마리를 잡아 두꺼운 입술 안으로 거칠게 털어 넣고는 죽어라고 깨물었다. 〈삐직〉 하는 소리가 났지만 왕후의 입에서 나는 소리에는 미치지 못했다.

부스럼 자국이 가득한 그의 머리가 빨갛게 달아올랐다. 아Q는 옷을 땅바닥에 던져 버리고 침을 한 번 퉤 뱉고 나서 말했다.

「이 송충이 같은 놈아!」

「이런 털 빠진 개새끼가 누굴 욕하는 거야?」

왕후가 경멸하는 눈빛으로 고개를 들며 말했다.

아Q는 최근에 사람들에게 비교적 존경을 받던 터라 전보다 훨씬 거만했지만 그래도 싸움에 이골이 난 건달들을 보면 겁이 났다. 유독 이번만은 대단히 용감했다. 이렇게 얼굴 가득 털로 뒤덮인 놈이 제멋대로 지껄이게 내버려 둘 수는 없지 않은가?

「누가 누굴 욕하는지 알려 주지!」

그가 몸을 일으켜 두 손을 허리에 짚으며 말했다.

「네놈 뼈가 근질근질한가 보지?」

왕후도 일어서서 옷을 입으면서 말을 받았다.

아Q는 그가 도망치려는 줄 알고는 재빨리 달려들어 주먹을 날렸다. 그러나 주먹이 상대의 몸에 닿기도 전에 상대에게 잡히고 말았다. 그러고는 상대가 손을 잡아끌자 비실비실 끌려갔다. 이어서 그는 왕후에게 변발을 휘어잡힌 채 담장으로 끌려가 전처럼 머리를 부딪혔다.

「〈군자는 말로 하지 손을 움직이지 않는다〉고 했네.」

아Q가 고개를 돌리며 말했다.

왕후는 군자가 아니었는지 그의 말에 전혀 개의치 않고 연달아 다섯 번이나 머리를 담벼락에 부딪게 하고 나서 몸을 세게 밀쳐 버렸다. 그 바람에 아Q는 여섯 자나 멀리 나가떨어졌다. 그제야 왕후는 만족하여 돌아갔다.

아Q의 기억으로 아마도 이것이 평생 처음으로 당한 굴욕이었을 것이다. 왕후는 털이 얼굴을 덮고 있다는 결점 때문에 그때까지 줄곧 아Q에게 놀림을 받기만 했지 아Q를 놀린 적이 없었기 때문이다. 손찌검은 더더욱 말도 안 되는 일이었다. 그런데 이제 뜻밖에도 손찌검까지 당하고 만 것이다. 너무나 의외였다. 설마 세상에 떠도는 소문대로 황제가 수재도 거인도 필요 없다며 과거 시험을 중지시켜 버린[15] 것일까? 그래서 자오 씨네 가문의 위세가 떨어졌고, 그래서 저들이 아Q를 깔보는 것일까?

아Q는 어쩔 줄 몰라 우두커니 서 있었다.

멀리서 한 사람이 다가왔다. 그의 적이 또 나타난 것이다. 이 사람 역시 아Q가 가장 싫어하는 사람 가운데 하나였다. 다름 아닌 첸 나리의 큰아들이었다. 그는 전에 성내에 있는 서양 학교에 들어갔지만 무슨 이유에서이지 다시 일본으로 건너갔다가 반년 후에 집으로 돌아왔는데, 걸음도 똑바로 걷고 변발도 보이지 않았다. 그의 모친은 열 번 넘게 울며불며 법석을 떨었고 그의 아내는 세 차례나 우물에 뛰어들었다. 나중에는 그의 모친이 어디를 가든 이렇게 말했다. 「변발은 나쁜 놈들이 술을 잔뜩 먹여 취하게 한 다음에 잘라 가버렸대요. 원래는 훌륭한 관리가 될 수 있었는데 이제 머리가 다시 자랄 때까지 기다리는 수밖에 없지요.」 하지만 아Q는 그 말

---

15 광서(光緒) 31년(1905)에 청 정부는 명령을 내려 병오과(丙午科)부터 과거 제도를 폐지했다.

을 믿으려 하지 않고 악착같이 그를 〈가짜 양놈〉이라 불렀다. 〈외국과 내통하는 놈〉이라 부르기도 했다. 이렇게 그를 보기만 하면 반드시 속으로 남몰래 욕을 해댔다.

특히 아Q가 〈몹시 싫어하고 단호하게 배척하는〉 것은 그의 가짜 변발이었다. 변발이 가짜라면 사람 노릇을 할 자격도 없었다. 그의 아내도 네 번째로 우물에 뛰어들지 않은 것을 보면 역시 훌륭한 여자가 아니었다.

〈가짜 양놈〉이 다가왔다.

「빡빡머리, 당나귀……」

아Q는 원래 배 속에서만 욕을 했지 입 밖에 내지는 않았다. 하지만 이번만큼은 분통이 터지고 앙갚음을 하고 싶은 마음이 솟아나 자신도 모르게 작은 목소리로 욕을 했다.

뜻밖에도 이 빡빡머리가 노랗게 칠한 지팡이, 아Q가 곡상봉[16]이라 부르는 지팡이를 들고 큰 걸음으로 성큼성큼 다가왔다. 순간 아Q는 그 지팡이로 얻어맞을 것이라고 생각하고는 온몸을 움츠린 채 어깨에 잔뜩 힘을 주고 기다렸다. 과연 〈딱!〉 하는 소리가 나더니 확실히 자기 머리를 때리는 것 같았다.

「나는 저 애를 보고 말한 거라고요.」

아Q는 옆에 있던 아이를 가리키며 변명을 했다.

딱! 따닥!

아Q의 기억에 따르면 이것이 아마 평생 두 번째 굴욕이었을 것이다. 다행히도 〈딱, 따닥〉 하는 소리가 난 다음에 그것

---

16 구시대에는 부친의 장례 때 효성을 나타내려고 〈효장(孝杖)〉이라는 지팡이를 짚었다. 아Q는 〈가짜 양놈〉이 너무 싫어 그의 지팡이를 〈곡상봉(哭喪棒)〉이라고 부른 것이다.

으로 일이 마무리되는 듯해 오히려 마음이 홀가분해지는 것을 느낄 수 있었다. 게다가 조상에게서 전해 내려오는 〈망각〉이라는 보물도 효력을 나타냈다. 그리하여 그가 천천히 걸어서 술집 문 앞에 도착했을 때쯤에는 이미 기분이 무척 좋아져 있었다.

그러나 맞은편에서 정수암의 젊은 비구니가 걸어왔다. 아Q는 평소에도 그녀를 보기만 하면 꼭 욕을 하고 침을 뱉고 싶었는데, 게다가 지금은 한바탕 굴욕을 당한 뒤였다. 굴욕의 기억이 되살아나자 그는 마음속으로 적개심이 발동했다.

〈내가 오늘 왜 이렇게 재수가 없나 했더니 바로 너를 만나게 되어 있었기 때문이로구나!〉

그는 이렇게 생각하면서 그녀 앞으로 다가가 크게 소리를 지르며 침을 뱉었다.

「캭, 퉤!」

젊은 비구니는 그러는 그를 거들떠보지도 않고 머리를 숙인 채 걷기만 했다. 아Q가 그녀 곁으로 바싹 다가가서 손을 쑥 내밀어 새로 깎은 그녀의 머리를 쓰다듬고는 껄껄 웃으면서 말했다.

「이봐, 빡빡머리, 얼른 돌아가거라. 남자 중이 널 기다린다고……」

「어째서 그렇게 함부로 손발을 놀리는 거예요……」 비구니는 얼굴이 새빨개져 빠른 걸음으로 재빨리 몸을 피했다.

술집에 있던 사람들이 모두 크게 웃었다. 아Q는 자기의 공로가 보상을 받았다고 생각하고는 더욱 신이 나서 의기양양한 태도를 보였다.

「중놈은 건드려도 되고, 나는 건드리면 안 된단 말이야?」

이렇게 말하면서 그가 비구니의 볼을 꼬집었다.

술집에 있던 사람들이 또다시 크게 웃었다. 아Q는 더욱 신이 나서 구경꾼들이 만족할 수 있도록 다시 한 번 세게 꼬집고 나서야 비구니를 보내 주었다.

그는 이 싸움으로 왕후의 일은 이미 깨끗하게 잊어버렸고 가짜 양놈의 일도 잊었다. 오늘의 모든 불운에 대한 원한을 다 갚은 것 같았다. 게다가 신기하게도 온몸을 딱딱 얼어맞고 난 뒤로 몸이 가벼워진 듯하고 휙 날아갈 것만 같았다.

「자식도 못 낳아 대가 끊어질 아Q놈아!」

멀리서 젊은 비구니의 울음 섞인 목소리가 들려왔다.

「하하하!」

아Q는 득의양양하게 웃었다.

「하하하!」

술집 안에 있던 사람들도 무척이나 만족한 듯 크게 웃었다.

4장
연애의 비극

어떤 사람들은 싸움에 이기고 나서 적수가 호랑이나 매 같기를 바란다고 누군가 말한 적이 있었다. 그래야만 비로소 승리의 희열을 느낄 수 있다는 것이다. 상대가 양이나 병아리 같을 경우에는 오히려 승리의 허무함을 느낀다고 한다. 또 어떤 사람들은 승리하여 모든 것을 정복하고 난 뒤에 죽을 사람은 죽고 항복할 사람은 항복하여 〈신이 황송하옵게도 죽을죄를 지었나이다. 죽을죄를 지었나이다〉라고 사죄하는 것을 보면서 적도 없고 상대도 없으며 친구도 없이 오직 자기 혼자만 높은 자리에 있어 외로움과 처량함과 적막감 속에 오히려 승리의 비애를 느낀다고 한다. 하지만 우리의 아Q는 그렇게 무능하지 않았다. 그는 영원히 만족할 것이다. 이것은 어쩌면 중국의 정신문명이 전 세계에서 가장 뛰어나다는 증거일지도 모른다.

보라. 그가 훨훨 날아갈 것 같은 모습이지 않은가!

그러나 이번 승리는 오히려 그를 좀 이상하게 만들었다. 그는 한나절 동안이나 훨훨 날아다니다가 토곡사로 훌쩍 날아들어 갔다. 여느 때 같으면 드러눕자마자 코를 곯았을 그인데 뜻밖에도 이날 밤만은 쉽게 잠이 들지 못했다. 그는 엄지와 검지가 이상하게 평소보다 매끄러운 것을 느꼈다. 젊은 비구니의 얼굴에 뭔가 매끄러운 것이 있어서 그것이 자신의 손에 묻은 탓인지, 아니면 자신의 손가락이 미끄러워질 정도로 젊은 비구니의 뺨을 만진 탓인지 알 수 없었다……!

「자식도 못 낳고 대가 끊어질 아Q놈아!」

이 한마디가 또다시 아Q의 귓속에 맴돌았다. 그는 생각했다. 〈맞아, 여자가 하나 있어야겠어. 자손이 끊어지면 죽고 나서 밥 한 그릇 공양할 사람도 없게 될 거야……. 여자가 있어야 해.〉 무릇 〈불효에는 세 가지가 있으니 그 가운데 대가 끊어지는 것이 가장 큰 불효〉[17]라 했고 또 〈후손이 없어 조상의 제사를 지내지 못하는 것이 두 번째 큰 불효〉[18]라고 했다. 정말 이렇게 된다면 인생의 큰 비애가 아닐 수 없었다. 따라서 그의 이런 생각은 사실 성현들의 경전과 일치했다. 단지 안타까운 것

17 『맹자』 「이루(離婁)」 편에 나오는 말이다.
18 『좌전(左傳)』 선공(宣公) 4년에 나오는 말이다.

은 나중에 〈풀어놓은 마음을 다시 거두지 못했다는〉 것이다.

〈여자, 여자······.〉

그는 생각했다.

〈······중놈들은 손을 댈 수 있는데······ 여자, 여자······ 여자!〉

그는 또 생각했다.

그날 밤 아Q가 몇 시쯤 잠이 들었는지 우리는 알 수가 없다. 하지만 아마도 그는 이때부터 손끝이 매끈매끈한 느낌을 알게 되었고, 따라서 이때부터 마음도 둥둥 뜨기 시작했을 것이다.

〈여자······.〉

그는 또 생각했다.

이것만으로도 우리는 여자가 사람을 해치는 존재임을 알 수 있다.

중국 남자들은 대부분 성현이 될 수가 있었으나 애석하게도 하나같이 여자 때문에 실패하고 말았다. 상나라는 달기라는 요부로 인해 망했고 주나라는 포사라는 악녀 때문에 무너졌다. 진(秦)나라 역시······ 역사에 정확히 기록된 바는 없지만 여자 때문에 망했다고 해도 전혀 잘못된 가설은 아닐 것이다. 그리고 한나라의 동탁 역시 초선으로 인해 죽음을 당한 것이 분명했다.

아Q는 원래 올바른 사람이었다. 그가 어떤 위대한 스승에게서 가르침을 받았는지 알 수 없지만, 그는 〈남녀유별〉에 대해 지금까지 매우 엄격한 태도를 보여 왔다. 또한 젊은 비구니나 가짜 양놈 같은 이단을 배척하는 등 매우 투철한 모습을 보였다. 그의 학설에 따르면 모든 비구니는 틀림없이 중놈과 오래 간통을 했을 것이고, 여자가 혼자서 밖으로 나다니는 것은 틀림없이 남자를 유혹하려는 의도가 있기 때문이며, 어디서든 남녀가 둘이 얘기를 주고받는 것은 틀림없이 뭔가 수작을 부리려는 것이었다. 때문에 그는 이들을 혼내 주려고 때로는 성난 눈으로 노려보기도 하고 또는 큰 소리로 몇 마디 〈잘못을 꾸짖는〉 말을 하기도 했으며 때로는 으슥한 곳에서 등 뒤로 돌을 던지기도 했던 것이다.

그러던 그가 서른 나이에 뜻밖에 젊은 비구니 때문에 마음이 들뜨는 재난을 당하게 될 줄 누가 알았겠는가? 유교의 예교(禮敎)에 따르면 이처럼 둥둥 뜨는 마음을 가져서는 안 된다. 때문에 여자란 정말로 가증스러운 존재였다. 예컨대 젊은 비구니가 얼굴이 매끈매끈하지 않았더라면 아Q가 정신을 빼앗기는 데까지 이르지는 않았을 것이다. 또한 젊은 비구니가 얼굴을 베로 가리기만 했더라도 아Q가 넋을 빼앗기진 않았을 것이다. 아Q는 5, 6년 전에 연극 무대 아래 관중 틈에서 한 여인의 넓적다리를 슬쩍 만진 적이 있었다. 바지 위로 만져서인지 그때는 이렇게 마음이 둥둥 뜨지 않았다. 그러나 젊은 비구니는 그렇지 않았다. 이 또한 이단의 가증스러움을 충분히 알 수 있는 대목이었다.

〈여자······.〉

아Q는 생각했다.

그는 〈남자를 유혹하는 것이 틀림없다고 생각되는〉 여자들을 항상 주의 깊게 살펴보았다. 하지만 그 여자들은 그를 향해 웃음을 보이지 않았다. 자신과 대화를 나누는 여자들의 이야기에도 주의 깊게 귀를 기울여 보았지만 뭔가 수작을 거는 듯한 이야기는 없었다. 아! 이 또한 여자들의 가증스러운 부분이었다. 여자들은 하나같이 시치미를 떼면서 〈점잖은

척〉했다.

이날 아Q는 하루 종일 자오 나리 댁에서 쌀을 찧다가 저녁밥을 먹고 나서 부엌에 앉아 담배를 피웠다. 다른 집이었다면 저녁밥을 먹고 나면 곧장 돌아갈 수 있었지만, 자오 나리 댁은 저녁을 일찍 먹었다. 전에 하던 대로라면 등불을 켜는 것이 허락되지 않았고 저녁을 먹자마자 잠자리에 들어야 했지만 가끔씩 몇 가지 예외가 있기도 했다. 첫째는 자오 어른의 아들이 아직 수재 시험에 합격하지 못했을 때 등불을 켜고 공부하도록 허락한 것이고, 둘째는 아Q가 날품팔이로 고용되어 일할 때 등불을 켜고 쌀을 찧게 허락한 것이다. 이런 예외 덕분에 아Q는 쌀 찧기를 시작하기 전에 부엌에 앉아서 담배를 피울 수 있었다.

우 씨 어멈은 자오 나리 댁의 유일한 하녀였다. 그녀가 설거지를 끝내고 걸상에 앉아 아Q와 잡담을 주고받았다.

「마님은 이틀 동안 아무것도 드시지 않았어요. 나리께서 젊은 첩을 들이려 하시기 때문이지요……」

〈여자…… 우 씨 어멈…… 이 청상과부를……〉

아Q는 속으로 생각했다.

「우리 젊은 마님께서는 8월에 아이를 낳으실 거예요……」

〈여자……〉

아Q는 또 생각했다.

아Q는 담뱃대를 내려놓고 자리에서 일어섰다.

「우리 젊은 마님은 말이에요……」

우 씨 어멈은 계속 얘기를 늘어놓았다.

「당신, 나랑 잡시다. 나랑 자자고.」

아Q는 갑자기 우 씨 어멈에게 달려들어 그녀의 면전에 무륜을 끓었다.

한순간 정적이 흘렀다.

「아악!」

우 씨 어멈은 기겁을 하고는 갑자기 몸을 부들부들 떨더니 큰 소리를 지르며 밖으로 뛰쳐나갔다. 뛰쳐나가면서 계속 소리를 질러 댔다. 나중에는 울먹이기까지 하는 것 같았다.

아Q는 벽을 마주한 채 멍하니 꿇어앉아 있었다. 그러다가 두 손으로 빈 걸상을 짚고 천천히 일어섰다. 뭔가 잘못된 것 같다는 느낌이 들었다. 그제야 그는 약간 불안해졌는지 황급히 담뱃대를 허리춤에 찔러 넣고 쌀을 찧으러 가려 했다. 순간 〈딱〉 하는 소리와 함께 뭔가 아주 굵직한 것이 머리 위로 떨어졌다. 급히 고개를 돌려 보니 수재가 굵은 대나무 장대를 들고 바로 앞에 서 있었다.

「네놈이 감히 예교를 어기다니……! 네 이놈…….」

굵은 대나무 장대가 다시 한 번 그를 내리쳤다. 아Q는 재빨리 두 손으로 머리를 감쌌다. 〈딱〉 하는 소리와 함께 손가락 마디를 맞고 말았다. 이번에는 정말 아팠다. 그는 재빨리 부엌을 뛰쳐나왔다. 등을 또 한 대 얻어맞은 것 같았다.

「개자식 같으니라고!」

수재는 등 뒤에서 관화(官話)[19]로 욕을 퍼부었다.

아Q는 방앗간으로 뛰어 들어가 혼자 서 있었다. 여전히 손가락이 얼얼했다. 개자식 같다는 말이 아직도 귀에 쟁쟁했다. 이런 말은 원래 웨이좡의 촌뜨기들은 쓰지 않는 말로, 관아의 점잖은 사람들만 썼다. 때문에 특별히 두려운 마음이 들었고

---

19 관아에서 쓰는 표준어.

무척 인상 깊었다. 하지만 그러는 사이에 그 〈여자……〉에 대한 생각도 사라졌다. 더구나 매를 맞고 욕까지 얻어먹고 나니 이 일이 이것으로 결말이 난 것 같아 오히려 마음이 편했다. 그는 곧장 쌀 찧는 일을 시작했다. 한참 동안 쌀을 찧다가 몹시 더워져 잠시 쉬면서 옷을 벗었다.

막 옷을 벗었을 때 밖에서 왁자지껄 요란한 소리가 들렸다. 아Q는 천성적으로 시끌벅적한 광경을 구경하기 좋아하는 사람이라 얼른 소리 나는 쪽으로 걸음을 옮겼다. 소리 나는 쪽으로 점점 다가가다 보니 어느새 자오 나리 댁 안마당까지 와버렸다. 날이 어두워질 무렵이긴 했지만 그래도 많은 사람들을 알아볼 수 있었다. 자오 나리 댁 사람들이 모두 모여 있었다. 이틀이나 밥을 먹지 않았다는 마님도 그 안에 있었다. 그 밖에 이웃의 저우 씨 댁 일곱째 아주머니도 있었고 진짜 친척인 자오바이옌과 자오쓰천도 와 있었다.

마침 젊은 마님이 우 씨 어멈의 손을 끌고 아랫방에서 나오며 말했다.

「이리 나오게……. 방 안에 숨을 필요 없단 말이야…….」

「자네 행실이 바르다는 걸 누가 모르나……. 절대 쓸데없는 생각 하지 말게.」

저우 씨 댁 일곱째 아주머니도 옆에서 한마디 거들었다.

우 씨 어멈은 울면서 뭔가 말을 했지만 또렷하게 알아들을 수가 없었다.

아Q는 속으로 생각했다.

〈흥! 재미있군. 저 청상과부가 무슨 장난을 치는 건지 모르겠네.〉 무슨 일인지 알아볼 생각에 그는 자오쓰천 옆으로 다가갔다. 그때 갑자기 자오 나리가 자신을 향해 맹렬하게 달려오는 게 보였다. 게다가 손에는 굵은 대나무 장대를 들고 있었다. 아Q는 굵은 대나무 장대를 보자 갑자기 조금 전에 맞은 일이 지금 이 소동과도 관련 있는 것 같다는 생각이 들었다. 그는 재빨리 몸을 돌려 달아나기 시작했다. 방앗간으로 도망치려 했으나 뜻밖에도 대나무 장대가 그의 길을 가로막았다. 하는 수 없이 다시 몸을 돌려 뒷문으로 달아나야 했다. 어느새 그는 토곡사에 와 있었다.

아Q는 잠시 앉아 있었다. 피부에 좁쌀만 한 돌기가 솟아나더니 몸에 한기가 느껴졌다. 봄이긴 하지만 밤에는 제법 추워 맨몸으로는 견디기 어려웠기 때문이다. 저고리를 자오 씨 댁에 두고 온 것이 생각났지만 가지러 가자니 수재의 대나무 장대가 몹시 두려웠다. 그러던 차에 지보가 들어왔다.

「아Q, 이 망할 놈 같으니라고! 자오 씨 댁 하녀까지 희롱하다니, 아예 반란을 일으키는구나. 나까지 밤잠을 못 자게 하고 말이야. 이런 죽일 놈 같으니라고!」

그러고는 이러쿵저러쿵 한바탕 설교를 늘어놓았다. 물론 아Q는 말이 없었다. 결국 밤중이라 지보에게 평소의 두 배인 4백 원을 술값으로 건네야 했다. 마침 현금이 없었던 아Q는 털모자를 저당 잡히는 동시에 다섯 가지 조건에 서약까지 했다.

1. 내일 무게가 한 근쯤 되는 홍촉(紅燭) 한 쌍과 향 한 봉지를 가지고 자오 나리 댁을 찾아가 사죄한다.
2. 자오 나리 댁에서 도사를 불러 목맨 귀신을 떨쳐 버리는 굿을 할 때 그 비용을 아Q가 부담한다.
3. 아Q는 앞으로 다시는 자오 나리 댁 문지방 안에 들어

서지 못한다.

4. 앞으로 우 씨 어멈에게 뜻밖의 일이 생길 경우 모두 책임을 아Q에게 묻는다.

5. 아Q는 품삯과 옷을 요구할 수 없다.

아Q는 물론 이 모든 조건을 수용했지만 유감스럽게도 돈이 없었다. 다행히 이미 봄이라 솜이불은 없어도 버틸 수 있었다. 이에 그는 솜이불을 2천 원에 저당 잡혀 서약을 이행했다. 벌거벗은 몸으로 머리를 조아려 사죄하고 나니 뜻밖에도 몇 푼이나마 돈이 남았지만 그는 털모자를 찾지 않고 몽땅 술을 마셔 버렸다. 한편 자오 나리 댁에서는 그 향과 초를 쓰지 않고 마님이 부처님을 모실 때 쓰려고 잘 갈무리해 두었다. 아Q가 입던 낡은 윗도리의 절반 이상이 젊은 마님이 8월에 낳을 아기의 기저귀가 되었고 조금 남은 누더기는 우 씨 어멈의 헝겊신 밑창이 되었다.

5장
생계 문제

아Q는 사죄의 예가 끝나자 여느 때처럼 토곡사로 돌아왔다. 해가 지고 나자 점차 세상이 아무래도 이상하다는 생각이 들었다. 곰곰이 생각해 본 끝에 결국 깨닫게 되었다. 원인은 바로 자신이 알몸이라는 사실에 있었다. 그는 누더기 겹옷이 또 있다는 것을 생각해 내고는 그걸 걸쳐 입고 바닥에 드러누웠다. 다시 눈을 떴을 때는 해가 이미 서쪽 담장 뒤를 비추고 있었다. 그는 몸을 일으키면서 〈제기랄……!〉 하고 투덜거렸다.

자리에서 일어난 아Q는 평소처럼 거리를 쏘다녔다. 벗고 있을 때처럼 살갗을 파고드는 추위는 없었지만 왠지 세상이 좀 이상하다는 느낌이 들었다. 마치 이날 이후로 웨이좡의 여인들이 갑자기 부끄럼을 타기 시작했는지 아Q가 다가오는 것을 보기만 하면 하나같이 대문 안으로 몸을 숨겼다. 심지어 쉰에 가까운 저우 씨 댁 일곱째 아주머니마저도 다른 사람들을 따라 함께 몸을 숨겼고 게다가 열한 살밖에 안 된 계집애까지 서둘러 불러들였다. 아Q가 보기에는 퍽이나 이상스러운 일이었다. 그가 속으로 생각했다. 〈이것들이 갑자기 모두 아씨 흉내를 내는군. 이 창부 같은 년들이…….〉

하지만 그가 더욱 세상이 이상하다고 느낀 것은 그로부터 여러 날이 지나서였다. 첫째, 술집에서 외상을 주려고 하지 않았다. 둘째, 토곡사를 관리하는 늙은이가 이러쿵저러쿵 쓸데없는 잔소리를 하는 품이 자신을 내쫓으려 하는 것 같았다. 셋째, 며칠이나 되었는지 기억할 수 없으나 폐 여리 닐 사신에게 일을 시키려 하는 사람이 없었다. 술집에서 외상술을 안 주는 것은 참으면 그만이고 늙은이가 자신을 내쫓으려 해 보았자 투덜대는 대로 내버려 두면 그만이지만 아무도 일을 시키려 하지 않는 것은 배를 곯게 하는 것이나 마찬가지였다. 이는 정말로 대단히 〈엿 같은〉 일이었다.

도저히 참을 수 없던 아Q는 옛날의 주인들을 찾아다니며 물어보는 수밖에 없었다. 원래 자오 나리 댁만 출입이 금지되어 있었으나 사정은 그렇지 않았다. 거의 모든 집에서 남자가 나와서는 귀찮다는 얼굴로 거지를 내쫓기라도 하듯이 손을 내저으며 이렇게 말했다.

「없어. 일 없으니까 어서 꺼져!」

아Q는 갈수록 이상하기만 했다. 이 집들이 항상 일을 도와 달라고 하더니 이제 와서 갑자기 하나같이 일이 없다고 하는 것을 보면 틀림없이 뭔가 곡절이 있는 것이 분명하다는 생각이 들었다. 그는 자세한 속사정을 알아보고서야 비로소 그들이 일이 있으면 샤오Don[20]에게 시킨다는 것을 알았다. 이 샤오D는 아주 가난한 집 아이로 몸집도 작고 비쩍 말라 아Q의 눈에는 왕후만도 못했기에 그런 샤오D가 자신의 밥그릇을 빼앗으리라고는 꿈에도 생각지 못했다. 때문에 아Q의 분노는 평상시와 달랐다. 너무나 화가 난 그는 길을 걷다가 갑자기 손을 휘저으며 노래를 불렀다.

「내가 손에 강철 채찍을 들고 네놈을 때려 주마…….」

며칠 뒤 그는 첸 씨 댁 담벼락 앞에서 샤오D와 마주쳤다. 〈원수를 알아보는 눈은 따로 있다〉고 아Q가 샤오D에게 다가가자 샤오D도 걸음을 멈췄다.

「짐승 같은 놈!」

아Q는 화난 눈을 부릅뜨고 말했다. 입가에서 침이 튀었다.

「나는 벌레야. 그럼 됐지……?」

샤오D가 말을 받았다.

이런 겸손이 오히려 아Q를 더욱 격분하게 했다. 하지만 그의 손에는 강철 채찍이 들려 있지 않았다. 이에 아Q는 곧장 손을 뻗어 샤오D의 변발을 움켜잡는 수밖에 없었다. 샤오D는 한 손으로 자기 변발 끝을 감싸면서 다른 한손으로는 아

20 샤오퉁(小同)을 말한다. 루쉰은 『차개정문집』에 실린 글에서 〈그는 샤오퉁이라고 하는데 나중에 크면 아Q처럼 된다〉라고 말한 바 있다.

Q의 변발을 잡아챘다. 아Q도 비어 있는 다른 쪽 손으로 자기의 변발 뿌리를 감쌌다. 예전의 아Q에게는 샤오D 정도는 상대도 되지 않았다. 그러나 요 며칠 굶어서 그런지 아Q 역시 샤오D 못지않게 야위고 힘이 빠져 샤오D를 깔볼 수 없는 처지였다. 그러다 보니 두 사람의 싸움은 어느 한쪽으로 기울지 않고 팽팽한 균형을 이루었다. 손 네 개가 머리 둘을 움켜쥐고 있었다. 둘 다 허리를 구부리고 있으니 첸 씨 댁 하얀 담벼락 위로 파란 무지개 모양 그림자가 비쳤다. 이런 형국은 반 시간이나 지속되었다.

「됐어! 그만들 해!」

구경꾼들이 말했다. 두 사람을 말리려는 것 같았다.

「됐어, 됐다고!」

구경꾼들이 다시 말했다. 말리는 것인지 칭찬하는 것인지, 아니면 부추기는 것인지 알 수 없었다.

그러나 아Q와 샤오D 둘 다 들은 척도 하지 않았다. 아Q가 세 발짝 나서면 샤오D는 세 발짝 물러나 또 멈춰 섰다. 거의 반 시간 — 웨이좡에는 자명종 시계가 없기 때문에 정확한 시간을 말하기는 어렵다. 어쩌면 20분이었을지도 모른다 — 동안 두 사람의 머리에서는 김이 모락모락 솟았고 이마에서는 땀이 흘러내렸다. 어느새 아Q의 손이 느슨해지자 동시에 샤오D의 손도 느슨해졌다. 두 사람은 동시에 허리를 펴고 몸을 일으키더니 동시에 뒤로 물러나 군중 속으로 사라져 갔다.

「두고 보자, 개자식……」

아Q가 뒤돌아보며 말했다.

「개자식, 두고 보자고……」

샤오D도 고개를 돌려 뒤돌아보며 말을 받았다.

이 〈용과 호랑이의 싸움〉 한 판은 무승부로 끝난 것 같았다. 구경꾼들이 만족했는지는 모르겠지만 싸움에 대해 이러쿵저러쿵 말하는 사람이 없었다. 하지만 여전히 아Q에게 일거리를 주는 사람이 없었다.

매우 따뜻한 어느 날이었다. 살랑거리는 미풍에 여름의 분위기가 느껴지기도 했지만 아Q는 여전히 으스스 추위를 느꼈다. 하지만 그건 그나마 견딜 만했다. 가장 견디기 힘든 것은 배고픔이었다. 솜이불과 털모자, 홑옷은 없어진 지 오래고 그다음에는 솜옷마저 팔아먹었다. 이제 남은 것이라곤 바지밖에 없는 형편이지만 이것만은 벗을 수가 없었다. 바지 말고 누더기 겹옷이 한 점 있기는 하지만 남에게 신발 깔개나 하라고 주면 모를까 팔아서 돈이 될 만한 것은 못 됐다. 아Q는 일찍부터 길바닥에서 돈이라도 주웠으면 하는 생각을 했지만 지금까지 동전 한 닢 눈에 띄지 않았다. 그는 또 자신의 부서진 집 어딘가에 돈이 떨어져 있지 않을까 하는 생각에 황급히 여기저기 뒤져 보았지만 집 안은 텅텅 비어 썰렁하기만 했다. 그리하여 그는 결국 거리에 나가 구걸을 하기로 마음먹었다.

그는 길을 걸으면서 먹을 것을 구걸할 작정이었다. 낯익은 술집이 보이고 낯익은 만터우 집도 보였지만 전부 그냥 지나쳤다. 발걸음도 멈추지 않았고 구걸하려 하지도 않았다. 그가 구하고자 하는 것은 이런 것들이 아니었다. 그가 구하는 것이 무엇인지는 그 자신도 잘 몰랐다.

웨이좡은 원래 큰 마을이 아니라서 마을 끝까지 가는 데 별로 많은 시간이 걸리지 않았다. 마을을 벗어나면 천지가 논이었고 눈에 보이는 것은 온통 최근에 모를 낸 파릇파릇한 새싹들이었다. 그 사이에 여기저기 움직이는 동그랗고 검은 점들은 전부 논을 매는 농부들이었다. 아Q는 이러한 전원 풍경도 감상하지 않고 그저 걷기만 했다. 이런 것들은 자신의 〈구걸〉의 길과는 거리가 멀다는 것을 직감적으로 알았기 때문이다. 하지만 그는 결국 정수암 담장 밖까지 오게 되었다.

암자 주위도 전부 논이었다. 신록 사이로 하얀 담벼락이 우뚝 솟았고 뒤쪽의 낮은 토담 안쪽은 채마밭이었다. 한참을 망설이던 아Q가 주위를 둘러보았지만 아무도 없었다. 그는 낮은 담장을 기어올라 가 하수오 덩굴을 움켜잡았다. 담장 흙이 푸석푸석 떨어져 내리면서 아Q의 발도 후들후들 떨렸다. 결국은 뽕나무 가지를 잡고 기어올라 안으로 뛰어내렸다. 암자 안은 초목이 매우 울창했지만 황주나 만터우 같은 먹을 것은 하나도 없어 보였다. 서쪽 담벼락 근처는 대나무 숲이라 바닥에 죽순이 많이 나 있었지만 안타깝게도 아직 익지 않았다. 이밖에도 유채는 씨를 맺었고 겨자는 이미 꽃이 피어 있었으며 배추는 너무 질겼다.

아Q는 마치 문동이 과거 시험에 낙제한 것처럼 몹시 억울했다. 채마밭으로 통하는 문 가까이 다가간 그는 갑자기 몹시 놀라면서 반가운 기색을 보였다. 틀림없는 무 밭이었다. 그는 얼른 쪼그리고 앉아 무를 뽑기 시작했다. 그때 갑자기 문 안에서 동그란 머리 하나가 나오더니 다시 쏙 들어가 버렸다. 틀림없이 젊은 비구니였다. 원래 아Q의 눈에 젊은 비구니 따위는 지푸라기만도 못한 존재였다. 하지만 세상사는 반드시 〈한발 물러서서〉 생각해야 하는 법이었다. 이에 그는 얼른 무 네 개를 뽑아 푸른 잎은 잘라 버린 다음 저고리 속에 숨겼다. 하지만 어느새 늙은 비구니가 밖으로 나와 있었다.

「아미타불! 아Q, 네놈이 어쩌자고 채마밭에 몰래 들어와

무를 훔치는 게냐! 아이고, 죄가 지나치구나! 아이고, 아미타불……!」

「내가 언제 당신네 채마밭에 뛰어 들어가 무를 훔쳤다는 거요?」

아Q는 눈치를 살피면서 슬금슬금 걸음을 옮기며 말했다.

「지금…… 그게 무가 아니고 뭐냐?」

늙은 비구니는 그의 저고리 품을 가리켰다.

「이게 당신 거라고? 당신이 부르면 무가 대답이라도 하나? 당신…….」

아Q는 말도 끝맺지 못하고 달아나기 시작했다. 아주 커다란 검정개 한 마리가 쫓아왔기 때문이었다. 이 개는 원래 암자 정문에 있었는데 어떻게 뒤꼍 채마밭까지 쫓아온 건지 알 수가 없었다. 검정개가 으르렁거리며 쫓아와 아Q의 다리를 물려는 순간 다행히 그의 품에서 무 한 개가 굴러 떨어졌다. 개는 깜짝 놀라 멈춰 섰다. 그 틈에 아Q는 뽕나무 위로 기어 올라 토담을 타고 넘어 무와 함께 담장 밖으로 굴러 떨어졌다. 뒤에 처진 검정개는 뽕나무를 향해 마구 짖어 댔고 늙은 비구니는 염불을 읊다.

아Q는 비구니가 또 검정개를 풀어 놓을까 두려워 얼른 무를 주워 들고는 곧바로 뛰기 시작했다. 뛰어가면서 길가에서 돌을 몇 개 주웠지만 검정개는 더는 쫓아오지 않았다. 이에 아Q는 돌멩이를 던져 버리고 길을 걸으며 무를 씹어 먹었다. 그러면서 생각했다. 〈여기서는 구할 만한 것이 아무것도 없어. 성내로 들어가는 것이 나을 것 같아…….〉

무 세 개를 다 먹었을 때쯤 그는 이미 성내로 들어갈 결심을 굳히고 있었다.

6장
중흥에서 말로까지

웨이좡에 다시 아Q의 모습이 나타난 것은 그해 중추절이 막 지나서였다. 사람들은 모두 놀란 표정으로 아Q가 돌아왔다고 말했다. 그러고는 새삼스럽게 그가 그동안 어디에 갔던 것일까 하고 유추해 보곤 했다. 아Q가 전에 몇 번 성내에 갔을 때는 대부분 미리 신이 나서 사람들에게 떠들어 대곤 했다. 그런데 이번만큼은 그렇지 않았다. 그래서 아무도 마음에 두지 않았던 것이다. 어쩌면 그가 토곡사를 관리하는 늙은이에게만은 털어놓았을지도 모르겠지만 웨이좡의 오랜 관례에 따르자면 자오 나리나 첸 나리, 또는 수재 나리가 성내에 가는 경우만 사건으로 쳤다. 〈가짜 양놈〉도 아직 그 축에 끼지 못할 정도이니 하물며 아Q야 더 말할 것도 없었다. 따라서 토곡사를 관리하는 늙은이가 그를 위해 광고를 해주었을 리도 없으니 웨이좡 마을에서는 그가 성내로 들어간 것을 전혀 알 수가 없었던 것이다.

그러나 이번에 아Q가 마을로 돌아온 것은 전과 달리 확실히 깜짝 놀랄 만한 일이었다. 날이 저물 무렵 그는 멍청하고 졸리는 듯한 눈을 하고 술집 문 앞에 나타났다. 그는 술집 계산대 앞으로 다가가더니 허리춤에 손을 집어넣어 은전과 동전을 한 움큼 꺼내 계산대 위에 놓으며 말했다.「현찰이오. 술 좀 줘요!」몸에 입은 옷도 새 겹옷이었다. 보아하니 허리춤에 큰 전대를 찬 것 같았다. 전대가 너무 무거워 허리띠에서 그 부분만 심하게 축 늘어져 있었다. 웨이좡의 오랜 관례로는 조금이라도 사람의 눈길을 끄는 인물을 만나면 그 사람을 얕보기보다는 오히려 존경하는 편이었다. 오랜만에 나타난 아Q가 아Q인 것은 분명하지만 예전의 누더기 옷을 걸친 아Q와는 좀 다른 아Q인 데다 옛 성현들께서 〈선비란 사흘만 떨어져 있어도 다시 눈을 비비고 보아야 한다〉[21]고 한 바 있기 때문인지 심부름꾼도, 주인도, 손님도, 길 가던 행인도 자연히 의심스러운 눈빛을 하면서도 또한 존경하는 듯한 태도를 보이기도 했다. 주인이 먼저 꾸벅 머리를 숙여 인사를 하면서 말을 걸었다.

「아니! 아Q, 자네가 돌아왔군!」

「돌아왔지.」

「돈을 벌었구먼, 큰돈을 벌었어. 자네, 어디에서…….」

「성내에 들어갔었지!」

이런 소문은 다음 날 웨이쫭 전체에 퍼졌다. 사람들마다 적지 않은 현금과 새 겹옷을 갖게 된 아Q의 중흥사를 알고 싶어 했다. 사람들은 술집과 찻집 그리고 절간의 처마 밑에서 점차 자세한 내용을 알아냈다. 그 결과 아Q는 새로운 존경의 대상이 되었다.

아Q의 말에 따르자면 그는 거인 나리의 집에서 일했다고 했다. 이 한마디에 모든 사람이 숙연해졌다. 이 나리는 원래 바이 씨이지만 성내에 거인이라고는 그 사람 하나밖에 없었기 때문에 성을 붙일 필요도 없이 그냥 거인이라고만 해도 바로 그를 가리키는 것으로 알았다. 웨이쫭에서만 그런 것이 아니라 백 리 밖에서도 그랬다. 그러다 보니 그의 이름을 〈거인 나리〉로 아는 사람들도 많았다. 물론 거인 나리 집에서 일

---

21 『삼국지』 「오서(吳書)」 〈여몽전(呂蒙傳)〉에 나오는 말이다.

했다는 것은 존경받을 만한 일이었다. 그러나 아Q는 앞으로 두 번 다시 그 집에서 일하고 싶지 않다고 했다. 이유는 이 거인 나리가 실제로는 너무나 형편없는 〈개자식!〉이기 때문이라는 것이었다. 이 한마디에 애기를 듣던 사람들 모두 한숨을 내쉬거나 속 시원한 표정을 지었다. 아Q는 원래 거인 나리 댁에서 일을 할 만한 위인이 못 됐지만, 그렇다고 일을 돕지 않겠다는 것은 아까운 일이기 때문이었다.

아Q의 말에 따르면 그가 돌아온 것은 성내 사람들에게 만족하지 못했기 때문인 것 같았다. 그들이 〈장의자〉를 〈긴 의자〉라고 부른다거나 생선을 튀길 때 파를 잘게 썰어 넣는 것, 그리고 최근에 관찰을 통해 발견한 결점으로 여자가 길을 걸을 때 엉덩이를 흔드는 모습도 별로 좋지 않다는 것 등이 불만족의 원인이었다. 하지만 더러는 탄복할 만한 것들도 있다고 했다. 예컨대 웨이좡의 촌뜨기들은 서른두 장의 죽패[22] 놀이밖에 할 줄 모르고 〈가짜 양놈〉들만이 마작을 할 줄 아는데, 성내에서는 별 볼 일 없는 조무래기들도 아주 능숙하게 마작을 했다. 〈가짜 양놈〉들을 성내의 열댓 살 먹은 조무래기들 사이에 섞어 놓으면 금세 〈염라대왕 앞의 꼬마 귀신〉 꼴이 되고 만다는 것이었다. 이 한마디에 모든 사람이 부끄러움으로 얼굴을 붉혔다.

「자네들, 목 자르는 것 본 적 있나?」

아Q가 말했다.

「하, 그것 참 볼 만하지……. 혁명 당원들을 죽이는데 정말 볼 만하더군…….」

---

22 노름 도구의 일종으로 아패(牙牌) 또는 골패(骨牌)를 말한다. 원래는 상아나 동물 뼈로 만들지만 간단한 것은 대나무로도 만든다.

그가 고개를 좌우로 흔들 때 침이 바로 맞은편에 있던 자오쓰천의 얼굴로 튀었다. 이 한마디가 모든 사람을 섬뜩하게 했다. 이어서 아Q는 주위를 한 번 둘러보더니 갑자기 오른손을 쳐들고 목을 뺀 채 이야기에 넋이 빠진 왕후의 뒤통수를 향해 똑바로 내리치면서 말했다.

「댕강!」

왕후는 깜짝 놀라면서 전광석화처럼 재빨리 고개를 움츠렸다. 얘기를 듣던 사람들 모두 섬뜩하면서도 퍽이나 재미있다고 여겼다. 그 뒤로 왕후는 한참 동안 머리가 띵했다. 게다가 다시는 아Q 곁에 가까이 가려 하지 않았다. 다른 사람들도 마찬가지였다.

당시에 웨이쨩 사람들 눈에 비친 아Q의 지위는 자오 나리보다 높다고는 할 수 없어도 거의 동등하다고 해도 큰 무리가 없을 정도였다.

그리고 나서 얼마 지나지 않아 아Q의 명성이 웨이쨩의 규방에까지 두루 전파되기에 이르렀다. 웨이쨩에서는 첸 씨와 자오 씨만이 큰 저택을 가졌고 나머지는 대부분 초라한 집들이었지만 그래도 규방은 필경 규방이었다. 따라서 이것도 한 가지 신기한 사건이라 할 만했다. 여인들은 서로 만났다 하면 여지없이 뭔가 소곤대곤 했다. 저우 씨 댁 일곱째 아주머니가 아Q에게서 파란 비단 치마를 샀다. 물론 입던 옷이긴 하지만 가격이 90쟈오(角)밖에 되지 않았다. 또한 자오바이엔의 모친 ― 일설에 의하면 자오쓰천의 모친이라고도 하지만 정확한 사실은 좀 더 조사해 봐야 한다 ― 도 아이에게 입힐 붉은 면사 홑옷을 샀는데 거의 새것처럼 보이는 물건이 겨우 3백 따양 92원밖에 안 됐다고 했다. 그리하여 여인들은 하나같이 눈이 빠지도록 아Q를 만나고 싶어 했다. 비단 치마가 없는 사람은 그에게 비단 치마를 살 수 있는지 묻고 싶었고 면사 홑옷이 없는 여인은 그에게 면사 홑옷을 살 수 있는지 묻고자 했다. 아Q를 만나도 달아나지 않는 것은 물론이요, 때로는 아Q가 지나가고 난 뒤에도 그를 뒤따라가서 불러 세우고 물어보기까지 했다.

「아Q, 비단 치마 아직 있어? 없다고? 면사 홑옷도 사고 싶은데, 있겠지?」

나중에는 마침내 이런 소문이 규방 깊숙한 곳까지 전해졌다. 저우 씨 댁 일곱째 아주머니가 너무 흥분한 나머지 자신이 산 비단 치마를 자오 마님에게 자랑스럽게 보여 줬더니 자오 마님은 또 자오 나리에게 이 얘길 하면서 정말 좋은 물건이더라고 한바탕 치켜세우기까지 했다. 자오 나리는 저녁 밥상머리에서 수재 어른과 얘기를 나누고는 아Q는 아무래도 이상한 놈이니 문단속을 단단히 하는 게 좋겠다는 결론을 내렸다. 그러면서도 그의 물건들 가운데 아직 살 만한 것이 남았을지 모르고, 어쩌면 아주 좋은 물건들도 좀 있을지 모른다고 말했다. 게다가 자오 마님도 값이 싸고 예쁜 모피 조끼를 사고 싶었다. 이렇게 가족회의를 한 결과 즉시 저우 씨 댁 일곱째 아주머니에게 부탁하여 아Q를 불러오게 했다. 그뿐 아니라 이 일을 위해 특별히 세 번째 예외를 허용하여 이날 밤만은 잠시 등불을 켜는 것도 허락하기로 했다.

기름등의 기름이 많이 말랐는데도 아Q는 나타나지 않았다. 자오 씨 댁 식구들 모두가 몹시 조급해하면서 하품을 하거나 아Q가 너무 건방져졌다고 미워하기도 했다. 혹은 저우 씨 댁 일곱째 아주머니가 약삭빠르지 못하다고 비난하기도 했다. 자오 마님은 아Q가 봄에 서약한 그 조건들 때문에 감히 찾아오지 못하는 것이라며 걱정을 했다. 하지만 자오 나리는 자신이 그를 불러오라고 한 것이니 걱정할 것 없다고 말했다. 과연 자오 나리의 식견이 높았다. 마침내 아Q가 저우 씨 댁 일곱째 아주머니를 따라서 집 안에 들어선 것이다.

「이 사람이 자꾸 물건이 없다는 말만 하네요. 그래서 제가 직접 가서 말씀드리라고 했는데도 자꾸 없다고만 해서, 제가…….」

저우 씨 댁 일곱째 아주머니가 숨을 헐떡이며 들어와서 말했다.

「나리!」

아Q는 희미하게 웃는 표정을 지으며 자오 나리를 부르고는 처마 밑에 걸음을 멈추고 섰다.

「아Q, 듣자 하니 밖에서 돈을 벌었다고 하더군.」

자오 나리가 그에게 천천히 다가가며 그를 아래위로 훑어보면서 말했다.

「잘했어, 아주 잘했어. 그런데 말이야…… 듣자 하니 낡은 옷가지들을 좀 가지고 있다던데……. 전부 가져다 한 번 보여 주지 그러나……. 다름이 아니라 내게 좀 필요한 게 있어서 말이야…….」

「저우 씨 댁 일곱째 아주머니에게 다 말씀드렸습니다. 벌써 다 팔렸다고요.」

「다 팔렸다고?」

자오 나리는 자기도 모르게 소리를 질렀.

「그렇게 빨리 다 팔렸단 말인가?」

「친구들이 사간 겁니다. 원래 물건이 많지도 않았어요. 그들이 사가고 나서…….」

「그래도 아직 조금은 남아 있겠지.」

「이제 문발 하나밖에 남지 않았어요.」

「그럼 그 문발이라도 가져다 보여 주게.」

자오 마님은 황급히 말했다.

「그럼, 내일 가져오도록 하게.」

자오 나리는 별로 마음이 내키지 않았다.

「아Q, 다음에 또 무슨 물건들이 생기거든 우리에게 먼저 보여 주도록 하게…….」

「물건 값을 다른 집들보다 덜 내지는 않을 테니까 말이야!」

옆에 있던 수재가 한마디 거들었다. 수재의 아내는 재빨리 아Q의 얼굴을 힐끗 쳐다보며 그의 마음이 움직였는지 살폈다.

「나는 모피 조끼가 필요해.」

자오 마님이 말했다.

아Q는 대답은 했으나 썩 내키지 않았는지 밖으로 나가 버렸다. 때문에 그가 이들의 요구를 정말 마음에 새겨 두었는지는 알 수가 없었다. 이 일은 자오 나리를 몹시 실망하게 했고 화가 나게 했다. 일이 걱정이 되어 하품마저 멈추고 말았다. 수재도 아Q의 태도가 몹시 불만스러웠는지 그런 짐승 같은 놈은 조심해야 하고, 할 수만 있다면 지보에게 일러 웨이좡에서 살지 못하게 해야 한다고 말했다. 하지만 자오 나리는 그렇게 생각하지 않았다. 그렇게 했다가는 원한을 사게 될지도 모른다는 것이다. 게다가 〈매는 둥지 옆의 먹이를 먹지 않는다〉는 말처럼 이런 장사치들은 자기 일에만 신경을 쓰기 때문에 마을 사람들은 오히려 더 걱정할 필요가 없다고 했다. 다만 각자 알아서 밤에 경계를 좀 더 엄중하게 하면 된다는 것이었다. 수재는 부친의 훈계를 듣고는 지당하신 말씀이라고 판단하고는 아Q를 쫓아내자는 제의를 즉시 철회했다. 아울러 저우 씨 댁 일곱째 아주머니에게 이런 얘기가 절대로 남들에게 새어나가지 않도록 하라고 신신당부했다.

그러나 다음 날 저우 씨 댁 일곱째 아주머니는 파란 비단 치마를 검게 물들이러 나가서는 내친김에 아Q가 수상하다는 얘기를 입 밖에 내고 말았다. 하지만 수재가 아Q를 내쫓으려 한다는 말은 하지 않았다. 그러나 이 얘기만으로도 아Q에게는 매우 불리했다. 가장 먼저 지보가 찾아와 그가 가지고 있던 문발을 빼앗아 가버렸다. 아Q가 자오 마님에게 보일 것이라고 했는데도 지보는 돌려주지 않았을 뿐만 아니라 다달이 상납금을 내겠다고 약속하라고 요구했다. 그다음에는 그를 대하던 마을 사람들의 존경 어린 태도가 갑자기 돌변해 버렸다. 아직 감히 멋대로 대하지는 못했지만 그를 기피하는 기색이 역력했다. 그리고 이런 기색은 예전에 그가 올까 봐 대문을 〈찰칵〉 하고 닫아걸던 때와는 사뭇 달랐다. 가히 〈존경하면서도 멀리하는〉 것이라 할 수 있었다.

단지 건달들 한 무리만이 여전히 아Q를 찾아와서는 내막을 알아보려고 미주알고주알 자세히 캐물을 뿐이었다. 아Q도 별로 숨기려 하지 않고 자랑스럽게 자신의 경험을 얘기해 주었다. 이리하여 그들은 비로소 아Q가 한낱 졸개에 지나지 않아 담을 넘거나 창고에 숨어 들어가지 못했을 뿐 아니라, 고작해야 창고 밖에서 기다리다가 물건을 받는 역할만 했다는 것을 알게 되었다. 그는 어느 날 밤에 막 짐 꾸러미 하나를 받아들고 다시 숨어 들어가려 하는데 갑자기 안에서 크게 외치는 소리가 들려오는 바람에 얼른 도망쳐 야음을 틈타 성내를 빠져 나와서는 곧장 웨이쫭으로 돌아왔다고 말했다. 그러면서 이제 다시는 성내에 가지 않을 거라고 했다. 이 이야기로 인해 아Q는 오히려 더욱 불리한 처지에 놓이고 말았다. 알고 보니 마을 사람들이 아Q를 〈존경하면서도 멀리한〉 것도 원한을 살까 두려웠기 때문이었다. 그러나 그가 두려워서 감히 더는 도둑질에 나서려 하지 않는 도둑이었다는 사실을 누가 알았겠는가? 이것이야말로 〈또한 두려워할 만한 것이 못 되는 일〉[23]이었다.

7장
혁명

선통(宣統) 3년 9월 14일,[24] 즉 아Q가 전대를 자오바이옌에게 팔아 버린 날 한밤중에 오봉선[25] 한 척이 자오 나리의 저택이 있는 강기슭에 닿았다. 이 배가 어둠 속을 미끄러져 오는 동안 마을 사람들은 깊이 잠들어 있어 아무도 눈치채지 못했으나, 배가 떠날 무렵에는 이미 새벽녘이라 몇몇 사람이 똑똑히 목격할 수 있었다. 사람들은 이리저리 알아보고 조사해 그것이 거인 나리의 배라는 것을 알아냈다.

그 배는 웨이쫭에 큰 불안을 가져다주었다. 정오도 되기 전에 온 마을의 민심이 술렁거리기 시작했다. 그 배의 임무에 대해 자오 씨 댁에서는 아예 극비에 붙였지만 찻집이나 선술

---

23 『논어(論語)』「자한(子罕)」 편에 나오는 말이다.
24 신해혁명의 우창(武昌) 기의가 발생한 지 25일째 되는 날이다.
25 중국 남방 지역에서 흔히 볼 수 있는 검정 지붕의 소형 나룻배.

집에서는 모두 혁명당이 입성하려 하기 때문에 거인 나리께서 이 마을로 피난해 왔다는 소문이 파다했다. 오직 저우 씨 댁 일곱째 아주머니만 그렇지 않다고 말했다. 거인 나리가 낡은 옷상자 몇 개를 맡아 달라고 했는데 자오 나리가 거절하여 돌려보낸 것뿐이라는 얘기였다. 사실 거인 나리와 자오 수재는 절친한 사이가 아니라 원래 서로〈고난을 함께할〉만한 정분은 없었다. 하물며 저우 씨 댁 일곱째 아주머니는 자오 씨 댁 이웃에 사는 만큼, 소식이 어느 정도 진실에 가까울 것이라 그녀의 말을 믿는 것이 옳았다.

하지만 유언비어는 매우 왕성했다. 소문인즉슨 거인 나리가 직접 온 것 같지는 않지만 장문의 편지를 써서 보내 자신이 자오 씨 댁과 먼 친척이 된다고 늘어놓았으며, 자오 나리는 기분이 몹시 상했지만 어쨌든 자신으로서는 손해볼 일이 없어 상자를 그대로 받아 놓았다는 것이다. 그리고 그 상자는 지금 마누라 침대 밑에 처박혀 있다는 것이다. 혁명당과 관련하여 어떤 사람은 그들이 그날 밤에 성내로 들어왔는데 저마다 흰 투구에 흰옷을 입었으며 이는 명 숭정 황제[26]를 애도하는 상복이라고 말하기도 했다.

아Q도 혁명당이라는 말은 오래전부터 들어 온 터였다. 금년에는 혁명 당원이 살해되는 광경을 제 눈으로 직접 보기도 했다. 그러나 그는 어디서 어떻게 갖게 된 생각인지 몰라도 혁명당이란 바로 반란을 일으키는 무리고, 반란은 자신에게 고난을 가져온다고 믿었다. 따라서 그는 줄곧 혁명당을〈죽도록 증오하고 거부했다〉. 그런데 뜻밖에도 백 리 사방에 명

26 숭정제(崇禎帝). 중국 명 왕조의 마지막 황제.

망이 자자한 거인 나리까지도 그토록 혁명당을 두려워한다니, 그로서는 〈마음이 끌리지〉 않을 수 없었다. 게다가 웨이좡의 남녀 어중이떠중이가 당황하는 모습을 바라보는 것도 아Q에게는 더욱더 즐거운 일이었다.

〈혁명이란 것도 괜찮은 것이군!〉

아Q는 속으로 이렇게 생각했다.

〈이 개자식들을 전부 죽여 버리는 거야! 더러운 놈들을 말이야! 미운 놈들을…… 나도 혁명당에 투항해야겠어.〉

최근에 아Q는 용돈이 떨어져 마음속에 커다란 불만을 품고 있었다. 게다가 빈속에 낮술을 두어 잔 들이켠 탓에 취기가 더욱 빨리 올라왔다. 이런 생각을 하면서 걷다 보니 다시 마음이 흔들리기 시작했다. 어찌된 일인지 갑자기 자신은 이미 혁명당이고 웨이좡 사람들은 전부 자신의 포로가 된 것 같았다. 그는 너무나 기분이 좋은 나머지 흥분을 이기지 못하고 큰 소리로 외치기 시작했다.

「반란이다, 반란을 일으키자!」

웨이좡 사람들은 모두 놀라움과 두려움이 뒤섞인 눈빛으로 그를 바라보았다. 그처럼 가련한 눈빛을 아Q는 여태까지 본 적이 없었다. 그런 모습을 보자 아Q는 마치 유월 한여름에 얼음물을 마신 것처럼 속이 시원했다. 그는 더욱 신이 나서 걸으면서 소리를 질렀다.

「자! 내가 갖고 싶은 것은 모두가 내 것이고, 좋아하는 사람도 내 맘대로 얼마든지 좋아할 수 있다!

둥둥, 쟁쟁!

후회할 필요도 없어. 술에 취해 정 씨네 형제의 목을 잘못 쳤을 뿐이야.

후회할 필요 없어. 야, 야, 야…….

둥둥, 쟁쟁, 둥 쟁쟁!

강철 채찍으로 널 후려칠 거야…….」

마침 자오 씨 집안의 남자 둘과 집안의 어른 둘이 대문간에 서서 혁명에 관해 토론을 하고 있었다. 아Q는 그들을 보지 못하고 머리를 똑바로 쳐든 채 계속 중얼거리며 지나갔다.

「둥둥…….」

「라오Q.」

자오 나리가 겁먹은 눈으로 그를 맞아 주며 낮은 목소리로 불렀다.

「쟁쟁.」

아Q는 자기 이름에 〈라오(老)〉[27]라는 접두사가 붙으리라고는 꿈에도 생각지 못했다. 그러다 보니 이런 이름이 자신과는 관계없는 다른 말이라 여기고는 계속 노래만 흥얼거렸다.

「둥, 쟁, 쟁쟁, 쟁!」

「라오Q.」

「후회할 필요 없네…….」

「아Q!」

수재는 하는 수 없이 그의 이름을 바로 불러야 했다.

아Q는 그제야 멈춰 서서 고개를 돌리며 물었다.

「뭐요?」

「라오Q…… 요즘…….」

막상 그가 고개를 돌리자 자오 나리는 할 말이 없었다.

「요즘…… 돈 잘 버시나?」

---

27 서로 잘 아는 어른들 사이에 성이나 이름 앞에 〈老〉를 붙여 친근함을 나타낸다. 때로는 존경의 의미를 갖기도 한다.

「돈을 버냐고요? 물론이죠. 제가 갖고 싶은 것은 전부 다 제 것이거든요……」
「아…… Q형, 우리 같은 가난뱅이 친구들은 괜찮겠지요……」
자오바이옌이 조심스럽게 말했다. 마치 혁명당의 말투를 흉내 내는 것 같았다.
「가난뱅이 친구라고? 당신은 항상 나보다 부자였어.」
아Q는 이렇게 대답하면서 걸음을 옮겼다.
모두 걱정스러운 표정으로 말을 하지 않았다. 자오 나리 부자는 집으로 돌아와 밤이 되어 불을 켤 때가 되도록 의논을 계속했다. 자오바이옌은 집에 돌아오자마자 허리춤에서 전대를 풀어 아내에게 건네며 상자 밑에 잘 감춰 두라고 지시했다.
아Q가 마을을 표표히 한 바퀴 돌아 토곡사로 돌아왔을 때는 술기운도 이미 깨끗이 가신 뒤였다. 이날 밤에는 사당을 지키는 영감도 의외로 친절한 태도를 보이며 그에게 차를 권했다. 아Q는 그에게 떡 두 개를 달라고 해서 다 먹고 나서는, 이미 켰다가 남긴 넉 냥짜리 초 한 자루와 나무 촛대 하나를 달라고 했다. 촛불을 켠 그는 자신의 작은 방에 혼자 드러누웠다. 말로 다 표현할 수 없을 정도로 기분이 상쾌하고 좋았다. 촛불이 정월 보름날 밤처럼 환하게 밝았다. 그의 상상도 점점 더 높이 솟아오르기 시작했다.
반란이라? 재미있군……. 흰 갑옷에 흰 투구를 쓴 혁명당 무리가 쳐들어오고 있어. 그들이 하나같이 날이 두꺼운 청룡도에 강철 채찍과 폭탄, 서양 총, 삼첨양인도(三尖兩刃刀), 갈고리 창 등을 들고서 토곡사 앞을 지나가며 소리치네.
「아Q, 함께 가세, 함께 가자고!」

그래서 나도 함께 가게 되었지…….

이럴 때 웨이쫭의 남녀 어중이떠중이는 정말 우스운 모습일 거야. 무릎을 꿇고 이렇게 애원하겠지.

「아Q, 제발 목숨만 살려 줘!」

누가 그런 간청을 들어주기나 하나! 가장 먼저 죽여야 할 놈들은 샤오D와 자오 나리야. 그리고 수재와 가짜 양놈도 죽여 버려야지……. 몇 명은 남겨 둘까? 왕후는 남겨 둬도 상관없을 것 같지만, 에이 그래도 안 되겠어…….

물건은……, 곧장 뛰어 들어가 상자를 여는 거야. 원보(元寶)[28]와 서양 돈, 서양 비단 옷 같은 것들이 들어 있겠지……. 먼저 수재 마누라의 닝보(寧波)[29]식 침대를 토곡사로 옮겨야지. 그리고 또 첸 씨네 탁자와 의자를 가져다 늘어놓고. 아니면 자오 씨네 것을 가져다 써도 좋겠지. 나는 손 하나 까딱하지 않고 샤오D에게 운반하라고 시켜야지. 빨리 날라! 꾸물대면 따귀를 후려갈길 테니까…….

자오쓰천의 누이동생은 정말 못생겼어. 저우 씨 댁 일곱째 아줌마의 딸은 아직 어리니 나중에 얘기해야겠군. 가짜 양놈의 마누라는 변발이 없는 놈이랑 잤으니, 에구, 좋은 물건은 못 돼! 수재의 마누라는 눈두덩 위에 흉터가 있지……. 우 씨 어멈은 오랫동안 못 보았는데 어딜 갔는지 모르겠군. ……어쨌든 애석하게도 그 여자는 발이 너무 커.〉

아Q는 제대로 상상의 나래를 펴보지도 못하고 벌써 코를 골고 있었다. 넉 냥짜리 양초는 아직 반밖에 타지 않았다. 빨갛게 타오르는 불꽃이 그의 벌어진 입을 비추었다.

---

28 말굽은(馬蹄銀). 중국에서 쓰던 한 냥짜리 은화.
29 중국 저장성 동부에 있는 항구 도시.

「어어!」

아Q가 갑자기 소리를 지르며 일어나 사방을 두리번거렸다. 그러더니 넉 냥짜리 초를 보고는 다시 쓰러져 잠이 들었다.

다음 날 그는 꽤 늦게야 일어났다. 길거리에 나가 보니 모든 것이 이전 그대로였다. 여전히 배가 고팠다. 뭔가 생각해 보려고 했지만 생각나는 게 아무것도 없었다. 그러다 갑자기 뭔가 생각이 떠오르는 것 같았다. 느릿느릿 걷다 보니 자신도 모르는 사이에 정수암에 이르렀다.

암자는 봄에도 그랬던 것처럼 조용하기만 했다. 담벼락은 여전히 하얗고 문은 여전히 검정빛이었다. 그는 한참 생각하다가 앞으로 다가가 문을 두드렸다. 개 한 마리가 안에서 짖어 댔다. 그는 얼른 기와 조각 몇 개를 주워 들었다. 그리고 다시 한 번 세게 문을 두드렸다. 검은 문에 깨알처럼 무수한 자국이 나고서야 누군가 문을 열려고 걸어 나오는 소리가 들렸다.

아Q는 서둘러 기와 조각을 움켜쥐고 다리를 쩍 벌리고서 검정개와 일전을 벌일 준비를 갖췄다. 그러나 안자의 문이 조금 열렸을 뿐 검정개는 튀어나오지 않았다. 문 안을 들여다보니 늙은 비구니 하나뿐이었다.

「또 무슨 짓을 하러 온 거야?」

비구니가 놀란 표정을 지으며 물었다.

「혁명이야…… 알고 있어?」

아Q는 기어 들어가는 목소리로 더듬거렸다.

「혁명이라고? 혁명은 이미 지나갔어……. 우리를 또 어떻게 혁명하겠다는 거야?」

늙은 비구니는 어느새 두 눈이 새빨개져 있었다.

「뭐라고?」

아Q는 잘 이해가 가지 않았다.

「몰랐어? 그 사람들이 벌써 와서 혁명을 하고 갔단 말이야!」

「누가……?」

아Q는 더더욱 의아하기만 했다.

「수재랑 가짜 양놈이!」

너무나 뜻밖의 상황에 아Q는 놀라움을 금치 못했다. 늙은 비구니는 풀이 죽은 아Q의 모습을 보고는 재빨리 문을 닫아 버렸다. 아Q가 다시 밀어 보았지만 문은 꿈쩍도 하지 않았다. 다시 두드려도 대답이 없었다.

이건 아직 오전의 일이었다. 자오 수재는 소식통이 무척 빨랐다. 밤중에 혁명당이 입성했다는 것을 알고는 재빨리 변발을 머리 꼭대기로 틀어 올리고 일찌감치 이제껏 사이가 좋지 않았던 가짜 양놈 첸 씨를 찾아갔다. 이제 〈악습에 빠진 모든 사람을 새롭게 변화시키는〉 시대가 되었다. 그래서인지 두 사람은 이야기를 나누면서 금세 의기가 투합했다. 그 자리에서 동지가 되어 혁명을 약속했다. 생각을 거듭하던 두 사람은 정수암에 〈황제 만세! 만만세!〉라고 쓴 용패(龍牌)가 있다는 것을 기억해 내고는 이를 서둘러 없애 버려야 한다고 생각했다. 이리하여 두 사람은 곧장 암자로 혁명을 하러 갔다. 늙은 비구니가 나와서 두 사람을 말리며 잔소리를 해대자 그들은 그녀가 만주 괴뢰 정부 편이라고 간주하고는 몽둥이와 주먹으로 그녀의 머리를 마구 때렸다. 두 사람이 돌아가고 나서 마음을 가라앉힌 비구니가 암자를 살펴보니 용패가 산산조각이 나 땅바닥에 흩어져 있는 것은 물론이요, 관음보살상 앞에 모셔 두었던 선덕(宣德) 향로도 보이지 않았다.

아Q는 이런 사실을 나중에야 알게 되었다. 그는 늦잠 잔 것을 후회했지만 두 사람이 자신을 불러 주지 않은 것 역시 몹시 괘씸했다. 그는 한발 물러서서 생각해 보았다.

〈설마 그놈들이 아직 내가 이미 혁명당에 투항했다는 사실을 모른단 말인가?〉

8장
혁명을 허락하지 않다

웨이좡의 인심은 나날이 안정되어 갔다. 전해 오는 소식에 따르면 혁명당이 성내로 들어오긴 했지만 크게 달라진 것은 없다고 했다. 지사(知事) 나리는 그대로 관직에 있으면서 명칭만 고쳤을 뿐이고 또한 거인 나리도 뭔가 관직을 맡았다고 했다. 웨이좡 사람들은 관직 명칭을 말해 줘도 잘 몰랐다. 군대 역시 이전의 늙은 파총[30]이 책임을 맡고 있다고 했다. 단지 한 가지 두려운 사건은 질이 좋지 않은 사람들 몇몇이 혁명당원 중에 끼어 소란을 일삼으며 다음 날부터는 변발을 자르기 시작했다는 것이었다. 들리는 소문에 따르면 이웃 마을의 뱃사공 치진이 길거리에서 잡혀 사람 꼴이 아닌 몰골이 되었다고 했다. 하지만 이는 그다지 두려워할 만한 일이 아니었다. 웨이좡 사람들은 성내에 자주 가지 않았고 어쩌다 성내에 들어가려던 사람들도 당장 계획을 바꿔 버리면 얼마든지 위험을 피할 수 있기 때문이었다. 아Q도 성내에 들어가 자신의

---

30 파총(把總)은 청 대 군제에서 최하급 장교에 해당하는 무관이다.

친구들을 찾아볼 생각이었으나 이런 소식을 듣자 그만두지 않을 수 없었다.

하지만 웨이쫭에도 개혁이 없다고는 할 수 없었다. 며칠 후 변발을 정수리까지 둘둘 말아 올린 사람들이 점차 늘어난 것이다. 앞에서 이미 말했듯이 가장 먼저 이렇게 한 사람은 물론 수재 선생이었고, 그다음이 자오쓰천과 자오바이옌이었다. 아Q는 그다음이었다. 여름이었다면 변발을 머리 위에 말아 올리거나 한 가닥으로 묶는다고 해도 별로 신기할 게 없었을 터였다. 하지만 지금은 이미 가을도 끝나 가고 있었다. 따라서 〈가을에 여름철 기후를 따르는〉 형국이라 머리를 말아 올린 사람들은 대단한 결단을 내린 것이라 하지 않을 수 없었다. 이처럼 웨이쫭 역시 개혁과 무관하다고 할 수 없었다.

자오쓰천이 뒤통수가 텅 빈 채로 걸어가자 이를 본 사람들이 요란하게 떠들어 댔다.

「우아, 혁명당이 지나가신다!」

이런 소리를 들은 아Q는 그가 몹시 부러웠다. 그도 수재가 변발을 말아 올렸다는 대단한 소식을 이미 들어 알았지만, 자신도 이를 흉내 낼 수 있다는 생각은 미처 못 했다. 그러다가 이제 자오쓰천도 그렇게 한 것을 보고서야 비로소 이를 흉내 낼 생각을 하게 되었고, 실행을 결심했다. 그는 대나무 젓가락으로 변발을 머리 꼭대기까지 말아 올리고는 한참을 머뭇거리다가 마침내 용감하게 거리로 걸어 나갔다.

그가 거리를 활보하자 사람들이 그를 쳐다보긴 했지만 말은 하지 않았다. 아Q는 처음에는 몹시 불쾌했고 나중에는 대단히 불만스러웠다. 최근에 그는 툭하면 화를 냈다. 사실 그의 생활은 반란 전에 비해 결코 어려워진 편이 아니었다. 사람들은 그에게 공손했고 가게에서도 물건을 살 때 현금을 내라고 요구하지 않았다. 그런데도 아Q는 아무리 해도 자신의 뜻대로 되지 않는다는 것을 실감했다. 혁명을 한 이상 이 정도로 멈춰선 안 될 일이었다. 게다가 샤오D를 한 번 만난 것이 그를 더욱 화나게 했다.

샤오D도 변발을 정수리 위까지 둘둘 말아 올려 대나무 젓가락까지 꽂고 있었다. 아Q는 설마 그가 감히 이러리라고는 생각지도 못했다. 그가 이러는 것은 결코 용납할 수 없었다. 샤오D가 대체 뭐란 말인가? 그는 당장 샤오D를 붙잡아 그 대나무 젓가락을 꺾어 버리고는 그의 변발을 풀어 내리고 싶었다. 그리고 따귀를 몇 대 갈겨 준 다음 자신의 분수를 잊고 감히 혁명당이 되고자 한 죄를 따지고 싶었다. 하지만 아Q는 결국 그를 용서해 주기로 했다. 단지 성난 눈으로 째려보면서 〈퉤!〉 하고 침을 뱉을 뿐이었다.

요 며칠 사이에 성내에 다녀온 사람은 가짜 양놈 하나뿐이었다. 자오 수재노 옷상사를 밑아 준 일을 근기로 내세위 지접 거인 나리를 찾아갈 생각이었으나 변발을 잘리는 위험 때문에 그만두고 말았다. 대신 그는 〈황산격(黃傘格)〉[31] 편지를 한 통 써서 가짜 양놈에게 부탁하여 성내로 전달하는 동시에 그에게 자신을 자유당에 들어갈 수 있도록 소개해 달라고 부탁했다. 가짜 양놈은 편지를 전달하고 돌아와 수재에게 은화 4원을 내놓으라고 했다. 수재는 은 복숭아 하나를 저고리 옷깃에 달았다. 웨이좡 사람들은 모두 놀라 탄복하면서 이것은

---

31 편지 서체의 하나로 행마다 상대방을 칭송하는 문구를 써 넣는다.

시유당[32]의 휘장으로 한림(翰林)[33]에 해당한다고 말했다. 자오 나리는 이로 인해 몹시 거드름을 피웠다. 전에 자식이 수재가 되었을 때보다 훨씬 심했다. 그러다 보니 눈에 뵈는 것이 없었고 아Q 따위는 안중에 두지도 않았다.

아Q는 마음이 편치 않았다. 또다시 시시각각 영락하고 있다고 느끼던 차에 은 복숭아 이야기를 듣자 즉시 자신이 냉대받는 원인을 깨닫게 되었다. 혁명을 한다면 입으로만 투신한다고 해선 안 될 일이었다. 변발을 말아 올리는 것으로도 부족했다. 무엇보다도 중요한 것은 혁명당과 사귀는 일이었다. 그가 평생 아는 혁명당은 단 두 사람뿐이었다. 그 가운데 성내에 있던 사람은 이미 〈댕강〉 죽음을 당했고 이제 가짜 양놈 하나만 남았다. 얼른 그 가짜 양놈을 찾아가 상의하는 것 외에는 달리 방법이 없었다.

마침 첸 씨 댁 저택의 대문이 열려 있어 아Q는 살금살금 걸어 들어갔다. 집 안으로 들어가자마자 그는 놀라움을 금할 수 없었다. 가짜 양놈이 뜰 한가운데 서 있었다. 온몸에 까만 옷을 걸친 게 아른바 양복인 것 같았다. 그 위에 은 복숭아를 달고 손에는 훈계를 위해 아Q를 때린 적 있는 지팡이를 들었다. 이미 한 자 정도밖에 남지 않은 변발은 풀어 헤쳐져 어깨를 덮었는데 마구 헝클어진 머리칼이 마치 유해선(劉海仙)[34] 같았다. 맞은편에 자오바이옌과 건달 셋이 똑바로 서서 아주 공경스러운 태도로 그의 말에 귀를 기울이고 있었다.

32 원래는 자유당(自由黨)이나 시골 사람들이 제대로 이해하지 못해 시유당(柿油黨)이라 했다.
33 당 대(唐代) 이후 황제의 문학 시종을 맡은 관직 명칭.
34 오 대(五代)의 유해섬(劉海蟾)을 말한다. 종남산(終南山)에서 수양하다가 신선이 되었다는 인물로 민간의 그림에 항상 장발을 한 형상으로 묘사된다.

아Q는 조용히 다가가 자오바이옌의 등 뒤에 섰다. 마음속으로는 말을 걸고 싶었지만 뭐라고 해야 좋을지 몰랐다. 물론 그를 가짜 양놈이라 불러서는 안 될 터였다. 서양 사람이라고 하는 것도 옳지 않았다. 혁명당이란 말도 적절치 않고 어쩌면 서양 선생이라 부르는 것이 그럴듯할 것 같았다.

서양 선생은 그를 보지 못했다. 눈을 크게 떠 흰자위를 번득이면서 뭔가 얘기에 열중하고 있었기 때문이다.

「나는 성질이 급한 사람이야. 그래서 만났다 하면 〈홍 형!³⁵ 우리 이제 시작합시다〉 하고 말하곤 했지. 하지만 그는 늘 〈No〉라는 거야. 이건 서양 말이라 아마 너희들은 알아듣지 못할 거야. 그렇지 않았다면 벌써 성공했겠지. 이것이 바로 그가 모든 일을 조심스럽게 대한다는 증거지. 그는 재삼재사 내게 후베이로 가라고 부탁했지만 나는 아직도 승낙하지 않았어. 누가 그렇게 작은 도시에서 일하려고 하겠어……」

「아…… 그, 그게…….」

아Q는 그가 잠시 말을 멈추기를 기다렸다가 마침내 용기를 내어 입을 열었다. 하지만 무슨 이유에서인지 그를 〈서양 선생〉이라고 부르지는 못했다.

얘기를 듣던 네 사람이 모두 깜짝 놀라며 그를 돌아다보았다. 그제야 서양 선생도 그를 쳐다보았다.

「뭐야?」

「제가…….」

「나가!」

「저도 참여하려고…….」

---

35 리위안훙(黎元洪)을 가리킨다. 그는 청 정부의 신군(新軍)에 있다가 1911년 우창 기의 때 혁명군의 악군(鄂軍) 도독을 맡았다.

「어서 꺼지란 말이야!」

서양 선생이 곡상봉을 치켜들었다.

자오바이옌과 건달들도 덩달아 소리를 질렀다.

「선생님이 나가라고 하시잖아. 안 들려!」

아Q는 손으로 머리를 가리고 자신도 모르는 사이에 문밖까지 뛰어 달아났다. 서양 선생이 쫓아오지는 않았다. 그는 예순 걸음쯤 달리고서야 걸음을 늦추었다. 마음속으로 서글픔이 밀려왔다. 서양 선생이 혁명을 허락하지 않는다면 그에게 더는 다른 길이 없었다. 이제부터는 흰 투구에 흰 갑옷을 입은 사람이 자신을 데리러 오리라고 기대할 수 없었다. 그의 모든 포부와 의지, 희망, 전도가 전부 사라져 버린 것이다. 건달들이 소문을 퍼뜨려 샤오D나 왕후에게 비웃음을 사는 일은 둘째 문제였다.

그는 지금까지 이토록 진한 무력감을 경험한 적이 없는 것 같았다. 그는 자신이 변발을 말아 올린 게 무의미하다고 생각했다. 심지어 모멸감마저 느꼈다. 복수심에 당장 변발을 풀어 버릴까 하는 생각도 해봤지만 끝내 그렇게 하지는 못했다. 그는 밤이 될 때까지 헤매다가 술을 두어 잔 들이키고 나서야 점차 기분이 좋아졌다. 머릿속에서 다시 흰 투구와 흰 갑옷에 대한 생각이 단속적으로 떠올랐다.

어느 날, 그는 여느 때처럼 밤늦도록 돌아다니다가 술집이 문을 닫을 때가 되어서야 토곡사로 돌아왔다.

퍽! 파박……!

그는 갑자기 이상한 소리를 들었다. 폭죽 소리는 아니었다. 아Q는 원래 시끌벅적한 광경을 구경하기 좋아하고 참견하기도 좋아하는 사람이었다. 그는 곧장 어둠 속으로 달려갔다. 앞에서 사람들 발소리가 들리는 것 같았다. 조용히 귀를 기울이는 데 갑자기 한 사나이가 맞은편에서 도망쳐 나왔다. 아Q는 그를 보자마자 재빨리 몸을 돌려 함께 도망쳤다. 사내가 방향을 바꾸자 아Q도 덩달아 방향을 바꿨다. 방향을 바꾼 사내가 걸음을 멈추자 아Q도 그 자리에 멈춰 섰다. 뒤를 돌아보았지만 아무도 없었다. 자세히 보니 그 사내는 다름아닌 샤오D였다.

「뭐야?」

아Q는 짜증이 나기 시작했다.

「자오…… 자오 씨 댁이 당했어!」

샤오D가 숨을 헐떡이며 말했다.

아Q의 심장이 쿵쿵 뛰었다. 샤오D는 말을 마치자마자 다시 어디론가 가버렸다. 아Q는 도망치다 말고 두세 차례 걸음을 멈췄다. 하지만 어쨌든 그는 〈이런 사업〉을 해본 사람이라 그런지 의외로 담이 컸다. 그는 살금살금 길모퉁이에서 나와 조용히 귀를 기울였다. 약간 시끌벅적한 것 같았다. 다시 자세히 살펴보니 흰 투구와 흰 갑옷을 입은 많은 사람들이 연이어 옷상자와 가구들을 들어내고 있었다. 수재 마누라의 닝보식 침대도 들어냈다. 뚜렷하게 보이지 않자 그는 좀 더 앞으로 나가서 보려 했지만 두 발이 떨어지지 않았다.

이날 밤에는 달이 없었다. 웨이좡은 어둠 속에서 무척 고요하기만 했다. 너무 고요하다 보니 복희씨 시대처럼 평화로웠다. 아Q는 선 채로 싫증이 나도록 지켜보았다. 사람들은 여전히 왔다 갔다 하면서 물건을 날랐다. 상자를 들어 내오고 가구도 들어 내오고 수재 마누라의 닝보식 침대도 들어냈다……. 아Q가 자신의 눈을 믿을 수 없을 만큼 들어내고 있었다. 하지만 아Q는 더는 앞으로 나가지 않기로 마음먹고 토곡사로 돌아왔다.

토곡사 안은 칠흑처럼 어두웠다. 그는 문을 닫고 주위를 더듬으며 자기 방으로 들어갔다. 한참을 누웠다 보니 그제야 기분이 가라앉아 자신의 일을 생각할 수 있게 되었다. 분명히 흰 투구에 흰 갑옷을 입은 사람이 오기는 했지만 아는 척도 하지 않고 좋은 물건만 많이 날라 갔으니 그의 몫은 없었다……. 〈이는 순전히 그 얄미운 가짜 양놈이 내게 반란을 허락하지 않았기 때문이야. 그렇지 않다면 어째서 내 몫이 없단 말인가?〉

아Q는 생각할수록 더욱 화가 치밀었다. 나중에는 마음속에 가득한 분통함을 참을 수 없어 세차게 머리를 흔들며 소리쳤다.

「내게는 반란을 허락하지 않고 네놈만 반란을 하겠다는 거냐? 제기랄, 가짜 양놈 같으니라고! 어디 두고 보자. 네놈이 반란을 일으켰겠다! 반란은 목이 잘리는 죄야. 내가 어떻게 해서든지 네놈을 고소해 네놈이 관아에 잡혀 들어가 목이 댕강 잘리는 걸 보고 말 테다. 온 집안이 목이 잘리는 것을 말이야. 댕강! 댕강!」

9장
대단원

자오 씨 댁이 약탈을 당하자 대부분의 웨이좡 사람들은 이를 속 시원해하면서도 두려워했다. 아Q도 매우 시원하면서도 두려웠다. 나흘 뒤 아Q는 밤중에 갑자기 체포되어 성내로 끌려갔다. 마침 캄캄한 밤이었다. 병사 한 무리와 단정(團丁)[36] 한 무리, 경찰과 탐정 다섯 명까지 몰래 웨이좡에 들어와 어둠을 타서 토곡사를 포위하고 문 건너편에 기관총을 설치해 놓았다. 하지만 아Q는 튀어나오지 않았다. 한참 동안 아무런 동정이 없었다. 파총은 초조해지기 시작했다. 현상금 스무 냥을 걸고 나서야 단정 둘이 위험을 무릅쓰고 담장을 넘어 들어가 밖에 있는 사람들과 호응하여 단숨에 공격함으로써 아Q를 제압하여 끌어냈다. 토곡사 밖에 설치해 놓은 기관총 옆으로 잡혀 나와서야 그는 겨우 정신이 좀 들었다.

성내에 도착하니 이미 정오였다. 아Q는 허름한 관아 안으로 끌려 들어가 대여섯 번 모퉁이를 돌고 나서야 어느 조그만 방에 감금되었다. 그가 비틀비틀하는 사이에 통나무로 만든 책문(柵門)이 그의 발꿈치 바로 뒤에서 닫혔다. 그 문을 제외한 삼면이 모두 벽이었다. 자세히 살펴보니 방 한쪽 귀퉁이에 두 사람이 더 있었다.

아Q는 좀 불안하긴 했지만 그다지 괴롭지는 않았다. 토곡사에 있는 그의 침실도 이 방보다 훌륭하진 않았기 때문이다. 다른 두 사람도 촌사람들인 모양이었다. 아Q는 점차 그들과 친해졌다. 한 사람은 그의 조부가 체납한 소작료를 지불하라고 거인 나리가 고소하는 바람에 들어온 것이고 또 한 사람은 무슨 일 때문에 들어왔는지 모른다고 했다. 그들이 아Q에게도 들어온 이유를 묻자 아Q는 서슴없이 대답했다.

「나는 반란을 시도했기 때문에 들어온 거라오.」

그는 오후에 다시 책문 밖으로 끌려나와 대청으로 갔다.

---

36 청 대 지역 의용군의 대원.

상좌에는 머리를 빛이 나도록 빡빡 깎은 늙은이가 앉아 있었다. 아Q는 그가 중일 거라고 생각했다. 그러나 아래쪽을 보니 병사들이 한 줄로 늘어서 있고 양옆으로는 또 긴 두루마기를 입은 사람들이 열 명가량 서 있었다. 이 늙은이처럼 머리를 빡빡 깎은 사람도 있고, 한 자 남짓한 변발을 가짜 양놈처럼 풀어서 뒤로 늘어뜨린 사람도 있었다. 모두가 험상궂은 얼굴에 성난 눈으로 아Q를 노려보았다. 아Q는 이들이 뭔가 내력이 있는 사람들이라는 것을 한눈에 알아보고는 자신도 모르는 사이에 무릎 관절의 힘이 빠져 꿇어앉고 말았다.

「서서 말해! 꿇어앉으면 안 돼!」

긴 두루마기를 입은 사람들이 이구동성으로 꾸짖었다.

아Q는 그 말뜻을 알아듣는 것 같았지만 아무리 해도 서 있을 수가 없었다. 자신도 모르게 몸이 움츠러들더니 결국 바닥에 무릎을 꿇은 채 엎드리고 말았다.

「노예 근성이로군……!」

긴 두루마기를 입은 사람이 경멸하듯 말했지만 그에게 일어서라고 지시하진 않았다.

「고통을 면하고 싶으면 사실대로 말해라. 나는 이미 모든 것을 알아. 솔직하게 털어놓으면 풀어 주마!」

빡빡머리 늙은이가 아Q의 얼굴을 뚫어지게 쳐다보며 침착하고 분명한 어투로 말했다.

「어서 말해!」

긴 두루마기를 입은 사람도 큰 소리로 말했다.

「저는 원래…… 우선 입당부터…….」

아Q는 대충 생각해 보고는 말을 끊었다 이었다 반복하면서 말했다.

「그렇다면 왜 오지 않았느냐!」

늙은이가 부드러운 어투로 물었다.

「가짜 양놈이 허락하질 않았습니다!」

「허튼소리! 이제 와서 그렇게 말해 봤자 때가 늦었어. 지금 너희 패거리는 어디 있느냐?」

「무슨 말씀이신지?」

「그날 밤 자오 씨 댁을 약탈한 놈들 말이야.」

「그놈들은 저를 부르러 오지 않았어요. 자기들끼리 멋대로 실어 가버린 겁니다.」

아Q는 이렇게 말하고 나서 혼잣말로 툴툴거렸다.

「어디로 달아났지? 그걸 말하면 풀어 주겠다.」

늙은이가 더욱 부드러운 어투로 말했다.

「전 모릅니다……. 그놈들은 저를 부르러 오지도 않았다니까요…….」

늙은이가 눈짓으로 신호를 보내자 아Q는 또다시 나무 문 안에 갇혔다. 그가 두 번째로 문밖으로 끌려나온 것은 다음 날 오전이었다.

대청의 광경은 전과 다를 것이 없었다. 상좌에는 여전히 빡빡머리 늙은이가 앉아 있었다. 아Q도 어제와 똑같은 자세로 꿇어앉았다.

늙은이가 부드럽게 물었다.

「더 할 말은 없느냐?」

아Q는 잠시 생각해 보았지만 별로 할 말이 없어 그렇다고 대답했다.

그러자 긴 두루마기를 입은 사내가 종이 한 장과 붓 한 자루를 들고 와서는 아Q 앞에 내려놓고 붓을 그의 손에 쥐어 주려 했다. 아Q는 혼비백산할 정도로 놀랐다. 자신의 손에 붓을 쥐어 보는 것은 이번이 처음이기 때문이었다. 그는 붓을 어떻게 쥐어야 하는지 알지 못했다. 사내는 한 군데를 가리키며 그에게 서명을 하라고 했다.

「저…… 저는…… 글을 쓸 줄 모르는데요…….」

아Q는 붓을 움켜쥐고는 황송하고 부끄러운 듯이 말했다.

「그러면 너 편한 대로 동그라미나 하나 그려 넣어라.」

아Q는 동그라미를 그리려 했지만 붓을 잡은 손이 자꾸 떨리기만 했다. 그러자 사내가 그를 위해 종이를 땅 위에 펴주었다. 아Q는 몸을 앞으로 숙이고 평생의 힘을 다해 동그라미를 그렸다. 그는 남들에게 웃음거리가 될까 두려워 최대한 동그랗게 그리려고 마음먹었지만 이 얄미운 붓이 지나치게 무거울 뿐만 아니라 제대로 말을 듣지 않았다. 벌벌 떨면서 간신히 동그라미를 완성하려 하는 순간 붓이 바깥쪽으로 약간 비껴 나가면서 동그라미가 수박씨 모양이 되고 만 것이었다.

아Q는 동그라미를 제대로 그리지 못한 것을 부끄럽게 생각했으나 사내는 이를 문제 삼지 않고 재빨리 종이와 붓을 가지고 가버렸다. 여러 사람이 달려들어 그를 또다시 책문 안으로 처넣었다.

다시 책문 안으로 들어가서도 그는 그다지 고민하지 않았다. 사람이 세상에 태어나 때로는 감옥에 들어갔다가 나오는 일도 있고 또 때로는 종이 위에 동그라미를 그려야 할 때도 있었다. 단지 동그라미가 동그랗게 그려지지 않은 것만은 그의 평생 행적에 오점으로 남을 것 같았다. 하지만 오래지 않아 이런 아쉬움도 사라졌다. 손자 대에 이르면 동그라미를 아주 동그랗게 그릴 수 있으리라는 생각이 들었다. 그는 스르르 잠이 들었다.

한편 그날 밤 거인 나리는 잠을 잘 수가 없었다. 그는 파총과 시비를 벌였다. 거인 나리는 도난당한 물건을 찾는 것이 첫째라고 주장했고 파총은 본보기로 범인을 조리 돌리는 것이 우선이라고 우겼다. 최근에 파총은 거인 나리를 안중에 두지 않았다. 그가 책상을 두드리고 걸상을 치면서 말했다.

「일벌백계해야 합니다. 보세요! 제가 혁명당이 된 지 20일도 안 됐는데 약탈 사건이 열 건이 넘고, 사건을 제대로 해결하지도 못하니 제 체면은 뭐가 된단 말입니까? 기껏 해결해 놓았더니 나리께선 또 엉뚱한 소리나 하고 말입니다. 안 돼요! 이 일은 제 소관입니다!」

거인 나리는 난처했다. 그는 자신의 주장을 견지하면서 만에 하나 도난품을 찾지 못한다면 자신은 즉시 민정에 협조하는 직책을 사임하겠다고 말했다. 그러자 파총은 마음대로 하라고 간단히 일축해 버렸다.

때문에 그날 밤 거인 나리는 한잠도 잘 수 없었던 것이다. 그러나 다행히 다음 날이 되어도 그는 사임하지 않았다.

아Q가 세 번째로 책문 밖으로 끌려나온 것은 거인 나리가 한잠도 못 잔 다음 날 오전이었다. 대청에 이르러 보니 상좌에는 역시 빡빡머리 늙은이가 앉아 있었다. 아Q도 전과 똑같은 자세로 꿇어앉았다.

늙은이는 아주 부드럽게 물었다.

「뭔가 할 말이 없느냐?」

아Q는 잠시 생각해 보았지만 별로 할 말이 없어 그렇다고 대답했다.

긴 두루마기를 입은 사람과 짧은 옷을 입은 사람 여럿이 갑자기 달려들어 그에게 무명으로 된 흰 조끼를 입혔다. 조끼에는 검은 글씨로 뭐라고 쓰여 있었다. 아Q는 몹시 기분이 나빴다. 조끼를 입는 것은 마치 상복을 입는 것 같았고 상복을 입는다는 것은 대단히 불길한 일이기 때문이었다. 그와 동시에 그의 양손이 뒤로 묶이면서 바로 관아 문밖으로 끌려나왔다.

아Q는 포장 없는 수레에 떠메어 올려졌다. 짧은 옷을 입은 사람들 몇몇이 그와 함께 같은 자리에 올라탔다. 수레는 곧 움직이기 시작했다. 앞에는 총을 멘 군인과 단정들이 가고 양쪽으로는 멍하니 입을 벌린 수많은 구경꾼이 따랐다. 뒤쪽은 어떤지 보이지 않았다. 하지만 아Q는 갑자기 깨달았다. 〈댕강〉 목을 치러 가는 것이 분명했다. 그는 갑자기 눈앞이 캄캄해지고 귓속에서 윙 하는 소리가 들리면서 넋이 나가는 것만 같았다. 하지만 완전히 정신을 잃지는 않았다. 때로는 조급해지기도 했지만 때로는 오히려 마음이 편해지기도 했다. 사람이 이 세상에 태어나서 때로는 어쩔 수 없이 목이 잘리는 수도 있는 법이라는 생각이 들었다.

그래도 길은 알아볼 수 있었다. 그런데 아무래도 이상했다. 어째서 형장 쪽으로 가지 않는 것일까? 그는 자신이 사람들에게 본을 보이려고 조리 돌림을 당하고 있다는 사실을 전혀 알지 못했다. 설사 알았다 해도 마찬가지였을 것이다. 그는 사람이 세상에 태어나서 때로는 어쩔 수 없이 조리 돌림을 당할 수도 있는 법이라고 생각할 터였다.

마침내 그는 깨달았다. 알고 보니 형장으로 돌아서 가는 길이었다. 〈댕강!〉 목이 잘리러 가는 것이 분명했다. 다급해진 그가 정신없이 좌우를 둘러보니 개미 같은 인파가 행렬을 따르고 있었다. 뜻밖에도 길가 인파 속에서 그는 우 씨 어멈의 모습을 발견했다. 정말 오랜만이었다. 알고 보니 그녀는 성내에서 일하고 있었던 것이다. 아Q는 갑자기 자신이 배짱이 없어 노래 몇 마디 부르지 못하는 것이 부끄러웠다. 머릿속에서 온갖 생각이 회오리바람처럼 소용돌이쳤다. 「젊은 과부가 무덤을 찾다」는 별로 화려하지 못했고 「용과 호랑이의 싸움」에 나오는 〈후회할 필요 없네……〉라는 구절도 따분하기만 했다. 역시 「강철 채찍으로 네놈을 치리라」로 하는 게 좋을 것 같았다. 그는 동시에 손을 들려 했지만 손이 묶인 것이 생각났다. 결국 「강철 채찍으로 네놈을 치리라」도 부르지 못했다.

「20년이 지나 또 한 사람이…….」

아Q는 정신없이 바쁜 중에도 〈스승이 없이도 통달한 것처럼〉 입에서 이제까지 한 번도 해본 적이 없는 말이 튀어나왔다.

「잘한다.」

인파 속에서 늑대의 울부짖음 같은 소리가 들려왔다.

수레는 쉬지 않고 전진했다. 아Q는 갈채 속에서 눈알을 굴려 우 씨 어멈을 찾았다. 그녀는 내내 그를 보지 못했는지 그저 병사들이 멘 총만 정신없이 바라볼 뿐이었다.

이에 아Q는 또다시 갈채를 보내는 사람들을 바라보았다.

이 순간 또 한 가지 생각이 회오리바람처럼 그의 뇌리에서 소용돌이쳤다. 4년 전에 그는 산기슭에서 굶주린 늑대를 만난 적이 있었다. 늑대는 가까이 다가오지도 않고 멀리 가버리지도 않으면서 하염없이 그의 뒤를 따라왔다. 그의 살을 먹기 위해서였다. 그때 그는 너무 무서워서 죽을 것만 같았다. 다행히 손에 도끼 한 자루를 들었기 때문에 그것만 믿고 용기를 내어 간신히 웨이쫭까지 올 수 있었다. 그러나 그 늑대의 눈은 영원히 그의 기억에 남았다. 너무나 흉측하고 무서운 눈이었다. 반짝반짝 빛나는 도깨비불처럼 멀리서도 그의 몸을 꿰뚫을 것만 같았다. 그런데 이번에도 그는 여태껏 보지 못한 더욱 무서운 눈을 보았다. 둔하면서도 날카로워 그의 말을 씹어 먹었을 뿐 아니라 그의 피부와 살 외에 다른 무언가를 씹어 먹으려는 듯이 언제까지나 멀지도 가깝지도 않게 그의 뒤를 따라오는 눈이었다.

이 눈들이 단숨에 하나로 이어지는가 싶더니 벌써 그곳에서 그의 영혼을 물어뜯었다.

「사람 살려……」

그러나 아Q는 이 말을 입 밖에 내지 못했다. 그는 벌써부터 두 눈이 캄캄해지고 귓속에서 윙 하는 소리가 들렸다. 몸 전체가 작은 먼지처럼 흩어지는 것 같았다.

그때의 영향으로 말하자면 가장 큰 충격을 받은 사람은 오히려 거인 나리였다. 끝내 도난당한 물건들을 찾아내지 못해 온 가족이 울부짖어야 했기 때문이다. 그 다음은 자오 씨 댁이었다. 수재가 성내 관아에 고소하러 갔다가 악질 혁명당에게 변발을 잘렸을 뿐만 아니라 포상금 스무 냥을 뜯겼기 때문에 온 집안이 울부짖어야 했기 때문이다. 이날 이후로 그들은 점차 지난 왕조의 유신들 같은 냄새를 풍겼다.

여론으로 말하면 웨이쫭에서는 별로 이의가 없었다. 물론 모두들 아Q가 나쁘다고 말했다. 총살당했다는 것이 바로 그가 나쁘다는 증거였다. 그가 나쁘지 않다면 무엇 때문에 총살을 당하겠는가? 하지만 성내의 여론은 좋지 않았다. 성내 사람들은 대부분 불만을 갖고 있었다. 총살이 목을 베는 것보다 재미가 없다는 것이다. 게다가 그렇게 오래 거리를 끌려 다니면서도 끝내 노래 한마디 못 부르는 것을 보면 어떻게 되어 먹은 자인지 모르지만 정말 웃기는 사형수라고 했다. 자신들이 따라다닌 게 헛수고라는 것이다.

                                                1921년 12월

토끼와 고양이[1]

우리 집 뒤채에 사는 싼 씨 부인은 여름에 흰 토끼 한 쌍을 샀다. 자기 아이들에게 보여 주려는 것이었다.

흰 토끼 한 쌍은 젖을 뗀 지 얼마 되지 않은 듯, 짐승이긴 하지만 보기만 해도 정말 천진난만했다. 그러나 작고 새빨간 긴 귀를 세우고 코를 벌름거리며 눈에는 겁먹은 빛을 띤 모습을 보면, 낯선 장소와 낯선 사람들이라는 것을 알고 태어난 곳에서 얻는 안도감을 잃어버린 것 같았다. 이런 짐승은 묘회[2]가 열릴 때 직접 가서 사면 한 마리에 비싸야 엽전 두 냥이면 살 수 있을 텐데, 싼 씨 부인은 1위안이나 들였다. 하인을 시켜 가게에서 샀기 때문이다.

물론 아이들은 몹시 기뻐하면서 소란스럽게 토끼를 둘러싸고 구경했다. 어른들도 마찬가지였다. S라는 이름의 강아지도 달려와서 곧장 코를 들이대고 킁킁거리며 냄새를 맡더

[1] 이 작품은 1922년 10월 10일, 베이징의 『신보(晨報)』「부간」에 처음 발표되었다.
[2] 묘회(廟會), 묘시(廟市)라고 불리는데 절 옆에 모여 물건을 사고팔던 임시 시장. 중국에서 신불에 대한 성대한 제례를 올리려고 사람들이 모여든 데에서 유래한다.

니 재채기를 한바탕 하고서는 몇 발자국 뒷걸음질 치기도 했다. 싼 씨 부인이 소리쳤다.

「S야, 절대 물면 안 돼. 알았지.」

그러면서 머리를 톡톡 치자 S는 뒤로 물러나 그 뒤로는 감히 물려고 덤비지 않았다.

토끼 한 쌍은 뒤쪽 창밖에 있는 좁은 뜰에 갇혀 있는 때가 많았다. 듣자 하니 녀석들은 벽지를 물어뜯기 좋아하고, 또 곧잘 가구의 다리도 갉아 대기 때문이라고 했다. 좁은 뜰에는 야생 뽕나무가 한 그루 있었다. 오디가 떨어지면 토끼 새끼들은 그것을 즐겨 주워 먹었지만, 먹으라고 넣어 주는 시금치는 좀처럼 입에 대지 않았다. 까마귀나 까치가 내려오기라도 하면 몸을 잔뜩 웅크렸다가 뒷발로 땅을 힘껏 차며 폴짝 뛰어오르는 모습이 마치 눈덩이가 날아오르는 것 같았다. 그 바람에 까마귀나 까치는 놀라 황급히 달아나곤 했다. 그러기를 몇 번 하고 나면 다시는 가까이 오려고 하질 않았다. 싼 씨 부인 말에 따르면 까마귀나 까치는 별로 문제가 되지 않았다. 고작 먹이나 낚아채려고 노릴 뿐이기 때문이다. 정말로 밉살맞은 것은 그놈의 커다란 검은 고양이었다. 놈은 줄곧 낮은 담장 위에서 호시탐탐 노리기 때문에 여간 주의하지 않으면 안 되었다. 다행히 S가 고양이와는 원수지간이라 아직 큰일은 일어나지 않았다.

아이들은 곧잘 그놈들을 잡아 장난을 했다. 그놈들은 얌전하게 귀를 세우고 코를 벌름거리며 작은 손바닥에 얌전히 앉아 있다가 틈이 나면 살짝 뛰어내려 달아났다. 밤에 녀석들이 자는 잠자리는 안에다 짚을 간 작은 나무 상자였다. 이 나무 상자는 창문이 있는 뒤꼍 처마 밑에 놓여 있었다.

이렇게 몇 달을 보낸 뒤로 녀석들이 갑자기 흙을 파기 시작했다. 흙을 파는 속도도 아주 빨랐다. 앞발로 긁고 뒷발로 차내는 식으로 한나절도 안 되어 깊은 구덩이를 만들어 냈다. 모두 이상하게 생각했다. 나중에 자세히 살펴보니 한 놈의 배가 다른 놈의 배보다 훨씬 컸다. 이튿날 녀석들은 마른 풀과 나뭇잎을 구덩이 속에 물어다 넣느라고 한나절 넘게 부산을 떨었다.

또 새끼 토끼를 볼 수 있을 것이라는 기대에 모두 몹시 기뻐했다. 싼 씨 부인은 아이들에게 이제부터 토끼를 잡으면 안 된다는 엄명을 내렸다. 우리 어머니도 녀석들의 가족이 번창하는 것을 기뻐하시면서 새로 태어나는 녀석들이 젖을 떼면 두 마리쯤 얻어다가 우리 집 창문 밖에 놓고 기르자고 하셨다.

그 후로 녀석들은 자신들이 만든 구덩이 속에서 살았다. 때때로 나와 먹이를 먹기는 했지만 어느새 모습을 볼 수 없게 되었다. 미리 식량을 옮겨 구덩이 속에 저장해 두었는지, 아니면 먹지 않는 것인지 짐작할 수가 없었다. 열흘쯤 지나 싼 씨 부인이 내게 말했다.

「그 누 마리가 다시 나왔어요. 아마도 새끼들은 태어나자마자 모두 죽어 버린 것 같아요. 왜냐하면, 암놈의 젖이 퉁퉁 불어 있는데도 들어가서 새끼들에게 젖을 먹인 흔적을 찾아볼 수 없거든요.」

그녀의 말투를 들으니 약간 화가 난 것 같았지만 어쩔 수 없는 일이었다.

햇볕도 따스하고 바람도 없어 나뭇잎조차 움직이지 않던 어느 날이었다. 갑자기 어디선가 많은 사람이 웃는 소리가 들려왔다. 나는 곧 소리가 나는 곳을 찾아가 보았다. 알고 보니 사람들이 모두 싼 씨 부인 댁 뒤꼍 창문에 기대어 서서 뭔가 보고 있었다. 자세히 보니까 정원 안을 뛰노는 새끼 토끼였다. 새끼 토끼는 제 부모가 팔려 왔을 때보다 훨씬 작았지만 벌써 뒷발로 땅을 차며 폴짝폴짝 뛰놀았다. 아이들은 새끼 토끼 또 한 마리가 구덩이 입구에 머리를 내밀었다가 금세 숨어 버렸다면서 그 녀석이 틀림없이 저 녀석 아우일 거라고 일러 주었다.

작은 토끼가 혼자 풀잎을 주워 먹으려 하자, 어미 토끼가 절대 허락할 수 없다는 듯 입으로 빼앗아 버렸다. 그렇다고 자신이 먹는 것도 아니었다. 아이들이 소리 내어 웃자, 작은 토끼는 깜짝 놀랐는지 얼른 구덩이 속으로 뛰어 들어가 버렸다. 어미 토끼도 구덩이 입구까지 따라가서는 앞발로 새끼의 등을 밀어 넣고는 진흙을 긁어다 입구를 막아 버렸다.

그 후로 좁은 뜰은 더욱 떠들썩해졌고 창문에도 수시로 구경꾼들이 찾아와 들여다보곤 했다.

그러나 마침내 큰 놈도 작은 놈도 전혀 보이지 않게 되었다. 그 무렵에는 흐린 날이 계속되었다. 싼 씨 부인은 토끼들이 커다란 검은 고양이의 이빨에 걸린 것이 아닌가 걱정했다. 나는 그렇지 않다며, 날씨가 추워서 숨어 있을 뿐이고 해가 비치면 틀림없이 다시 나올 거라고 말해 주었다.

그러나 해가 나왔는데도 토끼는 한 마리도 보이지 않았다. 이리하여 모두 토끼를 잊어버리고 말았다.

언제나 놈들에게 시금치를 먹이로 주던 싼 씨 부인만은 늘 토끼들을 생각했다. 한번은 그녀가 창 너머 좁은 뜰로 나갔다가 담벼락 구석에 또 다른 구덩이가 파인 것을 발견했다. 다시 예전 구덩이를 살펴보니 입구에 희미하게 발톱 자국이 있었다. 그 발톱 자국은 아무리 어미라 해도 토끼의 발톱 치고는 너무 컸다. 그녀는 항상 담장 위에 도사리고 있던 커다란 검은 고양이를 의심했다. 그녀는 구덩이를 파헤쳐 봐야겠다는 결심을 굳히지 않을 수 없었다. 마침내 그녀는 호미를 들고 나와 구덩이를 파들어 가기 시작했다. 미심쩍어하면서도 혹시 흰 토끼 새끼가 발견될지도 모른다는 희망을 버리지 않았다. 그러나 끝까지 파보았지만, 출산할 때 깔았던 것으로 보이는 썩은 풀 더미 위에 토끼털만 약간 남아 있을 뿐, 썰렁하기 그지없었다. 눈처럼 희던 토끼 새끼는 흔적도 없이 사라져 버렸고, 잠깐 고개를 내밀었다가 다시는 구덩이 밖으로 나오지 않은 아우 토끼도 더는 볼 수가 없었다.

분노와 실망, 그리고 처량한 마음에 싼 씨 부인은 다시 담장 밑에 있는 새 구덩이를 파헤치지 않을 수 없었다. 손을 대자마자 큰 토끼 두 마리가 먼저 구덩이 밖으로 뛰어나왔다. 이곳으로 이사를 왔구나 하는 생각에 그녀는 무척이나 기쁘고 반가웠다. 그녀는 계속 파들어 갔다. 바닥까지 파보았는데 이곳에도 풀잎과 토끼털이 깔려 있고, 그 위에 아주 작은 토끼 일곱 마리가 자고 있었다. 온몸이 연분홍색이고 자세히 살펴보니 아직 눈도 떨어지지 않은 것 같았다.

모든 것이 분명해졌다. 싼 씨 부인의 지난번 추측은 역시 틀리지 않은 것이다. 그녀는 위험을 예방하려고 새끼 토끼 일곱 마리를 전부 나무 상자에 담아 자기 집으로 옮겨 오고 어미 토끼도 상자 속에 밀어 넣어 강제로 젖을 먹이게 했다.

그 뒤로 싼 씨 부인은 검은 고양이를 몹시 미워했을 뿐만 아니라, 어미 토끼가 하는 짓도 탐탁지 않게 여겼다. 그녀의 말에 따르면 애초에 두 마리가 해를 입기 전에 틀림없이 또 죽은 놈이 있었으리라는 것이다. 왜냐하면 녀석들의 출산이 한 번에 두 마리뿐일 리는 없기 때문에 젖을 받아 먹지 못한 놈들은 먼저 죽었으리라는 거다. 어쩌면 그 말이 맞는지도 몰랐다. 지금도 새끼 일곱 마리 가운데 두 마리는 앙상하게 말라 있었다. 그래서 쌴 씨 부인은 틈만 나면 어미 토끼를 붙잡고, 배 위에서 새끼 토끼를 한 마리씩 차례대로 젖을 먹이되 많이 먹거나 적게 먹지 못하게 했다.

어머니는 내게 저렇게 번거롭게 토끼를 기르는 법은 이제껏 들어 보지 못했다면서 아마『무쌍보(無雙寶)』[3]에 수록될 수 있을 것이라고 말씀하셨다.

흰 토끼 가족은 더욱 번성했고 모두 무척 기뻐했다.

그러나 이 이후로 나는 몹시 서글픈 마음이 들었다. 깊은 밤 등불 아래 앉아서 두 마리의 어린 생명을 생각했다. 결국 사람도 모르고 귀신도 모르는 사이에 두 생명이 사라지고 만 것이다. 생물의 역사에 아무런 흔적도 남기지 않고 S조차도 짖지 않았다. 나는 문득 옛날 일을 생각했다. 이전에 내가 회관에 살 때, 어느 날 아침 일찍 일어나 보니 큰 느티나무 아래 비둘기 깃털이 잔뜩 흩어져 있었다. 매의 밥이 된 것이 분명했다. 그러나 오전 중에 장반(長班)[4]이 와서 청소를 해버리고 나니 아무것도 남지 않았다. 그곳에서 한 생명이 끊어졌다는 사실을 누가 알겠는가? 또 한번은 시스파이루(西四牌樓) 앞을 지나다가 강아지 한 마리가 마차에 치어 죽은 것을 보았다. 돌아올 때는 벌써 사체를 치워 버렸는지 아무것도 보이지

---

3 청 대 금고량(金古良)이 펴낸 책으로 한 대부터 송 대까지 독특한 인물들의 초상을 수록하고 그 밑에 시를 한 수씩 부기하여 유일무이함을 나타냈다.
4 구시대에 관원들을 수행하던 하인.

않았다. 거리를 지나가는 사람들은 아무것도 모르고 걷고 있었으니, 그곳에서 한 생명이 소실되었다는 사실을 알 리 없었다. 여름밤이면 흔히 창밖에서 파리가 윙윙거리며 날아다니는 소리를 들을 때가 있다. 그 파리들도 틀림없이 도마뱀 따위에게 잡아먹혔을 것이다. 하지만 나는 여태까지 그런 데 마음을 써본 적이 없었다. 다른 사람들도 들어 보지 못했을 것이다…….

만일 조물주에게도 비난받을 점이 있다고 한다면, 그건 너무 멋대로 생명을 만들고 또 너무 멋대로 짓밟아 버리는 것이라는 생각이 든다.

야옹! 하는 소리가 났다. 또 고양이 두 마리가 창밖에서 싸움을 시작한 것이다.

「쉰아! 너 또 고양이를 때리는구나?」

「아니요, 저희들끼리 물어뜯는 거예요. 어디 저놈들이 나한테 얻어맞을 놈들인가요?」

이전부터 어머니는 내가 고양이를 못살게 구는 것에 불만이 많으셨다. 어쩌면 어머니는 내가 새끼 토끼들을 동정하여 고양이에게 뭔가 심한 짓을 한 게 아닐까 하는 생각에 이렇게 물어보시는 걸 거다. 내가 집안사람들에게 고양이의 적으로 지목되는 것은 분명한 사실이었다. 나는 옛날에 고양이를 해친 적도 있고, 평소에도 자주 고양이를 때리곤 했다. 특히 그놈들이 교미할 때는 더욱 그렇다. 하지만 내가 고양이를 때리는 것은 놈들이 교미를 해서가 아니라 울음소리 때문이었다. 울음소리 때문에 잠을 잘 수가 없어서다. 교미한다고 해서 그렇게 요란한 소리를 낼 것까진 없다는 것이 내 생각이었다.

게다가 검은 고양이가 새끼 토끼를 죽인 판국이라 내가 아무리 고양이를 들볶아도 〈폭력의 대의명분〉이 분명했다. 어머니가 너무 고양이를 감싸신다는 느낌이 들어서 얼떨결에 애매하고 불만스러운 대답을 해버리고 말았다.

조물주는 너무나 원칙이 없다. 나도 그의 도움을 받았을지 모르지만 그에게 반항하지 않을 수가 없다······.

저 검은 고양이가 언제까지나 담장 위에서 거만하게 활보하도록 둘 수는 없다. 마음속으로 이렇게 결정하자 나도 모르게 책장에 숨겨 둔 청산가리 병으로 눈이 갔다.

1922년 10월

오리의 희극[1]

 러시아의 맹인 시인 에로센코 군이 자신의 기타를 들고 베이징으로 온 지 얼마 안 되어 내게 괴로움을 호소한 적이 있다.
「너무 적막합니다. 적막해요. 마치 사막에 있는 것처럼 적막하군요.」
 틀림없는 사실이었을 터다. 그러나 나는 여태껏 그렇게 느껴 본 적이 없었다. 오래 살다 보니까 〈향기로운 난초가 핀 방에 오래 있으면 그 향기를 맡지 못하는〉 것처럼 나에게는 베이징이 몹시 소란스럽게만 생각될 뿐이었다. 하지만 어쩌면 내가 말하는 소란스러움이 바로 그가 말하는 적막함인지도 몰랐다.
 내게 베이징은 봄과 가을이 없는 것처럼 느껴진다. 베이징 토박이들은 지구의 온기가 북상했는지 전에는 베이징이 이렇게 따뜻한 적이 없었다고들 말한다. 하지만 내가 보기엔 아무래도 봄과 가을이 없는 것 같다. 늦겨울과 초여름이 꼬리를 물고, 여름이 지났다 싶으면 곧장 겨울이 시작되었다.

---

1 이 작품은 1922년 12월에 상하이 『부녀잡지(婦女雜誌)』 8권 12호에 처음 발표되었다.

이런 늦겨울과 초여름 사이의 어느 밤이었다. 나는 어쩌다 짬이 나서 에로센코 군을 방문했다. 그는 줄곧 쭝미 군 집에서 묵었다. 내가 찾아갔을 때는 집안 식구들이 모두 잠들어 세상이 한없이 고요하기만 했다. 그는 혼자 자기 침대에 기대어 길게 드리운 금발 사이로 두툼한 눈썹을 찌푸리고 있었다. 오래전에 유람한 땅, 미얀마. 미얀마의 여름밤을 생각하는 모양이었다.

「이런 밤이면.」

그가 입을 열었다.

「미얀마에서는 어디서든지 음악 소리가 들려왔어요. 집 안에서도, 풀숲에서도, 나무 위에서도, 온통 벌레 우는 소리였어요. 갖가지 소리가 어우러진 합주가 정말 아름다웠지요. 그사이에 간간이 〈쉭쉭〉 하고 뱀이 내는 소리도 섞여 있었어요. 하지만 뱀이 내는 소리도 벌레 소리와 잘 조화되어……」

그는 깊이 생각에 잠겼다. 마치 그때 정경을 떠올리려고 애쓰는 것 같았다.

나는 아무 말도 할 수 없었다. 그런 기묘한 음악은 베이징에서는 들어 본 적이 없었다. 때문에 아무리 애국심이 강하다 해도 나로서는 그의 푸념에 변명할 수가 없었다. 그의 눈이 보이지 않는다고 해서 귀마저 먹은 것은 아니기 때문이다.

「베이징에서는 개구리 울음소리조차 들을 수 없군요……」

그는 다시 한숨을 내쉬며 말했다.

「개구리 울음소리야 들을 수 있지!」

그의 탄식에 나는 오히려 용기를 얻어 이렇게 항변했다.

「여름이 되어 큰 비가 내린 뒤에는 수많은 두꺼비들이 한꺼번에 우는 소리를 들을 수 있을 거요. 두꺼비들은 웅덩이에서 사는데 베이징에는 도처에 웅덩이가 있으니 말이오.」

「아, 그런가요……」

며칠이 지나자 나의 말이 사실로 증명되었다. 에로센코 군이 열 몇 마리나 되는 올챙이를 사온 것이다. 그는 올챙이를 사다가 자기 방 창밖 마당 한가운데 있는 작은 연못에 넣어 주었다. 연못은 길이가 석 자, 너비가 두 자 정도로 쭝미 군이 연꽃을 심으려고 파 놓은 것이었다. 그 연못에서 연꽃이 피는 것은 한 번도 본 적이 없었지만 개구리를 기르기에는 안성맞춤이었다.

올챙이는 떼를 지어 물속을 헤엄쳐 다녔다. 에로센코 군도 자주 연못으로 올챙이들을 찾아오곤 했다. 한번은 아이 하나가 그에게 말했다.

「에로센코 선생님! 올챙이들이 발이 생겼어요!」

그러자 그는 무척 기쁜 듯 웃으면서 대답해 주었다.

「오, 그래!」

하지만 연못에 음악가를 양성하는 것은 에로센코 군의 일 가운데 하나에 지나지 않았다. 그는 늘 스스로의 힘으로 먹고살아야 한다고 주장하면서, 여자는 가축을 길러야 하고 남자는 농사를 지어야 한다고 말했다. 그래서 친한 친구를 만나면 뜰에다 배추를 심으라고 권하곤 했다. 쭝미 부인에게도 여러 차례 양봉을 해라, 닭을 키워라, 돼지를 키워라, 소를 키워라, 낙타를 키워라 하고 권했다. 나중에는 쭝미 군의 집에서 정말로 병아리를 많이 키우게 되었다. 병아리들은 뜰을 돌아다니며 채송화 싹을 전부 쪼아 먹어 버렸다. 이것이 어쩌면 그가 권고한 결과였는지도 모른다.

그 뒤로 병아리를 팔러 다니는 시골 농부가 종종 찾아왔다. 그럴 때마다 병아리를 몇 마리씩 사곤 했다. 병아리들은 쉽게 소화 불량에 걸리거나 더위를 먹어 그리 오래 살지 못했기 때문이었다. 하지만 그 가운데 한 마리는 에로센코 군이 베이징에서 쓴 유일한 소설 「병아리의 비극」의 주인공이 되기도 했다. 어느 날 오전에 그 시골 농부가 뜻밖에도 오리 새끼를 가지고 왔다. 오리 새끼들이 꺅꺅거리며 요란하게 울어 댔다. 쭝미 부인이 농부에게 안 산다고 말하는 순간, 마침 에로센코 군이 뛰어나왔다. 두 사람이 오리 새끼 한 마리를 그의 두 손에 쥐어 주자, 오리 새끼는 그의 손안에서 꺅꺅대며 울었다. 오리가 너무나 귀엽다고 여긴 그는 사지 않을 수 없었다. 이리하여 그는 한 마리에 80원씩 주고 네 마리를 샀다.

오리 새끼들은 정말 귀여웠다. 온몸이 계란빛으로, 땅바닥에 놓아주면 뒤뚱뒤뚱 걸어 다니며 서로 불러 대서 항상 한자리에 함께 모여 있었다. 모두 의논한 끝에 내일은 오리들에게 미꾸라지를 사다가 먹여 주기로 했다. 에로센코 군이 말했다.

「미꾸라지 값도 제가 내는 걸로 하지요.」

그리고 나서 그는 강의를 하러 나갔고 모두 흩어져 돌아갔다. 잠시 후에 쭝미 부인이 찬밥을 가져다가 오리들에게 먹이려고 하는 차에 멀리서 물살을 헤치는 소리가 들렸다. 뛰어나가 살펴보니 오리 새끼 네 마리가 연못에서 목욕을 하면서 연방 물속으로 고개를 처박으며 무언가를 먹었다. 녀석들을 물 밖으로 끌어냈을 때는 이미 연못 전체가 흙탕물로 변한 뒤였다. 한나절쯤 지나 물이 맑아진 뒤에 들여다보니 진흙 밖으로 삐죽 솟은 가느다란 연뿌리 몇 가닥만 보일 뿐, 막 발이 돋아났던 올챙이는 한 마리도 보이지 않았다.

「에로센코 선생님, 없어졌어요. 개구리 새끼들이.」

저녁 무렵이 되어 그가 돌아오는 것을 보자마자 가장 작은 아이가 서둘러 알려주었다.

「뭐라고? 올챙이들이?」

쭝미 부인도 나와서 오리 새끼들이 올챙이를 전부 먹어 버렸다고 말했다.

「아이고, 저런……!」

그는 입속으로 중얼거렸다.

오리 새끼의 노란 털이 사라질 무렵, 에로센코 군은 그의 〈어머니 러시아〉[2]가 못내 그리워 총총히 치타로 떠나 버렸다.

사방에서 개구리 울음소리가 요란하게 들릴 무렵에는 오리 새끼도 많이 자라 있었다. 두 마리는 흰 오리였고 두 마리는 얼룩 오리였다. 이제는 꺅꺅거리며 울지 않고 꿰엑꿰엑 요란하게 울었다. 연못도 그들이 마음껏 놀기에는 이미 너무 좁았다. 다행히 쭝미 군이 사는 집은 지세가 너무 낮아 여름에 비가 한 번 내렸다 하면 마당 전체가 물바다가 되었다. 오리 늘은 신이 나서 헤엄도 치고 물에 잠기기도 했다. 날갯짓을 하면서 꿰엑꿰엑 울기도 했다.

이제 여름이 끝나고 또다시 겨울이 오려 한다. 에로센코 군에게서는 아직 아무런 소식도 없다. 대체 어디에 가 있는 걸까.

오리 네 마리만이 여전히 모래밭에서 꿰엑꿰엑 울어 댔다.

1922년 10월

---

[2] 당시 러시아 사람들이 조국을 부르던 애칭이다.

축복[1]

음력 연말이 되어야 정말 세밑 기분이 났다. 마을은 두말할 것도 없고 하늘에도 새해의 기상이 나타났다. 낮은 잿빛 저녁 구름 사이로 빛이 번쩍이더니 이어서 둔탁한 소리와 함께 부뚜막 신을 보내는[2] 폭죽 소리가 울렸다. 가까이서 터지는 폭죽 소리는 귀가 울릴 정도로 강렬했다. 그 울림이 채 가시기도 전에 희미한 화약 냄새가 공기 중에 가득 퍼져 나갔다. 나는 바로 그날 저녁 내 고향 루진에 도착했다. 고향이라고는 하지만 이미 우리 집은 없어졌기 때문에 루쓰 어른 대에 잠시 머물기로 했다. 그는 우리 집안 친척으로 나보다 항렬이 하나 위라서 내가 〈넷째 삼촌〉이라고 불러야 했다. 이학(理學)을 숭상하는 옛 국자감(國子監) 학생이던 그는 이전과 크게 달라진 데가 없었다. 단지 약간 늙어 보일 뿐이었고 수염도 기르지 않았다. 우리는 만나자마자 서로 수인사를 했다.

---

1 이 작품은 1924년 3월 25일에 상하이의 반월간지 『동방잡지(東方雜誌)』 21권 6호에 처음 발표되었다.
2 중국의 옛 풍속에는 음력 12월 24일이 되면 부뚜막 신이 하늘로 올라간다는 전설이 있어 이날 민간에서는 천제를 지내 이를 전송하곤 했다.

이어서 그는 내게 〈뚱뚱해졌구나!〉 한마디 하더니 곧장 신당(新黨)을 욕하기 시작했다. 나는 그가 욕하는 사람이 캉유웨이[3]이고 결코 나를 빗대어 욕하는 것이 아님을 모르지 않았다. 하지만 이야기가 영 의기투합되지 않아 얼마 후 나 혼자 서재에 남게 되었다.

 이튿날 아주 늦게 일어난 나는 점심 식사를 마치고 외출하여 친척과 친구 몇몇을 찾아보았다. 사흘째도 역시 그랬다. 다른 친척 친지들도 넷째 삼촌과 마찬가지로 별로 달라진 데가 없었다. 단지 약간 늙어 보일 뿐이었다. 어느 집이나 하나같이 〈축복〉[4] 의례 준비에 바빴다. 〈축복〉은 루진에서 한 해 가운데 맨 마지막으로 행하는 가장 큰 의식으로, 다가오는 한 해의 행운을 기원하면서 예를 다해 〈복신(福神)〉을 맞이하는 행사였다. 닭과 거위를 잡고 돼지고기를 사서 정성껏 씻느라 아낙네들의 팔은 모두 물에 불어 새빨개졌다. 개중에는 팔뚝에 가늘게 꼬아 만든 은팔찌를 찬 여자도 있었다. 음식을 찌고 삶은 다음에 음식 가로세로 사방에 수많은 젓가락을 꽂는데, 이를 〈복례(福禮)〉라 불렀다. 오경(五更)[5]부터 음식들을 진설하기 시작해 향을 피우고 촛불을 밝혀 정성스럽게 복신들 앞에 바쳤다. 이런 의식에 참여하는 사람은 남자로 한정되었다. 의식이 끝나면 으레 폭죽을 터뜨렸다. 해마다 복례와 폭죽을 살 수 있는 집이라면 어느 집이나 그랬다. 물론 올해도 마찬가지였다. 날씨가 더욱 흐리고 어두워지더니 오후에

---

3 康有爲(1858~1927). 중국 청나라 말기 및 중화민국 초의 학자이자 정치가. 무술변법(戊戌變法)이라 불리는 개혁의 중심적 지도자다.
4 축복(祝福)은 옛날에 중국 강남 일대에서 해마다 세밑에 행하던 미신 습속으로 청 대 범인(范寅)이 쓴 『월언(越諺)』 「풍속」 편에 그 기록이 있다.
5 새벽 3시에서 5시 사이.

는 기어코 눈발이 날리기 시작했다. 매화꽃만큼 큰 눈송이가 하늘 가득 흩날리면서 자욱한 연기와 어수선한 세밑 분위기에 어울려 루진을 온통 어수선하게 만들었다. 내가 넷째 삼촌의 서재에 돌아왔을 때 지붕 위에는 이미 눈이 새하얗게 쌓여 있어 방 안까지 환했다. 벽에 걸린 붉은색 〈壽(수)〉자 탁본이 더욱 돋보였다. 진단[6]이 썼다는 대련(對聯)은 한쪽이 이미 떨어져 나가 느슨하게 둘둘 말린 채 긴 탁자 위에 놓였고 남은 한쪽에는 〈事理通達心氣和平(사물과 일에 통달하면 마음의 기운이 평화로워진다)〉이라고 써 있었다. 나는 또다시 무료해져 창가 책상에 놓인 책을 펼쳐 보았다. 일부가 빠져 완전하지 않은 『강희자전』과 『근사록집주(近思錄集注)』 그리고 『사서친(四書襯)』 같은 책이 한 무더기 쌓여 있었다. 어쨌든 내일은 이곳을 떠나야겠다는 생각이 들었다.

게다가 어제 샹린댁을 만난 일을 생각하면 더는 여기에 편히 있을 수가 없었다. 어제 오후였다. 마을 동쪽에 사는 친구를 만나고 돌아오는 길에 냇가에서 그녀를 만났다. 커다랗게 부릅뜬 그녀의 눈길을 마주치는 순간, 나는 그녀가 나를 향해 오는 것이 틀림없음을 알았다. 내가 이번에 루진에서 만난 사람들 가운데 그녀보다 더 많이 변한 사람은 없었다. 5년 전부터 희끗희끗하던 머리는 이미 완전히 백발이 되어 전혀 마흔 살 안팎으로 보이지 않았다. 얼굴은 야위어 홀쭉해졌고 누런 얼굴에 검은빛마저 띠었다. 게다가 과거에는 슬퍼 보이던 표정도 흔적 없이 사라져 마치 나무 조각상 같았다. 가끔씩 움직이는 눈동자만이 그녀가 아직 살아 있음을 나타내 주

---

6 진단(陳搏)은 『송사(宋史)』 「은일열전(隱逸列傳)」에 나오는 오 대 시기 인물로, 과거에 실패하자 우당 산과 화산 산에 들어가 수양했다고 한다.

었다. 그녀의 한 손에는 대바구니가 들렸고 그 안에는 깨진 그릇 하나가 담겼을 뿐 다른 물건은 들어 있지 않았다. 다른 한 손에는 자신의 키보다 더 큰 대나무 장대를 하나 들었다. 막대기 아래쪽이 닳은 것으로 보아 거지가 된 것이 분명했다.

나는 멈춰 서서 그녀가 돈을 구걸하러 오기를 기다렸다.

「돌아오셨어요?」

그녀가 먼저 이렇게 물었다.

「네.」

「마침 잘됐군요. 선생님은 글도 아시고 또 외지에 나가 계신 분이니 식견이 넓으시겠지요. 한 가지 물어볼 게 있어요—」

생기 없던 그녀의 눈이 갑자기 빛나기 시작했다.

그녀가 이런 말을 꺼내리라고는 전혀 생각지 못한 터라 나는 의아한 표정으로 우두커니 서 있었다.

「다름이 아니라……」

그녀는 두서너 발짝 다가와 소리를 낮추고 아주 비밀스러우면서도 절박한 어조로 물었다.

「사람이 죽고 나면 영혼이라는 것이 있나요?」

나는 등골이 오싹했다. 나를 응시하는 그녀의 눈동자를 보는 순간 등이 가시에 찔리기라도 한 것 같았다. 학교에서 선생님이 예고도 없이 시험을 치면서 옆에 와 딱 달라붙어 서 있을 때보다 더 당황스러웠다. 영혼의 유무에 대해서는 나 자신도 이제까지 전혀 생각해 본 적이 없었다. 하지만 이 순간 그녀에게 뭐라고 답을 해줘야 하나? 나는 아주 짧은 순간 동안 머뭇거리면서 생각했다. 〈이곳 사람들은 예전부터 귀신을 믿지만 그녀는 귀신의 존재를 의심하는 것 같다. 아무래도 원하는 대답을 해주는 것이 좋을 듯한데, 그녀가 영혼이 있기를 바랄까 아니면 없기를 바랄까……? 왜 굳이 인생의 말로에 있는 사람에게 괴로움을 더해 주어야 한단 말인가? 그녀를 봐서는 영혼이 있다고 말해 주는 편이 좋을 것 같다.〉

「아마도 있을 겁니다. 내 생각에는 그래요.」

나는 어물어물 대답했다.

「그럼, 지옥도 있나요?」

「네? 지옥이오?」

나는 깜짝 놀라서 되는 대로 얼버무렸다.

「지옥이오……? 이치대로 하자면 꼭 있어야겠지만…… 하지만 꼭 있다고도 할 수 없어요……. 그런 일을 누가 따지겠어요……?」

「그럼, 이미 죽은 집안사람들을 모두 만날 수는 있는 건가요?」

「에구, 만날 수 있냐고……?」

이때 나는 이미 자신이 완전히 우매한 인간임을 깨달았다. 망설이기도 하고 이리저리 궁리도 해보았지만 이 세 가지 물음에는 어쩔 도리가 없었다. 갑자기 겁이 난 나는 앞서 해버린 말들을 뒤엎고 싶었다.

「그건…… 사실 저로서는 정확하게 말할 수 없어요……. 사실은 영혼이 있는지 없는지도 잘 모르니까.」

나는 그녀가 더 묻지 않는 틈을 타서 빠른 걸음으로 그 자리를 피해 황급히 넷째 삼촌의 집으로 도망쳤다. 하지만 마음은 몹시 불편했다. 나의 그런 대답이 그녀에게 어떤 위험을 가져다줄지도 모른다는 생각이 들었기 때문이다. 그녀는 아마도 다른 사람들이 〈축복〉 의례를 지내고 있어 적적하다고 느낀 것 같았다. 아니면 뭔가 다른 뜻을 품은 것일지도 몰랐다. 혹시 어떤 예감을 느낀 것일까? 다른 뜻이 있었다면, 그리고 그것 때문에 다른 일이 생긴다면, 내가 대답에 대해 어떻게든 약간 책임을 져야 하지 않을까. 하지만 나는 이내 속으로 웃고 말았다. 우연히 일어난 일이니 그렇게 깊은 뜻은 없을 거라고 생각해 두기로 했다. 공연히 나 혼자서 세밀하게 따지려 드는 것 같았다. 남들이 교육자들은 대개 신경 쇠약증을 앓는다고 말하는 것도 당연했다. 더구나 정확히 말할 수는 없다고 분명히 말함으로써 대답 전부를 뒤집어 버렸으니 설사 무슨 일이 일어난다 해도 나와는 아무런 관계가 없다.

〈정확히 말할 수는 없다〉는 말은 매우 쓸모 있었다. 세상 경험이 없는 용감한 청년이 때로는 타인을 위해 의문을 풀어 주기도 하고 의사를 불러다 주기도 하지만 그 결과가 좋지 않을 경우에는 대개 오히려 원한만 사게 마련이었다. 반면에 〈정확히 말할 수는 없다〉는 한마디로 결론을 내려 두면 모든 일에 거리낌이 없었다. 나는 지금 이 한마디의 필요성을 실감한다. 구걸하는 여인에게 한 말이긴 하지만 절대로 생략할 수 없다.

그래도 나는 불안감을 떨칠 수 없었다. 하룻밤이 지났는데도 여전히 시도 때도 없이 생각이 났다. 마치 무슨 불길한 징조를 품은 것만 같았다. 눈 내리는 음울한 날씨에 무료하게 서재에만 틀어박혀 있자니 불안한 마음은 더욱 심해졌다. 〈아무래도 떠나는 것이 좋겠어. 내일은 성내로 들어가야지. 양념을 넣지 않고 찐 푸싱루의 상어 지느러미 요리는 큰 접시 하나에 1원으로 값도 싸고 맛도 좋았지. 요즘은 값이 올랐을까? 옛날에 함께 놀던 친구들은 이미 뿔뿔이 흩어졌지만 나 혼자서라도 상어 지느러미 요리는 꼭 먹으러 가야겠어. 어쨌

든 내일은 꼭 떠나도록 하자.〉

공교롭게도 원하지 않던 일이 일어나는 경우를 자주 보아 왔기 때문에 이번에도 그렇게 되지 않을까 하는 걱정이 들었다. 과연 뜻밖의 사태가 발생했다. 저녁 무렵 안방에서 사람들이 모여 이야기하는 소리가 들렸다. 뭔가를 의논하는 것 같았다. 그러나 잠시 후에 이야기 소리가 뚝 그치더니 넷째 삼촌이 걸어 나가면서 큰 소리로 말하는 것이 들렸다.

「이르지도 않고 늦지도 않고 하필 꼭 이럴 때 이런 일이 일어나다니. 그러니 못된 종자일 수밖에!」

나는 처음에는 의아한 생각이 들다가 곧이어 몹시 불안해졌다. 아무래도 그 말이 나와 관계가 있는 것 같았기 때문이었다. 밖을 내다보았지만 아무도 보이지 않았다. 마침 저녁 먹을 시간이 되어 이 집 머슴이 차를 끓이러 와서야 비로소 정확한 소식을 알아볼 수 있는 기회를 얻었다.

「방금 전에 넷째 삼촌이 누구한테 화를 내신 거요?」

내가 물었다.

「샹린댁 말고 누구겠어요?」

머슴이 아주 간단하게 대답했다.

「샹린댁이라고? 샹린댁이 어쨌는데요?」

내가 다급히 되물었다.

「갔어요.」

「죽었다고?」

나는 갑자기 심장이 움츠러들어 그 자리에서 펄쩍 뛸 뻔했다. 아마 얼굴빛도 변했을 것이다. 하지만 그는 시종 얼굴을 들지 않았기 때문에 전혀 눈치를 채지 못했다. 나는 곧 마음을 가라앉히고 나서 질문을 계속했다.

「언제쯤 죽었소?」

「언제 그랬냐고요? ……어젯밤 아니면 오늘이겠지요. 확실한 건 잘 모르겠는데요.」

「어떻게 죽었답니까?」

「어떻게 죽었냐고요? 그야 굶어 죽은 거겠지요.」

그는 담담하게 대답하면서 여전히 고개를 들어 나를 쳐다보지도 않고 나가 버렸다.

그러나 나의 놀라움과 당혹감은 잠시였다. 이어서 꼭 일어날 일이 이미 지나가 버렸다는 생각이 들었다. 〈확실한 건 잘 모르겠다〉고 한 나 자신의 말과 방금 머슴이 〈굶어 죽었다〉고 한 말에 의지하여 위안을 찾을 필요도 없이 내 마음은 곧 평정을 되찾았다. 그러나 가끔씩 약간 꺼림칙한 기분이 드는 것은 피할 수 없었다. 저녁 밥상이 차려져 나왔다. 나는 넷째 삼촌과 점잖게 자리를 함께했다. 그 자리에서 나는 샹린댁에 관한 소식을 묻고 싶었지만, 그가 〈귀신은 음양의 기운이 변하여 이루어진 것〉이라는 말을 책에서 읽긴 했을 텐데도 꺼리는 것이 워낙 많은 데다, 축복 의례가 임박하여 죽음이나 질병 따위를 입 밖에 내는 것은 절대로 범해선 안 될 금기라는 것도 잘 알았다. 부득이한 경우에는 그에 대신하는 은어를 써야 했지만 유감스럽게도 나는 그런 말을 전혀 구사할 줄 몰라 몇 번이나 물어보려고 망설이다가 결국 단념해 버렸다.

또 넷째 삼촌의 엄숙한 얼굴빛을 보니 문득 그가 지금 나를 꼭 이럴 때 찾아와서 자신을 귀찮게 하는 못난 놈이라고 여기지나 않을까 하는 의구심이 들었다. 나는 한시라도 빨리 그를 안심시킬 요량으로 내일 곧 루진을 떠나 성내로 가겠다고 말했고 그는 굳이 만류하지 않았다. 그렇게 어색한 분위기에서 식사를 마쳤다.

겨울이라 해도 짧고 또 눈까지 내려서인지 벌써 어둠이 온 마을을 뒤덮었다. 사람들은 모두 등불 밑에서 바쁘게 일하고 있었지만 창밖은 한없이 고요하기만 했다. 두껍게 쌓인 눈 위로 눈꽃이 계속 떨어져 내리면서 사각사각하는 소리가 들리는 것 같았다. 이런 풍경이 마음을 더욱 쓸쓸하게 했다. 나는 노란빛을 내는 아주까리기름 등불 밑에 홀로 앉아 생각에 잠겼다. 아무 의지할 데가 없는 샹린댁은 사람들에게 쓰레기 더미에 내던져진, 보기만 해도 싫증나는 낡고 오래된 장난감 취급을 받아 왔다. 전에는 그래도 그 쓰레기 더미 속에 몸뚱이의 형체를 드러내어서 즐겁게 세상을 사는 사람들에게 그녀가 무엇 때문에 그렇게 살아가려 하는지 의아한 느낌을 갖게 했을 것이다. 하지만 지금 무상(無常)[7]이란 것에 의해 흔적도 없이 깨끗이 청소되어 가버렸다. 영혼이 있는지 없는지 나는 모른다. 그러나 현세에서 재미없게 살던 사람이 죽어 사라짐으로써 그를 보기 싫어하는 사람들에게 보이지 않게 되는 것만으로도 남을 위해서나 자신을 위해서나 나쁠 것이 없었다. 조용히 창밖으로 사각사각 눈꽃이 내리는 소리를 들으며 이런저런 생각에 잠겼다. 마음이 점점 편안해졌다.

그러나 이전에 보고 들은, 그녀의 반평생에 걸친 행적의 편린들이 지금에 와서야 한 조각 한 조각 이어졌다.

그녀는 루진 사람이 아니었다. 어느 해 초겨울에 넷째 삼촌

---

[7] 세상의 모든 것이 변화와 소멸의 과정에 있다는 것을 의미하는 불교 용어. 나중에는 죽음을 의미하는 단어로 쓰인다. 또한 속설에 나오는 〈저승사자〉를 의미하기도 한다.

집에서 식모를 바꾸려고 할 때 중개인 웨이 노파가 그녀를 데려왔다. 흰 끈으로 머리를 동여매고 검은 치마와 남색 겹옷 상의를 입고, 그 위에 연한 노란색 조끼를 입고 있었다. 나이는 스물예닐곱쯤 되어 보였고 양 볼이 약간 발그레할 뿐, 얼굴빛은 전체적으로 누런 편이었다. 웨이 노파는 그녀를 샹린댁이라고 불렀다. 웨이 노파의 말로는 친정 동네의 이웃에 사는 여자로 남편과 사별하는 바람에 남의 집 일을 시작하게 되었다고 했다. 넷째 삼촌이 눈썹을 찌푸리자 숙모는 남편이 그녀가 과부라는 점을 못마땅해한다는 것을 직감했다. 하지만 그녀가 그나마 외모가 단정하고 손발이 크고 튼실한 데다 점잖고 말이 없는 것이, 분수를 지킬 줄 알고 참을성 있는 사람 같아 보여, 넷째 삼촌이 못마땅해하거나 말거나 고용하기로 했다. 며칠 동안 일을 시켜 보았더니 노는 것이 무료한 듯 종일 일만 했다. 웬만한 장정에 뒤지지 않을 만큼 힘도 셌다. 이리하여 사흘째 되는 날부터 매달 5백 원씩 임금을 주고 그녀를 쓰기로 결정했다.

모두들 그녀를 샹린댁이라고 불렀지만 그녀의 성이 무엇인지 아무도 물어보지 않았다. 단지 소개한 사람이 웨이자산 사람이고 그녀의 이웃이라고 한 것으로 미루어 그녀의 성이 아마도 웨이이겠거니 했다. 그녀는 말하는 것도 별로 좋아하지 않아 누가 물어봐야 겨우 응대하는 정도였고 대답하는 말수도 극히 적었다. 그녀가 온 지 열흘이 지나서야 겨우 몇 마디 던진 말로 미루어 그녀의 집에 무서운 시어머니와 어린 시동생이 있었고, 시동생 나이가 열 살 남짓이며 나무를 잘한다는 사실, 봄에 남편을 잃었고 남편도 전부터 나무꾼이었으며 그녀보다 열 살이나 손아래였다는 사실을 알게 되었다. 사람들이 알 수 있었던 것은 그것이 전부였다.

시간은 빠르게 지나갔다. 그녀는 음식 투정 한 번 하지 않고 전혀 몸을 돌보지 않으면서 열심히 일만 했다. 사람들은 이구동성으로 루쓰 어른 댁에서 고용한 식모가 부지런한 남자 머슴들보다 더 부지런하다고 말했다. 세밑이 되어 집 안 구석구석에 쌓인 먼지를 털어 내고 바닥을 닦는 일부터 닭을 잡고 거위를 잡는 등 밤을 새워 축복 의례 음식을 차리는 일까지 전부 그녀가 도맡아 한 덕분에 따로 품을 파는 일꾼을 쓸 필요가 없었다. 그러면서도 그녀는 매우 만족스러워했고 점차 입가에 웃음을 보이기 시작했으며 얼굴에도 하얗게 살이 올랐다.

설이 막 지나서였다. 강가에 나가 쌀을 일다가 돌아온 그녀는 갑자기 얼굴빛이 변해 있었다. 한 남자가 강 건너편에서 서성이는 모습을 멀리서 보았는데 아무래도 남편의 큰아버지 같다는 것이었다. 그러면서 아마도 자신을 찾으러 온 모양이라고 했다. 숙모가 깜짝 놀라 자세히 캐물었지만 그녀는 더는 말을 하지 않았다. 넷째 삼촌이 그 이야기를 듣고 눈살을 찌푸리면서 말했다.

「이거 심상치 않은 일이군! 아무래도 도망쳐 나온 여자인 것 같소.」

그녀는 정말로 도망쳐 나온 여자였고 오래지 않아 그런 추측은 사실로 밝혀졌다.

그 뒤로 열흘쯤 지나 모두들 이전 일을 거의 잊었을 무렵, 갑자기 웨이 노파가 서른 남짓 되어 보이는 여자를 하나 데리고 왔다. 샹린댁의 시어머니라고 했다. 외모는 산골 사람 모습이었지만 응대하는 품이 매우 점잖고 말도 잘했다. 수인사가 끝나자 그녀는 곧 사죄를 하면서 자신의 며느리를 데려가려고 찾아왔다고 했다. 봄이 되어 자기 집에도 할 일이 몹시 많은데 집에는 늙은이와 어린아이들뿐이라 일손이 모자란다는 것이다.

「시어머니가 데려가겠다는데 무슨 말을 더 하겠나?」

넷째 삼촌이 말했다.

그래서 임금을 정산했더니 다 합쳐 1천7백50원이었다. 샹린댁이 한 푼도 손대지 않고 고스란히 주인집에 맡겨 놓았던 돈을 전부 시어머니에게 건넸다. 그러자 옷을 챙겨 들고 감사의 인사를 하고서 돌아갔다. 때는 이미 한낮이었다.

「아참, 쌀은? 샹린댁이 쌀을 일러 갔던 것 아니었어?」

한참이 지나서야 숙모는 놀란 듯 소리쳤다. 아마도 시장해서 점심 생각이 난 모양이었다.

이리하여 모두 여기저기 흩어져서 조리를 찾기 시작했다. 숙모는 먼저 부엌으로 갔다가 다시 안채를 거쳐 침실까지 들어가 찾아보았지만 조리는 그림자도 보이지 않았다. 넷째 삼촌도 문밖으로 나가 찾아보았지만 역시 보이지 않자 강가에까지 나가 보았다. 조리는 반듯하게 강가 언덕에 놓여 있었고 그 옆에는 채소도 한 포기 있었다.

목격한 사람들의 말에 따르면 강가에 오전부터 흰 덮개를 얹은 거룻배 한 척이 정박하고 있었다. 배 전체가 덮개로 덮여 안에 누가 있는지 알 수 없었고, 또 사건이 일어나기 전에는 아무도 그곳을 주의 깊게 돌아보지 않았다고 했다. 쌀을 일러 나온 샹린댁이 막 강가에 앉는 순간, 갑자기 그 배 안에서 산골 사람 같은 사내 둘이 뛰쳐나와 한 사람은 그녀를 안고 다른 한 사람은 옆에서 거들어 배 안으로 끌고 들어갔다는 것이다. 처음에는 샹린댁의 울음소리가 약간 들리는 듯했으나 나중에는 아무 소리도 들리지 않은 것으로 보아 아마도 뭔가로 입을 틀어막았을 것이라고 했다. 이어서 여자 둘이 걸어 나왔는데, 한 사람은 낯선 여자였고 다른 한 사람은 바로 웨이 노파였다는 것이다. 선실 쪽을 몰래 엿보았지만 샹린댁은 묶여서 바닥에 누워 있는지 잘 보이지 않았다고 했다.

「이런 괘씸한 놈들 같으니라고! 하지만……」

넷째 삼촌이 말했다.

이날 숙모는 손수 점심을 지었고 아들 아뉴가 불을 지폈다. 점심 식사가 끝날 무렵 웨이 노파가 찾아왔다.

「이런 괘씸한 할망구 같으니라고!」

넷째 삼촌이 말했다.

「대체 무슨 속셈이오? 그러고도 뻔뻔스럽게 우릴 또 찾아온단 말이오!」

숙모가 그릇을 씻다가 웨이 노파의 얼굴을 보자 화를 내며 말했다.

「자기가 소개해 주고서 남들과 한 패가 되어 이런 소동을 벌이다니, 남들이 보면 뭐라고 하겠어요? 할멈은 우리 집을 웃음거리로 만들 셈이오?」

「아, 아닙니다. 저도 속은 거예요. 그래서 이렇게 찾아뵙고 자초지종을 분명하게 말씀드리려고 온 거예요. 그 여자가 제게 어디 일자리를 소개해 달라고 하는데 설마 시어머니를 속였으리라고는 생각이나 했겠어요? 정말 송구하게 됐습니다. 넷째 영감님, 마나님! 어떻든 제가 그만 정신이 나가 조심하지 않는 바람에 댁에 폐를 끼쳤습니다. 다행히 댁에서는 원래부터 관대하시니 저 같은 사람의 잘못은 마음에 두시지 않으리라 믿습니다. 다음에는 틀림없이 좋은 사람을 소개해 드려 이 죄를 씻도록 하겠습니다……」
「하지만……」
넷째 삼촌은 또 뭔가 말을 하려다 입을 다물고 말았다.
이리하여 샹린댁 사건은 마무리되었고 얼마 지나지 않아 잊혔다.

하지만 숙모는 나중에 들어온 식모들이 대개 게으름뱅이가 아니면 식충이고, 때로는 게으름뱅이에다 식충인 사람까지 있어 도무지 마음에 들지 않다 보니 종종 샹린댁을 입에 올리곤 했다. 그리고 그럴 때마다 혼잣말처럼 중얼거렸다.
「그 애는 지금 어떻게 지낼까?」
이는 그녀가 다시 와주었으면 하는 바람이기도 했다. 하지만 이듬해 정월이 되면서 숙모도 그녀를 단념하게 되었다.
설 명절이 끝나 갈 무렵 웨이 노파가 세배를 하러 왔다. 그녀는 이미 술에 얼근하게 취해 있었다. 웨이쟈산의 친정집에 들러 며칠 쉬었다 오느라 늦게 왔다고 했다. 숙모와 웨이 노파는 한담을 주고받다가 자연스럽게 샹린댁에 관해 이야기하게 되었다.
「그 여자 말씀이신가요?」
웨이 노파가 신이 나서 말했다.
「지금은 아주 큰 행운을 만났다는군요. 시어머니가 와서 데려갔을 때 이미 허 씨 마을의 허라오류에게 시집보내기로 되어 있었대요. 집으로 돌아가고 나서 며칠 지나지 않아 곧바로 꽃가마에 태워 보냈다는군요.」
「아니, 세상에 그렇게 인자한 시어머니가 다 있다니……!」

숙모가 놀라서 말했다.

「아이고, 마님! 정말 대갓집 마님답게 순진한 말씀만 하시네요. 저희 산골 사람이나 가난뱅이들에겐 그게 그리 대단한 일이 아니에요. 아내를 맞아야 할 어린 시동생이 있는데 그녀가 출가하지 않으면 어떻게 신부 집에 빙례(聘禮)를 갖추겠어요? 그 여자 시어머니가 아주 억척같은 데다 계산이 빨라 그녀를 산골로 출가시켜 버린 거지요. 같은 마을 사람에게 출가시켰다면 예물이 얼마 안 됐겠지만 깊은 산골에는 시집가려는 여자가 없기 때문에 80관[8]이나 받았다더군요. 이번에 둘째 아들의 며느리를 맞이하면서 50관을 보냈으니 혼례 비용을 제하고도 십여 관이 남은 셈이지요. 얼마나 계산이 밝습니까……?」

「샹린댁은 순순히 가려고 했답디까?」

「말을 듣고 안 듣고가 어디 있겠습니까. 한바탕 소란은 있게 마련이지요. 하지만 꽁꽁 묶어서 꽃가마에 처넣고 신랑 집으로 메고 가서 화관을 씌우고 혼례를 치른 다음 방문을 닫아걸면 그것으로 그만이에요. 하지만 샹린대은 정말 보통이 아니었던 모양이에요. 들리는 얘기로는 그때 어찌나 심하게 날뛰었는지 모두들 아마 선비 집에서 일을 했기 때문에 남다른 모양이라고 했다더군요. 마님! 우리는 이런 일을 수도 없이 많이 봤어요. 개가하는 사람 중에는 통곡하는 사람도 있고 죽네 사네 소란을 피우는 사람도 있지요. 남자 집에 떠메어 간 후에도 미친 듯이 날뛰는 바람에 혼례를 못 올리는 경우도 있고 아예 화촉을 뒤엎는 여자도 있다고요. 하지만 샹

---

[8] 천 원(文)이 1관(貫)이다.

린댁은 보통 사람들과는 달랐대요. 사람들이 하는 얘기로는 가는 길 내내 울부짖고 욕을 하는 바람에 허 씨 마을에 도착했을 때는 이미 목이 꽉 잠겨 버렸다더군요. 가마에서 끌려나온 뒤에는 두 남자와 시동생이 힘껏 붙들었지만 식을 올릴 수가 없었답니다. 그러다가 사람들이 잠깐 방심하여 손을 늦추었더니, 아이고, 아미타불, 그녀가 향안(香案)⁹ 모서리에 머리를 부딪혀 이마가 크게 찢어졌다지 뭡니까. 피가 철철 쏟아져 두 묶음이나 되는 향불 재를 바르고 붉은 헝겊으로 싸맸는데도 피가 멈추지 않았대요. 여러 사람이 달려들어 그 여자를 신랑과 함께 신방에 집어넣고 밖에서 문을 잠갔는데도 욕을 하더라는군요. 아이고, 정말이지……」

그녀는 머리를 설레설레 흔들며 눈을 내리깔더니 더는 말을 잇지 않았다.

「그래서 그다음엔 어찌 되었소?」

숙모가 물었다.

「듣자 하니 다음 날에도 일어나지 않았다더군요.」

그녀가 눈을 치켜뜨며 말했다.

「그다음에는요?」

「그다음에요? 그다음엔 일어났지요. 세밑에는 아이도 하나 낳았고요. 아들인데 새해에 두 살이 된답니다. 제가 요 며칠 고향에 가 있는 동안에 허 씨 마을을 다녀온 사람이 그들 모자를 만나 보았는데 엄마도 살이 찌고 아이도 잘 크더랍니다. 위로 시어머니가 있는 것도 아니고 남편은 힘이 아주 좋아 일도 잘한대요. 또 집도 자기 집이거든요. 정말 팔자가 핀

---

9 관혼상제 의식을 거행할 때 향을 올려놓는 탁자.

것이지요.」

 이때 이후로 숙모도 두 번 다시 샹린댁에 관한 얘기를 꺼내지 않았다.

 그런데 어느 해 가을, 샹린댁의 팔자가 폈다는 소식을 들은 지 두 해가 지났을 무렵이었다. 그녀가 다시 넷째 삼촌 댁 안채 앞에 서게 되었다. 그녀는 토란처럼 생긴 둥근 바구니를 탁자 위에 놓고 처마 밑에는 조그만 이불 보따리를 내려놓았다. 전처럼 흰 끈으로 머리를 동여매고 검은 치마와 남색 겹옷 상의에 연한 노란색 조끼 차림이었다. 얼굴은 여전히 누랬지만 양 볼에는 이미 불그레한 혈색을 찾아볼 수 없었다. 내리깐 눈의 꼬리에는 눈물 흔적도 보였다. 예전처럼 그렇게 생기 있는 눈빛도 아니었다. 예전과 마찬가지로 웨이 노파가 그녀를 데리고 와서는 너무 딱해서 못 보겠다는 듯이 숙모에게 이러쿵저러쿵 통사정을 했다.

「……이거야말로 〈하늘이 하는 일은 한 치 앞도 헤아릴 수 없는〉 격이지요. 이 사람 남편은 아주 건강한 사람이었는데 그 젊은 나이에 염병으로 죽을 줄 누가 알았겠어요? 원래 병이 다 나은 줄 알고 찬밥을 한 술 떠먹었더니 재발했다는군요. 다행히 아들이 있고 또 이 사람이 살림을 잘해 땔나무도 하고 찻잎도 따고 또 양잠도 하면서 근근이 먹고살 수 있었는데, 그 아들마저도 이리가 물어 가버렸다지 뭡니까. 봄인데도 이리가 마을로 내려오리라고 누가 생각이나 했겠어요? 이 사람은 이제 외톨이가 되어 버렸습니다. 집도 남편의 큰아버지 되는 사람이 와서 빼앗아 버리고 이 여자를 그냥 내쫓았답니다. 정말로 오갈 데 없는 신세가 되다 보니 주인어른께 도움을 청하는 수밖에 없었던 것이지요. 다행히 이 사람도 이제는 아무 걸릴 것이 없게 되었고, 이 댁에서도 또 사람을 바꾼다고 하시기에 제가 데려왔습니다. 제 생각엔 집안 사정도 잘 아니 낯선 사람을 쓰시는 것보다 좋을 것 같아서⋯⋯.」

「저는 정말 바보였어요, 정말⋯⋯.」

샹린댁이 넋이 나간 듯한 눈을 쳐들며 말했다.

「저는 눈이 올 때만 산속에 있는 짐승들이 먹이가 떨어져 마을로 내려오는 줄 알았어요. 봄에도 내려온다는 건 몰랐지요. 그날 아침, 일찍 일어나 문을 열고 조그만 바구니에 콩을 가득 담아 아들 아마오에게 주면서 문지방에 앉아 껍질을 까라고 했어요. 워낙 말을 잘 듣는 아이라 제 말이라면 무엇이든지 시키는 대로 했지요. 아이가 나가고 나서 저는 바로 뒤꼍에서 장작을 패고 쌀을 일어 솥에 안친 다음 콩을 찌려고 아마오를 불렀는데 대답이 없는 거예요. 얼른 나가서 살펴보니 주위에 콩이 잔뜩 흩어져 있고 우리 아마오가 안 보이더군요. 아이가 좀처럼 남의 집에 놀러 가는 일은 없었지만 그래도 사방으로 다니며 찾아보았어요. 하지만 역시 찾을 수 없었지요. 당황한 저는 사람들에게 함께 좀 찾아 달라고 부탁했어요. 점심때가 넘도록 이리저리 찾아다니다가 산속까지 들어갔더니 뾰족한 나뭇가지에 그 애의 작은 신발 한 짝이 걸려 있는 거였어요. 모두들 끝났다면서 이리가 물어 갔을 거라고 하더군요. 산속으로 좀 더 들어가 보니 과연 풀숲에 아이가 쓰러져 있었어요. 배 속 창자는 전부 파 먹히고 손에는 아직 조그만 바구니를 꼭 쥐고 있더군요⋯⋯.」

이어서 그녀는 흐느껴 울기만 할 뿐, 제대로 말을 잇지 못했다.

숙모는 처음에는 받아 줄까 말까 망설였지만, 그녀의 얘기를 다 듣고 나자 눈시울이 약간 붉어졌다. 잠시 생각을 하던 숙모는 그녀에게 둥근 바구니와 이불을 아랫방에 가져다 놓으라고 말했다. 웨이 노파는 큰 짐이라도 내려놓은 듯 〈후우〉 하고 안도의 한숨을 내쉬었다. 샹린댁은 처음 왔을 때보다는 마음이 좀 풀린 듯 시키지도 않았는데 허물없이 이불 보따리를 풀었다. 그때부터 그녀는 다시 루진에서 식모로 일하게 되었다.

사람들은 여전히 그녀를 샹린댁이라고 불렀다.

하지만 이번에는 그녀의 상황이 크게 변해 있었다. 일을 시작한 지 사나흘도 안 되어 주인은 그녀의 손발이 예전같이 민첩하지 못하고 기억력도 별로 안 좋은 데다 죽은 사람처럼 얼굴에 하루 종일 웃음기가 없는 것을 알게 되었다. 숙모의 말투에도 불만족스러운 기색이 역력했다. 그녀가 다시 오자 처음엔, 넷째 삼촌은 언제나 그랬듯이 눈살을 찌푸렸지만, 그때까지 식모를 부리는 데 어려움이 많았던 터라 크게 반대하지는 않았다. 그러면서도 몰래 숙모에게 사람이 가엾긴 하지만 풍기를 어지럽힌 사람이니 일은 하게 하되, 제사 때에는 부정한 손을 대게 해서는 안 된다고 주의를 주었다. 또한 음식도 전부 손수 만들어야 그렇지 않으면 불결해서 조상들이 드시지 않을 거라고 했다.

넷째 삼촌 댁에서 가장 큰일은 제사였다. 예전에 샹린댁이 가장 바쁘던 것 역시 제사 때였다. 하지만 이번에는 그녀가 할 일이 전혀 없었다. 탁자가 대청 한가운데 놓이고 상보 끈을 매고 나면 전과 같이 술잔과 젓가락을 놓는다는 것쯤은 그녀도 기억했다.

「샹린댁! 놔둬. 내가 할 테니까.」

숙모는 황급히 나서며 말했다.

슬그머니 손을 거둬들인 그녀는 다시 촛대를 가져오려 했다.

「샹린댁! 가만히 있어. 내가 가져올 테니까.」

숙모가 또 황급히 나서서 말했다.

결국 그녀는 이리저리 빙빙 돌다가 끝내 아무것도 할 일 없어 영문도 모르는 채 물러 나오는 수밖에 없었다. 그녀가 이날 하루 종일 한 일이라곤 부엌에서 불을 땐 것밖에 없었다.

마을 사람들도 예전과 마찬가지로 그녀를 샹린댁이라고 불렀다. 하지만 어조는 예전과 사뭇 달랐다. 그녀에게 말을 걸기도 했지만 웃는 얼굴은 차갑기만 했다. 하지만 그녀는 이런 변화를 전혀 눈치채지 못한 채 그저 눈을 똑바로 뜨고 사람들에게 밤낮으로 잊을 수 없는 자신의 이야기를 들려주곤 했다.

「저는 정말 바보였어요. 정말…….」

그녀는 이렇게 얘기를 시작했다.

「저는 눈이 내리는 계절에만 산속에 있는 짐승들이 먹이를 구하러 마을로 내려오는 줄 알았어요. 봄에도 내려오리라고는 꿈에도 생각지 못했지요. 그날 아침, 일찍 일어나 문을 열고 조그만 바구니에 콩을 가득 담아 아들 아마오에게 주면서 문지방에 앉아 껍질을 벗기라고 했어요. 워낙 말을 잘 듣는 아이라 제 말이라면 무엇이든지 시키는 대로 했거든요. 아이가 밖으로 나가고 나서 저는 곧장 뒤꼍에서 장작을 패고 쌀을 일어 솥에 안쳤지요. 그런 다음 콩을 찌려고 아마오를 불렀는데 대답이 없는 거예요. 얼른 나가서 살펴보니 주위에 콩이 잔뜩 흩어져 있고 아마오가 보이지 않더군요. 아마오는 좀처럼 남의 집에 놀러 가는 일이 없었지만 그래도 사방으로 뛰어다니며 찾아보았어요. 하지만 역시 찾을 수 없더군요. 당황한 저는 사람들에게 함께 좀 찾아 달라고 부탁했지요. 점심때가 넘도록 이리저리 찾아다니다가 산속까지 들어갔더니 뾰족한 나뭇가지에 그 애의 작은 신발 한 짝이 걸려 있었어요. 모두들 끝났다면서 이리가 물어 갔을 거라고 하더군요. 산속으로 좀 더 들어가 보니 과연 풀숲에 아이가 쓰러져 있었어요. 배 속 창자는 전부 파 먹히고 손에는 아직 조그만 바구니를 꼭 쥐고 있더군요……」

그녀는 눈물을 흘렸고 말투도 거의 흐느끼는 듯했다.

그 이야기는 제법 효력이 있었다. 남자들은 여기까지 들으면 어느새 웃음을 거두고 별로 재미없다는 듯 슬그머니 자리를 뜨곤 했다. 여자들은 오히려 그녀에게 동정을 금할 수 없다는 듯한 얼굴로 얼른 그녀를 깔보던 표정을 바꾸고 함께 많은 눈물을 흘리곤 했다. 거리에서 그녀의 이야기를 듣지 못한 할머니들 가운데는 이 비참한 이야기를 들으려고 일부러 그녀를 찾아가는 사람도 있었다. 이야기가 끝나고 그녀가 흐느껴 울면, 그녀들도 함께 눈가에 고인 눈물을 훔치며 탄식과 함께 제각기 소감을 이야기하면서 만족하여 돌아갔다.

그녀는 사람들에게 자신의 비참한 이야기를 반복해서 들려주었고 항상 네댓 명이 그녀의 이야기에 귀를 기울이곤 했다. 하지만 얼마 안 되어 거의 모든 사람이 그녀의 이야기에 싫증을 내기 시작했고 자비심 많고 부처를 잘 믿는 노부인들의 눈에서도 눈물 한 방울 볼 수 없게 되었다. 나중에는 온 마을 사람들이 그녀의 이야기를 외울 정도가 되었고 결국에는 그녀가 얘기를 시작하자마자 머리가 아프고 구역질이 나는 지경에 이르렀다.

「저는 정말 바보였어요, 정말.」

그녀는 항상 이렇게 이야기를 시작했다.

「그래, 자네는 눈 오는 날에만 짐승들이 깊은 산속에서 먹이가 떨어져 마을에 내려온다고 믿었어.」

사람들은 이렇게 그녀의 입을 막고 지나쳐 버렸다.

그녀는 입을 벌린 채 멍하니 서서 그들을 쳐다보다가 자리를 떴다. 그녀 스스로도 얘기가 재미없다고 여기는 것 같았다. 하지만 그녀의 망상은 끊이지 않았다. 예컨대 작은 바구니나 콩, 또는 다른 집 아이들을 보기만 하면 또다시 아들 얘기를 꺼냈다. 두세 살쯤 된 아이를 보기만 하면 그녀는 곧장 입을 열었다.

「아, 우리 아마오도 살아 있다면 이만큼 컸을 텐데……」

어린아이들은 그녀의 눈초리만 보고도 깜짝 놀라 엄마의 옷자락을 끌며 어서 가자고 재촉했다. 그리하여 그녀 혼자 남으면, 결국 재미없다는 표정으로 자신도 집으로 돌아갔다. 나중에 사람들은 그녀의 이런 버릇을 알게 되었고 어린아이가 눈앞에 보이기만 하면 농담조로 선수를 쳐서 묻곤 했다.

「샹린댁, 아마오가 아직 살아 있으면 이만큼은 크지 않았겠어?」

그녀는 자신의 슬픔이 오랫동안 사람들의 입에 오르내리면서 이미 찌꺼기가 되었고 혐오와 지루함의 대상이 되었다는 것을 전혀 깨닫지 못했다. 하지만 사람들의 웃는 낯에서 차가움과 날카로움이 느껴지자 그녀는 스스로 더는 말할 필요가 없음을 감지했다. 그리하여 그녀도 그들을 흘끗 쳐다보기만 할 뿐, 한마디 대꾸도 하지 않았다.

루진에서는 언제나 설 때문에 섣달 스무날 이후로는 무척 바빠지기 시작한다. 넷째 삼촌 댁에서는 이번에는 임시로 남자 일꾼을 고용했는데도 일손이 모자라자 류 씨 어멈을 불러다 일을 거들게 했다. 닭도 잡고 거위도 잡아야 했지만 류 씨 어멈은 육식을 하지 않고 살생도 삼가는 신실한 사람이라 설거지만 하려고 했다. 샹린댁은 불 때는 일 이외에는 달리 할 일이 없어 한가하게 앉아 류 씨 어멈이 그릇 씻는 것을 바라보고 있을 뿐이었다. 밖에는 진눈깨비가 흩날렸다.

「아, 나는 정말 바보였어.」

샹린댁이 하늘을 쳐다보면서 탄식하며 혼잣말로 중얼거렸다.

「샹린댁, 또 시작이군.」

류 씨 어멈이 참아 주기 어렵다는 듯 그녀의 얼굴을 쳐다보며 말했다.

「그런데 말이야, 자네 그 이마의 흉터는 그때 부딪혀 생긴 건가?」

「아아, 네.」

그녀가 애매하게 대답했다.

「그런데 말이야, 결국 시키는 대로 했으면서 그때는 왜 그랬지?」

「저 말이에요……?」

「그래, 자네 말이야. 내 생각에는 결국 이건 자네가 원한 일이었던 것 같아. 그렇지 않다면……」

「아아, 그건 그 사람이 힘이 얼마나 센지 몰라서 그래요.」

「난 못 믿겠어. 자네처럼 힘센 여자가 꺾이다니 말이야. 아무래도 믿기지 않아. 틀림없이 나중에는 자진해서 말을 들어 주었으면서 그 사람 힘이 세서 그랬다고 변명하는 거겠지.」
「아이고, 그럼…… 본인이 직접 당해 보지 그러세요…….」
그녀는 이렇게 말하면서 빙긋 웃었다.

류 씨 어멈의 주름투성이 얼굴이 웃는 바람에 호두처럼 쭈글쭈글해졌다. 그녀는 작고 메마른 눈으로 샹린댁의 이마를 흘끗 쳐다보더니 다시 그녀의 눈을 빤히 응시했다. 샹린댁은 몹시 거북한 듯 곧장 웃음을 거두고는 눈이 내리는 바깥쪽으로 시선을 돌렸다.

「샹린댁, 자넨 정말 손해만 본 거야.」
류 씨 어멈이 은밀한 어투로 말했다.

「좀 더 힘이 세거나 아니면 그때 차라리 탁자에 머리를 부딪혔을 때 죽어 버렸으면 좋았을걸. 두 번째 남편과는 이태도 살아 보지 못하고 죄명만 뒤집어쓴 꼴이 되었잖아. 생각해 봐. 자네가 죽어서 저승에 가면 귀신이 된 두 남자가 서로 차지하려고 다툴 텐데 자네는 어느 쪽으로 갈 거야? 염라대왕이 자네를 톱으로 잘라서 두 사람에게 공평하게 나눠 주는 수밖에 없을걸. 그렇게 되면 정말…….」

그녀의 얼굴에 금세 두려움이 가득해졌다. 산골에서는 전혀 알지 못하던 얘기였다.

「내 생각에는 자네가 서둘러 방비를 해두는 것이 좋을 것 같아. 마을 토지묘에 가서 문지방 하나를 바쳐서 그걸 자네 몸 대신 천 사람이 밟고 만 사람들이 타고 넘게 하면 이 세상에서 지은 모든 죄가 사라지고, 죽은 뒤에도 고통을 면할 수 있게 될 거라고.」

그녀는 당장 뭐라고 대답하진 않았지만 몹시 곤혹스러운 모양이었다. 다음 날 아침 잠자리에서 일어난 그녀의 두 눈

가장자리가 거무죽죽하게 변해 있었다. 아침 식사를 마치자마자 그녀는 재빨리 마을 서쪽에 있는 토지묘를 찾아가 문지방을 하나 바치겠다고 했다. 묘축(廟祝)[10]은 처음에는 받아들이려 하지 않았지만 그녀가 다급해하면서 눈물을 흘리자 하는 수 없이 허락했다. 문지방 값은 열두 관이었다.

사람들이 아마오의 이야기를 들으려고 하지 않게 된 이후로 그녀는 오랫동안 남들과 말을 하지 않았다. 그러나 류 씨 어멈과 이야기를 나눈 뒤로는 그 얘기가 널리 퍼졌는지 많은 사람들이 새로운 흥밋거리가 생겼다는 듯이 그녀를 찾아와 놀려 댔다. 물론 화제도 바뀌어 그녀의 이마에 난 흉터에 집중되었다.

「샹린댁, 자넨 왜 그때 시키는 대로 말을 들은 거야?」

한 사람이 이렇게 물었다.

「그래, 정말 아깝게 됐어. 괜히 머리를 부딪힌 거라고.」

또 한 사람이 그녀의 흉터를 바라보며 맞장구를 쳤다.

아마 그녀도 사람들의 웃는 얼굴과 말투에서 자신을 놀린다는 것을 알아챘을 것이다. 하지만 그녀는 눈을 크게 뜬 채 한마디도 하지 않았고 나중에는 고개조차 돌리지 않았다. 그녀는 온종일 입을 굳게 다물고 사람들이 치욕의 표시로 여기는 흉터를 머리 밑에 간직한 채 묵묵히 심부름을 하고, 청소를 하고, 채소를 씻고, 쌀을 일었다. 어느덧 한 해가 지나 그녀는 숙모에게서 그때까지 모아 두었던 품삯을 받았다. 그녀는 그것을 열두 관의 은화로 바꾼 다음 휴가를 얻어서 마을 서쪽으로 갔다. 그녀는 한나절도 안 되어서 돌아왔다. 몹시

---

10 옛날 묘당에서 향불을 지키던 사람.

홀가분해하는 모습이었다. 눈에도 한결 생기가 돌았다. 그녀는 신이 나서 숙모에게 자신이 지금 사당에 가서 문지방을 하나 바치고 오는 길이라고 말했다.

동지를 맞아 조상들께 제사를 올릴 때, 그녀는 더욱 부지런히 일했다. 숙모가 제물을 차리고 아뉴와 제사상을 맞잡고 대청 한가운데로 나르는 것을 보면서 그녀는 아무 생각 없이 술잔과 젓가락을 집어 들었다.

「그냥 둬, 샹린댁!」

당황한 숙모가 큰 소리로 외쳤다.

그녀는 마치 포락(炮烙)[11]의 형벌을 당하기라도 한 듯 얼른 손을 움츠렸다. 얼굴도 금세 새파래져 다시 촛대를 집으러 가지도 못하고 그저 얼빠진 사람처럼 우두커니 서 있었다. 넷째 삼촌이 향을 피우면서 한쪽으로 비키라고 해서야 겨우 그녀는 자리를 피했다. 이 일이 있은 뒤로 그녀에게 큰 변화가 나타났다. 다음 날 그녀는 눈이 움푹 들어가 있을 뿐만 아니라 이미 제정신이 아니었다. 더구나 겁이 많아져 깜깜한 밤을 무서워했고 검은 그림자만 보아도 겁을 냈다. 자기 주인을 비롯해서 사람만 보면 벌벌 떠는 것이 마치 대낮에 쥐구멍에서 나와 기어 다니는 생쥐 같았다. 그렇지 않을 때는 마냥 멍하니 앉아 있는 것이 마치 나무로 만든 인형 같았다. 그리고 반년도 못 가서 머리가 세기 시작하더니 기억력은 더욱 나빠져 심지어 쌀을 이는 것조차도 종종 잊어버리곤 했다.

「샹린댁이 왜 이렇게 되었지? 그때 차라리 쓰지 말았어야 했어.」

---

11 은 주왕(紂王) 시기의 극형으로 죄인을 산 채로 기름에 튀기는 형벌이라 전해진다.

숙모가 가끔씩 경고하듯 그녀에게 말했다.

하지만 그녀는 여전히 마찬가지였고, 정상으로 돌아올 가망은 전혀 없어 보였다. 결국 넷째 삼촌과 숙모는 그녀를 웨이 노파에게 돌려보내기로 마음먹었다. 내가 루진에 있을 때는 그렇게 말만 했는데 지금의 상황을 보면 결국 실행에 옮긴 모양이었다. 하지만 그녀가 넷째 삼촌의 집을 나간 직후에 곧장 거지가 되었는지 아니면 먼저 웨이 노파에게 돌아갔다가 거지가 되었는지는 나로서도 알 수 없었다.

나는 가까운 곳에서 굉음을 내며 터지는 폭죽 소리에 놀라 정신을 차렸다. 콩알만 한 노란색 등불이 보이더니 잇달아 펑펑 하고 요란한 폭죽 소리가 들려왔다. 넷째 삼촌 댁에서는 한창 〈축복〉 의례를 올리고 있었다. 이미 시각이 오경에 가까웠음을 알 수 있었다. 나는 몽롱한 의식 속에서 희미하게 멀리서 계속 터지는 폭죽 소리를 들었다. 마치 하늘 가득 울려 퍼지는 소리와 어우러진 짙은 구름이 펄펄 흩날리는 눈송이와 함께 루진 전체를 감싸 안는 것 같았다. 나는 이 시끄러운 소리의 포옹 속에서 나른해지면서 한없는 편안함을 느꼈다.

대낮부터 이른 밤까지 계속되던 근심은 축복의 공기 속으로 자취도 없이 사라지고 하늘과 땅의 성스러운 영령들이 제물과 향연을 받아먹고 나서 모두 곤드레만드레 취해 공중에서 비틀거리며 루진 사람들에게 무한한 행복을 가져다주는 것 같았다.

1924년 2월 7일

술집에서[1]

나는 북쪽 지역에서 동남쪽으로 여행하면서 길을 에돌아 고향에 들르는 김에 S 시에도 들렀다. 이 도시는 내 고향에서 30리밖에 떨어지지 않은 곳이라 작은 배를 타고 가면 반나절이면 도착할 수 있다. 나는 예전에 이곳 학교에서 1년 동안 교사로 재직했다. 한겨울에 눈이 내린 뒤라 풍경은 처연하면서도 맑았다. 편안한 기분과 옛날을 추억하고 싶은 마음이 결합되면서 나는 잠시 S 시에 있는 뤄서(洛舍)라는 여관에 머물기로 마음먹었다. 이 여관은 선에는 없던 곳이다. 원래 도시가 크지 않아서 옛 동료들 가운데 몇 명은 만나 볼 수 있으리라 생각했지만 어디로 흩어져 떠났는지 알 수가 없었다. 결국 한 사람도 만날 수 없었다. 학교 문 앞을 지나가 보았지만 교명도 바뀌고 외관까지 변해서 무척이나 생소했다. 두 시간도 못 되어 벌써 감흥이 시들해졌다. 애당초 이곳에 와서 이런저런 것들을 보려 한 게 자못 후회스러웠다.

내가 묵은 여관은 방만 빌려 주고 음식은 팔지 않았기 때

[1] 이 작품은 1924년 5월 10일 상하이 『소설월보』 15권 5호에 처음 발표되었다.

문에 식사를 밖에서 시켜 먹어야 했다. 그러나 맛이 없어서 그런지 마치 모래를 씹는 것 같았다. 창밖으로 물이 스며들어 보기 흉하게 얼룩진 담벼락과 거기에 죽은 채 말라붙은 이끼만 눈에 들어왔다. 그 위로 보이는 희끄무레하고 전혀 활기가 없어 보이는 잿빛 하늘에는 조금씩 눈발이 날렸다. 나는 점심을 배불리 먹지 못한 데다 시간을 보낼 만한 일도 없던 차에 전에 자주 찾았던 〈이스쥐〉라는 조그만 술집을 생각해 냈다. 여관에서 멀지 않을 것이라 생각한 나는 얼른 방문을 걸어 잠그고 거리로 나가 술집을 찾아갔다. 사실은 객지에서 느끼는 지루함을 잠시 잊어볼 생각이었지, 결코 술에 취할 마음은 없었다. 이스쥐는 예전 그 자리에 있었다. 비좁고 음침한 술집 안과 낡은 간판도 옛날 그대로였다. 하지만 주인이고 종업원이고 어느 누구 하나 낯익은 사람이 없었다. 나는 이스쥐에서도 완전히 낯선 나그네였다. 그래도 끝까지 전에 오르내리던 낯익은 구석 계단을 찾아 2층 작은 객청으로 올라갔다. 그곳에는 여전히 작은 탁자가 다섯 개 놓여 있었고 나무 창살이던 뒤쪽 창문만 유리창으로 바뀌어 있었다.

「사오싱주[2] 한 근 줘요. 안주는? 두부 튀김 열 개에 고추장 좀 많이 주고요.」

나는 뒤따라 올라온 종업원에게 이렇게 주문하고 나서 뒤쪽 창문으로 가서 창가 탁자에 앉았다. 2층 객청은 〈텅텅 비어서〉 가장 좋은 자리를 마음대로 골라서 앉아 그 아래 펼쳐진 황폐한 정원을 내려다볼 수 있었다. 정원은 아마도 이 술집 소유가 아닐 것이다. 나는 전에도 여러 번 이 정원을 내려

---

[2] 알코올 농도 25도 전후의 황주로 루쉰의 고향인 사오싱 지방에서 유래했기 때문에 이런 이름이 붙었다.

다보았다. 눈이 내리는 날도 있었다. 하지만 이제는 북방의 경치에 익숙해진 탓인지 지금 이곳 정원이 경이롭기만 했다. 늙은 매화나무 몇 그루가 눈을 이겨 내고 나무 가득 꽃을 피웠다. 마치 한겨울이라는 것을 전혀 생각하지 않는 것 같았다. 무너진 정자 옆에는 동백나무가 한 그루 서 있었다. 짙푸른 잎사귀 사이로 붉은 꽃이 열댓 송이 피어 눈 속에서 불처럼 찬란하게 빛났다. 분노와 오만이 가득 찬 채 제멋에 겨워 먼 곳을 떠도는 나그네를 경멸하는 것 같았다. 나는 문득 이곳 남방의 눈은 윤기가 있어서 어디든지 붙으면 잘 떨어지지 않고 영롱하게 빛을 낸다는 생각이 들었다. 바람이 한번 크게 불면 하늘 가득히 연무처럼 어지럽게 흩날리는 북방의 메마른 눈과는 사뭇 달랐다……

「손님, 술이오…….」

종업원이 무성의하게 말하면서 잔과 젓가락, 술병, 접시 등을 내려놓았다. 술이 온 것이다. 나는 탁자 쪽으로 고개를 돌려 그릇을 가지런히 늘어놓고는 술을 따랐다. 원래 북방도 내 고향은 아니지만 남쪽으로 와도 나그네일 수밖에 없으니 그쪽의 마른 눈이 어떻게 휘날리고 이곳의 부드러운 눈이 얼마나 정겹든 나와는 무관하다는 생각이 들었다. 애수가 약간 느껴지긴 했지만 기분 좋게 한 잔을 들이켰다. 술맛이 아주 순정했다. 두부 튀김도 무척 맛있었다. 단지 고추장이 다소 싱거운 것이 아쉬울 뿐이었다. 원래 S 시 사람들은 매운 것을 먹을 줄 몰랐다.

아마 오후라서 그렇기도 하겠지만 이곳은 술집이면서도 전혀 술집 기분이 나지 않았다. 이미 석 잔을 비웠는데도 내가 앉은 자리 외에 나머지 탁자 네 개가 여전히 비어 있었다.

나는 폐허가 된 정원을 바라보며 점차 고독에 휩싸였다. 하지만 다른 술손님이 올라오기를 기대하지는 않았다. 어쩌다 계단에서 발소리가 들리면 나도 모르게 이마를 찌푸렸고 종업원인 것을 확인하고서야 마음을 놓았다. 그렇게 또 두 잔을 들이켰다.

이번에는 틀림없이 손님일 거라고 생각했다. 발소리가 종업원보다 느렸기 때문이다. 손님이 계단을 다 올라왔을 거라고 짐작되는 순간, 나는 다소 두려운 듯 고개를 들어 나와 아무런 관련도 없는 이 손님을 향해 눈길을 던졌다. 동시에 나는 깜짝 놀라 자리에서 일어섰다. 뜻밖에도 이곳에서 친구를 만난 것이었다. 그가 지금도 자신을 친구라고 부르는 걸 허락한다면 말이다. 2층으로 올라온 사람은 틀림없는 나의 옛 동창이자 교원 시절 동료였다. 물론 얼굴이 다소 변했지만 한눈에 그를 알아볼 수 있었다. 단지 동작이 유난히 느려져 왕년의 민첩하고 총명하던 뤼웨이푸 같지 않았다.

「야아! 웨이푸, 자네 아닌가? 자네를 이런 데서 만날 줄은 정말 몰랐네.」

「아니! 자네가? 나도 정말 뜻밖이군……」

그에게 앉으라고 권하자 그는 잠시 주저하다가 이내 자리에 앉았다. 처음에는 좀 이상하다는 생각이 들었지만 곧이어 약간 서글퍼지면서 기분이 언짢아졌다. 그의 모습을 자세히 살펴보니 덥수룩하게 기른 머리와 수염은 옛날과 다름없었지만 창백하고 네모난 얼굴은 무척이나 쇠약하고 수척해져 있었다. 기력도 전혀 없고 전체적으로 사람이 몹시 위축되어 보였다. 짙고 검은 눈썹 아래의 눈도 정기를 잃은 것 같았다. 하지만 그가 조용히 사방을 둘러보다가 폐허가 된 정원을 바라볼 때의 눈빛은 학교에 있을 당시 자주 본, 사람을 쏘는 듯한 눈빛 그대로였다.

「우리가.」

내가 아주 반갑지만 다소 부자연스러운 어투로 말했다.

「우리가 헤어져 서로 못 본 지 10년은 된 것 같군. 자네가 지난에 있다는 건 진작부터 알았지만 너무 게으르다 보니 여태 편지 한 장 쓰질 못했네그려……」

「피차일반일세. 지금은 타이위안에 있네. 벌써 2년이 넘었지. 어머니와 같이 있네. 내가 어머니를 모시러 왔을 때 자넨 이미 이사한 뒤였지. 완전히 옮겨 갔더군.」

「그래 타이위안에선 무슨 일을 하나?」

내가 물었다.

「가정교사 노릇을 한다네. 같은 고향 사람 집에서.」

「그럼 그 전에는?」

「그 전에 말인가?」

그는 주머니에서 궐련을 한 개비 꺼내 불을 붙여 물고는 입에서 뿜어내는 연기를 바라보며 깊이 생각에 잠긴 듯이 말했다.

「쓸데없는 일을 했지 뭐. 아무 일도 안 한 거나 마찬가질세.」

그 역시 나에게 헤어진 후의 상황을 물었다. 나는 그간의 일들을 대충 말해 주고는 종업원에게 먼저 술잔과 젓가락을 가져오게 했다. 그리고 그에게 술을 권한 다음, 사오싱주 두 근을 더 시켰다. 그 사이에 다른 음식도 주문했다. 전에는 우리 사이에 전혀 체면 같은 것이 없었다. 그러나 지금은 서로 사양하느라 누가 무슨 음식을 시켜야 할지도 모를 지경이었다. 그래서 종업원이 불러 주는 대로 후이샹떠우, 얼린 고기,

두부 튀김, 말린 청어 등 네 가지를 주문했다.

「돌아와 보니 나 자신이 우습다는 생각이 들더군.」

그가 한 손에 궐련을 쥐고 다른 한 손에는 술잔을 든 채 웃는 듯 마는 듯한 표정으로 말했다.

「나는 어렸을 때 벌이나 파리가 한곳에 앉아 있다가 무언가에 놀라면 재빨리 날아갔다 한 바퀴 빙 돌고는 제자리로 돌아와 머무는 것을 보고서 정말 우습고 측은하다 생각했지. 그런데 뜻밖에도 지금 나 자신이 바로 그렇게 조그만 원을 그리고 나서 되돌아온 셈이야. 한데 생각지도 않게 자네도 여기 돌아와 있네그려. 자넨 좀 더 멀리 날 수 없었나?」

「대답하기 힘든 질문이군. 아마 나도 작은 원을 따라 한 바퀴 돈 것에 불과할 걸세.」

나 역시 웃는 듯 마는 듯 말했다.

「그런데 자네는 무엇 때문에 돌아온 건가?」

「또 쓸데없는 일 때문이지 뭐.」

그는 그렇게 말하고 단숨에 술잔을 비웠다. 그러고는 궐련을 몇 모금 빨더니 눈을 약간 크게 뜨면서 말했다.

「쓸데없는 일이지. 하지만 우리 그 일에 관해 한번 같이 얘기해 보세.」

그때 종업원이 새로 시킨 술과 안주를 가져와 탁자 위에 가득 늘어놓았다. 2층은 담배 연기와 두부 튀김의 뜨거운 김으로 갑자기 활기가 도는 것 같았다. 밖에는 눈이 더 세차게 휘날렸다.

「자네도 아마 전부터 알았을 걸세.」

그가 말을 이었다.

「내겐 오래전에 어린 동생이 하나 있었다네. 세 살 때 죽어서 이곳에 묻었지. 나는 그 애 얼굴조차 기억하지 못하지만 어머니 말씀에 따르면 무척 귀여웠고 나와도 사이가 아주 좋았다더군. 지금도 어머니는 그 애 얘기만 나오면 눈물을 흘리곤 하신다네. 금년 봄에 사촌 형에게서 편지가 왔는데, 내용인즉슨 그 애 묘 근처에 냇물이 차올라 얼마 후에는 물에 잠길지 모르니 서둘러 손을 써야 한다는 거였어. 어머니는 이 소식을 듣자마자 조급해하시면서 며칠 밤을 제대로 주무시지도 못했지. 어머니도 편지를 읽을 줄 아시거든. 하지만 난들 무슨 방법이 있겠나? 돈도 없고 시간도 없던 터라 그때는 정말 아무런 방법이 없었네. 이제야 휴가를 내 그 아이를 이장하려고 비로소 남방으로 돌아온 것이라네.」

그는 다시 술잔을 비우고 나서 창밖을 내다보며 말했다.

「아마 그곳 같았으면 이렇게 하지 못했을 걸세. 이곳은 눈 속에서도 꽃이 피고 눈이 와도 땅이 얼지 않지. 엊그제 시내에서 조그만 관을 샀다네. 당연히 땅속에 묻힌 것이 이미 썩었으리라고 생각했기 때문이지. 그리고 솜옷과 이불 따위를 챙겨 가지고 인부까지 네 명 불러 이장하러 시골로 갔네. 그때 갑자기 기분이 아주 좋아졌어. 무덤을 파헤쳐 예전에 나와 사이가 좋았다는 동생의 유골을 보고 싶었지. 이런 일은 평생 한 번도 경험한 적이 없었어. 묘지에 도착해 보니 과연 무덤에서 거의 두 자 정도 되는 데까지 냇물이 들어와 있더군. 불쌍하게도 동생의 묘는 2년 동안 흙을 돋워 주지 않아 납작하게 내려앉아 있었어. 나는 눈 속에 서서 무덤을 가리키면서 인부들에게 단호하게 말했지. 〈파시오!〉 사실 나는 평범한 사람에 불과하네. 하지만 이때만큼은 내 목소리가 조금 이상하게 들리더군. 그때 내린 지시 또한 내 일생에서 가장 위대한 명령인 듯 느껴졌어. 인부들은 오히려 조금도 불쾌하게 여기지 않고 곧 파 내려가기 시작하더군. 묘혈까지 파고 나서 들여다보니 정말 관은 거의 다 썩었고 나뭇결과 작은 나뭇조각들만 남아 있었네. 나는 떨리는 마음으로 이런 잔해를 헤집으며 아주 조심스럽게 내 동생의 모습을 보려고 애썼지. 그런데 정말 뜻밖의 광경이 나타났네! 이불과 옷, 유골 등 아무것도 남아 있지 않은 거야. 나는 그런 것들은 다 없어져도 머리카락만은 썩지 않는다는 말을 들어 왔기 때문에 어쩌면 그것만은 남았을 거라고 생각했네. 그래서 자세를 낮추고 베개가 놓였던 자리로 짐작되는 곳을 파헤치며 자세히 살펴보았지만 그래도 아무런 흔적을 찾을 수 없었네.」

나는 갑자기 그의 눈언저리가 붉어지는 것을 목격했다. 그러나 곧 그것이 술기운 때문임을 알았다. 그는 안주는 거의 먹지 않고 술만 계속 마셨다. 거의 한 근을 마시고 나자 표정과 동작이 활발해지더니 점차 과거 뤼웨이푸의 모습을 되찾기 시작했다. 나는 종업원을 불러 술을 두 근 더 주문했다. 그러고는 몸을 돌려 술잔을 손에 든 채 그를 정면으로 똑바로 쳐다보면서 묵묵히 그의 말에 귀를 기울였다.

「사실 이렇게 된 이상 이장할 필요도 없이 흙을 도로 메우고 관은 다시 팔아 버리면 그만이었지. 관을 되파는 것이 좀 어색한 일이긴 하지만 그래도 싼값에 내놓으면 판 가게에서 다시 사줄 것이고, 그러면 적어도 술값 몇 푼은 건질 수 있었을 거야. 하지만 나는 그렇게 하지 않았네. 나는 전처럼 이불을 깔고 동생의 시신이 있던 자리의 흙을 솜으로 싼 다음, 새로 산 관 속에 넣어 가지고 가 아버지 무덤 바로 옆에 묻어 주었네. 어제는 바깥쪽에 벽돌을 쌓느라 한나절 동안 바빴지.

공사 감독을 했거든. 그 일은 그렇게 일단락을 지었어. 어머니에게는 거짓말을 해서 안심시켜 드리면 되겠지. 아하, 자네, 내가 어째서 이렇게 달라졌나 하는 생각에 날 그렇게 쳐다보는 거지? 그래, 나도 아직 생생하게 기억한다네. 우리가 함께 성황묘(城隍廟)[3]에 가서 신상의 수염을 뽑은 일이며, 매일 중국을 개혁하는 방법에 관해 논의하다가 끝내 주먹다짐까지 한 일들을 말일세. 하지만 지금은 이 모양 이 꼴로 대충 산다네. 때로는 옛 친구들이 날 보면 친구로 여기지 않을지도 모른다는 생각이 들기도 하지……. 하지만 지금은 내 모습이 이렇다네.」

그는 또 궐련 한 개비를 꺼내 입에 물고 불을 붙였다.

「자네 표정을 보니 아직도 나에 대해 조금은 기대를 갖고 있는 것 같군. 물론 지금 나는 감각이 거의 마비되었지만 아직 그런 생각쯤은 눈치챌 수 있다네. 자네의 그런 모습은 나를 몹시 감격하게도 하지만 또 매우 불안하게도 한다네. 결국 여태껏 내게 호의를 갖고 있는 옛 친구를 배반하는 것은 아닌가 하는 생각 때문이지…….」

그는 갑자기 입을 다물고 담배를 몇 모금 빨더니 다시 느릿하게 말을 이었다.

「바로 오늘, 이곳 이스쥐에 오기 전에 한 가지 쓸데없는 일을 저질렀다네. 하지만 그건 내가 원해서 한 일이었어. 내가 전에 살던 동쪽 집 이웃에 창푸라는 사람이 있었지. 뱃사람인 그에게 아순이라는 딸이 있었네. 자네도 우리 집에 왔을 때 본 적이 있을 거야. 하지만 기억나진 않겠지. 그때 그녀는 아

---

[3] 마을에서 추앙받던 인물을 신으로 모시던 사당.

주 어렸으니까. 커서도 그다지 예쁘지는 않았어. 그저 갸름하고 평범한 얼굴에 피부는 누랬지. 하지만 유별나게 눈이 크고 눈썹도 아주 길었어. 흰자위는 맑은 밤하늘 같은 푸른빛이었지. 바람 한 점 없는 북방의 맑은 하늘 말이야. 이곳에서는 그처럼 맑고 깨끗한 하늘을 볼 수 없지. 그 아이는 일을 아주 잘 했어. 열 몇 살인가 어머니를 잃고 두 동생 뒷바라지를 도맡아 했지. 아버지를 보살피는 데도 빈틈이 없었어. 게다가 살림도 아주 알뜰하게 잘해서 가계에도 차츰 여유가 생겼지. 이웃들도 누구 하나 그녀를 칭찬하지 않는 사람이 없었고 창푸도 항상 감격에 겨운 말들을 하곤 했어. 이번에 내가 집을 떠나 이곳으로 돌아오려고 할 때 우리 어머니도 그녀를 기억하고 계시더군. 노인네들의 기억력은 정말 오래가더라고. 어머니 말씀이, 아순이 그때 누군가 머리에 벨벳으로 만든 붉은 꽃 장식을 단 것을 보고는 자기도 하나 갖고 싶었지만 살 수가 없어서 한밤중까지 울다가 아버지한테 얻어맞아 2, 3일 동안 눈이 벌겋게 부어 있었다는 거야. 그 벨벳 꽃은 다른 지방에서 나는 물건이라 S 시에서는 살 수 없었다더군. 그러니 그녀가 어디서 그걸 구할 수 있었겠나? 하니 이번에 남방에 가는 길에 두 개만 사가지고 가서 그녀에게 주고 오라고 하시더군.

나는 이런 심부름이 귀찮기는커녕 오히려 무척 기뻤다네. 실은 나도 아순에게 뭔가 해주고 싶은 마음이 있었거든. 재작년에 어머니를 모시러 왔을 때의 일이었어. 어느 날, 집에 있던 창푸와 우연히 얘기를 나누게 되었네. 그러다가 그가 갑자기 나더러 간식으로 메밀 범벅을 먹고 가라고 권하는 거야. 백설탕을 넣어 만든 거라나. 자네도 생각 좀 해보게. 집에

백설탕을 두고 먹는 뱃사람이라면 결코 가난한 사람이 아니지 않겠나. 그래서 그가 그렇게 큰소리를 친 것이겠지. 권유에 못 이긴 나는 쉽게 거절하지 못하고 순순히 먹겠다고 대답했네. 대신 작은 그릇에 달라고 했지. 그 역시 세상 물정을 잘 아는 사람인지 아순에게〈학문하는 사람들은 많이 먹지 않으니까 조그만 대접에 드리고 설탕을 많이 넣도록 해라〉하고 이르더군. 그러나 막상 음식을 담아 내왔을 때 나는 그만 기겁을 하고 말았다네. 큰 사발에 하나 가득 담아 내온 거야. 하루 종일 먹을 수 있을 만큼 많았지. 하기야 창푸가 먹는 그릇에 비하면 내 것이 확실히 작긴 했네. 나는 평생 메밀 범벅을 먹어 본 적이 없었어. 조금 떠서 슬쩍 맛을 보았더니 처음에는 솔직히 입에 별로 안 맞고 달기만 하더군. 나는 대충 두어 숟가락 떠먹고는 그만 먹으려고 했지. 그런데 나도 모르게 눈을 들어 보니 아순이 저쪽 방구석에 서 있는 거야. 그 바람에 나는 숟가락을 내려놓을 용기가 사라지고 말았지. 그녀의 표정에는 걱정과 기대가 가득 담겨 있었어. 음식이 제대로 안 되었을까 봐 걱정하면서도 우리가 맛있게 먹어 주기를 기대하는 표정이었네. 절반 넘게 남겼다가는 틀림없이 그녀를 실망시키게 될 것이고 나도 민망해질 것 같더군. 그런 생각이 들자 나는 즉시 결심하고는 목구멍을 크게 벌리고 억지로 입 안 가득 메밀 범벅을 떠 넣었네. 창푸와 거의 같은 속도로 먹었지. 음식을 억지로 먹는 게 얼마나 괴로운 일인지 그때 처음 알았네. 어릴 적에 회충약 가루를 흑설탕에 섞어 한 종지나 마시던 때의 괴로움이 그와 비슷한 것 같더군. 하지만 나는 아순이 원망스럽지 않았네. 빈 그릇을 가지러 와서는 자랑스러운 마음을 감추지 못하고 환하게 웃는 모습을 본 것만으로도 나의 고통은 충분히 보상받았기 때문이지. 결국 그날 밤 과식 때문에 속이 불편하여 편히 자지 못하고 악몽을 꾸었지만, 그래도 그녀의 일생이 행복하기를 바랐고 그녀를 위해 세상이 좋아지기를 빌었네. 하지만 이런 생각들도 지난날 꿈의 흔적에 지나지 않는 것이라 곧 스스로 비웃다가 금세 잊어버리고 말았지.

나는 전에 그녀가 벨벳 리본 때문에 매를 맞았다는 사실은 전혀 몰랐네. 그런데 어머니께서 그 얘기를 꺼내시는 바람에 메밀 범벅의 추억이 되살아나 의외라고 여겨질 정도로 열심히 찾아보았지. 나는 먼저 타이위안 시내를 두루 돌아다녔지만 어디서도 벨벳 리본을 찾을 수 없었네. 그러다가 지난에 와서야……」

창밖에서 〈사사삭〉 하는 소리가 들리더니 동백나무 가지에 수북이 쌓인 눈송이가 무게를 견디지 못하고 떨어져 내렸다. 나뭇가지가 곧바로 쭉 펴지자 윤기가 흐르는 검은 잎사귀 사이로 핏빛처럼 붉은 꽃이 한층 돋보였다. 잿빛 하늘은 더욱 어두워졌다. 어린 참새들도 황혼이 내리고 땅이 온통 눈으로 뒤덮여 더는 먹이를 찾을 수 없다고 생각했는지 짹짹거리며 일찌감치 돌아가 쉬려고 둥지를 향했다.

「지난에 와서야……」

그는 창밖을 힐끗 내다보더니 몸을 돌려 술잔을 비웠다. 그러고는 다시 궐련을 몇 모금 빨고 나서 말을 이었다.

「간신히 벨벳 리본을 구할 수 있었다네. 그녀가 매를 맞게 한 것이 바로 그런 리본이었는지는 모르겠지만 어쨌든 벨벳으로 만든 것만은 분명했지. 게다가 그녀가 짙은 색을 좋아하는지 옅은 색을 좋아하는지도 알 수가 없어서 진홍색으로 한 개, 분홍색으로 한 개를 사가지고 이곳까지 왔네.

바로 오늘 오후였어. 나는 식사를 마치고 곧장 창푸를 만나러 갔지. 이 일 때문에 일부러 출발을 하루 더 연기한 거야. 그의 집은 아직 그대로더군. 그런데 왠지 모르게 음산한 느낌이 들더라고. 하지만 그런 느낌은 나 자신의 기분 탓이었는지도 몰라. 그의 아들과 둘째 딸 아자오가 문 앞에 서 있더군. 많이 컸더라고. 아자오는 생김새가 언니와 전혀 딴판이었어. 한마디로 말해서 귀신 같다고 할까, 내가 자기 집 쪽으로 걸어오는 것을 보더니 나는 듯이 집 안으로 달아나 버리더군. 나는 아들 녀석에게 물어보고서야 창푸가 집에 없다는 것을 알았어. 〈네 큰누나는?〉 하고 물었더니 아이는 갑자기 눈을 동그랗게 뜨고 서슬이 퍼래 가지고 누나에게 무슨 볼일이 있느냐고 되묻는 것이 마치 당장이라도 달려들어 나를 물 것만 같더라고. 그래서 어물어물 뒷걸음질 치고 말았네. 지금도 어리둥절하다니까…….

자넨 모르겠지만 난 전보다 사람들을 찾아가는 것이 더 두려워졌나네. 나 사신을 몹시 혐오하기 때문이지. 자기 자신마저도 싫어하면서 굳이 남들까지 암암리에 불편하게 해서야 되겠나? 하지만 이번 심부름만큼은 제대로 해내고 싶어서 잠시 고민하다가 결국 그 집과 대각선으로 마주보는 나무 장사 집으로 되돌아갔네. 가게 주인 어머니인 라오파 할머니가 아직 살아 계시더군. 뜻밖에도 할머니는 나를 알아보고는 가게 안으로 맞아들여 자리를 권해 주셨네. 몇 마디 수인사를 나누고 나서는 곧장 내가 S 시에 온 이유와 창푸를 방문하게 된 사연을 설명했지. 그런데 뜻밖에도 할머니는 긴 한숨을 내쉬면서 이렇게 말씀하셨네.

〈가엽게도 아순은 복이 없어. 그렇게 바라던 벨벳 리본도 달아 보지 못하고 말이야.〉

그러고는 자세한 사정을 이야기해 주시더군. 〈아마 작년 봄이 지나고부터일 거야. 아순은 몸이 쇠약해지더니 나중에는 자주 눈물을 흘리곤 했지. 왜 그러냐고 물어도 말을 하지 않았고, 밤새도록 우는 때도 있었다오. 아순이 너무 울자 화가 난 창푸도 더 참지 못하고 다 큰 계집애가 미친 사람처럼 왜 우냐며 마구 욕을 해댔지. 그러다가 가을로 접어들면서 몸이 더 안 좋아졌어. 처음에는 감기에 걸린 것이려니 하고 대수롭지 않게 여겼는데 이내 앓아눕더니 그 뒤로 끝내 일어나지 못했다오. 숨을 거두기 며칠 전에야 비로소 창푸에게 하는 말이, 자신도 제 어미처럼 오래전부터 자주 피를 토하고 식은땀을 흘렸다는 거야. 그러면서 제 아비가 알면 걱정할까 봐 차마 말을 못 했다고 하더군. 어느 날 밤 아순의 큰아버지 창겅이 찾아와서는 돈을 빌려 달라고 억지를 부렸대. 이런 일은 전에도 종종 있었지. 아순이 돈을 주지 않으니까 창겅이 차갑게 웃으면서 《잘난 척하지 마. 네 남편 될 놈은 나만도 못한 놈이니까》 하고 악담을 하더라나. 그 뒤로 아순은 걱정이 되기도 하고 부끄럽기도 한데 그렇다고 누구에게 물어볼 수도 없어 그저 울기만 했다는 거야. 창푸가 《네 남편 될 사람은 아주 부지런한 사람이다》라고 말해 주었지만 어디 그 말이 먹혀야 말이지. 더구나 아순은 그 말을 믿지 않을 뿐만 아니라 오히려 이미 자기 몰골이 이렇게 되었으니 아무러면 어떠냐고 하더래요.〉

할머니는 이어서 〈그 아이의 남편이 정말로 창겅보다 못하다면 그건 큰일이겠지. 좀도둑만도 못하다면 그게 사람인가?

하지만 아순의 남편 될 사람이 장례에 왔을 때 내 두 눈으로 똑똑히 보았다우. 옷차림도 깨끗하고 인품도 훌륭했어. 게다가 넘쳐흐르는 눈물을 감추지 못하면서, 자기가 반평생을 조그만 배 한 척에 의지하여 온갖 고생 끝에 돈을 모아 색시를 맞이하려고 했는데, 안타깝게도 색시가 죽고 말았다고 탄식을 하더군. 그 사람은 정말 좋은 사람이고 창경의 말이 전부 거짓이었다는 것을 알 수 있었지. 가여운 아순이 그런 도둑놈의 거짓말을 믿고 헛되이 목숨을 잃었다는 게 안타까울 따름이라오. 하지만 누구를 나무라겠수. 그 애의 박복함을 탓할 수밖에〉라고 서글프게 말하더군.

 이렇게 내 임무는 끝나 버리고 말았네. 그럼 내가 가지고 온 꽃 장식 두 개는 어떻게 해야 할까? 고민 끝에 나는 꽃 장식을 아자오에게 보내 달라고 라오파 할머니께 부탁드렸네. 아자오는 나를 보자마자 날듯이 달아나 버렸지. 나를 이리나 무슨 짐승 취급을 한 거야. 그래서 사실 그 애에게 주고 싶지는 않았어. 하지만 결국 그 아이에게 주기로 했네. 어머님께는 아순이 꽃 상식을 받고는 무척 좋아하더라고 말씀드리면 그만이지 뭐. 이런 하찮은 일들이 뭐 그리 중요하겠나? 적당히 넘어가는 수밖에. 이렇게 대충 새해가 지나가면 여전히 〈공자 가라사대, 『시경』에 이르기를〉 하면서 글이나 가르치면 되는 거야.」

 「자네가 〈공자 가라사대, 『시경』에 이르기를〉 같은 걸 가르친단 말인가?」

 나는 정말 의아한 생각이 들어 물어보았다.

 「물론이지. 자넨 내가 A, B, C, D라도 가르치는 줄 알았나? 전에는 학생이 둘이 있었네. 한 학생에게는 『시경』을 가르치고 다른 한 학생에게는 『맹자』를 가르쳤지. 최근에 한 명이 더 늘었어. 여자아이라 『여아경(女兒經)』을 가르친다네. 산수조차 가르치지 않지. 내가 가르치지 않는 게 아니라 부모들이 가르치는 걸 원치 않아.」

「자네가 그런 책들을 가르친다니 정말 뜻밖이군…….」

「아이 아버지들이 아이들에게 이런 책들을 읽게 하는 거야. 나는 남이라서 하지 말라고 말릴 수도 없다네. 그런 쓸데없는 걸 따져서 무엇 하나? 되는 대로 하는 수밖에…….」

그는 얼굴이 이미 새빨갛게 달아올랐다. 약간 취한 것 같았다. 그러나 눈빛은 오히려 빛을 잃어 갔다. 나는 가볍게 한숨을 내쉬었다. 잠시 동안 할 말이 없었다. 계단 쪽에서 한바탕 떠들썩한 소리가 들리더니 술손님 몇 명이 비집고 올라왔다. 맨 앞에 있는 손님은 키가 작고 얼굴이 부은 것처럼 통통하고 둥글었다. 두 번째 손님은 키가 컸고 약간 빨간 코가 유난히 눈길을 끌었다. 그 뒤로도 사람들이 줄줄이 따라 올라와 작은 건물이 흔들릴 정도로 소란스러워졌다. 내가 눈을 돌려 웨이푸를 바라보자 그 역시 동시에 눈을 돌려 나를 쳐다보았다. 나는 술값을 계산하려고 종업원을 불렀다.

「자넨 그것으로 생활을 유지할 수 있나?」

나갈 채비를 하면서 내가 물었다.

「그저 그래. 매달 20위안을 받는데 그럭저럭 지내기에도 충분하진 않다네.」

「그럼 앞으로는 어떻게 할 셈인가?」

「앞으로……? 나도 모르겠네. 자네는 우리가 미리 예상한 일들 가운데 마음먹은 대로 된 게 하나라도 있다고 생각하나? 난 이제 아무것도 모르겠네. 내일 일도 모르겠고 바로 1분 뒤의 일도 모르겠어…….」

 종업원이 계산서를 가지고 와서 내게 건넸다. 웨이푸는 처음 만났을 때처럼 그렇게 겸손하지 않았다. 단지 나를 한 번 힐끗 쳐다보고는 이내 궐련을 피우면서 내가 술값을 지불하도록 내버려 두었다.

 우리는 함께 술집을 나왔다. 그가 묵는 여관은 내가 묵는 곳과 정반대 방향이었기 때문에 문 입구에서 곧바로 헤어졌다. 나는 혼자 여관을 향해 걸었다. 차가운 바람과 눈발이 얼굴을 때렸지만 오히려 상쾌하게 느껴졌다. 하늘은 이미 황혼에 젖었고 집과 거리가 온통 촘촘히 내리는 눈의 새하얗고 고르지 못한 그물 속에 직조되어 있었다.

1924년 2월 16일

장명등[1]

 흐린 봄날 오후, 지광둔(吉光屯)[2]에 있는 유일한 찻집 안의 공기가 약간 긴장되어 있었다. 사람들의 귀에 가늘면서도 축 가라앉은 소리가 아직 남아 있는 것 같았다.

「불을 꺼버려!」

 하지만 물론 마을 사람들 모두가 이런 것은 아니었다. 이 마을 주민들은 밖에 나다니는 것을 별로 좋아하지 않았다. 밖에 한 번 나가려면 반드시 역서(曆書)를 뒤져 혹시 〈외출하는 것은 길하지 않다〉고 써 있지나 않은지 살피곤 했다. 설사 역서에 그런 금기 사항이 써 있지 않다 해도 외출할 때는 반드시 간지(干支)에 따라 좋다는 방향으로 가서 길한 일을 맞으려 했다. 금기에 아무런 구애도 받지 않고 찻집에 앉아 있을 수 있는 사람은 생각이 트이고 자신감에 넘치는 젊은이들 몇몇에 불과했다. 집에 틀어박혀 있는 사람들은 속으로 그들이

---

[1] 이 작품은 1925년 3월 5일에서 8일 사이에 베이징의 『국민일보』 부간(副刊)에 처음 연재되었다. 장명등(長明燈)이란 대문 밖이나 처마 끝에 매달아 두고 밤에만 불을 켜는 등을 말한다.
[2] 〈상서로운 빛이 나는 마을〉이란 뜻.

전부 집안을 망칠 자식들이라고 생각했다.

지금 이 찻집에는 무척 긴장된 분위기가 감돌았다.

「아직도 그 모양인가?」

세모 얼굴이 찻잔을 들면서 물었다.

「듣자 하니 아직도 그 모양인가 봐.」

네모난 머리가 말했다.

「아직도 계속 〈꺼버려. 꺼버려〉 하는 말만 반복한다고. 눈빛도 갈수록 더 번쩍거리고 말이야. 이러다가 귀신 나오겠군! 이건 우리 마을의 큰 재앙이야. 자세히 따져 볼 것 없이 우리가 어떻게든 수를 써서 그를 없애 버려야 해!」

「그를 없애 버리는 게 뭐 그리 어려운 일이겠나. 그놈은 기껏해야……. 별 볼 일 없는 자식이라니까! 묘당(廟堂)을 지을 때는 그의 조상들이 찬조금을 내기도 했는데 지금은 그놈이 오히려 장명등을 끄라고 하는 판이니, 불효막심한 놈 아닌가? 우리가 현에 찾아가 그놈을 불효자로 고발해 버리자고!」

쿼팅이 주먹을 쥐고 탁자를 내리치며 분개하여 말했다. 그 바람에 비스듬히 덮인 찻잔 뚜껑이 쨍그랑 소리를 내면서 뒤집어졌다.

「안 돼. 그를 불효자로 고발하는 건 그의 부모나 외숙들만 할 수 있다고…….」

네모 머리가 말했다.

「안타깝게도 그에겐 백부 한 사람밖에 없단 말이야.」

쿼팅은 금세 풀이 죽었다.

「쿼팅!」

네모 머리가 갑자기 소리쳤다.

「자네 어제 마작 패가 꽤 좋았지?」

쿼팅은 눈을 크게 뜨고 그를 잠시 노려볼 뿐 대답을 하지 않았다. 어느새 얼굴이 투실투실한 쾅치광이 목청을 높이기 시작했다.

「장명등을 끄면 우리 지광둔을 어떻게〈지광둔〉이라고 하겠나? 우리 마을이 이걸로 끝나고 마는 게 아닌가? 노인네들 말로는 이 등이 양 무제가 불을 붙인 이래로 지금까지 한 번도 꺼진 적이 없다더군. 장모들의 반란 때도 꺼지지 않았다지……. 보라고, 저 초록색 영롱한 불빛 말일세. 다른 지방에서 온 사람들은 이곳을 지날 때마다 불빛을 보고는 한목소리로 칭찬을 한단 말이지……. 쳇, 얼마나 좋은데 그래. 도대체 무슨 속셈으로 지금 그가 저렇게 소란을 피우는지 모르겠군…….」

「미쳐서 그러는 거지. 자넨 아직 모르나?」

네모 머리가 약간 업신여기는 투로 말했다.

「홍, 그래 너 잘났다.」

쾅치광의 얼굴에 뺀질뺀질 빈정대는 표정이 스쳤다.

「내 생각으로는 옛날 방법으로 그를 또 속이는 게 좋을 것 같아.」

이 가게의 주인이자 점원인 후이우 아줌마가 끼어들었다. 원래는 옆에서 듣고만 있었는데, 형세를 보아하니 이야기가 본론에서 점점 멀어져 가는 것 같아 재빨리 끼어들어 분쟁을 해결하고 얘기를 다시 본론으로 끌고 가려는 거였다.

「옛날 방법이라니오?」

쾅치광이 의아하다는 듯이 물었다.

「그가 예전에도 한 번 미친 적이 있었잖아? 지금과 아주 똑같았다고. 그때만 해도 아직 그의 아버지가 살아 있을 때라 그를 속여서 곧 병을 고쳤지.」

「어떻게 속였는데요? 어째서 내가 그걸 모르지요?」

쫭치광이 더욱 의아한 듯 되물었다.

「자네가 어떻게 알겠나? 그때만 해도 자네들은 아직 코흘리개였다고. 엄마 젖이나 먹고 똥이나 쌀 때였지. 나는 그때만 해도 이렇지는 않았어. 그때는 정말이지 두 손이 아주 하얗고 윤기가 흐르는 게……」

「아주머니는 지금도 야들야들하고 윤기가 흐르는걸요, 뭘……」

네모 머리가 말했다.

「말도 안 되는 소리 하지 마!」

후이우 아줌마는 눈을 흘기는 척하고는 웃으며 말했다.

「허튼소리 그만하고, 우리 본론으로 돌아가자고. 그도 그때는 아직 어렸어. 그의 부친도 약간은 정신이 이상했고 말이야. 들리는 얘기로는 어느 날 그의 조부가 그를 토지신 묘당으로 데리고 가서는 사노야와 온장군, 왕령관[3] 나리 등에게 절을 올리게 했더니 무서워하며 막무가내로 절도 안 올리고 달아났다더군. 그러고 나서부터 좀 이상해지기 시작하더니 그 뒤로는 지금처럼 사람만 보면 본전(本殿)의 장명등을 다 꺼버리자고 졸랐다는 거야. 등을 꺼야 다시는 메뚜기 떼의 피해나 질병의 고통이 없을 거라면서 정말로 세상에서 가장 크고 중요한 일인 것처럼 말했다는 거야. 그건 아마도 그의 몸에 악귀가 붙어서 올바른 신을 무서워했기 때문일 거야. 우리라면 토지신을 무서워하겠어? 자네들, 차가 식지 않았나?

---

3 미신에서 신봉하는 귀신들로, 사노야는 토지신, 온장군은 역병의 신, 왕령관은 규찰을 관장하는 천신을 말한다.

뜨거운 물을 좀 더 붓지 그래. 자, 그런데 나중에는 그가 혼자 들어가서 불을 끄려 했다는 거야. 그의 부친은 아들을 너무 사랑했기 때문에 그를 집에 가둬 두려 하지 않았대. 그러다 보니 나중에는 온 마을 사람들이 화가 나서 그의 부친과 말다툼까지 하지 않았겠어? 하지만 별 도리가 없었지. 다행히 우리 집 죽은 귀신[4]이 아직 살아 있을 때라 좋은 방법을 생각해 냈지. 장명등을 두꺼운 솜이불로 싸서 아주 캄캄하게 해놓고는 그를 데리고 가서 보여 주면서 벌써 꺼버렸다고 하는 거였어.」

「허허, 거 정말 멋진 생각이었네요.」

세모 얼굴이 길게 숨을 내쉬면서 말했다. 몹시 감복한 듯한 표정이었다.

「왜 굳이 그런 일을 꾸며야 하는 거야.」

쿼팅이 화를 내며 말했다.

「그런 놈은 때려죽이면 그만이라고. 흥!」

「어떻게 그럴 수가 있어?」

그녀는 놀란 얼굴로 그를 한번 쳐다보고는 서둘러 손을 내저으며 말을 이었다.

「그건 절대 안 돼. 그의 조부가 한때 인파자(印靶子)를 찼던[5] 사람이잖아?」

쿼팅은 상대의 얼굴을 쳐다보면서 사실 〈죽은 귀신〉의 묘법 이외에는 달리 방법이 없을 거라고 생각했다.

「그 후로는 병이 나은 것 같았어.」

그녀는 손등으로 입가의 침을 닦아 내고는 말에 속도를 더

---

[4] 입이 거친 여인들이 자신의 망부(亡夫)를 일컫는 말.
[5] 돈을 주고 관직을 산 것을 말한다.

했다.

「나중에는 병이 완전히 나았대! 다시는 묘당 안에 들어가지도 않았고 또 몇 년 동안 아무 얘기도 꺼내지 않았대. 그런데 어찌 된 일인지 이번에 새신 축제를 보고 나서 며칠 지나지 않아 또 정신이 이상해지기 시작했다는 거야. 에구, 그전 상태로 돌아갔다는 거지. 그가 오후에 이곳을 지나갔으니 틀림없이 또 묘당에 갔을 거야. 자네들이 넷째 나리와 상의해서 다시 한 번 그를 속여 보도록 하게. 그 등불은 양 무제의 다섯째 동생이 처음 불을 붙인 거라고 하지 않던가? 그 등이 꺼지면 이곳은 즉시 바다로 변해 버리고 우리도 전부 미꾸라지로 변한다고 하지 않던가? 빨리 가서 넷째 나리와 상의해 보라고. 그러지 않았다가는······.」

「그럼 우리가 먼저 묘당으로 가보자고.」

네모 머리가 이렇게 말하면서 의기양양하게 밖으로 나섰다.

퀴팅과 쌍치광도 뒤를 따라 나갔다. 세모 얼굴이 제일 늦게 나가다가 입구에 멈춰 서서 뒤를 돌아보며 말했다.

「오늘 계산은 내 이름으로 달아 둬요. 젠장······.」

후이우 아줌마는 그러겠다고 대답하고는 동쪽 담벼락 밑으로 가서 숯 조각 하나를 주워 담벼락에 그어 둔 작은 삼각형과 짧고 가느다란 선 아래에 선을 두 개 더 그려 넣었다.

그들이 묘당 쪽을 바라보니 과연 그곳에 사람들 몇몇이 모인 게 눈에 들어왔다. 그중 한 사람은 바로 그였고 두 사람은 그를 구경하는 사람들이었다. 그리고 아이들이 셋 있었다.

하지만 묘당 문은 굳게 닫혀 있었다.

「됐어! 묘당 문은 아직 닫혀 있어!」

쿼팅이 신이 나서 말했다.

그들이 가까이 가자 아이들도 마음이 놓이는 듯 그들 주위로 가까이 다가왔다. 줄곧 묘당 문을 마주하고 서 있던 그도 얼굴을 돌려 그들을 쳐다보았다.

그는 평상시와 똑같이 누렇고 네모난 얼굴에 다 떨어진 푸른 무명 두루마기를 걸쳤다. 단지 짙은 눈썹 아래로 크고 길게 째진 눈만 약간 이상한 빛을 띠었다. 사람을 오래 쳐다보면서도 눈 한 번 깜빡거리지 않았고 슬픔이나 공포의 표정은 더욱이 찾아볼 수 없었다. 짧은 머리에는 지푸라기가 두 가닥 붙어 있었다. 이는 아이들이 뒤에서 몰래 던진 것이 분명했다. 아이들은 그의 머리만 보면 모두 목을 움츠리고 웃으면서 날름 혀를 내밀곤 했다.

그들은 멈춰 서서 서로의 얼굴을 마주 보았다.

「너 뭐 하는 거야?」

마침내 세모 얼굴이 한 길음 다가서며 따지듯 물었다.

「지금 라오헤이에게 문을 열라고 했어.」

그가 목소리를 낮춰 부드럽게 말했다.

「저 등을 반드시 꺼야 하기 때문이지. 보라고, 머리 셋에 팔뚝이 여섯이고, 푸른 얼굴에 눈이 셋, 긴 모자에 반쪽짜리 머리, 소머리에 돼지 이빨, 저런 것들을 전부 꺼버려야 해……. 꺼버려야 한다고. 그래야 우리가 메뚜기 떼의 피해나 질병에서 벗어날 수 있어…….」

「허허, 멍청한 소리 하고 있네!」

쿼팅이 비웃으며 말했다.

「네가 장명등을 꺼버리면 메뚜기는 오히려 더 많아질 거야. 넌 또 병에 걸릴 거고.」

「허허!」

쟝치꽝도 따라 웃었다.

윗도리를 벗은 아이가 가지고 놀던 갈대를 높이 쳐들어 그를 향해 조준하더니 앵두 같은 작은 입을 벌리고 말했다.

「파앙!」

「넌 아무래도 집으로 돌아가는 게 좋겠어! 돌아가지 않으면 너희 큰아버지가 네 뼈를 분질러 놓을 거라고! 장명등은 말이야, 내가 네 대신 꺼줄게. 며칠 지나서 와보면 알 거야.」

쿼팅이 큰 소리로 말했다.

그의 두 눈이 더욱 반짝반짝 빛을 내면서 못을 박듯이 쿼팅의 눈을 응시하자 쿼팅은 재빨리 그의 시선을 피했다.

「네가 끄겠다고?」

그는 조소하듯 가볍게 웃더니 단호하게 말을 이었다.

「그건 안 돼. 너희들은 필요 없어. 내가 직접 끄겠어. 지금 당장!」

쿼팅은 갑자기 술 깬 뒤처럼 무력하게 위축되었다. 그러자 네모 머리가 앞으로 나서서 천천히 말하기 시작했다.

「넌 한동안은 사리 판단이 정상인가 했더니 이번에는 어떻게 된 게 정말 멍청해졌구나. 내가 가르쳐 주면 너도 똑똑히 알아들을 수 있겠지. 불을 끈다고 해도 그런 것들은 변함없이 그대로 있을 거야. 그러니 바보 같은 생각 그만하고 차라리 집으로 돌아가! 가서 잠이나 자란 말이야!」

「불을 끈다고 해도 그것들이 그대로 있으리라는 건 나도 알아.」

그는 갑자기 음험한 웃음을 보이더니 곧 웃음을 거두고 침착하게 말했다.

「하지만 나는 이렇게 할 수밖에 없어. 내가 먼저 이렇게 하는 것이 더 쉽단 말이야. 나는 불을 끌 거야. 혼자서 끌 거라고!」

그러면서 그는 몸을 돌려 힘껏 묘당 문을 밀었다.

「이봐!」

쿼팅이 화를 냈다.

「넌 이곳 사람이 아니냐? 넌 꼭 우리 모두를 미꾸라지로 만들어야겠어? 돌아가! 넌 문을 열지 못해. 문을 열 방법이 없다고! 그리고 불도 끄지 못해. 역시 돌아가는 게 좋을 거야!」

「돌아가지 않겠어! 불을 끄고 말 거야!」

「안 돼, 넌 문을 열 수 없어!」

「……」

「넌 열 수 없어!」

「그렇다면 다른 방법을 쓰지.」

그는 얼굴을 돌려 사람들을 힐끗 쳐다보고는 침착하게 말했다.

「흥, 그래 달리 또 어떤 방법이 있는지 보자고.」

「……」

「또 어떤 방법이 있는지 보잔 말이야.」

「불을 지르겠어!」

「뭐라고?」

쿼팅은 자신이 잘못 들은 것이 아닌가 귀를 의심했다.

「불을 지를 거라고!」

침묵이 맑은 종소리처럼 긴 여운을 남겼다. 마치 주위에 살아 있는 생물들이 모두 그 안에 응결되는 것 같았다. 사람들은 얼마 후 머리를 맞대고 귀엣말을 하더니 이내 모두 흩어졌다. 두세 사람이 조금 멀찌감치 떨어져 서 있었다. 묘당 뒷문 담장 밖에서 쾅치광이 외치는 소리가 들렸다.

「이봐! 라오헤이! 큰일 났어, 묘당 문을 꼭 닫아걸어. 라오헤이! 내 말 들려? 문을 단단히 잠그라고! 우리가 가서 대책을 마련해 가지고 올게!」

그러나 다른 일은 마음에 두고 있지 않은 듯, 그는 핏발 선 눈을 번득이면서 땅에서, 또 공중에서 그리고 사람들에게서 마치 불씨를 찾기라도 하는 것처럼 빠르게 방법을 찾고 있었다.

네모 머리와 쿼팅이 베틀의 북처럼 몇몇 대문을 들락거리자 삽시간에 지광둔 전체가 술렁이기 시작했다. 수많은 사람들의 귀와 가슴에 〈불을 지를 거야!〉 하는 무서운 목소리가 가득 찼다. 물론 아직도 집 안 깊숙이 틀어박힌 사람들의 몇몇 귀와 마음에는 그런 말이 들릴 리 없었다. 하지만 온 마을의 공기가 무척 긴장되었고, 이런 긴장을 느끼는 사람들은 몹시 불안해했다. 마치 자신이 곧 미꾸라지로 변하고 천지가 멸망할 것만 같았다. 물론 그들은 멸망하는 것이 지광둔 한 곳뿐이라는 것을 은연중에 알면서도 지광둔이 바로 천하라고 여겼다.

얼마 후 이 사건의 중심인물들이 넷째 나리의 대청에 모였다. 상좌에는 나이가 많고 덕망이 있는 궈라오와가 앉았다. 그의 얼굴에는 이미 말라비틀어진 귤처럼 가득 주름이 잡혔다. 게다가 턱의 흰 수염을 금세 뽑아낼 것처럼 손으로 문지르고 있었다.

「아침나절에.」

그가 수염에서 손을 떼면서 천천히 입을 열었다.

「서쪽에 사는 중풍 걸린 푸 영감네 아들이 그건 토지신이 불안해서 그런 거라고 하더군. 이러다가 앞으로 만에 하나 무슨 편치 못한 일이라도 생기면 그것이 곧 댁으로 밀어닥치게 된다는 거요……. 그래요, 전부 댁으로 밀어닥치게 된다고 했소. 정말 골치 아픈 일이지.」

「그랬군요.」

넷째 나리는 윗입술에 난 가늘고 희끗희끗한 메기수염을 꼬면서 여유 있게, 대수롭지 않다는 듯 말했다.

「이렇게 된 건 다 그 애 아비의 업보지요. 그가 살아 있을 때 부처님을 안 믿었잖아요? 전 그때 그와 사이가 좋지 않아서 어떻게 해볼 도리가 없었어요. 지금 저더러 뭘 어떻게 하라는 건가요?」

「내 생각에는 한 가지 방법밖에 없어요. 그래 꼭 한 가지뿐이지. 내일 그 애를 묶어 성으로 데려다가, 그 애를, 그, 그 성황묘에서 하룻밤 보내게 하는 거요. 그렇지, 그렇게 하룻밤을 지내게 해서 그 애한테 붙은 사악한 귀신을 쫓아 버리는 거요.」

쿼팅과 네모 머리는 온 마을을 수호했다는 공로로, 쉽사리 구경할 수 없는 이 대청에 처음 들어왔을 뿐만 아니라, 궈라오와의 아랫자리, 넷째 나리의 윗자리에 앉아 차까지 대접받고 있었다. 그들은 궈라오와를 따라 객청에 들어가 보고를 하고 난 뒤에는 차만 마셨고, 다 마신 뒤에도 입을 열지 않았다. 그러다가 이때 쿼팅이 갑자기 자신의 생각을 밝혔다.

「그런 방법으로는 너무 늦습니다! 두 사람이 아직 감시를 하고는 있지만, 가장 중요한 것은 지금 당장 어떻게 하느냐하는 겁니다. 그가 정말 불이라도 지르면······.」
 깜짝 놀란 귀라오와가 아래턱을 조금씩 떨었다.
「정말 불을 지른다면······.」
 네모 머리가 끼어들어 말했다.
「그렇게 되면······.」
 쿼팅이 큰 소리로 말했다.
「큰일이지요!」
 노란 머리 여자아이가 또 와서 차를 따랐다. 쿼팅은 더는 말을 하지 않고 바로 잔을 들어 차를 마시더니 온몸을 한번 부르르 떨고 나서 찻잔을 내려놓았다. 그러고는 혀끝으로 윗 입술을 핥은 다음 다시 찻잔을 들고 후후 입김을 불었다.
「정말 성가신 놈이로군.」
 넷째 나리가 손으로 탁자 위를 가볍게 두드렸다.
「이런 자손은 없는 게 나아! 에잇!」
「그래요, 정말 죽어 마땅하지요.」
 쿼팅이 고개를 들었다.
「작년에 렌거좡 마을에서는 한 놈을 때려죽였대요. 바로 이런 놈이었지요. 여럿이 굳게 약속을 하고 같은 시각에 모두가 일제히 손을 대서 누가 먼저 손을 댔는지 가릴 수 없게 한 것이지요. 그 후에는 아무 일도 없었답니다.」
「그건 이번 일과 성격이 달라.」
 네모 머리가 말했다.
「이번 일은 그들이 맡고 있다고. 빨리 방법을 생각해 내야 해. 내 생각에는······.」
 귀라오와와 넷째 나리가 숙연한 얼굴로 그를 쳐다보았다.
「제 생각에는 차라리 그를 당분간 감금해 두는 것이 좋을 것 같습니다.」

「그것도 나름대로 괜찮은 방법일 것 같군.」

넷째 나리가 가볍게 머리를 끄덕였다.

「괜찮은 방법입니다!」

퀴팅이 말했다.

「이거야말로 적당한 방법임에 틀림없어.」

궈라오와가 말했다.

「우리 당장 그를 이 댁으로 끌고 옵시다. 댁에서는 빨리 방 하나를 마련하시고 자물쇠도 하나 준비해 주세요.」

「방이라고요?」

넷째 나리가 고개를 들면서 잠시 생각에 잠겼다가 말했다.

「집에는 빈방이 없는데요. 게다가 그가 언제 나을지도 알 수 없고……」

「그럼, 그 애가 쓰는 방을 쓰도록 하지……」

궈라오와가 말했다.

「우리 집 류순도.」

넷째 나리가 갑자기 엄숙하면서도 슬픈 얼굴로 말했다. 목소리도 약간은 떨렸다.

「가을에는 아내를 맞을 예정이에요……. 보시다시피 그 애는 나이를 그렇게 먹었으면서도 미친 짓만 하고 가정을 꾸려 사람 구실을 할 생각을 하지 않아요. 내 아우도 생전에 분수에 맞게 성실하게 산 것은 아니지만 그렇다고 대가 끊어지게 할 수는 없지요……」

「물론 그렇죠.」

세 사람이 한목소리로 말했다.

「우리 류순이 아들을 낳으면 둘째 아이를 그 애에게 양자로 줄 생각이에요. 하지만…… 남의 자식을 공짜로 줄 수야 있나요?」

「그건 안 되지요.」

세 사람이 또 한목소리로 말했다.

「이 낡아 빠진 집은 나와 아무런 관계도 없어요. 류순도 안중에 없을 거고요. 하지만 자기가 낳은 자식을 그냥 남에게 준다면 어미 된 입장에서는 그렇게 기분이 좋을 수 없겠지요?」

「그렇고말고요.」

세 사람이 또 한목소리로 말했다.

넷째 나리가 입을 다물었다. 세 사람은 서로 얼굴만 쳐다보았다.

「나는 매일 그 애의 병이 낫기만을 바라고 있었어요.」

잠시 침묵이 흐른 뒤에야 그가 다시 천천히 말을 이었다.

「그런데 아무리 해도 나아지지 않더군요. 나아지지 않는 게 아니라 그 자신이 나으려고 하지 않더란 말입니다. 어떻게 할 방법이 없군요. 방금 이 사람이 말한 것처럼 가둬 두는 것이 사람들에게 피해도 주지 않고, 또 그 애 아비 망신도 덜 시킬 수 있어 오히려 좋을지 모르겠군요. 그래야 나도 그 애 아비한테 떳떳할 테고요…….」

「그야 물론이지요.」

쿼팅이 감동하여 말했다.

「하지만 방이…….」

「묘당에는 빈방이 없나요?」

넷째 나리가 느릿느릿 물었다.

「있지요!」

쿼팅이 갑자기 생각난 듯이 말했다.

「있어요. 큰 문으로 들어가면 서쪽 곁채가 비었지요. 작고 네모진 창문이 하나 있지만 굵직한 창살이 끼워져 있어 절대로 빠져나올 수 없을 겁니다. 아주 잘됐네요.」

귀라오와와 네모 머리도 금세 기쁜 표정을 지었다. 쿼팅은 한숨을 내쉬고는 입술을 뾰족하게 내밀어 차를 마셨다.

황혼 무렵이 되기도 전에 세상은 이미 조용해졌다. 어쩌면 모든 일이 완전히 잊힌 것인지도 몰랐다. 사람들의 얼굴에서는 이미 긴장의 빛이 사라졌을 뿐만 아니라 조금 전까지 느껴지던 희열의 흔적도 보이지 않았다. 물론 묘당 앞은 사람들 왕래가 평상시보다 많았지만, 그것도 얼마 안 가서 뜸해져 버렸다. 단지 며칠 동안 묘당 문을 굳게 닫아 두어 애꿎게도 아이들이 들어가 놀 수 없었다. 그래서인지 오늘 아이들은 뜰에서 유난히 재미있게 노는 것 같았다. 저녁밥을 먹고 난 뒤에도 아이들 몇몇이 묘당 앞에서 뛰어놀며 수수께끼 놀이를 했다.

「맞혀 봐.」

가장 큰 아이가 말했다.

「내가 다시 한 번 말해 줄게.

하얀 봉선(篷船)이 붉은 노를 저으며,

맞은편 언덕까지 저어 가서 잠시 쉬고는,

과자를 조금 먹고,

연극의 한 대목을 노래하네.」

「그게 뭐야? 〈붉은 노를 젓는다〉는 것 말이야.」

여자아이가 말했다.

「내가 말해 주지. 그건……」

「잠깐만!」

머리에 버짐이 더덕더덕 난 아이가 말했다.

「내가 맞혀 볼게! 연락선!」

「연락선!」

웃통을 벗은 아이도 똑같이 말했다.

「하하, 연락선이라고?」

키가 가장 큰 아이가 말했다.

「연락선이 노를 젓고, 연락선이 연극의 창(唱)을 노래할 수 있단 말이야? 모두 틀렸어. 내가 말해 볼게……」

「잠깐만.」

머리에 버짐이 난 아이가 다시 말했다.

「흥, 못 알아맞힐걸. 내가 말하지. 답은 거위야.」

「거위라고!」

여자아이가 웃으면서 말했다.

「빨간 노를 젓는다면서!」

「또 어째서 하얀 봉선이라는 거야!」

웃통 벗은 아이가 물었다.

「불을 지를 거야!」

아이들은 모두 놀라 즉시 그를 생각해 내고는 일제히 서쪽 곁채를 살펴보았다. 그는 한 손으로 나무 창살을 꽉 붙들고 다른 한 손으로는 나무껍질을 잡아 뜯고 있었다. 그 사이로 번쩍번쩍 빛나는 두 눈이 보였다.

잠시 조용하더니 갑자기 머리에 버짐이 핀 아이가 소리를 지르며 달아났다. 나머지 아이들도 덩달아 웃고 떠들면서 모두 달아났다. 웃통을 벗은 아이는 갈대를 뒤로 향하고는 숨이 차서 헐떡이며 앵두같이 조그만 입술에서 맑고 경쾌한 소리를 냈다.

「파앙!」

이때부터는 완전히 조용해졌다. 어둠이 짙어지면서 초록빛 밝은 장명등이 신전과 감실을 환하게 비춰 주었다. 뜰과 나무 울타리 속의 어둠까지도 환하게 비추었다.

묘당 밖으로 달려 나온 아이들은 다시 걸음을 늦추더니 서로 손을 잡고 천천히 각자의 집으로 향했다. 다 같이 웃으면서 입에서 나오는 대로 노래를 엮어 합창을 했다.

하얀 봉선 맞은편 언덕에서 잠시 쉬고,
바로 지금 꺼진다. 저절로 꺼진다.
연극의 한 구절을 노래한다.
불을 지를 거야! 하하하!
불불불, 과자를 조금 먹는다.
연극의 한 대목이 창이 되어 나온다.
………… …………
…………
……

1925년 3월 1일

죽음을 슬퍼하며[1]
쥐엔셩(涓生)의 수기

할 수만 있다면 나는 즈쥔을 위해, 또 나를 위해 나의 회한과 비애를 적어 두고 싶다.

이미 잊힌 회관 한 구석의 내 낡은 방은 이렇게 조용하고 공허하기만 하다. 세월은 정말 빠르다. 내가 즈쥔을 사랑하고 그녀를 의지하면서 이 적막과 공허에서 도망친 지 벌써 만으로 한 해가 되었다. 세상사는 또 무척이나 공교롭다. 내가 다시 돌아왔을 때 뜻밖에도 빈방이라고는 또 그 방 한 칸뿐이었다. 깨진 창과 반쯤 말라죽은 창밖의 홰나무, 늙은 등나무 덩굴, 창가의 모난 탁자, 허물어져 가는 벽, 벽에 붙은 나무판자 침대가 전부 예전 그대로였다. 한밤중에 혼자서 침대에 누워 있으면 마치 내가 즈쥔과 동거하기 이전인 것 같고, 지나간 한 해가 완전히 지워져 전혀 없었던 일처럼 느껴진다. 내가 이 낡은 방에서 이사해 나와 희망에 부푼 가슴으로 지자오 후퉁[2]에 처음으로 작은 가정을 꾸민 것도 없었던 일 같다.

---

1 이 작품은 소설집 『방황』에 수록되기 전에 어떤 신문이나 잡지에도 발표되지 않았다.
2 주로 베이징 구 성내를 중심으로 산재한 좁은 골목길을 일컫는다.

이뿐만이 아니다. 한 해 전의 조용함과 공허감은 결코 이렇지 않았다. 언제나 기대로 가득 차 있었고 즈쥔이 오기를 기대했다. 오랜 기다림의 초조감 속에서, 구두의 높은 뒤축이 벽돌 길에 닿는 맑은 소리가 울리기만 하면, 그 소리가 나를 갑자기 얼마나 생기에 넘치게 했던가! 그러면 이내 나는 보조개가 파인 둥글고 창백한 얼굴에 희고 야윈 팔, 세로줄 무늬 무명 상의에 검정 스커트를 입은 그녀의 모습을 볼 수 있었다. 그녀는 또 창밖에 있는 반쯤 죽은 홰나무의 새로 난 잎사귀를 가져다 내게 보여 주고 또 쇠처럼 늙은 줄기에 주렁주렁 매달린 엷은 보랏빛 등나무 꽃을 가져다 보여 주기도 했다.

그러나 지금은 적막함과 공허함만이 여전하고, 즈쥔은 결코 다시 돌아오지 않는다. 그것도 영원히, 영원히……!

낡은 내 방에 즈쥔이 없을 때, 아무것도 내 눈에 들어오지 않았다. 무료함 속에서 손에 잡히는 대로 책을 꺼내 보곤 했다. 그것이 과학 책이든 문학 책이든, 다른 무엇이든 마찬가지였다. 읽어 내려가다가 퍼뜩 정신이 들어 보면 벌써 10여 쪽이 넘어가 있었지만 책에 쓰인 말은 전혀 기억할 수가 없었다. 오로지 귀만 남달리 민감하여 대문 밖을 왕래하는 거의 모든 신발 소리가 들리는 것 같았고, 그 가운데서도 즈쥔의 발소리, 그것도 또각또각 점점 가까이 다가오는 소리가 선명하게 들리는 것 같았다. 그러나 그 소리는 대개 점점 멀어져 마침내 어지러운 다른 발소리 속에 섞여서 사라져 버리곤 했다. 나는 즈쥔의 구두 소리와는 전혀 다른, 운동화를 신은 장반 아들의 신발 소리가 몹시 싫었다. 항상 새 구두를 신어 즈쥔의 발소리와 너무도 흡사한 옆집 멋쟁이 아가씨도 싫었다.

즈쥔이 탄 차가 뒤집힌 건 아닐까? 전차에 부딪혀 다친 건 아닐까……?

이런 생각이 들면 나는 곧장 모자를 집어 들고 그녀를 만나러 가려 했지만 그녀의 숙부가 나를 앞에 세워 놓고 욕을 해댄 것이 생각나 꺼려졌다.

갑자기 그녀의 신발 소리가 가까워졌다. 한 발짝 한 발짝 울리는 소리에 얼른 마중을 나가 보면 그녀는 벌써 등나무 덩굴 밑을 지나면서 얼굴에 환한 웃음으로 보조개를 드러내고 있었다. 숙부 댁에서 야단을 맞지는 않은 것 같았다. 곧 내 마음은 안정되었고 잠시 말없이 서로 얼굴을 쳐다본 다음 낡은 방 안이 점차 내 말소리로 가득 찼다. 가정의 전제(專制)와 구습 타파, 남녀평등, 입센, 타고르, 셸리[3] 등에 관해서 이야기가 이어졌다……. 그녀는 언제나 웃음 띤 얼굴로 고개를 끄덕였고 두 눈에는 순진하고 귀여운 호기심의 빛이 가득했다. 벽에는 동판으로 만든 셸리의 반신상 사진이 걸려 있었다. 잡지에서 오렸는데 셸리의 가장 아름다운 초상이었다. 내가 그것을 가리키며 그녀에게 보라고 하자 그녀는 힐끗 쳐다보고는 이내 머리를 숙이고 말았다. 부끄러워하는 것 같았다. 이런 걸 보면 즈쥔이 아직도 옛 사상의 속박에서 완전히 벗어나지 못한 듯했다. 나중에는 셸리가 바다에서 익사한 것을 애도하는 기념상이나 입센의 초상화로 바꾸는 것이 더 낫겠다는 생각도 해보았다. 하지만 끝내 그림을 바꾸지는 못했고 지금은 그 반신 초상화마저도 어디로 갔는지 알 수 없다.

---

3 Percy Bysshe Shelley(1792~1822). 영국의 낭만파 시인.

「나는 나 자신의 거예요. 그분들 가운데 누구도 내게 간섭할 권리가 없어요!」

이는 우리가 서로 교제한 지 반년 만에 이곳에 있는 그녀의 숙부와 시골에 있는 부친에 대한 이야기가 나왔을 때, 그녀가 한동안 말없이 생각에 잠기더니 분명하고 단호하지만 조용하게 한 말이었다. 그때 나는 내 생각과 처지, 내 결점까지도 거의 숨기지 않고 이미 다 말해 준 뒤였고, 이에 대해 그녀도 완전히 이해했다. 이 몇 마디 말은 내 영혼을 강하게 흔들었다. 그 뒤로도 오랫동안 귓속에서 메아리쳤다. 그뿐 아니라 중국 여성을 알게 된 것이 말할 수 없이 기뻤다. 염세가들이 말하는 것처럼 절대로 중국 여성도 구제 불능이 아니고, 머지않은 장래에 빛나는 여명을 보게 될 것만 같았다.

그녀를 배웅하면서 전처럼 여남은 발짝 간격을 두었다. 언제나 그랬듯이 메기수염을 단 늙은이의 얼굴이 더러운 유리창에 코끝이 납작해질 정도로 바짝 붙어 있었다. 바깥마당으로 나서면 언제나처럼 반짝반짝 닦아 윤이 나는 유리창 너머로 잔뜩 크림을 바른 젊은 친구의 얼굴이 보였다. 그녀는 곁눈질도 하지 않고 도도한 자세로 걸어 나갔다. 그녀는 그런 것에 아무런 관심을 두지 않았다. 나도 거만한 자세로 되돌아왔다.

「나는 나 자신의 거예요. 그분들 가운데 누구도 내게 간섭할 권리가 없어요!」

이런 철저한 사상이 그녀의 뇌리에 깊이 박혀 있었다. 나보다 더 투철하고 강인해 보였다. 크림을 반병이나 바른 녀석이나 코끝을 납작하게 만든 늙은이 따위가 그녀에게 무슨 의미가 있단 말인가?

내가 그때 나의 순수하고 열렬한 애정을 그녀에게 어떻게 표현했는지 이미 기억이 나지 않는다. 지금뿐만 아니라 그때 그 일이 있던 뒤로 곧 기억이 희미해졌고 밤에 다시 생각해 보아도 몇 가지 편린만 남아 있을 뿐이다. 동거를 시작한 지 한두 달 뒤부터는 그 편린들조차 흔적을 찾을 수 없는 꿈의 그림자로 변해 버렸다. 단지 그 당시 열흘 남짓 전부터 생각을 표현할 때의 태도와 말을 늘어놓는 순서 그리고 혹시 거절당하면 그 이후 상황에 어떻게 대처할 것인가 하는 문제에 대해 자세히 연구한 일만 기억날 뿐이었다. 그러나 막상 때가 되니 모든 것이 쓸모가 없었던 것 같다. 너무 당황한 나머지 몸이 말을 듣지 않아 결국 영화에서 본 방법을 써야 했다. 이는 나중에 그 일을 회상할 때마다 나를 몹시 부끄럽게 했다. 하지만 내 기억 속에 이 점만은 영원히 남아 있을 것이다. 지금까지도 항상 어두운 방을 비추는 한 가닥 등불처럼 눈물을 머금고 그녀의 손을 잡고서 한쪽 무릎을 꿇은 내 모습을 비춘다… .

그때 나는 나 자신뿐 아니라 즈쥔의 말과 행동도 분명하게 보진 못했지만 그녀가 이미 나를 허락했다는 것만은 알 수 있었다. 단지 그녀의 얼굴이 파랗게 변했다가 나중에는 점점 빨개지더니 —일찍이 본 적이 없고 그 뒤로도 끝내 본 적이 없을 만큼 그녀의 얼굴이 새빨개진 기억이 난다 — 어린아이처럼 눈에서는 슬픔과 기쁨, 그러나 놀라움의 빛이 뒤섞였다. 애써 내 시선을 피하긴 했지만 어쩔 줄을 몰라 당장에라도 창문을 깨고 날아가 버릴 것만 같았다. 하지만 나는 이미 그녀가 나를 허락했다는 사실을 알았다. 그녀가 어떻게 말했는지, 혹은 말을 하지 않았는지를 모를 뿐이었다.

반면에 그녀는 모든 것을 잘 기억했다. 내가 한 말을 마치 자세히 읽은 책처럼 술술 암송했다. 내 행동들도 마치 내게는 보이지 않는 필름을 눈앞에 걸어 놓은 것처럼 매우 생생하고 자세하게 서술했다. 물론 내가 두 번 다시 생각하고 싶지 않은 천박한 영화의 한 장면 같은 것들마저도 다 기억했다. 밤이 깊어 주위가 고요해지면 우리 둘은 마주 앉아 복습을 시작했다. 나는 언제나 질문을 받았고 시험을 치렀으며 당시에 한 말을 다시 말해 보라는 지시를 받았다. 그리고 그때마다 항상 그녀에게서 보충과 정정을 받아야 했다. 마치 성적이 가장 낮은 열등생이 된 기분이었다.

이런 복습도 얼마 후부터는 점차 드물어졌다. 하지만 그녀가 허공을 응시한 채 넋이 나간 듯 생각에 잠겼다가, 이내 표정이 더욱 부드러워지고 보조개 역시 깊어지는 것을 보면 또 혼자서 옛것을 복습하고 있음을 알 수 있었다. 나는 그녀가 그 우스꽝스러운 영화의 한 장면을 보는 것이 몹시 두려웠다. 그러나 그녀는 그것을 꼭 보고 싶어 했고, 보지 않고는 견딜 수 없다는 것도 잘 알았다.

하지만 그녀는 그것을 우스꽝스럽다고 여기지 않았다. 나 자신은 너무나 우습고, 심지어 비루하기까지 하다고 생각했지만 그녀는 조금도 우습다고 생각하지 않았다. 나는 이 점을 아주 분명하게 알았다. 그녀가 나를 그토록 열렬하고 그토록 순수하게 사랑했기 때문이었다.

작년 늦은 봄은 가장 행복하고 또 가장 바쁜 시기였다. 내 마음은 안정되었지만 마음의 다른 한 부분과 몸이 동시에 분주했다. 우리는 이 무렵이 되어서야 비로소 함께 길을 걸을 수 있었고 공원에도 몇 번 갔지만 살 곳을 찾으러 다닐 때가 가장 많았다. 나는 길거리에서 가끔씩 우리를 위아래로 훑어보고 비웃으며 멸시하는 경멸의 눈초리를 느꼈다. 조금이라도 조심하지 않으면 이런 눈길에 온몸이 움츠러들기 때문에 나는 오만과 반항심으로 버티어 나가는 수밖에 없었다. 반면에 그녀는 조금도 두려워하는 빛이 없었고 이런 일들에 대해 전혀 무관심했다. 의젓하게 천천히 걸어가는 품이 마치 태연하게 무인지경으로 들어서는 것 같았다.

거처할 곳을 구하기는 정말로 쉽지가 않았다. 대부분은 저쪽에서 핑계를 대면서 거절했고 더러는 우리 마음에 들지 않았다. 처음에는 우리의 선택이 너무 깐깐했다. 그렇다고 지나치게 깐깐한 것은 아니었다. 대부분 우리가 안주할 수 있을 만한 곳 같아 보이지 않았기 때문이다. 그러나 나중에는 그저 받아 주기만 했으면 하는 바람뿐이었다. 스무 군데 이상 둘러보고서야 겨우 얼마 동안 그런대로 살아갈 만한 곳을 찾아냈다. 지자오 후퉁에 있는 작은 집의 두 칸짜리 남쪽 방이었다. 주인은 말단 관리이긴 하지만 이해심이 있어 보였다. 자신들은 안채와 곁채에서 살았다. 그에게 가족이라곤 부인과 아직 돌이 지나지 않은 딸이 하나 있을 뿐이고, 시골에서 데려온 식모가 있었다. 갓난아이가 울지만 않는다면 정말 평화롭고 조용한 집이었다.

우리의 살림살이는 아주 간단했다. 하지만 이미 내가 마련한 돈을 대부분 썼기 때문에 즈쥔은 자신의 유일한 패물인 금반지와 귀고리를 팔아야 했다. 내가 말려 보았지만 그녀가 기어코 팔겠다고 하기에 더는 우기지 않았다. 나는 그녀가 작은 몫이라도 보태지 않으면 마음이 편치 않으리라는 것을 잘 알았다.

  그녀는 이미 숙부와 다투고 나온 터였고 숙부는 다시는 그녀를 조카딸로 인정하지 않겠다며 노발대발했다. 사실은 나도 내가 하는 일에 겁을 먹거나 혹은 질투까지 하면서 충고라고 말하는 친구 몇몇에게 줄줄이 절교를 선언했다. 그렇게 하는 것이 훨씬 더 조용했다. 매일 사무실 일이 끝나면 저녁 무렵이 되었고 인력거꾼은 언제나 느렸지만 그래도 어떻게든 우리 둘만이 마주하는 시간을 가질 수 있었다. 우리는 처음에는 말없이 서로를 바라보다가 마음을 터놓고 친밀한 대화를 나눴다. 나중에는 또다시 침묵에 잠기곤 했다. 둘 다 고개를 숙이고 생각에 잠겼지만 그렇다고 특별히 뭔가를 생각하는 것은 아니었다. 나는 점차 그녀의 몸과 영혼을 두루두루 선명하게 읽을 수 있었다. 3주가 채 못 되어 나는 그녀에 대해 더욱 깊이 알게 되었고, 예전에 잘 안다고 생각했으나 지금에 와서 보니 너무나 낯선 것들, 이른바 격막(隔膜)을 진정으로 벗겨 나갔다.

  즈쥔은 나날이 활발해졌다. 하지만 그녀는 화초를 좋아하지 않았고 내가 묘회에서 사온 화분 두 개에 심어 둔 화초는 나흘이나 물을 주지 않아 벽 한 구석에서 시들어 죽어 버렸다. 나도 화초를 돌볼 만한 시간이 없었다. 하지만 그녀는 동물은 좋아했다. 그 관리의 부인에게서 전염된 것인지, 한 달도 못 되어 갑자기 가족이 늘어 병아리 네 마리가 좁은 마당에서 주인집 병아리 십여 마리와 함께 어울려 다녔다. 다행히 여자들은 닭의 모습을 잘 알아, 어느 것이 자기네 닭인지 구별했다. 그 외에 내가 묘회에서 사온 얼룩 강아지 한 마리도 있었다. 원래 이름이 있었을 텐데 즈쥔은 따로 이 개에게 아수이라는 이름을 지어 주었다. 나도 아수이라고 부르긴 했지만 그 이름이 썩 마음에 들지는 않았다.

정말로 애정이란 시시때때로 새롭게 바뀌고 생장하며 창조되어야 한다. 내가 즈쥔에게 이런 얘기를 하자 그녀도 알아들었다는 듯이 고개를 끄덕였다.

아, 그 얼마나 평안하고 행복한 밤이었던가!

평안과 행복이 함께 응고되어야만 영원히 이렇게 평안하고 행복할 수 있다. 회관에 있을 때는 이따금 의견 충돌과 서로의 생각에 대한 오해가 있었지만, 지자오 후통으로 이사한 뒤로는 그런 일도 없어졌다. 우리는 등불 밑에 마주 앉아 옛일을 회상하면서 당시 서로 충돌한 뒤의 화해가 새로 태어나는 것 같은 즐거움이었음을 음미할 뿐이었다.

뜻밖에도 즈쥔은 살이 찌고 혈색도 좋아졌지만 안타깝게도 너무 바빴다. 집안일에 쫓겨 세상 이야기를 할 틈도 없었으니 독서나 산책 따위는 말할 것도 없었다. 우리는 늘 아무래도 식모를 구하지 않으면 안 되겠다고 말하곤 했다.

저녁때 집에 들어오면 항상 그녀가 불쾌한 표정인 것을 보아야 하는 나도 기분이 좋을 리 없었다. 특히 나를 더욱 불쾌하게 한 일은 그녀가 억지로 웃는 얼굴을 하는 것이었다. 다행히 두 집의 병아리가 도화선이 되어 관리의 부인과 눈에 보이지 않는 다툼이 있었음을 알게 되었다. 그렇다면 그녀는 무엇 때문에 이런 일을 내게 솔직하게 말하지 않는 걸까? 사람에게는 반드시 자기만의 집이 있어야 하는 법이었다. 이런 집은 살 말한 곳이 못 됐다.

내가 다니는 길은 정해져 있었다. 한 주에 엿새를 매일 사무실에서 집으로, 집에서 사무실로 똑같은 길을 왕래할 뿐이었다. 사무실에서는 책상에 앉아 공문이나 편지를 쓰고 또 쓰다가 집에 오면 즈쥔에게 말벗이 되어 주거나 그녀를 도와 풍로에 불을 붙여 밥을 짓고 만터우를 쪘다. 내가 밥 짓는 법을 배운 것도 바로 이 무렵이었다.

하지만 내가 먹는 음식은 회관에 있을 때보다도 훨씬 나아졌다. 음식을 만드는 것이 즈쥔의 장기는 아니었지만 그녀는 이 일에 혼신을 다했다. 그녀의 밤낮 없는 조바심 때문에 나도 덩달아 초조해지지 않을 수 없었다. 게다가 그녀는 아침부터 밤중까지 얼굴 가득 땀을 흘려 짧은 머리는 이마에 붙었고 두 손은 또 그렇게 거칠어져 갔다.

게다가 아수이를 돌보고 병아리를 키워야 했다……. 이 모든 것이 그녀가 하지 않으면 안 될 일들이었다.

그녀에게 나는 안 먹어도 괜찮으니 너무 그렇게 애쓰지 말라고 충고한 적도 있었다. 하지만 그녀는 나를 힐끗 쳐다보기만 할 뿐, 입을 열지 않았다. 대신 쓸쓸한 표정을 지었다. 결국 나도 입을 다물 수밖에 없었다. 하지만 그녀는 여전히 힘들게 일을 했다.

진작부터 예상하던 충격이 마침내 닥쳐왔다. 쌍십절 전날 밤이었다. 그녀는 그릇을 씻고 있었고 나는 멍하니 앉아 있었다. 대문 두드리는 소리에 나가 문을 열어 보니 내 사무실에서 온 사환이었다. 그는 인쇄한 종이쪽지 한 장을 내밀었다. 나는 뭔가 예감한 바가 있어 얼른 등불 밑으로 가져가 읽어 보았다. 과연 종이에는 이런 내용이 인쇄되어 있었다.

국장의 명령에 따라 스쥐엔셩은 앞으로
본 국에 나와 사무를 볼 수 없음

비서과. 10월 9일

나는 회관에 있을 때부터 이미 이런 일이 일어날 것이라 짐작했다. 크림을 잔뜩 바른 그 젊은 녀석이 바로 국장 아들의 도박 친구라, 소문을 과장하여 이를 보고한 것이 분명했다. 이제야 효력이 나타나다니 오히려 너무 늦은 감이 있었다. 사실 이 일은 내게 큰 충격이라고 할 수도 없었다. 나는 얼마든지 남들에게 글을 베껴 주거나 글을 가르쳐 줄 수 있고, 아니면 힘이 좀 들더라도 책을 번역하는 일을 할 수도 있다고 벌써부터 작정했기 때문이다. 게다가 『자유의 벗』 편집장과는 여러 차례 만나 잘 아는 사이였고 두 달 전에는 서로 서신을 주고받기도 했다. 하지만 그런데도 가슴이 두근거리는 것은 어쩔 수 없었다. 그렇게도 겁이 없던 즈쥔의 얼굴빛이 변하는 것을 보자 내 가슴은 더욱 아파 왔다. 그녀는 요즘 부쩍 겁이 많고 약해진 것 같았다.

「그까짓 일이 뭐 그리 대단하다고요. 자! 우리 새로운 일을 시작해요······.」

그녀가 말했다.

그녀의 말이 끝나기도 전에 왠지 모르게 내게는 그녀의 목소리가 허공에 뜬 것처럼 들렸고 등불도 유달리 어둡게 느껴졌다. 인간이란 참으로 우스운 동물이라 아주 작고 사소한 일에도 심각한 영향을 받곤 한다. 우리는 처음에는 말없이 서로 쳐다보기만 하다가 천천히 의논을 시작했다. 결국 수중에 있는 돈을 최대한 아껴 쓰는 한편, 글을 베끼거나 가르친다는

〈작은 광고〉를 내기로 했다. 아울러 『자유의 벗』 편집장에게도 편지를 써서 지금 내 처지를 설명하고 가급적 내 번역본을 채택하여 어려운 시절을 이겨 내도록 도와 달라고 부탁하기로 했다.

「하기로 했으면 하는 거요! 새로운 길을 개척해 보자고!」

나는 즉시 책상 쪽으로 몸을 돌려 향유가 담긴 병과 식초 접시를 치웠다. 즈쥔이 곧 흐릿한 등불을 가져다주었다. 나는 먼저 광고 문구를 쓰고 나서 번역할 만한 책을 고르기로 했다. 이사 온 뒤로 한 번도 펼쳐 본 일이 없어 책들 위로 먼지가 뽀얗게 쌓여 있었다. 마지막으로는 편지를 쓰기로 했다.

나는 몹시 망설였다. 어떻게 표현해야 할지 몰라 붓을 멈춘 채 생각을 집중하다가 힐끗 그녀의 얼굴을 바라보았다. 희미한 등불 밑으로 그녀의 모습이 몹시 쓸쓸해 보였다. 나는 이처럼 작고 사소한 일이 항상 굳세고 두려움을 모르던 즈쥔에게 이렇게 뚜렷한 변화를 가져다주리라고는 정말 생각지도 못했다. 최근 그녀가 무척 겁이 많고 나약해진 것은 결코 오늘밤에 시작된 일이 아니었다. 이 때문에 내 마음은 더욱 혼란스러워졌고 갑자기 편안하던 생활의 모습, 회관의 낡은 방에서 조용하게 살던 광경이 눈앞에 아른거렸다. 다시 눈을 바로 뜨고 앞을 응시하자 또다시 내 눈앞에 보이는 것이라고는 희미한 등불뿐이었다.

한참 후에야 편지가 완성되었다. 꽤 긴 편지였다. 몹시 피곤했다. 최근에는 나 자신도 겁이 많아지고 나약해진 것 같았다. 이에 우리는 광고를 내는 일과 편지 보내는 일을 다음 날 한꺼번에 실행하기로 마음먹었다. 우리는 서로 약속이나 한 듯이 동시에 허리를 펴고서 말없이 서로의 강인한 불굴의 정신을 확인하면서 새로 싹 트는 미래의 희망을 바라보았다.

외부에서 온 충격은 오히려 우리 두 사람에게 새로이 정신을 가다듬는 계기가 되었다. 사무실 생활이란 원래 새 장수의 손안에 있는 새 같아서 겨우 먹이 한 줌으로 목숨을 이어 나갈 수 있을 뿐, 결코 살이 찔 수는 없었다. 그런 세월이 길어지다 보면 날개가 마비되어 새장 밖에 내놓아도 날개를 떨치고 날 수 없게 되고 만다. 나는 이제 이 새장에서 벗어났다고 할 수 있었다. 이제부터 날갯짓을 망각하기 전에 저 새롭고 드넓은 하늘을 마음껏 날아 볼 생각이었다.

물론 작은 광고는 당장 효과를 나타낼 수 없었고, 책을 번역하는 것 또한 쉬운 일이 아니었다. 이전에 읽을 때는 다 이해했다고 생각했는데, 막상 번역하려고 손을 대자 모르는 것이 한둘이 아니라 속도가 매우 느렸다. 하지만 노력하기로 결심한 뒤로, 별로 낡지 않았던 자전에 반달도 채 못 되어 가장자리에 새까맣게 손때가 묻었다. 내 작업이 얼마나 진지했는지를 증명하는 사례였다. 『자유의 벗』 편집장은 자신의 간행물은 절대로 좋은 원고를 썩히지 않는다고 말한 적이 있었다.

애석하게도 내게는 조용한 방이 없었다. 또한 즈쥔에게서는 예전의 조용함과 자상한 보살핌이 없어졌다. 방 안에는 항상 그릇들이 흐트러져 있고 연기가 자욱하여, 안정된 마음으로 제대로 일을 할 수가 없었다. 물론 이는 서재 한 칸 마련할 수 없는 나의 무력함을 원망하는 수밖에 없는 일이었다. 게다가 아수이와 닭이 몇 마리 있었다. 닭들이 자라면서 걸핏하면 두 집 사이 말다툼의 도화선이 되곤 했다.

게다가 〈시냇물의 흐름이 쉬지 않듯이〉 하루도 식사를 거를 수 없었다. 즈쥔의 공로는 완전히 이 식사 위에 세워지는 것 같았다. 먹은 다음에는 돈을 변통해야 했고, 돈을 변통해 와서는 또 먹었다. 그뿐 아니라 아수이도 먹이고 닭도 키워야 했다. 그녀는 이전에 알던 일들을 완전히 잊어버린 것 같았다. 시도 때도 없이 밥 먹으라는 재촉에 나의 구상이 단절된다는 생각은 전혀 하지 않는 듯했다. 내가 자리에 앉아 약간 화난 기색을 보여도 그녀는 전혀 고치려 하지 않았고 내 기분을 전혀 의식하지 못하는지 계속 밥만 먹어 댔다.

그녀에게 나의 작업은 정해진 식사 시간에 구속될 필요가 없다는 사실을 이해시키는 데 무려 다섯 주나 걸렸다. 그녀는 그 점을 알게 되자 몹시 불쾌한 것 같았지만 아무 말도 하지 않았다. 과연 이때부터 내 작업은 훨씬 빠르게 진행되어 며칠 후에는 5만 자나 되는 분량을 번역할 수 있었다. 문장을 한 번 다듬기만 하면 이미 완성된 소품 두 편과 함께 『자유의 벗』에 보낼 수 있게 된 것이다. 단지 식사만큼은 여전히 고통이었다. 반찬이 식는 것은 상관없지만 아무래도 양이 모자랐다. 심지어 하루 종일 집에 앉아 머리를 쓰다 보니 먹는 양이 전보다 크게 줄었는데도 밥이 부족할 때가 있었다. 이는 먼저 아수이에게 밥을 먹이기 때문이었다. 때로는 최근 나도 먹어 보지 못한 양고기까지 아수이에게 주기도 했다. 그녀는 아수이가 정말 너무 말라 가엾기 때문이라고 했다. 그러면서 집주인 여자가 아수이 때문에 우리를 비웃는데, 그녀로서는 이런 모욕을 참을 수 없다는 것이다.

그러다 보니 내가 먹다 남긴 밥은 닭들 차지가 되었다. 이는 훨씬 뒤에야 알게 된 일이었다. 하지만 그와 동시에 〈우주에서의 인류의 위치〉라는 헉슬리[4]의 정론처럼 나는 이 집에서 나의 위치가 개와 닭의 중간에 지나지 않는다는 것을 깨닫게 되었다.

 나중에는 여러 차례 싸움과 재촉을 거쳐 닭들은 점차 반찬으로 변해 갔다. 우리는 아수이와 함께 열흘 넘게 신선한 고기 요리를 즐길 수 있었다. 하지만 닭들은 오래전부터 하루에 수수 몇 알씩밖에 먹지 못해서인지 하나같이 비쩍 말라 있었다. 이때부터는 집이 아주 조용했다. 즈쥔만이 몹시 의기소침하여 항상 쓸쓸하고 무료하다고 느끼는 것 같았다. 말도 별로 하고 싶어 하지 않았다. 나는 속으로 생각했다.〈인간이란 정말 얼마나 쉽게 변하는 존재인가!〉
 그러나 곧 아수이도 키울 수 없게 되었다. 우리는 이미 더는 어디선가 편지가 오리라는 희망을 가질 수 없었다. 즈쥔에게도 어느새 아수이가 절을 하거나 재롱을 부릴 때 줄 먹이가 하나도 남지 않았다. 겨울은 어찌나 빨리 다가오는지, 난로가 큰 문제였다. 사실 우리에게는 개 먹이가 벌써부터 작지 않은 부담으로 여겨졌다. 그래서 더는 개를 키울 수가 없게 된 것이다.
 개에게 초표(草標)[5]를 달아 묘회의 장터에 내다 팔면 아마 돈 몇 푼 챙길 수 있겠지만 우리는 그렇게 할 수는 없었다. 또 그렇게 하고 싶지도 않았다. 결국은 내가 책보로 머리를 싸서 교외로 데리고 나가 버리는 수밖에 없었다. 그래도 쫓아오려고 하는 바람에 그다지 깊지 않은 구덩이에 밀어 넣어야 했다.

---

4 T. H. Huxley(1825~1895). 영국의 생물학자.
5 팔 짐승이나 물건에 풀로 만들어 다는 표시.

집으로 돌아오자 집이 훨씬 더 조용해진 것을 느꼈다. 하지만 즈쥔의 처량한 표정이 나를 무척 놀라게 했다. 여태껏 한 번도 본 적이 없는 표정이었다. 물론 아수이 때문이었다. 하지만 어쩌다 이런 지경에까지 이르렀단 말인가? 나는 개를 구덩이 속에 밀어 넣고 왔다는 이야기는 하지 않았다.

밤이 되자 그녀의 비통해하는 표정에 얼음 같은 차가움이 더해졌다.

「이상하군. 즈쥔! 당신 오늘은 왜 그러는 거요?」

참다못해 내가 물었다.

「뭐 말이에요?」

그녀는 나를 쳐다보지도 않았다.

「당신 얼굴빛이…….」

「아무것도 아니에요. 아무 일도 없다니까요.」

나는 마침내 그녀의 말투와 행동에서 나를 모진 사람이라 여기고 있음을 알아차렸다. 사실 나 혼자라면 살아가는 것이 어렵지 않았다. 오만함 때문에 이때껏 세교(世交)가 있는 사람들과 내왕하지 않았고 이사한 뒤로는 예전부터 알던 사람들과도 소원해졌지만 어디든 멀리 떠나기만 하면 살길은 훨씬 더 넓어질 것이다. 지금 이런 생활의 압박으로 인한 고통을 참아 내는 것도 대부분은 그녀를 위해서고, 아수이를 버린 것도 마찬가지였다. 하지만 즈쥔의 식견은 이런 생각조차 하지 못할 정도로 천박해진 듯했다.

나는 기회를 봐서 그녀에게 이런 점을 넌지시 일러 주었다. 그녀는 알아들은 듯 고개를 끄덕였다. 그러나 그 후 그녀의 태도를 보면 이해하지 못했거나, 혹은 아예 믿지 않는 것이 분명했다.

차가운 날씨와 그녀의 차가운 표정이 나를 편안히 집에 있을 수 없게 했다. 하지만 어디로 간단 말인가? 큰길이나 공원에는 차가운 표정은 없다 해도 찬바람이 살을 에는 추위가 있었다. 마침내 나는 일반 도서관에서 나의 천국을 찾아냈다.

그곳은 표를 살 필요가 없었고 열람실에는 난로도 두 개나 있었다. 불이 꺼질 듯 말 듯 타는 석탄 난로이긴 하지만 난로가 있는 걸 보는 것만으로도 정신적으로 충분한 따스함이 느껴졌다. 책은 볼 만한 것이 없었다. 옛날 책들은 진부하고 새 책은 거의 없었다.

다행히 내가 그곳에 가는 것은 책을 보려고가 아니었다. 항상 몇몇 사람, 많을 때는 열 명이 넘는 사람들이 하나같이 얇은 옷을 입고 와서 바로 나처럼 제각기 책을 읽는다는 핑계로 난롯불을 쬐고 있었다. 이곳이야말로 내게 딱 맞는 장소였다. 거리에서라면 아는 사람을 만나기도 쉽고 경멸의 눈초리를 받기도 하겠지만 이곳에서는 그런 뜻밖의 재앙을 만날 리가 없었다. 왜냐하면 그런 사람들은 영원히 다른 난로를 둘러싸고 있거나 또는 자기 집에서 백로(白爐)[6] 가까이 붙어 있을 테니 말이다.

그곳에 내가 읽을 만한 책은 없었지만 내가 생각에 잠길 수 있는 편안함이 있었다. 혼자 멍하니 앉아 지난 일들을 돌이켜 보면서 지난 반년 동안 오로지 사랑을 위해, 맹목적인 사랑을 위해 인생의 다른 의미들을 모두 소홀히했다는 것을 깨닫게 되었다. 첫째는 생활이었다. 사람에게는 생활이 있어야만 비로소 사랑도 따르게 된다. 이 세상에는 노력하지 않는 사

---

6 지름 15센티미터 정도의 작고 흰 도자기 화로. 일종의 개인용 난로로, 청 대에서 민국 초년까지 북방의 일반 가정집에서 보편적으로 사용되었다.

람을 위해 살길을 열어 주는 일은 없었다. 나도 아직 날갯짓하는 것을 잊지는 않았다. 비록 이전보다 많이 기가 약해지긴 했겠지만······.

열람실과 열람객들의 모습이 점차 사라지더니 내 눈에는 성난 파도 속에서 사투를 벌이는 어부와 참호 속의 병사, 자동차에 탄 귀족, 조계지[7]의 투기꾼들, 깊은 산 밀림 속 호걸, 강단 위의 교수, 한밤중에 운동하는 사람들과 심야의 좀도둑······ 등이 보였다. 즈쥔은, 옆에 없었다. 그녀의 용기는 이미 완전히 소실되어 버렸다. 단지 아수이 때문에 슬퍼하고, 밥상을 차리는 데 골몰할 뿐이었다. 그런데 이상한 것은 그녀가 별로 야위지 않았다는 것이다.

추워졌다. 난로 속에 꺼질 듯 말 듯 하던 돌멩이 같은 석탄 몇 조각마저 마침내 다 타버리고 벌써 폐관 시간이 되었다. 지자오 후퉁으로 돌아가 차가운 얼굴을 마주해야 할 시간이었다. 최근에는 간혹 따스한 표정을 접할 때도 있지만, 이는 오히려 내 고통을 가중시킬 뿐이었다. 어느 날 밤, 즈쥔의 눈에 갑자기 오랫동안 보이지 않던 순진한 빛이 보이더니, 웃으면서 나에게 회관에서 살 때의 정경을 얘기했다. 이따금 무척 두려운 듯한 표정을 짓기도 했다. 최근에는 내가 그녀보다도 훨씬 더 냉담해져 그녀에게 걱정과 의심을 안겨 준다는 사실을 잘 알았기 때문에 애써 유쾌한 대화로 얼마간이라도 그녀를 위로해 주어야 했다. 하지만 얼굴에 웃음이 떠오르고 말이 입에서 나오자마자 즉각 공허하게 변해 버렸다. 이러한 공허

---

7 19세기 후반에 영국, 미국, 일본 등 8개국이 중국을 침략하는 근거지로 삼았던, 개항 도시의 외국인 거주지. 외국이 행정권과 경찰권을 행사했으며, 한때는 28개소에 이르렀으나 제2차 세계 대전 이후에 폐지되었다.

함은 또 곧장 메아리가 되어 내 귀와 눈으로 되돌아와 정말 참을 수 없는 지독한 비웃음을 나에게 던져 주었다.

즈쥔도 이를 알아차린 것 같았다. 이때부터 이전의 마비된 듯한 조용함을 잃고, 최대한 감추려고 애를 쓰긴 했지만 수시로 걱정과 의혹의 기색을 드러냈다. 하지만 나를 대하는 태도는 훨씬 부드럽고 따뜻해졌다.

나는 그녀에게 분명하게 얘기하고 싶었지만 차마 말을 꺼낼 용기가 나지 않았다. 결심을 하고 나서도 막상 그녀의 어린아이 같은 눈을 보면 잠시라도 억지웃음을 짓지 않을 수 없었다. 이는 또 자신을 비웃는 것이 되어 냉담한 침착성을 잃고 말았다.

그때부터 그녀는 또다시 지나간 일에 대한 복습과 새로운 시험을 시작했다. 나에게 거짓으로 따스하고 부드러운 답안을 작성하여 자신에게 따스하고 부드러운 모습을 보이도록 하고, 거짓 초고(草稿)를 자신의 마음속에 쓰도록 했다. 내 마음은 점차 이런 초고로 가득 메워져 숨조차 쉬기 어려웠다. 나는 고뇌 속에서 항상 생각했다. 진실을 말하는 데는 아주 큰 용기가 있어야 했다. 이런 용기가 없어 거짓에 안주한다면 새로운 삶의 길을 열 수 없는 사람이 되고 만다. 나는 결코 이런 사람이 아니었다. 이런 사람은 일찍이 있지도 않았다!

즈쥔이 원망스러운 표정을 짓고 있었다. 아침에, 몹시 추운 날 아침에 즈쥔이 지금까지 본 적 없는 몹시 원망스러운 표정을 짓고 있었다. 어쩌면 내가 보기에 그런 것인지도 몰랐다. 그때 나는 차갑게 화를 내면서 남몰래 웃었다. 그녀가 연마한 사상과 활달하고 두려움 없는 언변도 결국은 공허함에 지나지 않았다. 그리고 이 공허함에 대해 아무런 자각도 없었다. 그녀는 진작부터 어떤 책도 읽지 않았고, 삶의 가장 중요한 목적이 생명을 유지하는 것이며, 이 생명 유지의 길을 향해 나아가려면 반드시 손을 맞잡고 함께 가거나 또는 홀로 분투하며 나아가야 한다는 사실을 알지 못했다. 남의 옷자락에 매달리려 한다면 그가 아무리 전사라 할지라도 전투를 하기가 어려울 테고, 결국 함께 멸망할 수밖에 없다는 사실을 그녀는 알지 못했다.

나는 우리 두 사람이 헤어지는 길 외에는 달리 새로운 희망이 없다고 생각했다. 그녀는 단호하게 나를 버리고 떠나야 했다. 나는 갑자기 그녀의 죽음을 상상하기도 했다. 하지만 곧 자책이 되어 참회했다. 다행히 아침이라 시간이 많아 나의 진실을 얘기할 수 있었다. 우리에게 새로운 길이 열릴 수 있는 기회가 바로 지금이라고 말했다.

나는 그녀와 한담을 나누면서 일부러 우리의 지난 일들에 관해 언급했다. 문학예술에 관해 얘기하고 외국 문인들과 그들의 작품에 관해 얘기했다. 「노라」와 「바다에서 온 부인」[8]을 얘기하면서 노라의 결단력을 칭송하기도 했다……. 지난해 회관의 낡은 방에서 얘기한 것들이지만 지금은 이미 공허하게 변해 있었다. 내 입에서 나온 말이 다시 내 귀로 전해져 올 때마다 몸을 숨긴 나쁜 아이가 등 뒤에 숨어 짓궂고 냉혹하게 나를 흉내 내는 것이 아닌가 하는 의심이 생겼다.

그나마 그녀는 고개를 끄덕이고 대답을 해가며 내 말에 귀를 기울였다. 그러다가 나중에는 침묵했다. 나도 대충 얘기를

---

8 둘 다 입센의 희곡 작품이다. 「노라」는 「인형의 집」을 말한다.

마무리했지만 그 여운마저도 허공으로 사라져 버렸다.

「그래요.」

그녀는 또 잠시 입을 다물고 있다가 말했다.

「하지만, ······쥐엔성, 제 생각에는 요즈음 당신이 많이 달라진 것 같아요. 안 그래요? 당신, 사실대로 솔직히 말씀해 주세요.」

나는 마치 처음으로 공격을 당한 기분이었다. 하지만 곧 정신을 가다듬고 내 생각과 주장을 말했다. 함께 멸망하지 않으려면 새로운 길을 개척해야 한다고, 새로운 삶을 재건해야 한다고 말했다.

마지막으로 나는 굳은 결심과 함께 한마디 덧붙였다.

「······게다가 당신은 이미 조금도 주저하지 않고 용감히 전진할 수 있게 되었소. 내게 솔직히 말하라고 했는데, 옳은 말이오. 모름지기 인간은 가식적이어서는 안 되는 법이지. 솔직히 말하겠소! 왜냐하면 나는 이미 당신을 사랑하지 않기 때문이오! 하지만 이것이 당신에게는 훨씬 다행스러운 일이오. 당신은 아무런 거리낌 없이 일을 할 수 있기 때문이오······.」

동시에 나는 커다란 변화가 닥쳐오리라 예상했다. 하지만 침묵만 있을 뿐이었다. 그녀는 갑자기 안색이 흙빛으로 변해 마치 죽은 사람 같더니 금세 생기를 되찾았다. 눈에도 어린아이처럼 맑고 반짝이는 빛이 나타났다. 눈빛이 배고프고 목마른 아이가 자애로운 어머니를 찾듯이 사방을 투시했다. 단지 허공에서만 찾을 뿐, 두려움 때문인지 내 눈길은 피했다.

더는 볼 수가 없었다. 다행히 아침이라 나는 추위를 무릅쓰고 일반 도서관으로 달려갔다.

그곳에서 『자유의 벗』을 보게 되었다. 내가 쓴 소품이 전부

게재되어 있었다. 너무나 놀라운 일이었다. 약간 생기가 솟는 듯했다. 삶의 길은 아직 많다는 생각이 들었다. 하지만 역시 지금 상태로는 안 될 것 같았다.

나는 오랫동안 소식을 끊었던 친구들을 방문하기 시작했다. 하지만 그것도 한두 번으로 그치고 말았다. 물론 그들의 집은 따뜻했지만 나는 골수까지 심한 추위를 느꼈다. 밤에는 얼음보다도 차가운 방 안에서 웅크리고 잤다.

얼음 바늘이 내 영혼을 찌르면서 나를 영원한 마비의 고통으로 괴롭혔다. 삶의 길은 아직 많고, 나는 아직 날갯짓하는 것을 잊지 않았다고 여겼다. 문득 그녀의 죽음을 생각했다. 그러나 곧 자책하고 참회했다.

일반 도서관에서 나는 종종 한 줄기 빛을 발견하곤 했다. 새로운 삶의 길이 눈앞에 놓인 것이다. 그녀가 용감하게 깨어나 의연하게 이 얼음처럼 차가운 집을 떠나간다. 게다가 전혀 원망하는 기색 없이. 나는 떠도는 구름처럼 가볍게 하늘가에 떠돈다. 위로는 짙푸른 하늘, 아래로는 푸른 산과 넓은 바다, 높은 누각, 전쟁터, 자동차, 조계지의 서양 상가, 공관, 밝고 시끄러운 시가지, 어두운 밤…… 이 펼쳐졌다.

게다가, 정말로 새로운 생활의 국면이 다가오는 듯한 예감이 들었다.

우리는 결국 극도로 견디기 힘든 겨울, 이 베이징의 겨울을 넘겼다. 마치 지독한 장난꾸러기들의 손에 잡힌 잠자리처럼 실에 묶인 채 실컷 장난감이 되어 학대받다가 다행히 목숨은 잃지 않았지만 끝내는 땅바닥에 축 늘어져 조만간 죽기를 기다리는 것 같았다.

『자유의 벗』의 편집장에게 편지를 세 통이나 보내고서야 간신히 답장을 받았다. 봉투 안에는 도서 구입권 두 장이 들었을 뿐이었다. 한 장은 2쟈오짜리, 또 한 장은 3쟈오짜리였다. 독촉 편지를 보내는 데만 우표를 9편(分)[9]어치나 쓰느라 하루를 굶어야 했는데 결국 모든 것이 아무 소득도 없는 헛된 일이 되고 말았다.

그러나 꼭 와야 할 일은 언젠가는 오는 법이었다.

겨울에서 봄철로 접어들 무렵이었다. 이제 바람이 그다지 차지 않았기 때문에 나는 더욱 오랫동안 밖에서 배회하다가 집에는 대개 날이 어두워져서야 돌아갔다. 그렇게 어두운 어느 날 밤이었다. 나는 여느 때처럼 지쳐서 돌아왔다. 집 대문이 눈에 들어오자 평소보다 더 맥이 풀려 느릿느릿 발걸음을 옮겼다. 마침내 방 안에 들어섰지만 불이 켜져 있지 않았다. 성냥을 더듬어 찾아 불을 켰다. 이상할 정도로 적막하고 공허했다.

내가 당황하여 허둥대는데 마침 집주인 부인이 창밖에 와서 나를 불렀다.

「오늘 즈쥔 씨 부친이 오셔서 그녀를 데려가셨어요.」

그녀는 아주 간단하게 설명했다.

이는 전혀 예상하지 못한 일이었다. 나는 뒤통수를 한 대 얻어맞은 것처럼 그 자리에 말없이 서 있었다.

「그 사람이 갔다고요?」

---

[9] 10편이 1쟈오, 10쟈오가 1위안이다.

잠시 후에 나는 이렇게 한마디 되물었을 뿐이다.
「네, 갔어요.」
「그 사람이, 그 사람이 뭐라고 하던가요?」
「아무 말도 없었어요. 단지 선생께서 돌아오시면 떠났다고 전해 달라는 한마디뿐이었어요.」

나는 믿을 수가 없었다. 하지만 방 안이 이상할 정도로 적막하고 공허했다. 여기저기 돌아보면서 즈쥔을 찾았지만 낡아서 거무튀튀하게 색이 변한 가구 몇 점만 눈에 들어올 뿐이었다. 가구들은 말끔하게 청소되어서 사람 하나, 물건 하나 숨길 능력이 없음을 증명해 주었다. 나는 생각을 돌려 편지나 쪽지라도 남겨 두지 않았을까 하고 이리저리 찾아보았지만 역시 아무것도 없었다. 단지 소금과 마른 고추, 밀가루, 배추 반 포기가 한 곳에 모여 있고, 그 옆에는 동전이 몇십 개쯤 있을 뿐이었다. 이는 우리 두 사람의 생활비 전부였다. 지금 그녀는 이것을 정중하게 나 한 사람에게 남겨 주면서 이것으로 며칠이든 오래 생활을 유지하라고 무언의 암시를 한 것이다.

나는 주위에서 밀려나듯 급히 마당으로 나왔다. 어둠이 내 주위를 둘러쌌다. 안채의 종이 창문에는 등불이 환하게 빛났다. 그들 부부는 지금 아이의 재롱을 즐기고 있었다. 간신히 마음을 진정시킨 나는 무거운 압박감 속에서 점차 희미하게 탈출의 길이 나타나는 것을 감지했다. 깊은 산과 넓은 바다, 조계지의 서양 상가, 전등불 밑의 호화로운 연회, 참호, 칠흑같이 어두운 깊은 밤, 날카로운 칼의 일격, 소리 없이 다가오는 발걸음…….

마음이 약간 가벼워지면서 편안했다. 여비(旅費)를 생각하자 후우 하고 한숨이 나왔다.

드러누워 눈을 감으니 앞으로 예상되는 일들이 눈앞에 펼쳐지다가 한밤이 되기도 전에 모두 끝나 버렸다. 어둠 속에서 갑자기 음식이 한 무더기 보이는 것 같았다. 이어서 즈쥔의 창백한 얼굴이 떠오르더니 어린애 같은 눈을 크게 뜨고 애원하듯이 나를 쳐다보았다. 정신을 차려 보니 주위에는 아무것도 없었다.

마음이 오히려 더 무거워졌다. 나는 왜 며칠을 더 참지 못하고 그녀에게 그처럼 성급하게 사실대로 말해 버린 것일까? 이제 그녀는 알 것이다. 그녀의 앞길은 오로지 자녀의 채권자인 아버지의 뜨거운 해 같은 위엄과 주위 사람들의 서리보다 차가운 눈초리뿐이라는 것을, 그 외에는 온통 공허함뿐이라는 것을, 무거운 공허의 짐을 짊어지고 위엄과 차가운 눈초리 속에서 이른바 인생이라는 길을 걸어간다는 것이 얼마나 무서운 일인가를! 더구나 그 길의 끝은 묘비조차 없는 무덤에 지나지 않는다는 것을 알 것이다.

나는 즈쥔에게 진실을 말하지 말았어야 했다. 우리가 서로 사랑한 이상 나는 그녀에게 영원히 나의 거짓말을 바쳤어야 했다. 진실이 아무리 고귀하다 해도 그것이 즈쥔에게 심각한 공허가 되어서는 안 되었다. 물론 거짓말은 일종의 공허다. 그러나 종말에 이르면 기껏해야 무거움과 침울함에 지나지 않는다.

나는 즈쥔에게 진실을 말하기만 하면 그녀가 나와 처음 동거하기 시작했을 때처럼 아무런 거리낌 없이 단호하고 힘차게 앞으로 나아갈 것이라고 생각했다. 하지만 어쩌면 그것이 내 착각이었는지도 모른다. 그때 그녀가 용감하고 두려움이 없었던 것은 사랑 때문이었던 것이다.

나는 허위의 무거운 짐을 짊어질 용기가 없었던 탓에 오히려 그녀에게 진실의 무거운 짐을 지우고 말았다. 그녀는 나를 사랑한 뒤로 이 무거운 짐을 혼자 짊어지고 위엄과 냉대 속에서 이른바 인생의 길을 걸어온 것이다.

나는 그녀의 죽음을 생각했다……. 나는 자신이 비겁한 자임을 깨달았다. 때문에 진실한 사람이든 거짓된 사람이든 간에, 강한 사람들에 의해 배격되어야만 했다. 그럼에도 그녀는 오히려 내가 얼마간이라도 생활할 수 있기를 바랐다…….

나는 지자오 후퉁을 떠나야 했다. 이곳은 이상할 정도로 공허하고 적막했다. 이곳을 떠나야만 즈쥔이 아직 내 곁에 있는 것 같은 느낌이 들 것이다. 하지만 그녀가 아직 이 시내에 있다면, 회관에서 지낼 때처럼 어느 날 갑자기 나를 찾아올지도 모를 일이었다.

그러나 모든 청탁과 편지에 전혀 반응이 없었다. 하는 수 없이 나는 오랫동안 문안조차 드리지 않았던, 친분이 있는 어른을 찾아가 보는 수밖에 없었다. 그분은 나의 백부와 소년 시절의 동창으로, 정직하기로 이름난 관리였다. 베이징에서 오래 사셨고 대인 관계도 넓은 분이셨다.

아마도 복장이 남루했기 때문이겠지만, 문을 들어서자마자 문지기의 냉대를 받으며 간신히 만날 수 있었다. 그분은 나를 알아보기는 했지만 몹시 냉담했다. 그분은 우리의 지난 일을 전부 알았다.

「물론 자네는 여기에서 지낼 수 없네.」

그분은 다른 곳이라도 일자리를 부탁한다는 내 말에 싸늘한 반응을 보였다.

「글쎄 어디로 가지? 아주 어렵군. 자네, 그 뭔가, 자네 친구이던가, 즈쥔이라는 여자 말일세, 자네도 알겠지만, 그 여자가 죽었다네.」

나는 놀라움에 말을 할 수 없었다.

「정말입니까?」

나는 끝내 자신도 모르는 사이에 묻고 말았다.

「허허, 물론이지. 정말이고말고. 내 집에 있는 왕성네 집이 그 여자 집과 한 동네거든.」

「하지만, 왜 죽었는지는 모르십니까?」

「누가 알겠나? 어쨌든 죽은 것이 분명하다더군.」

나는 그분과 어떻게 작별하고 돌아왔는지 기억이 나지 않았다. 그가 거짓말을 한 것이 아니라는 사실은 잘 알았다. 즈쥔은 이제 다시는 지난해처럼 돌아올 수 없게 되었다. 그녀가 위엄과 냉대 속에서 공허의 무거운 짐을 짊어지고 이른바 인생의 길을 걸으려 해도 이미 그럴 수 없게 되었다. 그녀의 운명은 이미 내가 준 진실에 의해 결정되어 버렸다. 사랑 없는 인간은 죽고 마는 것이다.

물론 나는 이곳에 있을 수 없었다. 하지만 〈어디로 가야 한단 말인가?〉

주위에는 광대한 공허와 죽음의 정적뿐이었다. 사랑이 없어 죽어 가는 사람들의 눈앞에 펼쳐진 암흑이 하나하나 다 보이는 것 같고 모든 고민과 절망의 몸부림 소리가 들려오는 것 같았다.

나는 여전히 새로운 것이 오기를 기다렸다. 이름 붙일 수 없는 것, 뜻밖의 무언가가 오기를 기다렸다. 그러나 하루하루가 죽음의 정적이 아닌 것이 없었다.

나는 전에 비해 거의 외출을 하지 않았다. 그저 광대한 공허 속에 앉아서, 죽음의 정적이 내 영혼을 갉아먹는 대로 맡겨 둘 뿐이었다. 죽음의 정적은 때로는 저 혼자 전율하다가 저 혼자 물러갔다. 이렇게 끊어졌다 이어지기를 반복하는 사이에 이름도 없는 뜻밖의 새로운 기대가 번뜩였다.

하늘이 잔뜩 찌푸린 어느 날 오전, 해도 아직 구름 속에서 몸부림쳐 나오지 못하고 대기마저도 지쳐 있었다. 작은 발소리와 킁킁대는 콧소리가 들렸다. 눈을 번쩍 뜨고 이리저리 고개를 돌려보았지만 방 안은 여전히 공허했다. 그러다가 우연히 방바닥을 내려다보니 작은 짐승이 주위를 어슬렁거리고 있었다. 너무 야위어 반쯤 죽어 가는 데다 온몸이 흙투성이였다…….

자세히 살펴본 나는 너무 놀라 심장이 잠시 멈췄다. 이어서 벌떡 일어섰다.

아수이였다. 아수이가 돌아온 것이었다.

내가 지자오 후퉁을 떠난 것은 집주인 부부나, 그 집 식모의 차가운 눈초리 때문만은 아니었다. 전적으로 아수이 때문이었다. 하지만 〈어디로 가야 한단 말인가〉? 물론 새로운 삶의 길은 얼마든지 있었다. 나도 대충은 알았다, 때로는 그 길이 희미하게 보여 바로 내 눈앞에 있는 것처럼 느껴지기도 했다. 하지만 내게는 아직 그곳으로 들어설 첫걸음을 뗄 방법이 없었다.

여러 차례 생각하고 비교해 봤지만 역시 나를 받아 줄 만한 곳은 회관뿐이었다. 그곳에는 이곳과 마찬가지로 낡은 방에 나무판자 침대, 반쯤 시든 홰나무와 등나무가 있었다. 하지만 그때는 그곳이 내게 희망과 환희와 사랑의 생활을 제공해 주었으니 지금은 모두 떠나 버리고 남은 것이라고는 공허뿐이었다. 내가 진실과 맞바꾼 공허만이 존재할 뿐이었다.

새로운 삶의 길은 얼마든지 있었다. 나는 반드시 뛰어 넘어 들어가야 했다. 아직 살아 있기 때문이었다. 하지만 나는 아직 그 첫걸음을 어떻게 내디뎌야 하는지 알지 못한다. 때로는 삶의 길이 한 마리 잿빛 뱀처럼 스스로 꿈틀거리며 나를 향해 달려오는 게 보이는 것 같기도 했다. 그러나 내가 더 가까이 다가오기를 기다리며 지켜보는 사이에 갑자기 암흑 속으로 사라져 버렸다.

이른 봄밤은 또 그렇게 길었다. 오랫동안 쓸쓸히 앉아 있다 보니 오전에 길거리에서 본 장례 행렬이 생각났다. 행렬 앞쪽에는 종이로 만든 사람과 종이로 만든 말이 늘어서고 뒤쪽에서는 노랫소리 같은 곡성이 들려왔다. 나는 그제야 그 사람들이 총명하다는 것을 깨달았다. 이 얼마나 가볍고 간결한 일인가?

그러나 또 즈쥔의 장례식이 내 눈앞에 펼쳐졌다. 그녀는 혼자서 공허의 무거운 짐을 짊어지고 회색빛 머나먼 길을 걸어갔다. 그러다가 이내 주위의 위엄과 차가운 눈초리 속에서 어디론가 사라져 버렸다.

나는 정말로 귀신이 있고 정말로 지옥이 존재하기를 바랐다. 그렇기만 하다면 나는 아무리 요사스러운 바람이 거세게 몰아친다 해도 즈쥔을 찾아 나설 것이고, 그녀 앞에서 회한과 비애를 이야기하며 용서를 구할 것이다. 그럴 수 없다면 지옥의 독(毒) 화염이 나를 둘러싸고 격렬하게 나의 회한과 비애를 모두 태워 버리길 바랐다.

나는 요사스러운 바람과 화염 속에서 즈쥔을 끌어안고 그녀에게 용서를 빌거나 그녀의 마음을 달래 주고 싶었다…….

하지만 이는 새로운 삶의 길보다도 더 공허한 것이었다. 지금 내게 남은 것이라곤 이른 봄의 밤뿐이었다. 그것도 아주 길기만 한 밤이었다. 나는 살아 있었다. 반드시 새로운 삶의 길을 향해 발을 내디뎌야 했다. 그러나 그 첫걸음은 나의 회한과 비애를 기록하는 것이다. 즈쥔을 위해서, 그리고 나 자신을 위해서.

나는 여전히 노래하는 듯한 울음소리로 망각 속으로 즈쥔을 보내고 있었다. 그녀를 장사 지내고 있었다.

나 스스로를 위해 잊고 싶었다. 또한 다시는 망각으로 즈쥔을 장사 지내고 싶지 않았다.

나는 새로운 삶의 길을 향해 첫걸음을 내디뎌야만 했다. 나는 진실로 마음의 상처를 깊이 감추고 묵묵히 전진하고 싶었다. 망각과 거짓말을 나의 길잡이로 삼고…….

1925년 10월

형제[1]

　공익국(公益局)에는 줄곧 할 일이 없었다. 직원들이 몇몇 사무실에서 언제나 그랬듯이 집에서 있었던 이야기를 하고 있었다. 친이탕이 물부리를 손에 쥔 채 숨이 넘어갈 듯이 기침을 해대는 바람에 모두 입을 다물 수밖에 없었다. 한참 있다가 그는 벌겋게 된 얼굴을 쳐들고 역시 숨을 씩씩거리면서 말했다.

　「어제 그놈들이 또 싸웠어. 방 안에서 시작하여 대문간에 이를 때까지 계속 싸우더군. 내가 아무리 야단을 쳐도 들은 척도 안 하더라고.」

　희끗희끗한 수염 몇 가닥이 늘어진 그의 입술 언저리가 여전히 떨렸다.

　「셋째 놈 말로는 다섯째 놈이 공채표(公債票)[2]로 잃은 돈은 공동 회계에서 지출할 수 없다는 거야. 다섯째가 알아서 배상

---

1 이 작품은 1926년 2월 10일 베이징의 『망원(莽原)』 반월간 3기에 처음 발표되었다.
2 1938년 9월 1일 구국 운동을 위해 발행되어 일시적으로 통용되던 일종의 국채.

하는 것이 마땅하다는 거지……」

「저것 봐, 역시 돈 때문이었군요……」

장페이쥔은 분개하면서 낡은 장의자에서 일어났다. 두 눈이 깊은 눈두덩 안에서 인자하게 반짝였다.

「난 한 집 형제간에 왜 꼭 이렇게 세세하게 따져야 하는지 정말 이해할 수 없어. 어찌 됐든 모두 같은 돈이 아닌가요?」

「자네 형제 같다면야 어디 그런 일이 있겠나.」

친이탕이 말했다.

「우리는 그렇게 서로 따지지 않아요. 서로가 다 같으니까요. 우리는 돈이나 재물을 마음에 두지 않거든요. 그러다 보니 아무 일도 없더군요. 어느 집에서든지 재산 분배로 분쟁이 일어날 때마다 저는 항상 우리 집안 사정을 얘기하면서 싸우지 말라고 타이르곤 하지요. 이탕 어른도 아들들을 잘 지도해 보세요……」

「그게…… 어디……」

친이탕이 머리를 가로저으며 말했다.

「아마 그건 어려울 거야.」

왕웨성이 이렇게 말하면서 존경 어린 눈빛으로 장페이쥔을 쳐다보았다.

「당신네 형제는 정말 드문 경우야. 나는 그런 형제를 본 적이 없다고. 당신네 형제가 어느 누구 하나 사리사욕이 없다는 건 정말 쉽지 않은 일이지.」

「글쎄 방 안에서부터 싸우기 시작해서 대문간에 이를 때까지 계속 싸운다니까……」

친이탕이 말을 받았다.

「아우님은 여전히 바쁘신가?」

왕웨성이 물었다.

「여전히 수업이 일주일에 열여덟 시간이랍니다. 그 외에도 작문을 93편이나 봐줘야 하니 너무 바빠서 일을 다 소화하지 못하지요. 며칠 휴가를 얻긴 했는데, 몸에 열이 있는 걸 보니 감기가 든 모양이에요…….」

「거 조심해야지.」

왕웨성이 정중하게 말했다.

「오늘 신문을 보니 요즘 유행성 질병이 돈다고 하더군.」

「무슨 병인데요?」

장페이쥔이 놀란 표정으로 황급히 물었다.

「확실하진 않지만, 무슨 열(熱)이라던데…….」

이 한마디에 장페이쥔은 성큼성큼 신문 열람실로 달려갔다.

「정말 보기 드문 사람들이야!」

그가 나는 듯 달려가는 모습을 보면서 왕웨성이 친이탕을 향해 그를 칭찬했다.

「저들 두 형제는 꼭 한 사람 같아요. 모든 형제가 저렇기만 하다면 집에서 난리 법석을 피울 일이 없겠지요. 나는 흉내도 못 내겠어요.」

「공채표에서 잃은 돈은 공동 회계에서 낼 수 없다고 하더라니까…….」

친이탕은 불을 붙인 불쏘시개 종이를 물부리에 꽂아 불을 옮기면서 분개하여 말했다.

사무실 안은 잠시 조용해졌다. 얼마 후 그 조용함이 장페이쥔의 발소리와 사환을 불러 대는 소리로 깨져 버렸다. 그는 무슨 큰일이라도 난 것처럼 약간 말을 더듬었고 목소리도 떨렸다. 그는 사환에게 의사인 푸티스 선생에게 전화를 걸어 곧

퉁싱 아파트 장페이췬의 집으로 왕진을 와달라 부탁하라고 시켰다.

왕웨성은 그가 몹시 다급해하고 있음을 알았다. 그가 서양 의사를 신뢰한다는 건 알았지만 수입도 많지 않은 데다 평소에 알뜰하게 돈을 절약하던 사람이 지금은 이 근방에서 가장 유명하고 치료비도 비싼 의사를 부르러 하기 때문이었다. 이에 장페이췬을 맞으러 사무실 밖으로 나가 보았더니 그는 파랗게 질린 얼굴로 밖에 서서 사환이 전화 거는 것을 듣고 있었다.

「왜 그래?」

「신문에…… 성, 성홍열이 유행한다는 거예요……. 성홍열이오. 오후에 제, 제가 사무실로 나올 때 징푸가 얼굴이 온통 빨개가지고…… 이미 외출하셨다고? 그러면 전화로 찾아서 곧 와주십사고 부탁드려요. 퉁싱 아파트야, 퉁싱 아파트…….」

그는 사환이 전화하는 것을 다 듣고서 사무실로 뛰어 들어와서는 모자를 집었다. 왕웨성도 걱정이 가득한 얼굴로 뒤따라 들어왔다.

「국장님 들어오시면, 제가 휴가를 좀 부탁하더라고 말씀해 주세요. 집에 환자가 생겨서 의사를 부르러 간다고요…….」

그가 연방 고개를 끄덕이며 말했다.

「어서 가봐요, 국장님은 안 오실 거야.」

왕웨성이 말했다. 그는 미처 듣지 못했는지 벌써 밖으로 뛰어나가고 없었다.

거리로 나선 그는 평소와 달리 인력거 삯을 흥정하지도 않고, 몸집이 건장하고 잘 달릴 듯 보이는 인력거꾼에게 삯을 묻고는 곧장 인력거에 올라탔다.

「좋아요, 하여간 빨리 가기나 해요.」

아파트는 평소처럼 매우 평온하고 조용했다. 심부름꾼 아이가 여느 때처럼 문밖에 앉아 호금(胡琴)[3]을 켜고 있었다. 그는 동생 침실로 뛰어 들어갔다. 가슴이 더 심하게 뛰는 것이 느껴졌다. 동생의 얼굴이 더욱 빨갛고 숨이 차서 헐떡이는 것처럼 보였기 때문이다. 손을 뻗어 동생의 머리를 만져 보니 손을 델 정도로 뜨거웠다.

「무슨 병인지 모르겠어. 괜찮겠지?」

징푸가 근심스러운 눈빛으로 물었다. 그 자신도 예사롭지 않다고 느끼는 모양이었다.

「괜찮을 거야…… 감기겠지.」

그가 어물어물 대답했다.

평소에는 미신 타파에 앞장서던 그지만 이때만큼은 징푸의 태도나 말에서 불길함을 약간 느꼈다. 환자 자신이 어떤 예감을 갖고 있는 것 같았다. 그런 생각이 그를 더욱 불안하게 했다. 곧 방을 나온 그는 살그머니 심부름꾼 아이를 불러 푸티스 선생을 찾았는지 병원에 알아보라고 일렀다.

「네, 그래요, 그렇다니까요. 아직 못 찾았다고요.」

심부름꾼이 전화기에 대고 말했다.

장페이쥔은 제대로 앉지도 못하더니 이제는 서 있는 것도 불안했다. 그러나 그는 초조함 속에서도 어쩌면 성홍열이 아닐지 모른다고 한 가닥 희망을 가졌다. 그런데 푸티스 선생을 찾지 못했으니…… 같은 아파트에 사는 바이원산이 비록

---

[3] 당악(唐樂)에 쓰는 호궁과 비슷한 활악기. 비파를 호금이라 부르기도 하나 엄격히 따지면 서로 다른 악기다.

한의사이긴 해도 어쩌면 병명쯤은 진단해 낼 수 있을 것 같았다. 하지만 그는 예전에 그 한의사에게 여러 차례 한의사를 공격하는 말을 한 적이 있었고 게다가 푸티스 선생을 찾는 전화를 그가 이미 들었을지도 모를 일이었다…….

그러나 그는 결국 바이원산을 부르러 갔다.

바이원산은 조금도 개의치 않고 곧 테가 대모(玳瑁)로 된 검정색 수정 안경을 끼고서 징푸의 방까지 와주었다. 그는 징푸의 맥을 짚어 보고 얼굴을 한 차례 자세히 살피더니, 옷을 헤쳐 가슴을 보고 나서 조용히 돌아갔다. 장페이쥔이 곧장 그의 방으로 뒤따라갔다.

바이원산은 장페이쥔에게 앉으라고 자리를 권하고는 한동안 입을 열지 않았다.

「원산 형, 동생은 결국……」

그가 참다못해 물어보았다.

「홍반사(紅斑痧)요. 보시다시피 벌써 반점이 생기기 시작했어요.」

「그럼, 성홍열은 아닙니까?」

장페이쥔은 다소 마음이 놓였다.

「서양 의사들은 성홍열이라 부르지만 우리 한방에서는 홍반사라고 합니다.」

그는 갑자기 손발이 싸늘해지는 것을 느꼈다.

「나을 수 있을까요?」

그가 근심 어린 어투로 물었다.

「나을 수 있지요. 하지만 그건 전적으로 댁의 가운(家運)에 달렸습니다…….」

이미 넋이 나간 장페이쥔은 자신이 어떻게 바이원산에게

서 처방전을 받아 그의 방에서 나왔는지조차 기억나지 않았다. 그러다가 전화기 옆을 지나면서 또다시 푸티스 선생을 생각해 냈다. 방금 전처럼 병원에 문의했더니 있는 곳은 알아냈으나 너무 바빠서 늦게야 돌아올 것 같고, 어쩌면 내일 아침까지 기다려야 할지도 모른다고 대답했다. 그래도 그는 오늘 밤 안으로 꼭 와주셨으면 한다고 부탁했다.

그가 방으로 돌아와 불을 켜고 살펴보니 징푸의 얼굴은 더 붉어졌고, 붉은 반점도 더 많아진 게 분명했다. 눈과 얼굴도 많이 부어 있었다. 그는 바늘방석에 앉은 기분이었다. 밤의 정적이 더해 가는 가운데, 그의 간절한 바람 때문인지 모든 자동차의 경적 소리가 더욱 또렷하게 들렸다. 때로는 자신도 모르게 푸티스 선생의 자동차가 아닌가 하고 마중하러 뛰어나가기도 했다. 그러나 문간까지 가기도 전에 자동차는 벌써 지나가 버렸다. 실망한 그가 몸을 돌려 정원을 지날 때 서쪽 하늘에 떠오른 밝은 달이 눈에 들어왔다. 옆집의 오래된 홰나무가 땅에 그림자를 드리워 음산한 분위기를 자아내면서 그의 침울한 마음을 한층 더 침울하게 했다.

갑자기 까마귀 울음소리가 들려왔다. 그가 평소에 늘 듣던 소리였다. 그 오래된 홰나무에는 까마귀 둥지가 서너 개 있었다. 하지만 지금은 그 소리에 깜짝 놀라 거의 꼼짝도 못 하고 서 있었다. 가슴을 두근거리며 조용히 징푸의 방에 들어가 보니 눈을 감고 누워 있었다. 얼굴 전체가 부어오른 것 같았다. 하지만 자고 있지는 않았다. 아마도 발소리를 듣고 갑자기 눈을 뜬 모양이었다. 그 눈이 등불 빛 속에서 이상하게도 처량하게 빛났다.

「편지 왔어요?」

징푸가 물었다.

「아니야, 나야.」

그는 깜짝 놀라 어쩔 줄 모르며 더듬더듬 말했다.

「나라고. 아무래도 서양 의사를 불러와야 빨리 나을 거라는 생각이 드는데, 의사 선생님이 아직 안 오시는구나……」

징푸는 대답하지 않고 대신 눈을 감았다. 장페이쥔은 창가 책상 옆에 앉았다. 모든 것이 조용했다. 단지 환자의 거친 숨소리와 째깍째깍하는 자명종 소리만 들릴 뿐이었다. 갑자기 멀리서 자동차 경적 소리가 들려왔다. 그의 마음이 갑자기 긴장되었다. 자동차 소리는 점점 가까워졌다. 점점 가까이 오더니 바로 문 앞에 와서 멈추는 것 같았다. 그러나 곧 지나가는 소리가 들렸다. 이런 일이 여러 번 되풀이되면서 그는 경적 소리에도 여러 종류가 있다는 것을 알게 되었다. 호각 소리가 있는가 하면 북 치는 듯한 소리도 있었고 방귀를 뀌는 것 같은 소리와 개 짖는 소리, 오리의 울음소리, 소 울음소리, 암탉이 놀라 우는 소리, 흐느끼는 소리…… 등 다양했다. 그는 갑자기 자기 자신에게 화가 났다. 왜 좀 더 일찍 정신을 차려 푸티스 선생의 자동차 경적 소리가 어떤 것인지 알아 두지 못했단 말인가?

건너편 방에 사는 사람은 아직 돌아오지 않았다. 여느 때처럼 연극을 보러 갔거나 아니면 기생집에 놀러 갔을 것이다. 밤이 깊어지면서 자동차 소리도 점점 줄어들었다. 강렬한 은백색 달빛이 종이창을 하얗게 비추었다.

그는 기다림에 지쳐 심신의 긴장이 천천히 풀려 갔다. 더는 경적 소리에 귀를 기울이지도 않았다. 그 틈을 타 또다시 어지러운 생각의 실마리가 일어났다. 그는 징푸의 병이 틀림없는 성홍열이고, 게다가 살아날 가망이 없다는 것을 아는 듯했다. 그렇게 되면 어떻게 가정을 꾸려 나갈 것인가? 나 혼자만의 힘으로? 작은 도시에 살기는 하지만 이미 모든 물가가 올라 있었다……. 자신의 세 아이와 동생의 두 아이를 키우는 것만도 쉽지 않을 텐데, 게다가 학교에 보내 공부를 시킬 수 있을까? 한두 아이에게만 공부를 시킨다면 물론 자기 자식인 캉얼이 가장 총명하긴 했다. 하지만 그렇게 하면 모든 사람이 동생의 자식들을 소홀히 한다고 비난할 것이 불 보듯 뻔했다…….

뒷일을 어떻게 처리할 것인가? 관을 살 돈도 부족한데 어떻게 고향 집까지 운반한단 말인가? 잠시 공공 영안소에 맡겨 두는 수밖에 없을 것 같았다…….

갑자기 멀리서 발소리가 들렸다. 후다닥 일어나 밖으로 나가 보니 건너편 방에 사는 사람이었다.

「선제(先帝)께서는 백제성에서…….」[4]

기분이 좋아서 낮게 흥얼거리는 노랫소리를 듣는 순간, 그는 실망감과 분노가 겹치면서 뛰어나가 욕을 해주고 싶었다. 그러나 그는 뒤이어 심부름꾼이 유리막이 있는 초롱을 들고 선 것을 보았다. 불빛은 뒤에 따라오는 사람의 가죽 구두를 비추었다. 위쪽으로 희미한 불빛 속에 키가 큰 사람이 서 있었다. 흰 얼굴에 검은 턱수염, 다름 아닌 푸티스 선생이었다.

그는 보물이라도 얻은 것처럼 날듯이 달려가 푸티스 선생을 환자의 방으로 모시고 들어갔다. 두 사람 모두 침대 앞에 섰다. 의사는 서양 등을 들어 환자의 모습을 비춰 보았다.

「선생님, 열이 높고…….」

---

4 경극(京劇) 「실가정(失街亭)」에서 제갈량이 부르는 노래다.

장페이쥔이 헐떡이며 말했다.

「언제부터 그랬습니까?」

푸티스 선생은 두 손을 바지 주머니에 넣은 채 환자의 얼굴을 응시하며 천천히 물었다.

「그저께, 아니, 저어……, 그끄저께부텁니다.」

푸티스 선생은 아무 말도 하지 않고 맥을 짚어 보았다. 그런 다음 장페이쥔에게 서양 등을 높이 쳐들어 환자의 얼굴을 비추게 하고서 자세히 살펴보았다. 그러고는 이불을 들추고 옷을 벗겨 보이게 했다. 다 보고 난 뒤에는 손가락을 펴서 배를 문질렀다.

「Measles……」

푸티스 선생이 낮은 목소리로 혼잣말처럼 말했다.

「홍역인가요?」

그는 놀라움과 기쁨으로 목소리까지 떨렸다.

「네, 홍역입니다.」

「그냥 홍역이란 말입니까?」

「그렇습니다.」

「너, 알고 보니 아직 홍역을 안 앓았구나?」

그가 기뻐하며 징푸에게 묻는 사이에 푸티스 선생은 이미 책상 쪽으로 걸어갔다. 그도 뒤따라갔다. 의사는 한쪽 다리를 의자에 올려놓고 책상 위에서 편지지 한 장을 끄집어내더니 주머니에서 아주 짧은 연필을 꺼내 책상 위에 대고 뭔지 알아보기 어려운 글자를 몇 자 휘갈겨 썼다. 처방전이었다.

「약방은 이미 닫았을 텐데요?」

장페이쥔은 처방전을 받아 들며 물었다.

「내일 가도 괜찮아요, 내일 먹이세요.」

「내일 한 번 더 봐주셔야지요?」

「다시 볼 필요 없어요. 신 것, 매운 것, 그리고 너무 짠 것은 먹으면 안 됩니다. 열이 내리고 나면 소변을 받아 병원으로 보내요. 검사만 하면 됩니다. 소변은 깨끗한 유리병에 넣고, 밖에 이름을 꼭 쓰세요.」

푸티스 선생은 걸어가며 말했다. 그러고는 5위안짜리 지폐 한 장을 받아 주머니에 넣고는 그대로 떠났다. 장페이쥔은 밖으로 따라 나가 그가 자동차에 올라 출발하는 것을 보고 나서야 몸을 돌렸다. 막 아파트 문으로 들어가려 하는데 등 뒤에서 〈go, go〉 하는 소리가 들려왔다. 그는 그제야 푸티스 선생의 자동차 경적 소리가 소 울음소리 같다는 것을 알게 되었다. 그러나 지금 그걸 알아서 무슨 소용이 있나 하는 생각이 들었다.

이제 방 안의 불빛조차도 즐거워 보였다. 장페이쥔은 만사가 모두 해결되고 주위가 모두 평온한데도 마음속이 텅 빈 것 같았다. 그는 뒤따라 방에 들어온 심부름꾼에게 돈과 처방전을 주면서 내일 아침 일찍 메이야 약방에 가서 약을 사오라고 일렀다. 메이야 약방은 푸티스 선생이 지정한 곳으로, 그 집 약이 가장 믿을 수 있다고 했기 때문이었다.

「둥청에 있는 메이야 약방이야. 꼭 거기 가서 사오도록 해. 잊지 마, 메이야 약방이야.」

그는 방을 나서는 심부름꾼의 등 뒤에 대고 말했다.

뜰은 온통 달빛에 젖어 은처럼 하얗게 빛났다. 〈백제성에서〉를 노래하던 이웃은 이미 잠들었는지 사방이 몹시 고요했다. 책상 위의 자명종 시계만이 신이 난 듯 규칙적으로 째깍째깍 소리를 낼 뿐이었다. 환자가 숨 쉬는 소리는 크게 들리기는 했지만 아주 고른 편이었다. 그는 자리에 잠깐 앉아 있다가 갑자기 기분이 좋아졌다.

「너는 이렇게 클 때까지 홍역을 치르지 않았단 말이야?」

그는 무슨 기적이라도 만난 듯 놀랍다는 투로 물었다.

「……」

「하긴 네가 기억할 수야 없겠지. 어머님께 물어봐야 알겠구나.」

「……」

「하지만 어머님이 이곳에 안 계시니까. 아무튼 홍역을 안 치렀단 말이지, 하하하.」

장페이췬이 침대에서 눈을 떴을 때는 아침 해가 이미 창호지를 뚫고 들어와 그의 몽롱한 눈을 찔러 댔다. 그러나 그는 사지에 힘이 빠져 당장은 움직일 수가 없었다. 게다가 등이 서늘할 정도로 땀에 흠뻑 젖어 있었다. 침대 앞에는 얼굴이 온통 피투성이인 아이가 서 있었고 자신은 그 아이를 때리려 했다.

그러나 이런 광경은 순식간에 사라졌다. 그는 혼자 자기 방에서 자고 있었고 다른 사람은 아무도 없었다. 그는 잠옷을 벗고 가슴과 등의 식은땀을 닦았다. 옷을 갈아입고 징푸의 방으로 가는데 〈백제성에서〉를 부르던 이웃 사람이 뜰에서 양치질을 하는 모습이 보였다. 시간이 꽤 지났음을 알 수 있었다.

징푸도 깨어 있었다. 그는 눈을 크게 뜨고 침대에 누워 있었다.

「오늘은 어때?」

그가 재빨리 물었다.

「좀 좋아졌어요……」

「약은 아직 안 왔어?」

「안 왔어요.」

그는 책상 옆에 침대를 마주보고 앉았다. 징푸의 얼굴을 살펴보니 이미 어제처럼 그렇게 빨갛진 않았다. 그러나 자신의 머리는 아직 혼미해 꿈속의 단편들이 한꺼번에 깜빡깜빡 떠올랐다 사라지곤 하는 것이 느껴졌다.

— 징푸도 바로 이렇게 누워 있다. 하지만 이미 한 구의 시신이 되어 있다. 그는 서둘러 염을 하고는 혼자서 대문 밖에서 안채까지 관을 매고 들어온다. 장소가 마치 고향 집 같다. 낯익은 수많은 사람들이 옆에서 서로 칭찬을 주고받는다…….

— 그는 캉얼과 두 남매에게 학교에 가라고 명령했다. 남은 두 아이도 따라가겠다고 울부짖는다. 그는 이미 울부짖는 소리에 얽매이는 것이 귀찮기는 하지만 동시에 자신이 가장 높은 권위와 가장 큰 힘을 갖게 되었음을 실감한다. 자기의 손바닥이 평소보다 세 배, 또는 네 배로 커지는 것을 본다. 마치 쇠로 된 손 같다. 그 손바닥으로 허성의 뺨을 후려갈긴다…….

그는 이런 꿈의 흔적이 엄습해 오자 몹시 무서워졌다. 일어나 방 밖으로 나가려고 했지만 끝내 움직일 수 없었다. 꿈의 흔적을 억누르고 잊어버리려 했지만, 오히려 물속을 휘젓는 거위 털처럼 몇 바퀴 돌다가 다시 떠오르고 말았다.

— 허성은 얼굴이 온통 피투성이가 되어 울면서 돌아온다. 그가 제단 위로 뛰어오른다……. 그 아이 뒤로 낯익은 모습과 낯선 모습 한 무리가 따라오고 있다. 그는 그들이 자신을 공격하려고 다가온다는 것을 안다…….

—「저는 결코 양심을 속인 적이 없습니다. 여러분은 어린아이의 거짓말에 속지 말고…….」

그의 귀에 자신이 이렇게 말하는 소리가 들린다.

— 그의 옆에 허성이 서 있다. 그는 또 손을 들어…….

그는 갑자기 꿈에서 깨어났다. 몸이 몹시 피곤했다. 등이 아직도 서늘했다. 징푸는 맞은편에 조용히 누워 있었다. 호흡은 거칠었지만 매우 고른 편이었다. 책상 위에 있는 자명종 시계는 한층 더 큰 소리로 째깍째깍 소리를 냈다.

그는 몸을 돌려 책상을 마주보았다. 먼지가 잔뜩 쌓여 있었다. 다시 얼굴을 돌려 종이 창문을 보았다. 달력이 걸렸고, 예서체로 〈27〉이라는 두 글자가 까맣게 모습을 드러내고 있었다.

심부름꾼이 약을 사 가지고 왔다. 책 꾸러미도 들고 있었다.

「뭐예요?」

징푸가 눈을 크게 뜨고서 물었다.

「약이야.」

그가 넋을 잃고 있다가 정신을 차리면서 대답했다.

「아니, 그 꾸러미요.」

「그건 나중에 보고 약부터 먹자.」

그는 징푸에게 약을 먹이고 나서 책 꾸러미를 집어 들며 말했다.

「쉬스가 보내 준 거야. 틀림없이 네가 빌려 달라고 한 *Sesame and Lilies*[5]이겠지.」

징푸는 손을 뻗어 책을 받았다. 그러나 책 표지만 보고 책등의 금박 글자들을 쓰다듬어 보더니 곧 머리맡에 내려놓고 말없이 눈을 감았다. 그러다가 잠시 후에 신이 난 듯 낮은 목

---

5 영국의 사회 사상가인 존 러스킨John Ruskin(1819~1900)의 책 『참깨와 백합』.

소리로 말했다.

「병이 나으면 번역해서 문화서관에 팔아야겠어요. 그들이 채택해 줄지는 모르겠지만 말이에요……」

이날 장페이쥔이 공익국에 도착한 것은 평상시보다 훨씬 늦은 오후 무렵이었다. 사무실 안에는 벌써 친이탕의 물부리에서 나온 연기가 자욱하게 차 있었다. 왕웨성이 멀리서 보고는 그를 맞아 주었다.

「어, 왔군요. 아우님은 다 나았나요? 나는 대수롭지 않게 생각했어요. 유행병이란 해마다 있는 거니까 뭐 그리 대단한 것은 아니었겠지요. 이탕 어른도 나와 함께 걱정하던 참이에요. 모두 어째서 아직 안 나오나 하고 궁금해했지요. 이제 나왔으니 잘됐네요. 그런데 어쩌 안색이 좀…… 맞아, 어제와는 좀 다른데요.」

장페이쥔도 이 사무실과 동료들이 어제와는 좀 다르게 느껴졌다. 부러진 옷걸이와 이 빠진 타구, 흩어져 먼지를 뒤집어쓴 서류 더미, 다리가 꺾인 낡은 장의자, 그 의자에 앉아서 물부리를 받쳐 들고, 기침을 하고 머리를 가로저으며 탄식하는 친이탕…… 등 모든 것이 그대로이면서도 무척 생소했다.

「그놈들이 또 안채에서부터 내내 싸우면서 대문간까지 갔다니까…….」

「그래서요.」

왕웨성이 그의 말을 받아 주었다.

「제 말은 페이쥔 형의 일을 아이들에게 말해 줘서 좀 본받게 하라는 겁니다. 그러지 않으시면 정말 아버지인 어르신만 울화통이 터져 돌아가신다니까요…….」

「셋째 놈 얘기가 다섯째 놈이 공채표로 잃어버린 돈은 공동 회계에서 지출할 수 없다는 거야, 물론…… 물론…….」

친이탕이 허리를 굽히고 기침을 해댔다.

「정말 〈사람의 마음은 제각각이라고〉 하더니…….」

왕웨성은 이렇게 말하면서 장페이쥔 쪽으로 얼굴을 돌렸다.

「그래, 아우님은 이제 괜찮나요?」

「별것 아니었어요. 의사 선생님 말로는 홍역이래요.」

「홍역? 그러고 보니 요새 밖에서 아이들 사이에 홍역이 돈다더군. 우리랑 같은 원자(院子)[6] 안에 사는 집 아이들 셋이 전부 홍역에 걸렸어요. 전혀 걱정할 것 없어요. 그런데도 어제 장 형이 다급해하던 모습은 정말 옆에서 보는 사람까지 감동하지 않을 수 없게 만들더군요. 이거야말로 〈형제는 화목하다〉[7]는 실례라고 할 수 있겠지요.」

「어제 국장님은 오셨었나요?」

「아직 〈묘연하기가 황학(黃鶴) 같습니다〉.[8] 가서 출근부에 〈왔다〉고 표시하고 오세요.」

「마땅히 본인이 배상해야 한다는 거야.」

친이탕이 또 혼잣말처럼 말했다.

「그 공채표라는 것이 정말 사람 잡는 것이더군. 나는 전혀 모르겠어. 손을 댔다 하면 무조건 당하게 마련이라는 거야. 어제도 밤이 되니까 또 안채에서 대문간까지 오가면서 내내 싸우더군. 셋째 놈에게 학교 다니는 아이가 둘이나 더 있거

---

6 마당을 공유하는 일종의 다가구 주택.
7 『논어』에 나오는 말로 원문은 〈兄弟怡怡〉다.
8 중국 전설에 신선이 황학을 타고 어디론가 날아가서는 다시 돌아오지 않았다고 한다. 원문 〈杳如黃鶴〉은 소리도 형체도 없이 사라졌음을 뜻한다.

든. 다섯째 놈의 말로는 셋째가 공동 회계의 돈을 더 쓴다는 거야. 나 참, 기가 차서.」

「정말 갈수록 더 복잡해지는군요.」

왕웨성이 실망한 듯 말했다.

「그래서 자네들 형제를 보면 말이야, 페이쥔, 나는 정말 감복할 따름이라네. 이건 결코 자네 앞이라 칭찬하는 게 아니네.」

장페이쥔은 아무 말도 하지 않았다. 그는 사환이 서류를 가져오는 것을 보고는 다가가서 건네받았다. 왕웨성이 따라가서 그의 손에 든 서류를 들여다보고 읽었다.

「〈공민(公民) 하오상산 등의 청원서: 동쪽 교외에 신원 불명의 남자 시신 한 구가 있으니 위생상, 공익상 곧 관을 지급하여 매장할 수 있도록 분국(分局)에 조치하여 주시기 바랍니다.〉 제가 처리하지요. 장 형은 일찍 댁으로 돌아가세요. 동생 병이 걱정되실 테니까요. 두 분은 정말 〈들판에 있는 할미새〉[9] 같군요……」

「아닙니다.」

그는 서류를 놓지 않았다.

「제가 처리하겠어요.」

왕웨성도 더는 억지로 빼앗으려 하지 않았다. 장페이쥔은 마음이 무척 편안해진 듯 침착하게 자기 책상으로 가서 공문을 읽으면서 손을 뻗어 청록색으로 얼룩진 먹물 통 뚜껑을 열었다.

1925년 11월 3일

---

9 『시경』 「소아(小雅)」 〈상체(常棣)〉에 나오는 말로 형제의 우애를 비유하는 말이다. 원문은 〈鶺鴒在原〉.

역자 해설
그래도 아직은 루쉰이다

 2010년 9월, 중국의 교과서에서 계몽 시대 최고 지식인인 루쉰(魯迅)의 글을 대폭 삭제하고 개혁 개방을 이론적으로 뒷받침하던 작가와 지식인들의 글을 대거 수록하게 됐다는 신문 기사가 발표되었다. 이에 대해 일부 학자들은 루쉰의 시대적 역할은 이미 끝났으며 이제 그의 자리는 도서관이 아닌 기념관이라고 말하기도 했다. 사실 우리나라에서도 오늘날의 변화하는 중국을 제대로 이해하고 이를 우리 문학의 발전을 위한 자양으로 활용하려면 빨리 루쉰의 망령에서 벗어나야 한다고 수장하는 학자들이 없지 않았다. 루쉰이 살아 활동하던 1백 년 전의 시대정신에 발목을 잡혀 있을 것이 아니라 엄청난 스펙트럼으로 활발하게 전개되는 당대(當代) 중국의 다양한 문학 현상들을 동시적으로 정확히 해석하고 이해하는 데 더 많은 힘을 쏟아야 한다는 생각에서일 것이다.

 하지만 중국 문학, 아니 중국 문화 전반에 걸쳐 루쉰이 차지하는 자리는 너무나 크고 견고하다. 정치와 이데올로기에서 자유로운 대신, 시대의 정신과 현실에 투철했던 루쉰의 문학과 행동은 문자 그대로 〈경전(經典)〉으로 인식되기에 부족함이 없다. 루쉰은 중국 문화를 지탱해 주는 든든한 지주이자 부동의 코드인 셈이다. 중국의 유명한 루쉰 전문가인 린셴즈(林賢治)가 지적한 것처럼 〈20세기에 죽어서 21세기를 사는〉 루쉰은 현대 중국의 문학 정신과 인문 정신의 출발을 상징하는 초석이자 오늘의 중국을 있게 한 강력한 정신적 에너지이다. 루쉰의 글이 교과서에서 퇴출되는 것은 중국 사회의 변화와 시대의 흐름을 반영하는 사소한 조치에 불과하다. 교과서에서 퇴출된다는 것이 중국인들의 의식 속에서, 또는 중국의 문화에서 퇴출되는 것을 의미하지는 않는다. 오히려 루쉰의 문학과 사상이 이미 중국인들의 의식 속에 충분히 젖어 들었기 때문에 굳이 교과서에서까지 강조하지 않아도 된다는 성숙의 반증이라고 해석하는 쪽이 옳을 것이다. 어쨌든 이런 조치로 오늘을 사는 중국인들의 의식과 혈류에 흐르는 루쉰 정신을 희석시킬 수는 없을 것이다. 때문에 아직은 루쉰이 더 필요하다고 말하는 것이다.

루쉰의 위상에는 충분한 이유와 근거가 있다. 그는 극도로 혼란한 시대를 살면서 지식인으로서 가장 충실한 삶의 모습을 지켰고 지식인의 순결과 〈원형〉을 유지했다. 시류에 얽매이거나 개인적 영달의 기회를 쫓지 않았고 불의와 폭력에 타협하지 않았다. 목숨을 아끼지 않고 용렬하게 투쟁했다. 또한 위대한 스승이었던 그는 수많은 청년 지식인들에게 국가와 민족의 운명을 기탁하고 〈나를 딛고 오르라〉며 자신의 모든 것을 내어 줌으로써 빛나는 사표가 되었다. 루쉰의 투쟁 상대는 시대와 민족 전체였다. 그는 이른바 〈식인의 사회〉를 만든 봉건 전통에 반대했고 새로운 이념의 소용돌이 속에서 문학적 진실이 아닌 권력과 권위를 지향하는 사이비 문인들의 공격에 저항했으며 폭압적인 정치권력에 결연히 항거하면서 지식인 사회의 분열과 상호 공격을 마음 아파했다. 이처럼 분야와 대상을 가리지 않은 그의 투쟁과 통한은 무엇을 위한 것이었을까? 한마디로 말해서 자유, 모든 개인의 자유와 그것이 모여 이루는 민족의 자유를 위한 것이었다. 계급과 신분, 나이와 직업을 가리지 않고 모든 중국인이 인간의 존엄과 사상의 독립, 영혼의 자유를 누려야 한다는 것이 그의 투쟁과 문학의 이유였다. 자유를 상실한 상태에서는 어떠한 가치의 창출도 불가능하기 때문이다.

루쉰은 불굴의 전사(戰士)였고 그의 문학은 불후의 전사(戰史)였다. 싸우지 않고는 자신의 존재감을 느낄 수 없었던 루쉰, 조금도 빛나지 않는 늙고 지친 투사 루쉰의 힘들고 암울하기만 한 싸움의 자취와 그 수사가 이 책에 처연하게 담겨 있다.

이 책에는 루쉰의 소설집 『외침(吶喊)』과 『방황(彷徨)』에서 뽑은 「광인 일기」와 「아Q정전」을 비롯하여 중국 현대 문학의 출발점이 되는 루쉰의 주요 중·단편소설 열다섯 편이 수록되어 있다. 주제와 서시, 수사 등이 가장 뛰어나고 진정으로 루쉰 정신을 대표할 수 있다고 생각되는 작품들이다. 번역은 1989년 간행된 중국 인민문학 출판사의 『루쉰 전집(魯迅全集)』을 저본으로 했고 독자들의 이해를 도우려고 가급적 주석도 많이 달았다. 아울러 루쉰이 이런 작품들을 써야만 했던 지식인 내지 작가로서의 책임감과 당위성, 그리고 글쓰기의 구체적인 동기를 알리기 위해 소설집 『외침』의 서문인 「자서」를 맨 앞에 수록하여 저자 서문을 갈음하고자 했다.

이 책에 실린 작품들은 대부분 그의 삶의 경험을 소재로 한 것들이라 그의 인생 역정을 그대로 반영한다. 때문에 루쉰의 일생에 대한 일정한 지식을 가지고 이 책을 읽는 독자들에게는 모든 작품이 그의 평전의 일부처럼 느껴질지도 모른다. 예컨대 「아Q정전」이나 「광인 일기」 같은 작품은 봉건 예교의 폐해와 당시 중국 민중의 저열한 의식 수준을 풍자하는 동시에 이를 계몽하려는 의도로 썼지만, 이런 주제가 날줄이라면 삶에 대한 그의 개인적 고뇌가 씨줄로 들어가 있다고 할 수 있다. 「머리털 이야기」는 실제로 일본 유학 초기에 자신의 변발을 잘랐다가 집단적인 비난에 직면한 사건을 배경으로 당시의 고뇌를 간접적으로 담았고, 「고향」은 유학을 마치고 돌아온 후에 고향에서 느끼는 시대와 상황의 변화, 그리고 자신의 개혁 사상에 비추어 본 중국 전통 사회의 부조리성 *absurdity*을 그윽한 풍경으로 그려 내고 있지만, 자세히 살펴보면 역시 루쉰 자신의 삶 한 구간을 묘사한 것임을 알 수 있다. 또한 「죽음을 슬퍼하며」는 한때 제자였다가 나중에 아내가 된 쉬광핑(許廣平)과 함께 겪은 삶의 고단함에 대한 반추임을 유추할 수 있다. 놀라운 것은 중국 현대 문학의 시작이라 할 수 있는 루쉰의 소설이 사회적 효용을 떠나 소설 미학의 관점에서 보아도 모파상이나 오 헨리, 푸슈킨 같은 세계적인 단편소설 작가들의 작품에 비해 전혀 손색이 없다는 사실이다. 우리가 루쉰의 작품을, 중국 사회의 사상적 지도자이자 개혁가인 루쉰이 아니라 순수한 문학가인 루쉰의 작품으로 읽어야 하는 이유가 여기에 있다.

미국 하버드 대학의 비숍John L. Bishop 교수는 〈중국 소설의 몇 가지 한계〉라는 제목의 글에서 중국의 고전 소설이 관습적인 표현에 치중하다 보니 디테일한 묘사가 부족하고 이야기의 구성이 치밀하지 못하며 대부분 통속적이고 관능적이며 환상적인 소재에 국한되어 있다는 등의 이유를 들어 그 전통을 완전히 무시하고 중국 소설 문학의 시발을 1919년 5·4 신문학 운동으로 규정한다. 하지만 이는 소설이라는 장르의 성격에 대해 서구의 기준만 적용한 대단히 편향되고 오리엔탈리즘적인 발상이라고 지적하지 않을 수 없다. 문학 작품의 완성이 독자들에 의해 이루어진다고 가정한다면, 서양 소설에 대한 중국 고전 소설의 우위는 얼마든지 찾아볼 수 있다. 예컨대 고금을 통틀어 서양의 어떤 소설도 중국의 『삼국연의』나 『수호전』만큼 많은 독자를 확보하지 못했고, 성서를 제외한 어떤 작품도 『삼국연의』나 『수호전』만큼 방대한 스케일과 다양한 인물 캐릭터를 갖추지 못했다. 따라서 소설 문학에 대한 평가를 서구, 더욱이 문학적 전통이 2백 년을 갓 넘은 미국 학자의 잣대에 의존한다는 것은 무지한 문화 패권이라고 단정하지 않을 수 없다.

어쨌든 비숍 교수의 주장대로라면 루쉰의 문학이 중국 소설 문학의 시작이라고 할 수 있다. 하지만 루쉰의 문학에는 그가 직접 『중국소설사략』이란 책으로 정리해 낸 중국 고전 소설의 전통이 고스란히 담겨 있다. 루쉰이 중국 사회의 구원과 계몽을 위해 의학을 포기하고 문학을 선택한 데도 사오싱(紹興)이라는 옛 도시가 지닌 문인 전통의 영향이 전혀 없었다고 부정하기 어려울 것이다. 루쉰이 온몸으로 중국 현대 문학의 기틀을 마련한 뒤로 소설 창작 대신 더 직접적인 언론 형태인 잡문에 치중하는 사이에 중국 사회 전체가 좌우 논쟁과 국공 내전이라는 정치적 소용돌이에 휩싸이면서 문학의 독립성과 순수성이 폄하되고 문학이 이데올로기의 도구로 전락하는 경향을 보이기 시작했다. 그리고 1942년 마오쩌둥의 〈옌안 문예강화〉 이후로 모든 문학 예술이 노동자, 농민, 병사 들을 위해 〈복무하기 위한〉 수단으로 전락하면서 중국에는 진정한 의미의 순수 문학이 존재하지 않았다. 30여 년에 걸친 문학의 암흑기였다. 그러다가 마오쩌둥이 사망하고 문화 대혁명이 끝나면서 개혁 개방이 시작되고서야 점차적으로 중국의 문학 정신이 소생하기 시작했다. 그리고 불과 30년이라는 짧은 기간 동안 풍부한 문학적 내포와 창작의 자유를 회복하고 두꺼운 작가 층을 확보한 중국 문학은 2000년에 가오싱젠(高行健)이라는 노벨 문학상 수상자를 배출하기에 이르렀다. 그가 중국을 버리고 프랑스 국적을 취득한 데다 중국에 대해 비판적인 내용의 글을 쓴다는 이유로 중국에서는 평가가 유보된 상태이긴 하지만 중화권 전체에서는 이러한 중국 문학의 발전을 〈루쉰 정신의 회복〉이라는 표현으로 압축하는 데 주저하지 않는다.

한국인인 우리가 중국 소설을 읽어야 하는 이유는 많다. 우선 세계 고전 문학과 현대 문학을 통해 문학이 가져다주는 심미적 즐거움과 인성에 대한 깨달음을 얻을 수 있었던 것과 마찬가지로 중국 소설을 읽음으로써 중국 문학만이 갖고 있는 문학적 자양을 통해 자신의 정신 세계를 풍부하게 할 수 있을 것이다. 둘째로 중국 소설을 통해 중국 사회에 대한 인식의 깊이와 폭을 확대할 수 있을 것이다. 통계 수치와 이론에만 의존하여 변화와 발전의 속도가 너무나 빠른 중국을 이해하려 하다가는 중국 사회의 진면목을 놓치기 십상이다. 소설에 묘사되는 중국인들의 생각과 삶의 모습을 구체적으로 구경하고 감상하는 것이 훨씬 더 깊이 있게 중국을 이해하는 방법일 것이다. 알베르 카뮈가 말한 것처럼 인간의 삶은 논리로 기억되는 것이 아니라 풍경으로 기억되기 때문이다. 한국인인 우리가 중국 소설을 읽어야 하는 세 번째 이유는 한국 문학의 미래를 위해서다. 역사와 인생에 대한 중국 작가들의 사유와 이를 문학으로 담아낸 수사를 학습하고 받아들임으로써 한국 문학의 자양을 풍부하게 하고 한국 문학이 세계 문학의 대열에 진입할 수 있는 역량을 갖출 수 있을 것이다. 물론 이러한 목표가 실현되려면 중국 문학을 한국 독자들에게 전달하는 중요한 매개로서의 번역의 중요성을 인식하고 번역의 품질을 높이는 것도 중요한 과제가 될 것이다.

  소설가는 완벽하고 아름다운 허구를 통해 역사가들이 꿈꾸는 진실에 도달하고, 노련하여 문제 발견에 탁월한 독자들은 소설을 통해 역사의 진상을 유추한다고 한다. 이 책을 읽는 독자들이 루쉰의 작품을 통해 중국의 어제와 오늘 그리고 미래를 깊이 있게 체감하기를 기대한다.

김태성

루쉰 연보

1881년 출생 9월 25일 중국 저장성(浙江省) 사오싱현(紹興縣)에서 부친 저우보이(周伯宜)와 모친 루루이(魯瑞)의 3남 중 장남으로 출생. 본명은 저우수런(周樹人), 아명은 장셔우(樟壽).

1885년 4세 동생 저우쭤런(周作人) 출생.

1892년 11세 삼미서옥(三味書屋)에서 셔우징우(壽鏡吾) 선생 밑에서 공부하면서 틈만 나면 그림을 그리고 수집함.

1893년 12세 조부 저우푸칭(周福淸)이 과거 시험 부정 사건과 연루되어 투옥되면서 부친이 병환으로 쓰러짐.

1896년 15세 부친 저우보이(37세)의 사망으로 가세가 기울기 시작함.

1898년 17세 5월, 난징 강남수사학당(江南水師學堂) 입학.

1899년 18세 1월, 강남육사 학당(江南陸師學堂) 부설 광무철로 학당(鑛務鐵路學堂)으로 전학. 이 시기에 다윈의 진화론 등 새로운 학문을 소개하는 책들을 읽기 시작함.

1901년 20세 12월, 광무철로 학당 졸업.

1902년 21세 국비 장학생으로 선발되어 일본의 유학생 예비 학교인 도쿄 고분학원(弘文學院) 속성과에 입학.

303

1903년 22세 번안 소설 『스파르타의 혼(斯巴達之魂)』과 과학 논문 「중국지질약론(中國地質略論)」을 비롯하여 쥘 베른의 과학 소설 『달나라 여행』과 『지하 여행』을 번역하여 쉬셔우창(許壽裳)이 창간한 유학생 잡지 『저장조(浙江潮)』에 발표함.

1904년 23세 4월에 도쿄 고분학원 속성과 졸업. 조부 저우푸칭(68세) 사망. 8월에 센다이(先臺) 의학 전문학교에 입학.

1906년 25세 세균학 강의 때 환등기를 통해 본 러일 전쟁 뉴스에 비친 중국인들의 무기력한 모습에 심한 절망과 분노를 느껴 3월에 센다이 의학전문학교 자퇴. 이후 도쿄에서 문예 활동을 시작함. 6월, 일시 귀국하여 주안(朱安)과 결혼하고 다시 일본으로 건너감.

1907년 26세 잡지 『신생(新生)』의 발간을 계획했으나 실패. 산문 「악마파 시의 힘」, 「문화편향론」 등을 써서 이듬해 초 유학생 잡지 『허난(河南)』에 발표함. 이 무렵 동유럽의 문학과 슬라브계 민족의 저항시에 큰 관심을 갖는 동시에 니체에 심취함.

1909년 28세 동생 저우쭤런과 함께 러시아 및 동유럽 지역의 단편소설을 번역해 『역외소설집』으로 출간함. 처음에는 두 권이었으나 1921년 개정 증보판을 내면서 한 권으로 발간. 8월에 귀국해 항저우 저장양급사범학당(浙江兩級師範學堂)에서 생리학과 화학을 가르침.

1911년 30세 10월 신해혁명으로 청 왕조가 무너지고 중화민국 정부가 수립됨. 산후이초급사범학당(후에 사오싱초급사범학교로 바뀜) 교장으로 취임. 겨울에 단편소설 「회구(懷舊)」를 씀. 이 소설은 1913년 3월 『소설월보(小說月報)』에 발표.

1912년 31세 2월, 난징 정부의 교육부로 들어감. 5월, 베이징으로 천도하자 베이징으로 이주.

1918년 37세 5월, 단편소설 「광인 일기(狂人日記)」를 『신청년(新青年)』에 발표. 이때 루쉰(魯迅)이란 필명을 처음 사용함.

1919년 38세 4월, 단편소설 「쿵이지(孔乙己)」, 「약(藥)」을 『신청년』에

발표. 빠다오만에 집을 사서 이사함.

1920년 ^{39세} 단편소설 「내일(明日)」, 「작은 사건(一件小事)」, 「머리털 이야기(頭髮的故事)」, 「풍파(風波)」 등 발표. 니체의 『차라투스트라는 이렇게 말했다』 서문을 번역하여 소개함. 이해부터 베이징 대학과 베이징 사범대학에서 중국 소설사, 문학 이론 등을 강의함.

1921년 ^{40세} 단편소설 「고향(故鄕)」 발표. 12월부터 중편소설 「아Q정전(阿Q正傳)」을 파인(巴人)이란 필명으로 『신보(晨報)』 「부간(副刊)」에 연재하기 시작하여 이듬해 2월에 끝냄.

1922년 ^{41세} 5월, 러시아 작가 예로센코Vasili Yakovlevich Eroshenko의 『복숭아빛 구름』을 번역하여 출판함. 단편소설 「단오절(端午節)」과 「흰빛(白光)」, 「토끼와 고양이(兎和猫)」, 「오리의 희극(鴨的喜劇)」, 「마을 연극(社戱)」, 「부저우산(不周山)」 등을 발표함.

1923년 ^{42세} 8월, 15편의 중단편을 묶은 첫 번째 소설집 『외침(吶喊)』 출판. 12월에 『중국 소설 사략(中國小說史略)』 상권 출판. 베이징여자고등사범학교(베이징여자사범대학으로 바뀜)에 출강.

1924년 ^{43세} 6월, 『중국 소설 사략』 하권 출판. 단편소설 「축복(祝福)」, 「술집에서(在酒樓上)」, 「행복한 가정(幸福的家庭)」, 「비누(肥皂)」 등을 발표함. 문학 단체 어사사(語絲社)를 조직하여 『어사(語絲)』를 창간함.

1925년 ^{44세} 단편소설 「장명등(長明燈)」, 「조리 돌림(示衆)」, 「가오 선생(高老夫子)」, 「형제(兄弟)」, 「이혼(離婚)」 등을 발표함. 10월에 단편소설 「고독한 사람(孤獨者)」과 「죽음을 슬퍼하며(傷逝)」 탈고. 1918부터 1924년 사이에 쓴 잡문 41편이 수록된 첫 번째 잡문집 『열풍(熱風)』 출판. 베이징에서 공부하던 청년들과 함께 망원사(莽原社)를 조직하고 『망원(莽原)』을 창간하는 한편, 문학 창작물 및 번역 작품을 전문적으로 소개하는 미명사(未名社)를 조직함. 여제자 쉬광핑(許廣平)과 교제 시작.

1926년 ^{45세} 6월, 1925년에 쓴 잡문 31편이 수록된 잡문집 『화개집(華蓋集)』을 출판함. 7월부터 치종이(齊宗頤)와 함께 네덜란드 작가 프레데리크 반 에덴Frederik Willem van Eeden의 『어린 요하네스』를 번역함. 8월에 군벌 정부의 탄압으로 베이징을 떠남. 9월에 샤먼 대학 교수로 부임. 단편소설 11편을 묶은 두 번째 소설집 『방황(彷徨)』을 출판함. 단편소설 「미간척(眉間尺)」 탈고. 12월에 단편소설 「분월(奔月)」을 탈고하고 8월부터 편집하기 시작한 『당송 전기집(唐宋傳奇集)』 상권을 출판함.

1927년 46세 1월, 샤먼을 떠나 광저우로 가서 중산 대학 교수로 부임함. 1926부터 1927년 사이에 쓴 잡문 33편을 수록한 『화개집 속편』을 출판함. 3월에 1907부터 1925년 사이에 쓴 잡문을 엮은 『무덤(墳)』과 1924부터 1926년 사이에 쓴 산문시 23편을 수록한 산문시집 『들풀(野草)』을 출판함. 가을부터 상하이에 정착하여 쉬광핑과 동거를 시작함.

1928년 47세 정간됐던 『어사』를 북신서국(北新書局)이 상하이에서 출판하기로 하면서 주간을 맡음. 창조사(創造社)와 태양사(太陽社) 작가들과 혁명 문학에 관한 논쟁을 벌임. 『어린 요하네스』와 『당송 전기집』 하권 출판. 『북신월간(北新月刊)』에 「근대미술사조론(近代美術史潮論)」을 번역하여 소개함. 6월에 위다푸(郁達夫)와 함께 창작 작품과 번역 작품을 주로 싣는 잡지 『분류(奔流)』를 창간하고 『마르크스주의 문예논총』을 편역함. 9월에는 1926년에 쓴 산문 열 편을 묶어 『아침 꽃 저녁에 줍다(朝花夕拾)』로 출판함. 10월에는 1927년에 쓴 잡문 29편을 묶어 『이이집(而已集)』으로 출간함.

1929년 48세 1924년부터 1928년 사이에 번역한 문예 관련 글을 모아 『벽하역총(壁下譯叢)』으로 출판함. 6월에 루나차르스키Anatorii Vasil'evich Lunacharskii의 『예술론』을 번역하여 출판함. 러우스(柔石) 등과 함께 서양의 진보적 문학과 예술 작품을 소개하는 조화사(朝花社)를 조직. 겨울부터 『훼멸(毀滅)』의 번역을 시작함. 9월에 아들 저우하이잉(周海嬰)이 태어남.

1930년 49세 1월, 펑쉐펑(馮雪峰), 위다푸 등과 함께 『맹아월간(萌芽月刊)』을 창간함. 중국좌익작가연맹(中國左翼作家聯盟: 이하 좌련)의 대표로 선임됨. 플레하노프Georgii Valentinovich Plekhanov의 『예술론』(일본어 번역본)을 번역하여 출판함.

1931년 50세 2월, 『메페르트의 목각 「시멘트」의 그림』 출판. 3월, 좌련의 기관지 『전초(前哨)』 출판. 7월에 마쓰다쇼(增田涉)에게 『중국소설사략』에 대한 설명을 모두 마침. 9월에 『훼멸』을 출판함. 12월, 펑쉐펑과 함께 편집한 『십자로(十字街頭)』 발행. 이해부터 판화(版畵) 운동을 지도하면서 중국의 새로운 판화 운동의 기반을 다짐.

1932년 51세 상하이 사변으로 가족과 함께 네이산 서점(內山書店)으로 피난. 9월, 1928년부터 1929년 사이에 발표한 글들을 모아 『삼한집(三閑集)』으로 출판. 10월, 1930년부터 1931년 사이에 발표한 글 38편을 묶은 잡문집 『이심집(二心集)』을 출판함.

1933년 52세 편집하고 서문을 쓴 『한 사람의 수난(一個人的受難)』, 산문집 『위자유서(僞自由書)』, 『양지서(兩地書)』 등을 출판함.

1934년 53세 3월, 잡문집 『남강북조집(南腔北調集)』과 자신이 편집과 서문을 맡은 『인옥집(引玉集)』 출판. 8월, 『역문(譯文)』 창간호 편집. 10월에 『목각기정(木刻紀程)』, 12월에 『준풍월담(准風月談)』을 각각 출판함.

1935년 54세 1월, 판텔레예프의 동화 『손목시계(錶)』의 번역을 마침. 2월, 고골 Nikolai Vasil'evich Gogol의 『죽은 혼』 번역 시작. 4월에 『십죽재선보(十·竹齋箋譜)』 1권, 5월에 잡문집 『집외집(集外集)』을 각각 출판함. 9월에는 잡문집 『문외문담(門外文談)』을 출판한 데 이어 고리키 Maksim Gor'kii의 『러시아 동화』(일본어 번역본)를 번역하여 출판함.

1936년 55세 1월, 단편소설집 『고사신편(故事新編)』 출판. 6월에 1934년에 쓴 잡문 61편을 수록한 『화변 문학(花邊文學)』, 7월에 『케테 콜비츠 판화 선집』, 10월에 체호프의 『나쁜 아이와 별나고 기이한 소문』 번역본 등을 각각 출판함. 10월 19일 폐결핵이 악화되어 세상을 떠남.

열린책들 세계문학 162 아Q정전

옮긴이 김태성 1959년 서울에서 태어나 한국외국어대학교 중국어과를 졸업하고 동 대학원에서 석사 학위와 박사 학위를 받았다. 중국학 연구 공동체인 한성(漢聲) 문화 연구소를 운영하면서 계간 『시평(詩評)』 기획위원을 맡고 있고 한국외국어대학교 중국어 통번역학과 강사로 활동하고 있다. 옮긴 책으로 『나는 유약진이다』, 『딩씨 마음의 꿈』, 『앵그리 차이나』, 『변경』, 『인민을 위해 복무하라』, 『핸드폰』, 『중국문화지리를 읽다』, 『문명들의 대화』 등 80여 권이 있다.

지은이 루쉰 **옮긴이** 김태성 **발행인** 홍예빈·홍유진
발행처 주식회사 열린책들 **주소** 경기도 파주시 문발로 253 파주출판도시
전화 031-955-4000 **팩스** 031-955-4004 **홈페이지** www.openbooks.co.kr
Copyright (C) 주식회사 열린책들, 2011, *Printed in Korea.*
ISBN 978-89-329-1162-5 04820 **ISBN** 978-89-329-1499-2 (세트)
발행일 2011년 3월 10일 세계문학판 1쇄 2024년 2월 20일 세계문학판 14쇄

이 도서의 국립중앙도서관 출판예정도서목록(CIP)은 서지정보유통지원시스템 홈페이지(http://seoji.nl.go.kr)와 국가자료공동목록시스템(http://www.nl.go.kr/kolisnet)에서 이용하실 수 있습니다.(CIP제어번호:CIP2011000810)

열린책들 세계문학
Open Books World Literature

001 **죄와 벌** 표도르 도스토옙스키 장편소설 | 홍대화 옮김 | 전2권 | 각 408, 512면

003 **최초의 인간** 알베르 카뮈 장편소설 | 김화영 옮김 | 392면

004 **소설** 제임스 미치너 장편소설 | 윤희기 옮김 | 전2권 | 각 280, 368면

006 **개를 데리고 다니는 부인** 안똔 체호프 소설선집 | 오종우 옮김 | 368면

007 **우주 만화** 이탈로 칼비노 단편집 | 김운찬 옮김 | 424면

008 **댈러웨이 부인** 버지니아 울프 장편소설 | 최애리 옮김 | 296면

009 **어머니** 막심 고리끼 장편소설 | 최윤락 옮김 | 544면

010 **변신** 프란츠 카프카 중단편집 | 홍성광 옮김 | 464면

011 **전도서에 바치는 장미** 로저 젤라즈니 중단편집 | 김상훈 옮김 | 432면

012 **대위의 딸** 알렉산드르 뿌쉬낀 장편소설 | 석영중 옮김 | 240면

013 **바다의 침묵** 베르코르 소설선집 | 이상해 옮김 | 256면

014 **원수들, 사랑 이야기** 아이작 싱어 장편소설 | 김진준 옮김 | 320면

015 **백치** 표도르 도스토옙스키 장편소설 | 김근식 옮김 | 전2권 | 각 504, 528면

017 **1984년** 조지 오웰 장편소설 | 박경서 옮김 | 392면

019 **이상한 나라의 앨리스** 루이스 캐럴 환상동화 | 머빈 피크 그림 | 최용준 옮김 | 336면

020 **베네치아에서의 죽음** 토마스 만 중단편집 | 홍성광 옮김 | 432면

021 **그리스인 조르바** 니코스 카잔차키스 장편소설 | 이윤기 옮김 | 488면

022 **벚꽃 동산** 안똔 체호프 희곡선집 | 오종우 옮김 | 336면

023 **연애 소설 읽는 노인** 루이스 세풀베다 장편소설 | 정창 옮김 | 192면

024 **젊은 사자들** 어윈 쇼 장편소설 | 정영문 옮김 | 전2권 | 각 416, 408면

026 **젊은 베르테르의 슬픔** 요한 볼프강 폰 괴테 장편소설 | 김인순 옮김 | 240면

027 **시라노** 에드몽 로스탕 희곡 | 이상해 옮김 | 256면

028 **전망 좋은 방** E. M. 포스터 장편소설 | 고정아 옮김 | 352면

029 **까라마조프 씨네 형제들** 표도르 도스토옙스키 장편소설 | 이대우 옮김 | 전3권 | 각 496, 496, 460면

032 **프랑스 중위의 여자** 존 파울즈 장편소설 | 김석희 옮김 | 전2권 | 각 344면

034 **소립자** 미셸 우엘벡 장편소설 | 이세욱 옮김 | 448면

035 **영혼의 자서전** 니코스 카잔차키스 자서전 | 안정효 옮김 | 전2권 | 각 352, 408면

037 **우리들** 예브게니 자먀찐 장편소설 | 석영중 옮김 | 320면

038 **뉴욕 3부작** 폴 오스터 장편소설 | 황보석 옮김 | 480면

039 **닥터 지바고** 보리스 파스테르나크 장편소설 | 홍대화 옮김 | 전2권 | 각 480, 592면

041 **고리오 영감** 오노레 드 발자크 장편소설 | 임희근 옮김 | 456면

042 **뿌리** 알렉스 헤일리 장편소설 | 안정효 옮김 | 전2권 | 각 400, 448면

044 **백년보다 긴 하루** 친기즈 아이뜨마또프 장편소설 | 황보석 옮김 | 560면

045 **최후의 세계** 크리스토프 란스마이어 장편소설 | 장희권 옮김 | 264면

046 **추운 나라에서 돌아온 스파이** 존 르카레 장편소설 | 김석희 옮김 | 368면

047 **산도칸 – 몸프라쳄의 호랑이** 에밀리오 살가리 장편소설 | 유향란 옮김 | 428면

048 **기적의 시대** 보리슬라프 페키치 장편소설 | 이윤기 옮김 | 560면

049 **그리고 죽음** 짐 크레이스 장편소설 | 김석희 옮김 | 224면

050 **세설** 다니자키 준이치로 장편소설 | 송태욱 옮김 | 전2권 | 각 480면

052 **세상이 끝날 때까지 아직 10억 년** 스뜨루가츠끼 형제 장편소설 | 석영중 옮김 | 224면

053 **동물 농장** 조지 오웰 장편소설 | 박경서 옮김 | 208면

054 **캉디드 혹은 낙관주의** 볼테르 장편소설 | 이봉지 옮김 | 232면

055 **도적 떼** 프리드리히 폰 실러 희곡 | 김인순 옮김 | 264면

056 **플로베르의 앵무새** 줄리언 반스 장편소설 | 신재실 옮김 | 320면

057 **악령** 표도르 도스토옙스키 장편소설 | 박혜경 옮김 | 전3권 | 각 328, 408, 528면

060 **의심스러운 싸움** 존 스타인벡 장편소설 | 윤희기 옮김 | 340면

061 **몽유병자들** 헤르만 브로흐 장편소설 | 김경연 옮김 | 전2권 | 각 568, 544면

063 **몰타의 매** 대실 해밋 장편소설 | 고정아 옮김 | 304면

064 **마야꼬프스끼 선집** 블라지미르 마야꼬프스끼 선집 | 석영중 옮김 | 384면

065 **드라큘라** 브램 스토커 장편소설 | 이세욱 옮김 | 전2권 | 각 340, 344면

067 **서부 전선 이상 없다** 에리히 마리아 레마르크 장편소설 | 홍성광 옮김 | 336면

068 **적과 흑** 스탕달 장편소설 | 임미경 옮김 | 전2권 | 각 432, 368면

070 **지상에서 영원으로** 제임스 존스 장편소설 | 이종인 옮김 | 전3권 | 각 396, 380, 496면

073 **파우스트** 요한 볼프강 폰 괴테 희곡 | 김인순 옮김 | 568면

074 **쾌걸 조로** 존스턴 매컬리 장편소설 | 김훈 옮김 | 316면

075 **거장과 마르가리따** 미하일 불가꼬프 장편소설 | 홍대화 옮김 | 전2권 | 각 364, 328면

077 **순수의 시대** 이디스 워튼 장편소설 | 고정아 옮김 | 448면

078 **검의 대가** 아르투로 페레스 레베르테 장편소설 | 김수진 옮김 | 384면

079 **예브게니 오네긴** 알렉산드르 뿌쉬낀 운문소설 | 석영중 옮김 | 328면
080 **장미의 이름** 움베르토 에코 장편소설 | 이윤기 옮김 | 전2권 | 각 440, 448면
082 **향수** 파트리크 쥐스킨트 장편소설 | 강명순 옮김 | 384면
083 **여자를 안다는 것** 아모스 오즈 장편소설 | 최창모 옮김 | 280면
084 **나는 고양이로소이다** 나쓰메 소세키 장편소설 | 김난주 옮김 | 544면
085 **웃는 남자** 빅토르 위고 장편소설 | 이형식 옮김 | 전2권 | 각 472, 496면
087 **아웃 오브 아프리카** 카렌 블릭센 장편소설 | 민승남 옮김 | 480면
088 **무엇을 할 것인가** 니꼴라이 체르니셰프스끼 장편소설 | 서정록 옮김 | 전2권 | 각 360, 404면
090 **도나 플로르와 그녀의 두 남편** 조르지 아마두 장편소설 | 오숙은 옮김 | 전2권 | 각 408, 308면
092 **미사고의 숲** 로버트 홀드스톡 장편소설 | 김상훈 옮김 | 424면
093 **신곡** 단테 알리기에리 장편서사시 | 김운찬 옮김 | 전3권 | 각 292, 296, 328면
096 **교수** 샬럿 브론테 장편소설 | 배미영 옮김 | 368면
097 **노름꾼** 표도르 도스토옙스키 장편소설 | 이재필 옮김 | 320면
098 **하워즈 엔드** E. M. 포스터 장편소설 | 고정아 옮김 | 512면
099 **최후의 유혹** 니코스 카잔차키스 장편소설 | 안정효 옮김 | 전2권 | 각 408면
101 **키리냐가** 마이크 레스닉 장편소설 | 최용준 옮김 | 464면
102 **바스커빌가의 개** 아서 코넌 도일 장편소설 | 조영학 옮김 | 264면
103 **버마 시절** 조지 오웰 장편소설 | 박경서 옮김 | 408면
104 **10 1/2장으로 쓴 세계 역사** 줄리언 반스 장편소설 | 신재실 옮김 | 464면
105 **죽음의 집의 기록** 표도르 도스토옙스키 장편소설 | 이덕형 옮김 | 528면
106 **소유** 앤토니어 수전 바이어트 장편소설 | 윤희기 옮김 | 전2권 | 각 440, 488면
108 **미성년** 표도르 도스토옙스키 장편소설 | 이상룡 옮김 | 전2권 | 각 512, 544면
110 **성 앙투안느의 유혹** 귀스타브 플로베르 희곡소설 | 김용은 옮김 | 584면
111 **밤으로의 긴 여로** 유진 오닐 희곡 | 강유나 옮김 | 240면
112 **마법사** 존 파울즈 장편소설 | 정영문 옮김 | 전2권 | 각 512, 552면
114 **스쩨빤치꼬보 마을 사람들** 표도르 도스토옙스키 장편소설 | 변현태 옮김 | 416면
115 **플랑드르 거장의 그림** 아르투로 페레스 레베르테 장편소설 | 정창 옮김 | 512면
116 **분신** 표도르 도스토옙스키 장편소설 | 석영중 옮김 | 288면
117 **가난한 사람들** 표도르 도스토옙스키 장편소설 | 석영중 옮김 | 256면
118 **인형의 집** 헨리크 입센 희곡 | 김창화 옮김 | 272면
119 **영원한 남편** 표도르 도스토옙스키 장편소설 | 정명자 외 옮김 | 448면

120 **알코올** 기욤 아폴리네르 시집 | 황현산 옮김 | 352면

121 **지하로부터의 수기** 표도르 도스토옙스키 장편소설 | 계동준 옮김 | 256면

122 **어느 작가의 오후** 페터 한트케 중편소설 | 홍성광 옮김 | 160면

123 **아저씨의 꿈** 표도르 도스토옙스키 장편소설 | 박종소 옮김 | 312면

124 **네쪼츠카 네즈바노바** 표도르 도스토옙스키 장편소설 | 박재만 옮김 | 316면

125 **곤두박질** 마이클 프레인 장편소설 | 최용준 옮김 | 528면

126 **백야 외** 표도르 도스토옙스키 소설선집 | 석영중 외 옮김 | 408면

127 **살라미나의 병사들** 하비에르 세르카스 장편소설 | 김창민 옮김 | 304면

128 **뻬쩨르부르그 연대기 외** 표도르 도스토옙스키 소설선집 | 이항재 옮김 | 296면

129 **상처받은 사람들** 표도르 도스토옙스키 장편소설 | 윤우섭 옮김 | 전2권 | 각 296, 392면

131 **악어 외** 표도르 도스토옙스키 소설선집 | 박혜경 외 옮김 | 312면

132 **허클베리 핀의 모험** 마크 트웨인 장편소설 | 윤교찬 옮김 | 416면

133 **부활** 레프 똘스또이 장편소설 | 이대우 옮김 | 전2권 | 각 308, 416면

135 **보물섬** 로버트 루이스 스티븐슨 장편소설 | 머빈 피크 그림 | 최용준 옮김 | 360면

136 **천일야화** 앙투안 갈랑 엮음 | 임호경 옮김 | 전6권 | 각 336, 328, 372, 392, 344, 320면

142 **아버지와 아들** 이반 뚜르게네프 장편소설 | 이상원 옮김 | 328면

143 **오만과 편견** 제인 오스틴 장편소설 | 원유경 옮김 | 480면

144 **천로 역정** 존 버니언 우화소설 | 이동일 옮김 | 432면

145 **대주교에게 죽음이 오다** 윌라 캐더 장편소설 | 윤명옥 옮김 | 352면

146 **권력과 영광** 그레이엄 그린 장편소설 | 김연수 옮김 | 384면

147 **80일간의 세계 일주** 쥘 베른 장편소설 | 고정아 옮김 | 352면

148 **바람과 함께 사라지다** 마거릿 미첼 장편소설 | 안정효 옮김 | 전3권 | 각 616, 640, 640면

151 **기탄잘리** 라빈드라나트 타고르 시집 | 장경렬 옮김 | 224면

152 **도리언 그레이의 초상** 오스카 와일드 장편소설 | 윤희기 옮김 | 384면

153 **레우코와의 대화** 체사레 파베세 희곡소설 | 김운찬 옮김 | 280면

154 **햄릿** 윌리엄 셰익스피어 희곡 | 박우수 옮김 | 256면

155 **맥베스** 윌리엄 셰익스피어 희곡 | 권오숙 옮김 | 176면

156 **아들과 연인** 데이비드 허버트 로런스 장편소설 | 최희섭 옮김 | 전2권 | 각 464, 432면

158 **그리고 아무 말도 하지 않았다** 하인리히 뵐 장편소설 | 홍성광 옮김 | 272면

159 **미덕의 불운** 싸드 장편소설 | 이형식 옮김 | 248면

160 **프랑켄슈타인** 메리 W. 셸리 장편소설 | 오숙은 옮김 | 320면

161 **위대한 개츠비** 프랜시스 스콧 피츠제럴드 장편소설 | 한애경 옮김 | 280면

162 **아Q정전** 루쉰 중단편집 | 김태성 옮김 | 320면

163 **로빈슨 크루소** 대니얼 디포 장편소설 | 류경희 옮김 | 456면

164 **타임머신** 허버트 조지 웰스 소설선집 | 김석희 옮김 | 304면

165 **제인 에어** 샬럿 브론테 장편소설 | 이미선 옮김 | 전2권 | 각 392, 384면

167 **풀잎** 월트 휘트먼 시집 | 허현숙 옮김 | 280면

168 **표류자들의 집** 기예르모 로살레스 장편소설 | 최유정 옮김 | 216면

169 **배빗** 싱클레어 루이스 장편소설 | 이종인 옮김 | 520면

170 **이토록 긴 편지** 마리아마 바 장편소설 | 백선희 옮김 | 192면

171 **느릅나무 아래 욕망** 유진 오닐 희곡 | 손동호 옮김 | 168면

172 **이방인** 알베르 카뮈 장편소설 | 김예령 옮김 | 208면

173 **미라마르** 나기브 마푸즈 장편소설 | 허진 옮김 | 288면

174 **지킬 박사와 하이드 씨** 로버트 루이스 스티븐슨 소설선집 | 조영학 옮김 | 320면

175 **루진** 이반 뚜르게네프 장편소설 | 이항재 옮김 | 264면

176 **피그말리온** 조지 버나드 쇼 희곡 | 김소임 옮김 | 256면

177 **목로주점** 에밀 졸라 장편소설 | 유기환 옮김 | 전2권 | 각 336면

179 **엠마** 제인 오스틴 장편소설 | 이미애 옮김 | 전2권 | 각 336, 360면

181 **비숍 살인 사건** S. S. 밴 다인 장편소설 | 최인자 옮김 | 464면

182 **우신예찬** 에라스무스 풍문자 | 김남우 옮김 | 296면

183 **하자르 사전** 밀로라드 파비치 장편소설 | 신현철 옮김 | 488면

184 **테스** 토머스 하디 장편소설 | 김문숙 옮김 | 전2권 | 각 392, 336면

186 **투명 인간** 허버트 조지 웰스 장편소설 | 김석희 옮김 | 288면

187 **93년** 빅토르 위고 장편소설 | 이형식 옮김 | 전2권 | 각 288, 360면

189 **젊은 예술가의 초상** 제임스 조이스 장편소설 | 성은애 옮김 | 384면

190 **소네트집** 윌리엄 셰익스피어 연작시집 | 박우수 옮김 | 200면

191 **메뚜기의 날** 너새니얼 웨스트 장편소설 | 김진준 옮김 | 280면

192 **나사의 회전** 헨리 제임스 중편소설 | 이승은 옮김 | 256면

193 **오셀로** 윌리엄 셰익스피어 희곡 | 권오숙 옮김 | 216면

194 **소송** 프란츠 카프카 장편소설 | 김재혁 옮김 | 376면

195 **나의 안토니아** 윌라 캐더 장편소설 | 전경자 옮김 | 368면

196 **자성록** 마르쿠스 아우렐리우스 명상록 | 박민수 옮김 | 240면

197 **오레스테이아** 아이스킬로스 비극 | 두행숙 옮김 | 336면
198 **노인과 바다** 어니스트 헤밍웨이 소설선집 | 이종인 옮김 | 320면
199 **무기여 잘 있거라** 어니스트 헤밍웨이 장편소설 | 이종인 옮김 | 464면
200 **서푼짜리 오페라** 베르톨트 브레히트 희곡선집 | 이은희 옮김 | 320면
201 **리어 왕** 윌리엄 셰익스피어 희곡 | 박우수 옮김 | 224면
202 **주홍 글자** 너새니얼 호손 장편소설 | 곽영미 옮김 | 360면
203 **모히칸족의 최후** 제임스 페니모어 쿠퍼 장편소설 | 이나경 옮김 | 512면
204 **곤충 극장** 카렐 차페크 희곡선집 | 김선형 옮김 | 360면
205 **누구를 위하여 종은 울리나** 어니스트 헤밍웨이 장편소설 | 이종인 옮김 | 전2권 | 각 416, 400면
207 **타르튀프** 몰리에르 희곡선집 | 신은영 옮김 | 416면
208 **유토피아** 토머스 모어 소설 | 전경자 옮김 | 288면
209 **인간과 초인** 조지 버나드 쇼 희곡 | 이후지 옮김 | 320면
210 **페드르와 이폴리트** 장 라신 희곡 | 신정아 옮김 | 200면
211 **말테의 수기** 라이너 마리아 릴케 장편소설 | 안문영 옮김 | 320면
212 **등대로** 버지니아 울프 장편소설 | 최애리 옮김 | 328면
213 **개의 심장** 미하일 불가꼬프 중편소설집 | 정연호 옮김 | 352면
214 **모비 딕** 허먼 멜빌 장편소설 | 강수정 옮김 | 전2권 | 각 464, 488면
216 **더블린 사람들** 제임스 조이스 단편소설집 | 이강훈 옮김 | 336면
217 **마의 산** 토마스 만 장편소설 | 윤순식 옮김 | 전3권 | 각 496, 488, 512면
220 **비극의 탄생** 프리드리히 니체 | 김남우 옮김 | 320면
221 **위대한 유산** 찰스 디킨스 장편소설 | 류경희 옮김 | 전2권 | 각 432, 448면
223 **사람은 무엇으로 사는가** 레프 똘스또이 소설선집 | 윤새라 옮김 | 464면
224 **자살 클럽** 로버트 루이스 스티븐슨 소설선집 | 임종기 옮김 | 272면
225 **채털리 부인의 연인** 데이비드 허버트 로런스 장편소설 | 이미선 옮김 | 전2권 | 각 336, 328면
227 **데미안** 헤르만 헤세 장편소설 | 김인순 옮김 | 264면
228 **두이노의 비가** 라이너 마리아 릴케 시선집 | 손재준 옮김 | 504면
229 **페스트** 알베르 카뮈 장편소설 | 최윤주 옮김 | 432면
230 **여인의 초상** 헨리 제임스 장편소설 | 정상준 옮김 | 전2권 | 각 520, 544면
232 **성** 프란츠 카프카 장편소설 | 이재황 옮김 | 560면
233 **차라투스트라는 이렇게 말했다** 프리드리히 니체 산문시 | 김인순 옮김 | 464면
234 **노래의 책** 하인리히 하이네 시집 | 이재영 옮김 | 384면

235 **변신 이야기** 오비디우스 서사시 | 이종인 옮김 | 632면

236 **안나 까레니나** 레프 똘스또이 장편소설 | 이명현 옮김 | 전2권 | 각 800, 736면

238 **이반 일리치의 죽음·광인의 수기** 레프 똘스또이 중단편집 | 석영중·정지원 옮김 | 232면

239 **수레바퀴 아래서** 헤르만 헤세 장편소설 | 강명순 옮김 | 272면

240 **피터 팬** J. M. 배리 장편소설 | 최용준 옮김 | 272면

241 **정글 북** 러디어드 키플링 중단편집 | 오숙은 옮김 | 272면

242 **한여름 밤의 꿈** 윌리엄 셰익스피어 희곡 | 박우수 옮김 | 160면

243 **좁은 문** 앙드레 지드 장편소설 | 김화영 옮김 | 264면

244 **모리스** E. M. 포스터 장편소설 | 고정아 옮김 | 408면

245 **브라운 신부의 순진** 길버트 키스 체스터턴 단편집 | 이상원 옮김 | 336면

246 **각성** 케이트 쇼팽 장편소설 | 한애경 옮김 | 272면

247 **뷔히너 전집** 게오르크 뷔히너 지음 | 박종대 옮김 | 400면

248 **디미트리오스의 가면** 에릭 앰블러 장편소설 | 최용준 옮김 | 424면

249 **베르가모의 페스트 외** 옌스 페테르 야콥센 중단편 전집 | 박종대 옮김 | 208면

250 **폭풍우** 윌리엄 셰익스피어 희곡 | 박우수 옮김 | 176면

251 **어센든, 영국 정보부 요원** 서머싯 몸 연작 소설집 | 이민아 옮김 | 416면

252 **기나긴 이별** 레이먼드 챈들러 장편소설 | 김진준 옮김 | 600면

253 **인도로 가는 길** E. M. 포스터 장편소설 | 민승남 옮김 | 552면

254 **올랜도** 버지니아 울프 장편소설 | 이미애 옮김 | 376면

255 **시지프 신화** 알베르 카뮈 지음 | 박언주 옮김 | 264면

256 **조지 오웰 산문선** 조지 오웰 지음 | 허진 옮김 | 424면

257 **로미오와 줄리엣** 윌리엄 셰익스피어 희곡 | 도해자 옮김 | 200면

258 **수용소군도** 알렉산드르 솔제니찐 기록문학 | 김학수 옮김 | 전6권 | 각 460면 내외

264 **스웨덴 기사** 레오 페루츠 장편소설 | 강명순 옮김 | 336면

265 **유리 열쇠** 대실 해밋 장편소설 | 홍성영 옮김 | 328면

266 **로드 짐** 조지프 콘래드 장편소설 | 최용준 옮김 | 608면

267 **푸코의 진자** 움베르토 에코 장편소설 | 이윤기 옮김 | 전3권 | 각 392, 384, 416면

270 **공포로의 여행** 에릭 앰블러 장편소설 | 최용준 옮김 | 376면

271 **심판의 날의 거장** 레오 페루츠 장편소설 | 신동화 옮김 | 264면

272 **에드거 앨런 포 단편선** 에드거 앨런 포 지음 | 김석희 옮김 | 392면

273 **수전노 외** 몰리에르 희곡선집 | 신정아 옮김 | 424면

274 **모파상 단편선** 기 드 모파상 지음 | 임미경 옮김 | 400면
275 **평범한 인생** 카렐 차페크 장편소설 | 송순섭 옮김 | 280면
276 **마음** 나쓰메 소세키 장편소설 | 양윤옥 옮김 | 344면
277 **인간 실격·사양** 다자이 오사무 소설집 | 김난주 옮김 | 336면
278 **작은 아씨들** 루이자 메이 올컷 장편소설 | 허진 옮김 | 전2권 | 각 408, 464면
280 **고함과 분노** 윌리엄 포크너 장편소설 | 윤교찬 옮김 | 520면
281 **신화의 시대** 토머스 불핀치 신화집 | 박중서 옮김 | 664면
282 **셜록 홈스의 모험** 아서 코넌 도일 단편집 | 오숙은 옮김 | 456면
283 **자기만의 방** 버지니아 울프 지음 | 공경희 옮김 | 216면
284 **지상의 양식·새 양식** 앙드레 지드 지음 | 최애영 옮김 | 360면
285 **전염병 일지** 대니얼 디포 지음 | 서정은 옮김 | 368면
286 **오이디푸스왕 외** 소포클레스 비극 | 장시은 옮김 | 368면
287 **리처드 2세** 윌리엄 셰익스피어 희곡 | 박우수 옮김 | 208면
288 **아내·세 자매** 안톤 체호프 선집 | 오종우 옮김 | 240면